KB071071

산악소설

인수봉

이봉수 장편소설

문학공감

목차

1. 열 살만 젊었어도

'열 살만 젊었어도 저길 올라가 보는 건데…'

백운대 정상에서 인수봉을 바라보며 한 말이었다. 크게 외쳤지만 속으로 하였기 때문에 바로 옆 사람도 듣지 못하였다.

앞에 보이는 괴물은 높이 200m나 되는 큰 바위 하나로 된 봉우리이다. 계란을 세워 놓은 것 같다. 아니 닭이 알을 낳는 모습을 거꾸로 보는 것 같다. 땅을 뚫고 솟아오르는 계란이다. 보기만 해도 숨이 막히고 가슴이 벅찬 인수봉이다.

'저 큰 계란덩어리를 가슴에 한 번 안아봤으면…' 상상의 나래를 폈다. 그러나 언감생심. 나이가 얼마인데? 40대 초반부터 국내의 산이라는 산은 거의 다 가 본 허천수이지만, 이미 환갑을 지낸 60대의 할아버지가 아닌가? 그 나이에 여기까지 온 것만 해도 하나님과 부처님에게 감사해야 한다.

오늘 산행도 쉬운 코스가 아니다. 구파발에서 의정부행 버스를 타고 효자2리 정류소에서 내려 밤골 매표소에서 사진을 찍고 시간을 재기 시작했다. 어젯밤 내린 비로 계곡에 물이 불어 물소리가 요란하다. 서로 다투어 돌 틈을 비집고 도는가 하면 너럭바위를 타고 넘어 곤두박질치고 있다. 길이 끊겼다. 물을 건너야 한다. 드문드문 놓인 징검돌을 조심스럽게 딛고 옆에서 화살같이 달려드는 물살을 따돌려야 한다. 앞서간 산꾼이 대강 던져 놓은 돌이 안전할 리 없다. 거의 다 건너서 돌 하나가 심술을 부렸다. 삐끗 흔들리며 윤아의 발을 잡아당겼다. 발목까지 빠졌다. 윤아는 오늘 산행 팀의 막내인 여자 회원이다. 막내라고 해도 40대 후반이고 세 아이의 어머니이다.

물소리가 우렁차게 들린다. 밤골 제1폭포이다. 떨어지는 높이가 7m쯤 될까? 창문에 쳐 놓은 커튼같이 하얀 폭포가 내리꽂히고 있다. 폭은 3m쯤 되겠다. 힘찬 물줄기를 잠시만 보고 있어도 가슴이 확 뚫리고 속이 후련하다. 두세 명씩 뭉쳐서 서로 사진을 찍어 준 다음 물을 건너 폭포 옆길 바위를 오른다. 이내 왼쪽으로 제2폭포가 보인다. 수직으로 떨어지는 낙차는 제1폭포보다 크지만 폭이 좁다. 다시 숲길이 이어지고 또 물을 건너고 재잘재잘 새들이 소곤대는 소리를 들으니 이쯤에서 허천수도 허파를 청소하는 숨소리가 거칠어졌다. 오른쪽으로는 물소리가 커진다. 제3폭포이다. 숲에 가려 있지만 폭포임에는 틀림없다.

조금 더 올라가면 너럭바위 쉼터가 있다. 넓은 바위를 폈다 오므렸다 하며 물이 장난을 치며 흐른다. 허천수는 몇 년 전 어느 해인가 혼자 여기까지 와서 바위를 베고 누워서 한숨 자고 내려간 날을 생각한다. 밤꽃이 한창이던 날이었다.

『   밤 골

밤 골에 들어선다. 서늘한 기운이 온몸을 포위한다.

야릇한 꿀 냄새가 코 안을 파고든다.

    제1폭포가 넓고 흰 방패를 앞세우고 우렁찬 함성을 지르며 공격해 온다. 절묘한 발놀림으로 이를 피해서 그의 어깨를 사뿐히 짚고 넘어간다.

    숨 돌릴 새도 없이 제2폭포가 공격해 온다. 어림없다. 너의 형도 적수가 안 되는데 너라고 별수 있겠는가?

    막내인 제3폭포가 숲속에서 매복하여 기다리고 있다. 이건 조심해야 한다. 무심코 지나다가는 폭포가 있는 줄도 모르고 기습을 당한다. 한참 지나서 뒤돌아보면 그때는 이미 늦다. 폭포가 등 뒤에서 조롱한다.

    뒤통수를 얻어맞아 정신을 잃고 밤골 한복판에 눕는다.

    시간은 보라는 듯이 속도를 더하여 사정없이 달린다.

    해가 서산 뒤로 미끄러져 들어갈 때면 밤 골은 먼저 어두워지고 그제야 나는 잃었던 정신을 찾아 이고 산에서 내려온다.

    밤꽃 냄새는 바람에 날리고…

    자작시(自作詩)이다. 밤골은 그날도 오늘과 같이 물이 풍성하고 폭포 3형제가 제각각 특기를 자랑하고 있었다. 허천수는 등단한 지 10년이 넘은 시인이며 화가이다. 감명 깊은 날은 그냥 있지 못하고 집에 가는 즉시 낮에 본 느낌을 메모해 두었다가 갈고 닦고 숙성시켜 시 한 편을 완성해 내는 습관이 있다.

    "윤아야 이제 가자! 너무 오래 쉬면 몸이 굳어서 되레 힘들어…"

오늘의 산행 대장인 여치가 일어서며 하는 말이다. 인터넷에서 모인 산악회는 실명보다는 닉네임을 만들어 쓴다. 물론 실명을 고집하는 사람도 있다. 여치는 닉네임이다. 말끝마다 S대 철학과를 나왔다고 자기 자랑을 한다. 한때 신문기자 생활을 하다가 정당에 가입하여 국회의원 비서관으로 몇 년 활동했다고 한다. 대통령 후보자였던 저명인사의 선거캠프에서 활약하였다고 큰소리치며, 그 후보자가 당선되었더라면 자기는 장관 자리 하나쯤 맡아 오늘 여기에 있지 않았을 거라면서, "자네들은 나를 만나기 어려웠을 거야."라고 거드름을 피우기도 했다. 약간 뚱뚱하고 키가 작은 편이며 들창코에다 눈은 모양 없이 툭 튀어나와 서유기에 나오는 저팔계 같은 인상을 주는 50대 후반의 산꾼이다. 정식 암벽 수업은 하지 않았지만, 체력이 좋아 바위를 잘 타며 겁없이 '생 릿지'(장비를 갖추지 않고 위험한 바위를 오르내리는 것)를 밥 먹듯이 하는 사람이다.

왼쪽으로 가파른 산길이 시작되었다. 저팔계가 앞서고 20여 명의 중급 산꾼들이 그 뒤를 따른다. 40대부터 60대까지의 연령층이다. 허천수는 실제 나이가 제일 많지만 체력이 좋아 산행 나이로는 중간 정도인 50대에 속한다.

급경사인 등산로가 비에 씻겨 많이 파여 있다. 계단을 설치하여 보호하지 않으면 몇 년 후에는 암반이 다 드러나겠다. 모두들 말 없는 침묵 속에 움직임은 빠르고 헉헉대는 숨소리만 10여 분쯤 들리다가 선두가 능선에 올라섰다. 소나무 그늘에서 잠시 휴식이다. 후미가 도착하려면 아직 멀었다. 멀리 상장능선이 아름답게 펼쳐져 있다. 진달래도 간간이 보이고 흰 구름도 떠 있다.

"산에서는 초콜릿이 최고예요. 등산 식품 중 피로회복이 제일 잘 되지요. 탄수화물, 단백질, 지방… 3대 영양소 중 흡수가 빠르고 금방 힘이 나는 거는 탄수화물인데… 초코렛 같은 당분은 탄수화물이지요…"

식품영양학과를 졸업한 윤아가 초콜릿을 한 알씩 나누어 주며 강의를 한다. 달고 맛있다.

"나는 돼지 족발을 사 왔는데 족발은 단백질인지 지방인지 모르겠네? 여하튼 고기를 먹어야 든든하거든…"

허천수가 한마디 한다.

"족발은 단백질과 지방으로 되어 있지만… 불포화지방산이 많아 고혈압, 협심증, 동맥경화 같은… 심혈관질환이 있는 사람이 먹어도 좋고… 피부미용이나 노화 방지에도 좋다고 해요… 여성들에게는 다이어트 식품이기도 하고 모유가 잘 나오게 한 대요… 그렇지만 단백질과 지방은 흡수가 느려서 에너지가 되려면 시간이 한참 걸려요… 산에서 힘을 쓰려면 전날 저녁에 먹고 오는 것이 좋을 거예요."

윤아는 음식에 대해서 누구보다도 아는 것이 많다. 조금 쉬었지만 아직도 숨이 가빠서 천천히 말을 이어 나간다.

이야기하는 사이에 후미가 다 왔다. 여치대장은 일행이 모두 모인 것을 확인하고 다시 출발하였다. 여기서부터는 '숨은벽능선'이다.

숨은벽능선은 북한산 등산의 출발지인 우이동 쪽에서는 안 보이고 사람의 발길이 거의 닿지 않았기 때문에 '숨은벽'이라는 이름이 붙여진 것이다.

북한산은 동남쪽 서울과 서북쪽 경기도의 경계를 이루는 산인데 서북쪽은 호랑이가 담배 먹던 시절부터 8.15 건국 후에까지 등산하는 사람도 없고 등산로도 없었으며 잡초와 잡목이 우거진 새들의 천국이었다. 6.25 같은 북의 침공에 대비하여 군부대가 주둔하는 작전구역이다.

일반 등산객들이 주로 모이는 우이동에서부터 등산을 시작해서 대동문까지 올라갔을 때 직진해서 산성 안으로 하산할 수는 없고 왼쪽으로든 오른쪽으로든 산성 주능선을 타고 가다가 서울 쪽으로 내려가야 한다. 어쩌다가 방향을 잘못 잡아 경기도 쪽으로 내려가게 되면 길을 잃고 부대가 쳐 놓은 철조망을 넘게 된다. 울창한 숲속을 헤매다가 도토리가 비 오듯 쏟아지는 나무 뒤에서 총을 겨누고 불쑥 나타나는 군인을 만나면 검문을 받아야 한다. 결론적으로 북한산 등산은 서울 쪽에서만 올라갈 수 있고 서울 쪽으로만 내려가야 했다.

숨은벽은 더 말할 것도 없다. 백운대와 인수봉 사이에서 서북으로 뻗어나간 암릉이므로 경기도 쪽에서만 볼 수 있는데, 그 신비스런 자태는 언제나 감탄을 자아낸다. 왼쪽으로 인수봉을 오르는 인수리지와 오른쪽으로 백운대를 오르는 파랑새봉리지 사이에 작지만 당차게 벋어 오른 숨은벽을 보노라면 입이 딱 벌어진다. 가까이 가면 먼저 50m 대슬랩(Slab: 기울어진 바위벽)에 압도되고, 이어서 송곳같이 뾰족하게 정상부로 이어지는 리지(Ridge: 암릉)가 톱날 같다. 이를 보고도 놀라지 않는 사람은 없다. 멀리 사기막골이나 노고산에서 보면 거대한 봉우리들 사이에 송곳 기둥을 세워 놓은 듯이 작지만 꼿꼿이 서 있는 암릉이 금방 시선을 끈다. 청람(靑藍)색 북한산 원경은 볼수록 아름답다.

사기막골 입구는 북한산을 그리려는 화가들이 모이는 포인트이다. 백운대와 인수봉, 그 사이의 숨은벽을 그리기에 가장 좋은 장소이다. 거기서 보는 북한산의 경치는 설악산이나 금강산을 연상케 한다. 그 아름다운 풍경을 화폭에 담기 위하여 화가들은 자리다툼을 하고 능선과 골짜기를 샅샅이 찍어 낸다. 사기막골을 모르는 사람은 화가가 아니라고까지 한다.

북한산은 백운대를 주봉으로 하여 인수봉과 만경대가 3각을 이루고 높이도 비슷하여 조선시대에는 3각산이라고 하였다. 우이령을 경계로 하여 동생 같은 도봉산이 북쪽에 있는데 두 산을 묶어서 북한산국립공원이라고 한다. 1983년에 15번째 국립공원으로 지정되었다. 진달래와 단풍이 아름답고 바위와 폭포와 소나무가 잘 어울려져 산악미가 뛰어난 명소이다. 1천만 서울시민은 물론 전 국민이 찾는 휴식공간이자 거대한 운동기구이다. 도보산행뿐만 아니라 암벽등반의 메카이기도 하다.

최고봉인 백운대(836m)에서 서쪽으로 벋어 내려간 염초리지, 염초리지에서 갈라져 나간 약수암리지와 파랑새봉리지, 인수봉에서 내려간 인수리지, 백운대와 인수봉 사이에서 내려간 숨은벽리지, 그리고 남쪽 만경대를 타고 흐르는 만경대리지가 있다. 6대 리지 모두 암벽장비를 갖추고 가야 하는 바위 능선이다.

인수봉에는 70여 개의 바윗길이 있다. 바윗길은 사람이 오를 수 없는 바위에 장비를 이용하여 오르도록 볼트(Bolt: 구멍이 뚫린 쇠붙이)를 박아 개척해 놓은 길이다. 길마다 이름이 붙여져 있고 난이도에 따라 5.10a, 5.11b 같이 등급이 매겨져 있다. 초등학교 1학년생이 6학년 교실에 들어갈 수 없는 것과 같이, 낮은 등급의 실력자가 높은 등급의 바윗길을 갈 수 없다. 각자 기량을 닦아 실력을 기르고 난이도를 높여야 상급반으로 진학할 수 있다.

북한산에는 인수봉과 리지 외에 암장도 있다. 암장은 산비탈에 드러난 바위벽인데 암장마다 바윗길이 몇 개씩 있다. 이런 암장의 바윗길도 각각 이름이 지어져 있고 난이도가 정해져 있다.

"헉! 헉! 아이구 숨차!!!"

윤아도 허천수도 이마에 땀이 송골송골 맺혔다. 급경사의 오르막이다. 10분쯤 오르면 '해골바위'와 '빨래판'이 있고 그 위에 전망대가 있다. 해골바위는 눈 두 개가 움푹 파인 해골 같이 생긴 바위이다. 움푹 파인 두 눈에는 항상 빗물이 고여 있다.

해골바위를 지나면 바로 위에 '빨래판'이라는 슬랩이 있다. 슬랩(Slab)은 경사진 바위벽인데, 빨래판을 오르기 위해서는 약간의 암벽 기술이 필요하다. 바위 끝에 내려진 2m 길이의 슬링(Sling: 짧은 줄)에 매달려 잡아당기면서 몸을 기울여 왼발로 바위에 올라서야 한다. 올라선 다음 7~8m쯤 경사진 바위를 기어오르면 넓은 꼭짓점에 올라서게 된다. 전망대이다.

일반 등산객은 해골바위와 빨래판으로 가지 않고 쉬운 길로 돌아서 간다.

전망대에 오르면 오른편에 백운대와 파랑새봉능선이 가까이 보이고 그 사이로 밤골계곡이 깊게 파여 있다. 뒤로 돌아서면 해골바위의 뻥 뚫린 두 눈이 위를 쳐다보고 그 뒤로 숨은벽능선 하부가 뱀 꼬리 같이 길게 뻗어 있다. 처음 온 사람은 해골바위를 보고 깜짝 놀란다.

전망대에서 사진을 찍고 물과 과일을 먹고 원근 경치를 감상하고 나면 피로가 싹 풀리고 힘이 솟는다.

이어서 숲길로 이어진 작은 봉우리를 지나고 바위 능선을 탄다.

오른쪽은 천 길 낭떠러지. 떨어지면 끝장이다.

큰 바윗덩어리를 몇 개 지나면 유명한 '숨은벽 50m 대슬랩'이 기다리고 있다. 숨은벽리지 등반을 하고 싶으면 여기서 하네스(Harness: 안전벨트)를 착용하고 암벽화와 헬멧으로 완전 무장을 해야 한다.

일반 산행은 오른쪽 바위 틈새 길을 따라 내려가서 왼쪽으로 방향을 꺾어 골짜기를 오른다. 왼쪽은 숨은벽, 오른쪽은 백운대 밑동 암벽이다. 5분쯤 오르면 '대동샘'이 반긴다. 이 샘은 바위틈에서 나오는 석수인데 아무리 가물어도 마르지 않고 차가우면서 물맛 또한 좋다.

　돌부리에 차이고 숨이 끊어질 듯하지만, 힘들게 가파른 계곡을 20분쯤 오르면 어느새 자기도 모르게 'V계곡'에 몸이 꽉 끼인다. 숨은벽 정상과 백운대 정상에서 내려온 바위 날이 만나는 곳인데 계곡의 꼭짓점이다. 발을 옆으로 돌려 몸을 빼면 바로 내리막길이다. 직진하면 우이동으로 가고 오른쪽으로 바위를 돌면 백운대로 간다.

　V계곡을 넘지 않고 오른쪽 바위를 타면 바로 백운대에 오를 수도 있다. 일반인들은 접근하기 어렵고 아주 모험적인 산꾼만 가는 곳이다. 말로만 듣던 전설적인 호랑이굴을 지나야 한다. 굴 앞에 있는 작은 바위 뒤로 기어서 간신히 굴을 파고 들어가면 다소 넓어지면서 몸은 자유로운데 깜깜하여 아무것도 안 보인다. 조금 후 눈이 어둠에 익숙해지면 오직 한 줄기 오른쪽 어깨에서 왼발 끝으로 칼로 내리친 듯이 갈라진 바위틈으로 빛이 들어오는 것이 보인다. 시퍼런 칼을 비스듬히 세워 놓은 것 같기도 하다. 몸을 45°로 눕혀 오른손으로 바위를 짚고 반쯤 누워서 20m 정도 가면 굴 밖으로 나온다. 왼쪽으로 돌고 다시 왼쪽으로, 나선형으로 돌아 굴 지붕에 해당하는 슬랩을 타고 오르면 7~8m의 수직 벽이 이마에 와 닿는다. 로프가 내려져 있다. 로프에 매달려 두 발을 잘 디뎌야 오를 수 있다. 다시 가파른 바위틈을 오르면 백운대 정상 밑 일반 등산로와 합류한다. 허천수는 전에 두어 번 와 본 길이라 잘 알지만 처음 오는 사람은 오금이 저려 벌벌 떨게 되어 있다.

　여치대장이 호랑이굴 들어가는 구멍을 찾는다.

"호랑이굴로 갈 작정이세요?"

윤아가 근심스런 표정을 지으며 눈을 크게 뜨고 묻는다.

"아니, 그냥 찾아보는 거야. 거기를 이 많은 인원이 어떻게 가?"

V계곡을 넘어 백운대 밑동을 돌아 위문 쪽에 있는 일반 등산로와 만났다. 등산객이 장꾼같이 많다. 쇠줄을 잡고 한 사람씩 외줄로 바위를 올라야 하니 시간이 오래 걸린다. 정상까지 수십 m의 바위를 사람 띠가 감고 있다.

허천수 일행이 드디어 백운대 정상에 올랐다.

태극기가 있는 정상 바위에는 7~8명이 설 자리밖에 없기 때문에 줄을 서서 기다리다가 사진 몇 장 찍고 바로 내려와야 한다. 뒷사람 눈치가 보여 오래 있을 수 없다. 정상 바위 바로 아래에 인수봉을 정면으로 볼 수 있는 넓은 자리가 있다. 인수봉을 감상하고 멀리 도봉산을 배경으로 사진을 찍을 수 있는 가장 좋은 장소이다. 그 아래에는 수십 명이 앉을 수 있는 더 넓은 곳이 있다.

암벽등반의 제1번지인 인수봉이 눈앞에 알맞은 거리로 내려다보인다. 인수봉 정상에서 대여섯 명이 이쪽을 보고 손을 흔든다.

부럽다!

산에는 자신이 있다고 자부하는 허천수는 거기 한번 못 올라가 보고 늙어버린 세월을 아쉬워하며 뚫어지게 바라보고 있다. 인수봉에서 눈을 떼지 못한다.

"열 살만 젊었어도 저길 올라가 보는 건데…"

"열 살만 젊었어도…"

"열 살만…"

2. 바위에 첫발을

세월은 기다려 주지 않는다. 그로부터 10년의 세월이 흘렀다.

도봉산역에는 등산객들이 매 10분 간격으로, 중대 병력으로 차에서 내려, 산을 공격하려고 길을 건너고 있다. 가을이라 계절도 좋고 청명한 일요일을 만나 전국 최대의 산행집결지인 도봉산 입구는 인산인해이다. 세계적인 등산용품 메이커들이 들어와서 판매점을 차려 놓고 각축전을 벌이는 곳이다. 도봉산에서 승부를 걸고 성공하지 못하면 세계적인 메이커가 되지 못한다. 중·저가의 중소기업 제품만 취급하는 점포들도 자리다툼을 하며 거리를 메우고 있다. 거기에 빠질세라 한식, 일식, 양식, 중국식, 베트남식 온갖 음식점들이 뒷골목까지 간판을 걸어 놓고 등산객들의 호주머니를 노리는가 하면, 인도에는 잡다한 제품의 노점상들이 행인들의 몸을 부딪치게 하니 정신을 못 차릴 정도로 혼잡하고 어지럽다.

"어! 천수 형님 아니세요?"

"아이구! 향산마루대장, 반가워요. 그동안 어떻게 지냈어? 이제 완쾌

되었나? 여기서 만날 줄은 꿈에도 몰랐네!"

　그 많은 인파 속에서 아는 사람을 만났다.

　향산마루를 처음 만난 것은 6년 전 봄이었다. 그는 '흰구름산악회'에서 리딩을 하던 산행대장으로 전국의 수많은 산을 누비고 다녀 모르는 산이 없었고 모르는 길이 없었다. 허천수보다 6살 아래, 60세의 나이였지만 탄탄한 체격에 산에서는 지칠 줄을 몰랐다. 북한산, 도봉산, 사패산, 수락산, 불암산, 관악산, 청계산 등 서울의 모든 산을 자기 집 마당 놀이터로 생각하였다. 언제나 30여 명의 회원들을 이끌고 1주일에 두 번씩 빠짐없이 산을 누비고 다녔다. 한 달에 한 번은 지방 원정산행도 정기적으로 하였다. 지방산행을 할 때면 항상 40인승 버스가 꽉 찼다. 일반 회원들이야 시간이 나는 대로 교대로 나와서 숫자를 채우면 되지만 산행대장은 한 번도 빠질 수가 없었다. 그만큼 가정적으로나 체력적으로 여유가 있어야 했다.

　그러던 대장이 어느 날 갑자기 산행을 못 하게 되었다. 정기 건강진단에서 이상증세를 발견하고 종합병원에서 정밀진단을 받은 결과 식도암으로 판명되어 산행이고 뭐고 앞이 보이지 않았다. 하루가 급한데 수술 날짜가 잡히지 않아 애를 태우다가 한 달 만에야 겨우 차례가 되어 수술을 받았다. 식도 절제 수술을 받아 식도가 없고 위가 수직으로 세워져 있어 소화를 제대로 할 수 없으므로 밥을 하루 세끼 정시에 먹지 못하고 한 끼를 몇 번에 나누어 조금씩 먹는다고 하였다. 산행은커녕 운신하기도 힘들어 집밖에 나오지 못하고 장기 치료를 하게 되었다.

　그 많은 회원들이 하나둘씩 빠져나가고 왕성하던 흰구름산악회는 점점 허물어져 회원들의 머리에서 향산마루라는 이름이 지워져 버리기 시작한 지도 오래되었다.

"아니, 이제 산행을 해도 되는가 보군?"

"간신히 따라다녀요."

"그런데 그 배낭과 헬멧은?"

허천수는 의아했다. 암 수술을 받고 집에서 나오지도 못하는 사람이 산행을 하러 도봉산 입구까지 온 것만도 놀랄 일인데, 그가 짊어진 배낭에는 암벽등반용 헬멧(Helmet)이 올려져 있으니, 어쩐 일인지 알 수가 없었다. 배낭은 전에 지고 다니던 것의 절반도 안 되는 작은 배낭이면서 홀쭉하다.

"예, '비바산악회'라는 암벽팀을 따라다니는데 간단한 행동식과 최소한의 암벽 장비만 갖고 다녀요." 한다.

"아니, 일반 등산도 어려울 텐데 암벽등반이라니?"

직접 보지 않고는 믿을 수가 없었다.

"암벽등반은 보통사람들이 생각하는 것처럼 불가능한 것이 아닙니다. 기본 장비만 있으면 누구든지 할 수 있어요. 일반 워킹산행과 같이 하루 종일 계속 걷는 것도 아니고 잠시 잠시 쉬어야 하는 경우가 많아 저 같은 사람은 오히려 힘이 덜 들어요. 형님도 암벽등반을 배워 보세요."

향산마루대장은 암벽등반에 관하여 기초적인 설명을 하면서 같이 암벽등반을 하자고 권유한다.

"에이, 그런 말 하지 마! 바위를 보기만 해도 무서운데 거길 어떻게 올라가? 나는 못 해!"

한마디로 딱 잘라 거절하였다.

"그렇지 않아요. 처음에는 누구나 다 그렇지만 한두 번 해 보면 겁이 없어지고 재미가 붙어요. 저도 바위를 탄 지 몇 달 되지 않았지만 해 보니까 괜찮아요."

암벽등반은 일반 산행에서처럼 여럿이 둘러앉아 온갖 음식을 내어 놓고 푸짐하게 점심식사를 하는 것이 아니고 등반 중에 수시로 사탕이나 과자를 조금씩 먹으면 되기 때문에, 식도암 수술을 한 자기 입장에서 일반 산행은 어려워도 간단한 암벽등반은 가능한 일이라고 하였다.

허천수는 향산마루를 처음 만났던 날을 회상한다.
'그때는 봄이었지…'

허천수는 그 당시 북한산에서 잘 알려져 있지 않은 길을 찾아 '나 홀로 산행'을 하고 다녔다. 산성 내외를 막론하고 군사작전지역은 없어지고 출입금지 구역이나 환경보호구역으로 지정된 곳도 거의 없던 때라 일반 등산을 무제한 자유롭게 할 수 있었다. 일부러 사람이 다니지 않는 곳을 찾아 위험을 감수하면서 탐방하는 것에 재미를 붙여서 단체 산행을 멀리했다.

북한산 등산은 산성입구에서 산행을 시작하여 산성 안으로 들어서면 부챗살같이 펼쳐진 시구문, 북문, 위문, 용암문, 대동문, 보국문, 대성문, 대남문, 청수동암문, 부왕동암문, 가사당암문, 대서문 등 12성문 중 어느 곳이나 원하는 쪽으로 방향을 잡아 성문을 넘어 반대쪽으로 내려갈 수 있다.

허천수는 시구문, 북문, 여우굴을 거쳐 가장 험난한 코스로 백운대에 가기로 마음을 정하고 원효봉 쪽으로 길을 잡았다. '나 홀로 산행'이라 누구와 상의할 필요도 없다. 산성매표소에서 100여m 가서 왼쪽으로 개울을 건너서 일반 등산객이 별로 찾지 않는 계곡으로 들어섰다. 길 찾기가 어렵다. 물이 쫄쫄쫄 흐르는 계곡을 따라 조금 올라가면 바가지 약수터가 있다. 이 약수터는 마을 사람들이 아침 운동을 하러 오는 장소이기도 하다. 북한산을 등산할 때에는 물을 잘 준비해야 한다. 산이 가파르고 바위가 많은 골산(骨山)이라 비가 와도 물이 고이지 않고 바로 흘러버리기 때문에 샘이 귀하다. 허천수는 약수터를 만난 김에 억지로라도 한 모금 마셔야 했다. 물맛이 좋다.

약수터 조금 위에는 커다란 바위가 험상궂게 밑을 내려다보고 있다. 종아리에 힘을 주어 몇 발자국 오르면 바위 밑을 지나게 된다. 가랑잎이 덮인 오솔길을 찾는데 정신이 없어 바위를 무심코 지난다. 잠깐 스톱! 이 순간을 놓치면 중요한 구경을 못하게 된다. 그 못생긴 바위에 북한산에서 하나밖에 없는, 아니 전국 어느 산에서도 보기 드문 암벽화(岩壁畵)가 있다. 직진하기 전에 오른쪽으로 몇 발자국 가면 마치 분필로 칠판에 그려 놓은 것 같은 그림이 바위 밑동에 있다. 도인이 말을 타고 앉아 있다. 또 두어 발자국 지나면 그 옆 바위에는 일곱 선인이 있다. 바위는 모자챙같이 오버행(Overhang: 경사 90도 이상으로 돌출되어 머리 위를 덮은 바위)으로 지붕이 씌워져 있어 비바람에도 그림이 좀처럼 씻겨 나가지 않게 되어 있다.

"이 그림은 누가 그렸을까? 언제 그렸을까? 이 도인들은 누구일까?"

"……………"

대답해 주는 사람이 있을 리 없다.

한동안 암벽화를 감상하고 조금 올라가니 이름 모를 빨간 풀꽃이 돌틈에서 기다리고 있다. 예쁘다.

허천수의 시적 감흥이 꿈틀거렸다.

『　　　　　　산길 연정

　　　　숨 가쁜 등산길에 반가운 풀꽃 각시

　　　　자주색 저고리에 빨간 입술 어여쁘다.

　　　　수줍어 실눈을 뜨고

　　　　앉아 있는

　　　　그 자태!

　　　　연초록 여린 미소, 한 눈은 윙크하며,

　　　　접었던 몸을 풀어 키 높이로 일어서니

　　　　나 또한

　　　　두 팔을 벌려

　　　　긴 허리를 안았네.　　　　　　　』

　시구문(屍口門)은 산성입구 매표소에서 시작하여 북한산 12성문을 시계 방향으로 돌면 처음 만나는 성문이다. 유사시에 북한산성을 수비할 때 성내에서 발생하는 시체를 몰래 성 밖으로 내보내는 암문이다. 북쪽 비탈에 위치하고 문루(門樓)가 없다.

　나라에서 산성을 사용하는 것은 국가적인 위기를 만났을 때뿐이므로 산성은 유사시를 대비하여 있어야 하지만, 실제로 사용하는 일은 없어야 한다. 산성을 사용했다는 것은 치욕이다. 1636년 병자호란 때 인조가 사용한 남한산성에 비해서 북한산성은 사용한 일이 없어 다행이다. 시구문도 사용한 일이 없고 시체 1구도 통과하지 않아 깨끗한 암문이다.

시구문을 통과하면 좌측으로 성벽을 타고 등산로가 나 있다. 약 1시간 동안 땀을 흘리고 나면 원효봉이 등산화 밑에 와 있다. 원효봉은 작은 봉우리 2개로 되어 있는데 서봉은 뾰족한 암봉이고 동봉(505m)은 평퍼짐한 바위에 한쪽은 숲으로 덮여 있다. 쇠줄을 잡고 서봉에 오르면 멀리 임진강과 북한까지 보인다. 동봉에 오르면 염초봉, 백운대, 만경대와 노적봉을 한눈에 볼 수 있고 오른쪽 건너편에는 비슷한 높이의 의상봉(502m)을 시작으로 용출, 용혈, 증취봉으로 이어지는 12성문 일주코스가 높이를 더하면서 올라가고 있다.

성벽을 따라 동봉을 내려가면 북문이다. 여기는 염초리지를 타는 바위꾼들이 하네스와 헬멧 등 암벽장비를 착용하는 곳이다.

염초리지는 염초1·2·3봉을 지나 백운대로 오르는 바위능선인데 염초1봉은 멋진 소나무가 인상적이고, 2봉은 책바위라고 불리는 디에드르(Dièdre: 책을 펴서 세워 놓은 것 같은 암벽)가 특징이며, 3봉은 몸을 비틀며 바위 틈새로 올라야 하는 바위로 되어 있다.

허천수는 등산화를 졸라매고 성벽을 따라가다가 수직으로 된 바위틈을 오르고 염초1봉 소나무가 보이는 곳까지 왔다. 여기서부터 왼쪽은 바위꾼들이 염초1봉으로 오르는 길이다. 일반 등산객은 암벽을 바라보기만 할 뿐, 올라갈 수 없는 곳이기 때문에 허천수는 염초 1.2.3봉 아래 허리 길로 진입했다. 조금 가면 작은 능선 위에 전망바위가 있고 5~6명이 비를 피할 수 있는 굴이 있다.

설인장이다. 왜 설인장이라고 하는지는 잘 모르지만 옛날 설인클럽 회원들이 쉬던 장소라는 말도 있다. 전망바위에서 내려다보면 상운사와 대동사가 바로 아래에 있고 멀리 산성계곡과 의상봉능선이 한눈에 보인다.

허천수는 설인장에서 물 한 모금 마시고 '약수암 위 공터'까지 가서 점심을 먹었다. 약수암에서 약 150m쯤 위쪽에 있는 이 공터는 여우굴로 가는 초입이며, 왼쪽으로는 200여m에 이르는 약수암리지의 출발점이다. 뒤 돌아 설인장 쪽으로 가다가 갈라져 파랑새봉을 넘어 바람골로 갈 수도 있고 약수암(건물은 없고 빈터만 남아 있다)으로 내려서서 위문이나 산성입구로 갈 수도 있는 산길 교통요지이며 산행객들에게는 오아시스 같은 쉼터이다.

이제부터는 여우굴이 있는 가파른 계곡을 파고들어 백운대로 오르는 길이다. 공터에서 2분 거리에 '마른폭포'가 겁을 주며 기다리고 있다. 우측 바위틈을 타고 올라가야 하는데 약간 위험하다. 몇 분 후에 '시발클럽' 쉼터가 있고, 다시 약 20분 후에 악명 높은 '여우굴'을 만난다.

'시발클럽'은 몇 명이 엉덩이라도 붙일 수 있는 장소이며 이 계곡은 가파른 돌밭이라 이만치 넓은 장소도 찾기 어렵다. 이곳을 왜 시발클럽이라고 하는지도 잘 알려져 있지 않지만, 택시가 대중교통 수단으로 처음 등장하였을 때 주로 '시발택시' 회사의 기사들이 쉬던 장소이기 때문에 붙여진 이름이라는 말도 있다.

오른쪽으로는 백운대 허리를 돌아 위문으로 갈 수 있는 길이 있다. '서벽밴드'라고 한다. 백운대 서쪽 비탈 까마득한 바위 중턱에 옆으로 갈라진 틈을 이용하여 난 길이다. 쇠줄을 잡고 오른쪽으로 살금살금 백여 m를 가야 하는데 떨어지면 끝장, 황천객이 된다.

허천수는 왼쪽 위로 약수암리지를 계속 보면서 계곡을 파고 올라간다. 바위 너덜로 된 험하고 가파른 협곡이 사람의 진(津)을 뺀다.

"와! 여기를 어떻게 들어가?"

"거기밖에 갈 데가 없잖아."

"천천히… 바짝 엎드리고 기어서 들어가 봐!"

앞에서 사람들의 말소리가 들린다. 30m 전방에 집채만 한 큰 바위가 계곡을 꽉 막고 있다. 그 앞에 등산객들이 오글 오글 모여서 웅성거리고 있다.

여우굴이다.

'여우굴'은 얼핏 보면 사람이 들어가지 못할 것 같은 바위인데, 밑에 개미굴 같은 작은 구멍이 3개 있다. 혼자서 처음 오는 산꾼은 길이 없는 줄 알고 되돌아가기 알맞다. 가운데 있는 깜깜한 구멍을 들여다보고 배낭을 벗어 굴 안쪽으로 밀어 넣고 납작 엎드려 억지로 기어들어 가면 갑자기 넓어지고 몸이 굴 안에 들어가 있다. 굴 안은 좁게는 10명이라도 앉을 수 있는 비교적 넓은 공간인데 깜깜해서 아무것도 안 보인다. 랜턴을 준비해 오지 않은 사람은 핸드폰이라도 열어 비추어 보고 상황을 파악하면 된다. 눈이 어둠에 익숙해지면 뭐가 보인다.

굴 안에는 바위벽이 둘러 있고 가운데에 큰 바위기둥이 있다. 바위기둥 우측으로 올라가는 것은 어렵다. 좌측에서 C자형으로 우로 돌면서 왼쪽 위를 보면 동전만 한 출구가 보인다. 역시 배낭을 먼저 밀어내고 몸이 빠져나가야 한다. 출구를 빠져나가서도 오른쪽으로 가면 죽는다. 절벽이다. 왼쪽으로 돌아 여우굴 위로 올라서야 한다.

앞에 가는 등산팀은 남자보다 여자가 많다.

허천수가 다가갔다. 모두들 50대이고 많아야 60대 초반인 사람들이다. 자기보다 평균 열 살 이상 차이가 나는 것 같다.

"어디서 온 산악회요?"

"서울에 있는 흰구름산악회예요."

"여우굴은 처음인가요?"

"예."

"대장은 누구요?"

"향산마루님인데 굴 안에 들어가셨어요. 저는 총무예요."

허천수는 여기서 처음으로 서정아 총무를 만났다. 흰구름산악회는 인터넷 동호회인데 창설한 지 5년밖에 안 되지만 회원이 제법 많았다.

"우리는 수요일과 일요일 주 2회 빠짐없이 산행을 해요. 한 달에 한 번은 지방 원정산행도 하는데 모두들 산을 잘 타요. 우리 산악회에 가입해서 함께 산행해요."

총무가 회원가입을 권한다.

"그러지요. 생각해 보고… 다음에 만납시다."

허천수는 이 험한 등산길에서 만난 산악회는 상당히 수준 높은 산악회라는 생각이 들었다. '이 몇 년간 나홀로 산행을 했지만 단체 산행도 괜찮겠구나. 앞으로는 단체생활을 해 볼까?' 하고 저울질하였다.

앞에 20여 명이 순서를 기다리며 밀려 있는데 굴 앞에 있는 여자 회원은 몸이 둔해서 진입을 못 하고 끙끙대고 있어 순서대로 가면 굴을 통과하는데 30분 이상 걸릴 것 같았다. 허천수는 양해를 구하고 먼저 굴 안으로 들어가서 힘들어하는 여성에게 요령을 알려 주었다. 굴 안에서도 출구를 찾아 나가는 데는 3m 이상 수직으로 올라야 하고 손발 잡고 딛는 데를 모르면 나갈 수가 없다. 출구 또한 간신히 몸을 뺄 수 있는 구멍이라 그의 도움이 필요했다.

그는 굴을 통과한 후 선두에서 리딩하는 향산마루대장을 만났다.

"안녕하세요? 대장님이신가요?"

"예, 혼자 오셨어요?"

"그럼요. 나는 늘 혼자 다녀요."

"연세가 많아 보이는데 금년에 얼마세요?"

"글세… 별로… 66세밖에 안 됐어여…"

"저보다 여섯살이나 위 시네요. 조심하세요. 연세도 많으신데…"

"고마워요."

인사를 나눈 후 산악회원들을 뒤로하고 속도를 내어 가파른 협곡을 10여 분 올라 협곡 끝에 왔다. 왼쪽은 약수암리지가 염초리지와 만나는 바위벽 밑이다. 앞은 말바위 밑 암벽, 오른쪽은 백운대 밑 암벽, 모두 수직으로 바위가 병풍처럼 둘러 있어 독 안에 든 쥐처럼 갈 데가 없다. 그런데 우측으로 잘 보면 수직 통로가 보인다. 약 20m쯤 되는 높이의 암벽 틈이다. 홀더가 있어 잘 잡으면 떨어지지 않겠다. 이 벽을 오른 후, 워킹 구간을 다시 100m쯤 가면 백운대 밑 철 난간이 보인다. 경사가 급해서 철 난간을 잡아도 오르는 데는 팔 힘이 필요하다.

마침내 어려운 곳을 다 통과하고 허천수는 백운대 정상에 올라섰다. 지나온 루트를 내려다보니 바로 발밑 급경사 계곡은 안보이고 멀리서 염초봉과 원효봉이 이쪽으로 올려다보면서 눈을 맞추고 있다.

'기운이 펄펄하던 향산마루를 처음 만난 날이 엊그제 같은데 벌써 6년이나 되었구나…'

허천수는 도봉산역에서부터 신선대까지 산행하는 두 시간 내내 향산마루와의 지난날을 회상하면서 깊은 생각에 잠겼다.

'얼마나 산이 그리웠으면 저런 몸으로 산을 찾아다닐까?'

투병 중에도 암벽등반까지 하는 그의 처지를 애타게 동정하면서 안타까운 마음을 금할 수 없었다.

'그렇지! 정말 암벽등반을 하는가 보자!'

잊고 있던 향산마루를 만나서 난생처음 암벽등반에 관한 이야기를 들은 허천수는 집에 가자마자 바로 컴퓨터를 켜고 '비바산악회'를 검색해 보았다. 회원은 20여 명인데 전에 흰구름산악회에서 총무로 맹활약을 하던 서정도 있다. 암벽팀 대장은 선돌이라는 낯선 이름이다.

암벽등반을 하는 산악회는 선등 대장이 산악회의 얼굴이며 산악회의 흥망성쇠가 그의 어깨에 달려 있다. 대장을 보고 회원이 모이고 대장이 시원찮으면 회원이 뿔뿔이 흩어진다. 대장은 여왕벌 같은 존재이다. 회원이 아무리 많아도 대장이 없으면 암벽등반은 불가능하다. 대장이 선등하여 줄(영어: rope, 독일어: seil)을 걸어 주어야 대원들이 후등으로 오를 수 있기 때문이다. 일반 워킹산행에는 산행대장이 길 안내를 하고 대원이 이탈하지 않도록 리딩을 하면 그만이지만, 암벽등반에서는 전혀 딴판이다. 대장이 없으면 1피치(Pitch, 마디)도 오를 수 없다. 아니 한 발도 내디딜 수 없다. 길 안내자 정도가 아니라 줄을 걸어주고 후등자의 안전을 확보해주는 것은 물론, 학생을 가르치는 선생님의 역할까지 해야 한다.

도봉산 입구에서 향산마루대장을 만난 지 두 달 후 비바산악회 인터넷 사이트에 암벽기초교육을 실시한다는 공지가 떴다. 회원을 늘리기 위해서 최소한의 기초교육을 실시하는데, 암벽등반에 관심 있는 사람은 일단 신청해 보라고 하며, 암벽등반을 할 마음이 없는 사람이라도 참관하러 오는 것은 환영한다고 하였다.

'정말? 누구든지 암벽등반을 할 수 있을까?'

'70이 넘은 사람도 가능할까?'

'향산마루 같이 암 수술한 사람도 하는데 낸들 못하겠어?'

'구경하러 와도 좋다고 하는데… 밑져봤자 본전이니 하루 시간을 내

서 가 볼까?'

'아니야, 괜히 달려들었다가 쓸데없는 욕심이 생겨 진퇴양난, 올가미에 걸리고 안 해도 될 고생을 사서 하게 되는지도 몰라…'

'바위에서 떨어져 팔다리 다치고 병신 되는 거 아냐?'

허천수의 생각이 꼬리를 물고 번져 나갔다. 며칠을 두고 갈까 말까 망설이던 끝에 '구경이야 못하겠어?' 하는 마음에 일단 가 보기로 하였다. 회원가입을 하고 준회원이 되어 댓글을 달았다.

〈허천수 구경만 합니다.〉

이튿날 아침에 보니 댓글에 선돌대장의 답글이 달렸다.

〈허천수님, 어서 오세요. 교육 참관 환영합니다.〉

일단 댓글에 답글까지 달렸으니 이제는 취소할 수도 없고 상상도 못해 본 암벽등반을 난생처음으로 구경하지 아니 할 수 없게 되었다.

"어~라, 비가 오네?"

어제까지의 일기예보에는 오늘 날씨 '흐림'으로 되어 있었는데 새벽에 일어나 보니 창밖에 부슬부슬 비가 내리고 있다. 얼른 컴퓨터를 켜고 날씨를 살펴보았다. 역시 흐림으로 되어 있고 낮에 한때 약간 비가 오는 것으로 되어 있다. 하기야 일기예보가 항상 적중하는 것은 아니지 않는가? 더욱이 어느 시점에서 어느 지역에 비가 오는지 안 오는지를 어떻게 귀신같이 맞추고 시시각각으로 예보를 할 수가 있겠는가? 시간과 장소를 아주 잘게 쪼개서 지금 현재 이 동네 상황을 누가 알려 줄 수 있다는 말인가? 아무리 과학이 발달해도 그건 불가능할 것 같다.

그러나 허천수에게는 작은 문제가 아니다. 지금 당장 등산 준비를 해야 할 시간이기 때문이다. 비오는 날에도 암벽등반이 가능한지, 약간 오는 것은 지장이 없는지, 비가 몇 ㎜ 정도 와야 암벽등반이 취소되는지 전혀 사전 지식이 없으니 당황할 수밖에 없다.

선돌대장의 공지에도 아무런 정보가 없다. 대장 포함 8명이 등반하는 것으로 댓글이 달려 있는데 허천수만 교육 참관생이고 나머지는 모두 기존 회원들이다. 이정도 비에 대해서는 서로 알고 공감대가 형성되어 있는지 추가 댓글도 없다. 망설이던 끝에 너무 이른 시간이라 실례가 되는 줄 알면서 대장에게 전화를 걸었다.

"여보세요. 선돌 대장님이세요? 지금 비가 오는데 오늘 암벽 하나요?"

"아, 허천수님이시군요. 비가 와도 일단 약속장소에 모입니다. 암장에 도착해서 바위 상태를 봐가며 등반을 할까 말까를 결정합니다. 바위가 젖어 미끄러우면 등반을 못 하니 워킹산행으로 대체합니다. 4~5시간 코스를 잡아 도보 산행을 하고 일찌감치 하산해서 뒤풀이 식당에서 쇠주 한잔하고 헤어집니다. 우의나 우산을 챙기고 꼭 나오세요."

워킹 산행이라니 허천수는 마음이 확 풀린다. 비가 억수로 쏟아져도 도보산행은 걱정할 것 없다. '일반산행은 내가 대장이지. 10살 20살 밑이라도 나 따라오는 사람이 없을걸? 폭포같이 쏟아지는 빗속에서 우의를 둘러쓰고 김밥을 먹으며 산행한 때도 많았는데… 그 지독한 백두대간 12시간도 했는데…' 속으로 큰소리쳤다.

지하철 3호선 불광역 2번 출구 밖. 거리가 한산하다.

평소에는 이곳에 등산객들이 모여 각자 자기 팀을 찾고 인사를 나누는 장소로 잘 알려진 모임장소인데 오늘은 평소의 절반도 안 된다. 비가 오니 모두 산행을 취소한 모양이다.

토요일이나 일요일 아침 이 시간에는 보통 수십 명이 북적거리는데 이 때를 노리고 이름 있는 등산용품점들이 자리를 다투고 들어 서 있다. 등산 재킷(jacket)을 비롯해서 등산바지, 등산화, 모자, 우의 등 기본 장비는 물론, 버너, 코펠, 고글, 스패츠, 장갑, 아이젠 등 수백 가지의 소품들이 손님을 기다리고 있다.

등산용품은 일반 상품에 비해서 고가이다. 의류만 하더라도 일반 제품은 10만 원대이지만 고어텍스 천으로 만든 등산상의는 수십만 원이다. 신발은 보통 5만 원 미만이지만 등산화는 10만 원 이하는 거의 없다. 그만큼 기능이 우수하기 때문이다. 악천후에 견딜 수 있고 최악의 지형이나 조건에서 몸을 보호하는 기능을 갖추어야 하기 때문에 비쌀 수밖에 없다. 그러고도 기능이 더 뛰어난 새로운 제품들이 매년 출시되어 가격을 끌어올리고 있다. 가격이 아무리 비싸더라도 그만한 가치가 있으면 잘 팔린다. 아니 가격이 비쌀수록 잘 팔린다. 국내 워킹 산행에서야 최고급 용품이 필요하지 않겠지만 히말라야 원정을 비롯하여 해외명산 정복을 위해서 출정하는 경우 돈 모자라서 최신 명품을 사지 못하는 경우는 거의 없다. 등산장비가 등산객의 생명을 좌우하기 때문이다.

일반 등산장비가 그럴진대 암벽등반 장비는 어떠하겠는가? 이건 또 다른 별개의 세계이다. 암벽등반 장비는 작은 소품이라도 등반자의 생명과 직결되어 있다. 조그마한 결함도 용납되지 않는다. 리버소 같은 100g 미만의 하강장비가 3만 원이다. 30g 남짓한 등강기 T블록도 3만 원이다. 같은 크기의 일반 쇠붙이라면 300원도 안 되는 무게이다. 그 작은 쇠붙이가 아무리 큰 사람이 체중을 실어도 파손되지 아니하고 로프를 잡아 주니 비싸더라도 살 수밖에 없다. 이와 같은 암벽장비들은 일반 등산용품점에서는 구할 수 없다. 암벽장비 전문점들은 주로 종로 5가 시장에 밀집되어있는데 대부분의 암벽장비는 인터넷 쇼핑몰에서도 구입할 수 있다.

B등산장비점 앞 빈자리에 선돌 대장과 서정아가 벌써 와서 기다리고 있다. 이어서 향산마루와 나머지 대원들이 모두 모였다. 비가 오지만 심하게 쏟아지지는 않고 약간 춥다. 모두들 우의와 우산으로 무장을 하고 반갑게 서로 인사를 나누었다. 구경하러 온 허천수도 어색하게 첫인사를 하였다.

"반갑습니다. 오늘 처음으로 암벽등반 구경하러 온 허천수입니다. 잘 부탁합니다."

말이 떨어지기 무섭게 서정아가 이어받아 소개를 한다.

"허천수 선배님은 등산경력이 30년도 더 된 어른이셔요. 전국의 산은 모르는 산이 없고 50대도 따라가지 못할 정도로 빠르고 체력이 좋으신 분입니다."

"향산마루 형님과 나이가 어떠세요?"

나이가 지긋해 보이는 대호가 묻는다. 자기도 벌써 60대, 암벽등반에서 적은 나이가 아닌데 자기보다 나이 들어 보이는 사람이 왔으니 무엇보다도 나이가 궁금했던 것이다.

"허천수 선배님은 70대이신데 향산마루대장님은 6살 밑이고, 대호 선배님은 9살 밑이 될 거예요."

"아이구, 대 선배님이시군요. 반갑습니다. 저는 향산마루 형님보다 아래인 줄 알았는데… 어쩌면 그렇게 젊어 보이세요? 얼굴에 검버섯 한 점 없고…"

"천수 형님은 몇 년 전 여우굴에서 만나 처음 인사를 나누고 흰구름산악회에서 오랫동안 같이 산행을 했는데… 설악산 1275봉 정상을 함께 올라간 게 벌써 만 3년이 넘었네요. 그때만 해도 나는 산행대장을 하면서 산에서 펄펄 나는 체력으로 아무도 날 따라 오는 사람이 없을 거라고 큰소리를 펑펑 쳤는데…… 천수 형님이 나보다 한 수 위인 줄 모르고…"

향산마루가 추억을 되살린다.

"허 허 그게 벌써 4년 전 일이 됐네 그려! 1275봉은 험하기로 유명한 설악산 공룡능선의 중간쯤이었지?"

쇠줄을 잡고 숨을 헐떡거리며 가파른 골짜기를 치고 올라가 1275봉 안부에 도착하던 때가 허천수의 기억창고에서 고개를 들고 나왔다. 거기에서 다시 1275봉 정상까지는 그전에도 한번 갔다 온 적이 있어 두 번째였던 것이다.

"천수 형님이 1275봉 정상을 가리키면서 저기를 가자고 하길래 거기도 사람이 갈 수 있는 곳이냐고 했지… 보통 일반 산꾼들은 그냥 지나쳐 버리는 곳이라 엄두도 못 내는데… 천수 형님이 가자고 하면서… 조금 기다려 뒤따라오는 다른 대원도 같이 데리고 가자고 했어요. 나는 처음 가는 곳이라 시간이 얼마나 걸릴지도 모르고 얼마나 어려운 곳인지도 몰라서… 속도가 느린 다른 대원들이 여럿이 따라 오면 시간이 엄청 걸리고 전체 산행에 차질이 있을 것 같아 둘이서만 얼른 다녀오자고 하면서 서둘러 올라갔지…"

평소에 말이 없던 향산마루가 이 대목에서는 이야기가 술술 나온다.

"1275봉 안부에서 다시 10여 분 동안 바위를 타고 어렵게 오른 1275봉 정상에서 그 뒤쪽 깎아지른 절벽 아래를 내려다본 광경은 정말 장관이었어… 천지가 단풍으로 덮인 설악산… 깊고 깊은 설악골… 왼쪽으로는 마등봉에서 내리지르는 능선과 금강굴 바위들, 오른쪽으로는 범봉과 천화대 능선의 침봉들이 치열하게 몸을 부딪치며 달려 내려가고… 그 너머로 멀리 화채능선에서 오른쪽으로 대청, 중청, 소청봉으로 이어지는 산 마루금들. 아! 지금 생각만 해도 감격! 감격 그 자체였어… 이제는 다시 가 볼 수 없는 옛이야기가 되었지만…"

불과 3년 사이인데 그동안 몹쓸 병이 들어 큰 수술을 하고 거의 폐인이 되다시피 한 지금, 향산마루대장은 자기의 처지를 생각하면서 속으로 울었다. 그 화려했던 수많은 산행 경험과 최성기의 1275봉, 그 정상에서 내려다본 장엄한 광경은 일생일대의 하이라이트였으니… 생각할수록 그립고 잊을 수가 없는 장면이었다.

"그때 공룡능선은 저도 갔었잖아요. 1275봉 정상에는 못 갔지만… 설악산 공룡능선은 정말 어려운 곳이에요. 지금은 저도… 다시 가지 못할 것 같아요."

서정아도 한마디 한다.

"설악산 공룡능선은 회운각에서 마등령까지 직선거리로 3.8㎞밖에 안되는데, 실제 산행 거리는 4.5㎞가량 되지요. 거리는 짧아도 크고 작은 봉우리를 10여 개 넘어야 하므로 공룡능선에서만 최소 5시간 이상 걸려요. 그런데 공룡능선은 설악산 한복판에 있으니 공룡능선 시작점에 가려면 어느 방향에서 가든지 5시간 정도 가야 해요. 오색 쪽에서 시작하면 설악폭포, 대청봉, 회운각, 공룡능선, 마등령, 금강굴, 비선대, 소공원까지 19㎞, 약 14시간이 걸리지요."

허천수가 이어받아 공룡능선 이야기가 계속되었다.

"보통 무박으로 가는데 서울에서 전날 저녁에 출발해서 강원도 첩첩산골… 인제, 원통을 지나 한계령을 넘어 오색… 산행 들머리에 도착하게 되지요. '인제 가면 언제 오나, 원통해서 못 살겠네'라는 말이 있을 정도로 한번 가면 다시 산을 벗어나기 힘든 별천지였지요. 그 옛날 얼마나 가기 힘든 산골이었을까? 지금은 교통이 편리하니 그런 속담이 있는 줄도 모르고 살지만… 공룡능선은 백두대간 설악산 구간에서도 가장 험한 구간으로 동쪽은 외설악, 서쪽은 내설악인데 좌우로 펼쳐지는 경치는 말로 표현할 수 없을 정도로… 보통 말로는 표현할 수 없을 정도로… 앗!"

허천수는 신나게 이야기하다가 물구덩이에 발이 **빠졌다**. 처음 만난 젊은 바위꾼들에게 먼 데 있는 공룡능선을 보여 주려다가 자기는 바로 앞에 있는 발밑을 못 본 것이다. 고인 물이 가랑잎을 덮어쓰고 잠복하고 있다가 갑자기 발을 끌어당기니 당할 수밖에…

바위를 잘 타는 사람은 대개 젊은 사람들인데, 바위에는 익숙하지만 일반 산행경력은 많지 않아 공룡능선 같이 고수들이 가는 곳은 잘 모르는 경우가 많다.

"여기서 비옷은 벗어도 될 것 같네…"

묵묵히 앞서가던 선돌대장이 배낭을 내려놓고 뒤돌아본다. 이야기하면서 걷는 사이에 비가 그쳤다. 모두들 이마에 땀이 송알송알 맺혔다. 비옷을 벗으니 시원한 바람이 온몸을 휘감아 금방 날아갈 것 같다.

"암장은 아직 멀었어요?"

"아니, 거의 다 왔어요. 저 위에 바위비탈이 허옇게 보이지요? 10분만 더 가면 됩니다."

족두리봉 아래 수리암장에 도착하였다. 시커먼 숲속에 가파른 바위가 보인다.

"여기는 안 되겠는걸…"

선돌대장이 가까이 가서 바위를 쳐다보고 손으로 만져본다. 여기는 경사가 심하고 비에 젖어 미끄러우니 더 위로 가서 쉬운 곳을 찾아보자고 한다. 위에는 경사가 완만한 바위가 있지만 거기도 미끄러우면 오늘 암벽등반은 포기하고 워킹 산행을 하는 수밖에 없다고 하였다.

"됐어, 이정도면 괜찮아."

대장이 손을 뻗어 바위를 짚고 두 발로 바위에 올라서서 하는 말이다. 경사가 약하니 안심이 되는 모양이다.

"여기는? 전에 한번 왔던 곳이네…"

대호가 좋아한다.

모두들 배낭에 있는 등산장비를 전부 꺼내 놓고 골라 가면서 착용하기 바쁘다.

허천수는 바위를 쳐다보았다. 빨래판을 세워 놓은 것 같은 바위벽인데 쳐다만 봐도 무섭다. 암장 오른쪽 끝으로 약간 올라가서 암장의 경사면을 보니 약 50°쯤 되어 보인다. 장비를 착용하는 회원들을 내려다보면서 카메라 사진을 찍기 시작했다. 바위 주변을 여기저기 찍었지만 짙은 안개 속이라 사진이 제대로 나올 것 같지 않았다.

"그쪽으로 더 가면 위험해요. 몇 년 전에 그 뒤에서 한 사람 떨어져 죽은 사고가 있었어요. 오늘은 더욱 조심해야 해요."

선돌대장이 주의를 준다. 과연 뒤쪽을 보니 밑이 안 보이는 절벽이 도사리고 있다. 시야가 흐려서 절벽인지 모를 뻔했다.

"이거 한번 입어 봐. 몸에 맞을 거야."

창유가 배낭에서 노란 셔츠를 꺼내면서 영초롱에게 입어 보라고 한다. 지난달 등반할 때 가져다 달라고 부탁받은 모양이다. 영초롱은 아는 얼굴이지만 창유는 처음 보는 사람이다. 창유는 선등대장이면서 암벽장 비점을 운영하는 산악인이라고 한다. 암벽교육을 하거나 산악회 시산제 등 행사가 있는 곳이면 발 넓게 찾아다니면서 교육을 도와주기도 하고 사업 홍보도 하는데, 어깨가 쫙 벌어지고 다부진 체격을 가진 50대의 남자, 선돌대장과 동갑이라고 한다.

보통 암벽등반을 오래 한 사람은 풍부한 경험을 살려 암벽장비점 쪽에 한발을 걸치고 생계를 이어가는 경우가 많다. 신참 초보자나 후배들을 직접 또는 간접으로 지도하여 수입을 얻기도 하지만, 문하생들이 많아지고 큰 군단을 이루면 장비점을 열어 본격적으로 영업활동을 한다. 작은 장비점에서 출발하여 사업운이 보태지면 큰 기업체로 성장하여 굴지의 장비 판매 회사가 되고 더 나아가서 직접 제조공장을 차려 세계적인 명품 브랜드를 구축하기도 한다.

"저쪽으로 돌아서세요."

영초롱이 옷을 입어 보기 위해서는 지금 입고 있는 두터운 재킷과 셔츠를 벗어야 하는데, 가장 나이 어린 여자가 여러 남자들이 보는 앞에서 얇은 내의만 입은 상체를 드러내기가 어려웠던 것이다. 창유에게 돌아 서라고 하지만 실은 모든 남자들에게 하는 말이었다. 남자들이 영초롱의 나체에 가까운 젖가슴을 볼 기회를 잃었다. 보통 이상의 미인형 얼굴에 커다란 눈매, 볼록한 가슴, 날씬한 허리, 풍만한 엉덩이와 쭉 뻗은 다리, 어느 하나 나무랄 데 없는 몸매이다.

허천수는 몇 년 전 흰구름산악회에 있을 때 영초롱과 한두 번 산행을 같이한 적이 있고, 특히 숨은벽능선에서는 독사진을 찍어 주기도 했다.

코발트색 하늘을 배경으로 단풍이 온산에 활활 타오르고 있을 때 숨은벽능선 해골바위를 내려다보는 전망대 쉼터에서였다. 백운대를 배경으로 멋지게 포즈를 잡고 서 있는 영초롱은 한 떨기 국화같이 우아하고 아름다웠다. 웬만한 여배우는 저리 가라는 듯이 노란 등산복에 화사한 미소를 지으며 손을 들어 V자를 그리는 모습은 오랫동안 잊히지 않았는데… 놀랍다! 국화향(菊花香)이 묻어나는 연약한 여자가 여기 거친 바위를 타려고 준비를 하다니…

대원들이 장비 착용을 대강 마치고 물을 마신다. 각자 과자와 빵을 꺼내어 서로 권하며 잠시 지난번 등반 때의 이야기로 양념을 친다.

"내 빌레이 좀 봐줘."

대호가 창유를 보고 하는 말이다. '빌레이?' 허천수는 귀를 의심했다. '릴레이'는 들어 봤어도 빌레이라는 말은 난생처음이다.

옛날 국민학교(현 초등학교) 운동회 때 가장 인기 있는 종목이 달리기였다. 그것도 바통을 건네주면서 이어달리기를 하는 릴레이가 운동회의 최고 인기 하이라이트였다. 운동회는 청군, 백군 2편으로 갈라서 하는데 달리기 릴레이는 운동회 마지막 판에 각 팀 4~5명이 한다. 그 릴레이에서 이기면 그날 운동회 전체에서 자기편이 이긴 것처럼 자랑한다. 각 종목의 출전 선수들이나 관중 할 것 없이 운동장에 있는 모든 사람들의 시선이 집중되어 있다. 모든 사람들의 흥분이 최고조에 달해 있다. 릴레이를 하다가 한 선수가 넘어지면 바통을 받을 다음 주자가 애가 타서 팔짝팔짝 뛰기도 하고, 바통을 넘겨주다가 떨어트려 다른 팀이 저만치 달아나면 응원 관중의 절반이 크게 실망하고 '에~이'하며 안타까워 하던 그때 그 짜릿했던 순간을 잊을 수 없다.

어릴 때부터 귀에 익은 릴레이는 잘 아는데… 오늘 이 바위 밑에서 빌레이라니? 혹시 대호가 '릴레이'를 잘못 발음한 것이 아닌가? 아니다. 그럴 리가 없다. 여기는 릴레이 하는 곳이 아니다. 빌레이… 빌레이? 아무리 생각해도 영어 단어가 생각나지 않는다. 허천수는 일단 못 들은 체하고 창유가 어떻게 하는지를 가만히 보았다. 창유가 하는 행동을 보면 빌레이가 무엇인지 알 것도 같았다. 그런데 창유는 "예"하고 대답은 하면서도 대호가 해 달라는 것을 해 줄 생각은 아니하고 물을 마시며 딴 짓을 하고 있다.

장비 착용을 마친 선돌대장은 60m 로프의 한쪽 끝을 골라 되감기 8자 매듭으로 하네스(Harness: 안전벨트)에 묶기 시작한다. 먼저 로프 끝을 오른팔에 대고 길이를 잰다. 8자 모양을 만들어 하네스의 허리벨트와 두 다리 연결벨트를 모아서 감고 8자에 되돌려 고정시켰다.

이어서 장비 착용을 마친 성운산이 선돌대장의 뒤로 2~3m 떨어져서 선등자 빌레이 준비를 한다. 성운산은 대호보다 나이가 들어 보인다. 허리에서 그리그리(빌레이 장비, P사 제품)를 뽑아 거기에 앞 사람의 로프를 끼우고 그것을 자기의 배꼽 카라비너에 연결하였다.

카라비너(독일어 Karabiner: 개폐가 용이하도록 만든 강철 고리)는 O형 D형 등 여러 가지 모양이 있는데, 쓰는 위치에 따라 이름도 다르다. 배꼽 부근에 달아 놓은 것은 알기 쉽게 '배꼽카라비너'라고 한다. 배꼽 카라비너는 모든 등반가가 등반 시작부터 끝날 때까지 풀지 말고 그대로 장착해 두어야 하는 기본 장비이다. 어떤 경우에나 몸이 로프에 연결되고 로프는 바위에 연결되어 있어야 하는데, 등강기, 하강기, 빌레이 장비, 로프 매듭 등을 바꾸어 가며 걸기 위한 고리이기 때문이다.

선돌대장이 선등을 하고 성운산이 세컨(Second: 두 번째 등반자)이 되어 빌레이를 봐주기로 미리 약속이 되어 있었던 모양이다. 아니, 전에부터 늘 그렇게 해 왔던 것이다. 둘이서 아무 말 없이 척척 해내고 있는 것을 보니 허천수는 흥미롭고 부러웠다. 더구나 성운산은 처음 만난 사람이지만 매우 친절하고, 60대 후반의 나이인데 암벽등반 경력이 20년도 더 된다고 하니 구경하러 온 허천수에게는 암벽등반에 관한 한 하늘 같은 존재이다.

"암벽등반에서 로프를 제대로 사용하기 위해서는 필수적으로 매듭법을 알아야 해요. 로프를 매는 방법은 여러 가지가 있지만… 가장 일반적으로 사용하는 방법은 8자매듭이지요. 8자매듭에는 3가지가 있는데… 제가 맨 것과 같이 로프의 앞쪽 끝을 하네스에 매는 '되감기 8자매듭'이 있고, 로프의 중간을 매는 '중간 8자매듭'이 있어요. 중간 8자매듭은 '고리 8자매듭'이라고도 합니다. 그리고 로프 2동을 연결할 때 쓰는 '연결 8자매듭'이 있지요."

선돌대장이 뒤를 돌아보며 허천수에게 8자매듭 3가지를 알기 쉽게 설명해 주었다.

"출발?"

선돌대장이 선창을 한다. 출발해도 좋으냐는 물음이다.

"출발!"

성운산의 허락이 떨어졌다. 빌레이 준비를 완료했으니 출발해도 좋다는 신호이다. 빌레이어가 허락하지 않으면 출발을 할 수가 없다. 허락이 없는데 출발하였다가는 크게 다칠 수 있기 때문이다. 마치 비행기가 관제탑에서 지시하는 대로 움직이는 것과 같다.

선돌대장이 경사 50°의 슬랩(Slab: 기울어진 바위벽)을 능숙한 몸놀림으로 기어오르고 성운산이 적당한 길이로 로프를 풀어 준다.

선돌대장이 첫 번째 볼트(Bolt)에 손이 닿을 만큼 올라가서 허리춤에 차고 있던 퀵드로(Quickdraw: 양쪽 끝에 카라비너가 달린 짧은 줄)를 하나 풀어 한쪽 끝 카라비너를 볼트에 걸고 반대쪽 카라비너에 로프를 당겨 걸었다. 몸-로프-퀵드로-볼트로 몸과 바위가 연결되었다. 이제는 떨어져도 볼트 아래로 크게 떨어지지는 않는다. 만약 떨어지면 성운산의 배꼽카라비너에 달린 그리그리가 즉시 작동하여 로프를 꽉 물고 더 이상 떨어지지 않게 잡아 줄 것이기 때문이다. 혹시나 그가 첫 번째 볼트에 퀵드로를 걸기 전에 떨어진다면? 바닥까지 떨어져서 크게 다친다. 다리가 부러지거나 발목 골절을 입는 경우도 있다. 바위꾼들이 겁내는 '바닥치기'이다. 바닥치기에 대비해서 선등자가 첫 번째 볼트에 퀵드로를 걸기 전까지는 다른 대원들이 두 손을 위로 들고 선등자를 받쳐 준다. 떨어져도 사람 위에 떨어지기 때문에 크게 다치지 않게 하는 것이다.

바위는 경사가 센 곳도 있고 약한 곳도 있다. 크랙(Crack: 갈라진 틈새)도 있다. 크랙은 방향에 따라 수직크랙, 수평크랙, 사선크랙이 있고, 틈새가 벌어진 방향에 따라 좌향크랙, 우향크랙, 언더크랙 등이 있다.

선돌대장은 언더크랙을 만났다.

"여기서는 왼발을 여기에 올려놓고 몸을 오른쪽으로 기울여 이렇게 올라서야 해요."

몸놀림이 유연하다. 아무나 쉽게 할 수 있을 것 같지 않았다.

크랙을 지나 조금 위에 두 번째 볼트가 있다. 퀵드로를 걸고 계속해서 올라간다. 볼트를 두어 개 더 지나 20m쯤 되는 슬랩 끝에까지 갔다. 끝에는 지붕 같은 바위가 있고 그 위에는 흙과 나무가 덮여 있는 보통의 산비탈이다.

일반적으로 암장에는 볼트가 줄지어 박혀 있는 바윗길이 여러 개 있는데 길마다 개척자들이 지어 놓은 이름이 따로 있고 난이도가 모두 다르다. 바윗길 끝에는 P톤(p자 모양의 확보물)과 쌍볼트(2개의 볼트로 된 확보물)가 박혀 있다.

선돌대장은 먼저 자기확보줄(잠금 카라비너를 하네스에 연결한 줄)을 쌍볼트에 걸어 1차 확보를 하였다. 이어서 허리에 차고 있던 퀵드로를 하나 뽑아 그 옆에 있는 볼트에 걸고 로프를 '쭈~ㄱ' 당겨 클로버히치 매듭을 만들어 퀵드로의 다른 쪽 끝에 걸었다. 2중 확보이다.

이제 하강할 차례이다. 하강은 자기가 하는 것이 아니고 밑에서 빌레이를 봐주는 성운산이 하강을 시킨다. 선돌대장은 하강 준비만 하면 된다.

하네스에서 8자매듭을 풀어 로프를 P톤의 구멍으로 통과시킨 다음 다시 하네스에 묶었다. 그런 다음 역순으로 먼저 2차 확보한 퀵드로를 풀어 회수하고 이어 1차 확보한 자기확보줄을 회수하여 허리에 찼다. 이제 두 손을 놓아도 된다. P톤을 통과한 로프를 밑에서 성운산이 잡고 있기 때문에 떨어질 염려가 없다.

"하강준비 완료!"

큰소리로 외친다.

"하강!"

밑에서 하강시키겠다는 성운산의 응답이 왔다.

선돌대장은 두 팔을 옆으로 벌리고 몸을 뒤로 제꼈다. 하늘에 떠 있는 인형 같다. 성운산이 천천히 로프를 풀어 주면서 하강시킨다.

선돌대장이 앞서 걸어 놓은 퀵드로 근처에 내려왔을 때 성운산이 하강을 스톱시키고 선돌대장은 퀵드로를 회수하여 허리에 찼다. 계속 내려오면서 걸어 놓은 퀵드로를 모두 회수하니 로프가 아무런 장애물 없이 P톤에 직접적으로 걸려 있게 되었다.

"수고하셨어요."

선돌대장의 발이 바닥에 닿자마자 영초롱이 박수를 치며 좋아한다. 이런 광경을 난생처음 본 허천수는 자기도 모르는 사이에 덩달아 박수를 치며 감탄했다.

"생각보다 덜 미끄러우니 크게 걱정 안 해도 되겠어요. 이번에는 막내 영초롱이 올라 가 봐!"

선돌대장이 8자매듭을 풀고 로프를 영초롱에게 주었다. 영초롱은 나이가 제일 어리지만 몸이 날쌔고 체력이 좋은데다가 등반경력도 몇 년 되니 이런 바위쯤이야 전혀 걱정할 필요가 없다. 능숙한 솜씨로 되감기 8자매듭을 하고 바위 앞에 서서 뒤를 돌아본다.

"출발?"

출발해도 되느냐고 묻는다.

"대기!"

이번에는 선돌대장이 빌레이를 봐주면서 아직 준비가 되지 않았으니 기다리라고 한다. 비도 그치고 하늘이 밝아졌으니 서두를 필요가 없다. 이제부터는 재미있는 바위타기를 즐기기만 하면 되는 것이다.

선돌대장은 나이가 열댓 살 이상 차이가 나는 허천수를 보고 매우 조심스러워 하면서도 큰형님 같은 친근감이 들어 뭔가 도움이 되도록 해 드리고 싶었다.

"선배님, 바위는 처음이시지요? 산행경력으로야 대선배님이시지만 바위는 또 다른 세계이니까니 좀 어떨떨 하실 겝니다. 그래도 알고보믄 바위는 안전하고 재미있는 놀이랍니다. 맘 놓고 구경하시고 이따가 나중에 한번 올라가 보세요."

어딘지 모르게 이북사투리가 조금 섞여 나왔다. 아마 아버지의 고향이 이북이었던 모양이다.

말을 하면서 그리그리를 배꼽카라비너에 장착하고 빌레이 준비를 완료했다.

"출발!"

영초롱이 바위를 오르기 시작한다. 선돌대장이 로프를 조금씩 풀어 준다. 로프가 암장 꼭대기 P톤에 걸려 있기 때문에 만약 영초롱이 미끄러지더라도 선돌대장의 그리그리가 즉시 작동하여 떨어지지 않게 되어 있다. 첫 번째 볼트에 영초롱의 손이 닿았다. 발이 미끄러질 것 같아 손으로 볼트를 잡고 싶었지만 볼트는 잡지 않았다. 대신 엄지손가락을 나머지 네손가락에 최대한 눌러붙이고 구부려 모아 힘을 주면서 옆에 있는 작은 돌기를 잡았다. 만약 볼트를 잡았더라면 즉시 밑에서 선돌대장의 호령이 떨어졌을 것이다.

"볼트를 잡으면 안 돼!"

암벽등반에서는 아무리 어려워도 볼트를 잡는 것은 절대 금물이다. 물론 잡을 수는 있지만, 볼트를 잡으면 손을 다칠 우려가 있을 뿐만 아니라 반칙이기 때문이다. 반칙을 해 가면서 운동할 바에야 뭣 하러 암장에까지 오는가? 차라리 워킹 등산을 하든지 집에서 TV나 보고 있지…

영초롱이 팔을 뻗어 P톤에 손을 대고 "완료!" 한다. 이어서,

"하강?"

"하강!"

신호를 주고받으니 영초롱의 몸이 서서히 내려오기 시작한다. 영초롱은 할 일이 없다. 가만히 있으면 된다. 선돌대장이 그리그리 손잡이로 속도를 조절하면서 로프를 풀어 주면 영초롱이 인형처럼 내려오는

것이다.

"암벽등반은 모두 이런 것인가요?"

허천수는 신기하다는 듯이 선돌대장에게 묻는다.

"아닙니다. 이것은 톱 로핑(Top Roping)이라는 것인데요… 암벽등반의 여러 가지 형태 중 하나이지요. … 슬랩이나 암장이 끝나는 꼭짓점에 고정 확보물을 설치해 두고 거기까지 올라갔다가 내려오는 바위타기입니다. 암장을 개척할 때 바위에 볼트를 박는 공사를 하기 위해서 이 방법을 이용하기도 하고 주로 초보자들이 기량을 높이기 위해서 연습하는 방법이기도 합니다. 물론 난이도가 높은 루트는 고수들이 연습장으로 활용하는 경우도 많습니다. 특히 수직 거벽등반을 하기 위해서는 거의 이 방법으로 수없이 되풀이 하여 연습합니다."

"인수봉도 이 방법으로 올라가나요?"

허천수의 머릿속에 가장 인상 깊게 새겨져 있고 평생의 염원인 인수봉 등정이 꿈틀거리기 시작한다. 10여 년 전 백운대에서 인수봉을 바라보면서 '10년만 젊었어도 저기를 올라가 보는 건데…' 하면서 부러워하던 인수봉이 아닌가? 세월이 가도 허천수의 머릿속에 꽉 박혀 요지부동인 인수봉 등정! 생각만 해도 가슴이 뛴다.

"글쎄요… 선등자가 올라가고 밑에서 빌레이를 봐주는 것은 같지만… 그 외에는… 인수봉이나 선인봉 같은 암봉 등반은 또 달라요. 여기는 1피치(Pitch 마디)로 끝나지만, 인수봉은 최소한 4피치 이상 가야 해요. 선등자가 1피치 올라가서 후등자 빌레이를 봐주어 올라오게 하고 선등자가 다시 2피치를 올라가서 후등자가 올라오게 하고… 이런 방법으로 계속해서 정상까지 가는 것이지요. 멀티피치 등반이라고도 하고 시스템 등반이라고도 해요."

허천수는 시스템 등반을 어렴풋이 짐작할 수 있지만, 확실히는 알 수가 없다. 그보다 '빌레이'라는 말이 더욱 귓전에서 맴돌고 있다. '빌레이? 앞사람이 뒷사람을 봐주고 뒷사람이 앞사람을 봐주는 것?' 눈치로 짐작이 간다.

대호의 차례가 되었다. 약속대로 창유가 빌레이를 봐 준다.

향산마루대장과 서정아는 서로 바꾸어 빌레이를 봐주면서 등반을 하였다.

마지막으로 영초롱이 빌레이를 보고 성운산이 금방 올라갔다 내려온다.

"이제 허 선배님도 한번 해 보시지요. 아주 쉬운 슬랩이라 충분히 하실 수 있을 겝니다."

선돌대장이 빌레이 준비를 하면서 허천수가 등반을 하도록 권한다. 대호가 자기의 하네스를 풀어 허천수에게 주고 착용방법을 자세히 설명해 주었다. 되감기 8자매듭을 만들어 보이면서 허천수가 스스로 만들어 하네스에 묶도록 도와주었다. 자기의 암벽화를 벗어 주면서 신으라고 한다. 헬멧도 주었다.

허천수는 30년도 넘게 산에 다녔지만 이런 바가지(헬멧)를 써 보기는 처음이다. 완전 무장을 하고 등반 준비가 완료되었다. 기관총만 들면 영락없는 독일 병정이다. 가슴이 쿵쿵 뛴다. 바위를 쳐다보니 어마어마하다. 한 두길 되는 바위는 일반 등산화를 신고도 거뜬히 오르내렸는데 오늘 이 바위는 너무 높고 안개 속에 끝이 안 보인다. 불과 20m 남짓한 높이이지만 마치 수 십층 빌딩 벽 앞에 서 있는 기분이다.

"출발하세요!"

머뭇거리고 있는 허천수에게 선돌대장의 명령이 떨어졌다. 다른 대원 같으면 "출발?" "출발!"하고 신호를 주고받았을 것인데 지금 이 경우는 다르다.

"발 디딜 데가 없는데…?"

난감하다. 두 손으로 바위를 짚고 한 발을 올려 본다. 난생처음 '바위에 첫발'을 디뎌보는 것이다. 무릎을 펴고 올라서면 미끄러질 것 같다.

"다리를 수직으로 세우고 발가락 끝에 힘을 주어 일어서세요. 안 미끄러집니다."

정말이다. 생각 같아서는 미끄러지게 되어 있는데, 신기하게도 안 미끄러진다. 암벽화가 바위에 착 달라붙고 바위에 있는 작은 돌기들이 마찰력을 높여 주고 있기 때문이다. 게다가 두 발을 11자 모양으로 하고 몸을 수직으로 세워 균형을 유지하면 체중이 바위를 눌러 주고 무게 중심이 잡혀 안전을 확보하는 것이다.

"발밑을 잘 보세요. 바위가 반질반질한 것 같아도 자세히 보면 울퉁불퉁해요. 발 디디기 좋은 곳을 골라 디디면 돼요. 손잡을 곳도 잘 보면 다 보여요."

거 참 이상하다! 안될 것 같은데…? 된다!

조심조심 몇 발자국 위로 올라갔다. 불안한 마음이 조금씩 사라져 간다. 점점 용기가 났다. 언더크랙이다. 손바닥을 위로 하여 크랙에 손을 넣었다. 두 발을 올려 적당히 자세를 잡은 다음 한 발을 크랙 위에 올려놓았다. 온몸에 힘을 주어 크랙 위로 올라섰다. 두 번째 볼트… 세 번째 볼트… 볼트들을 다 지나 드디어 암장 꼭대기까지 갔다. 마지막 힘을 짜내어 앞 사람들이 한 것 같이 오른팔을 뻗어 P톤에 손을 얹고 큰 소리로 외쳤다.

"완료!"

감격스러운 외침이다. 처음으로 해 보는 소리인데 이 한마디가 그렇게도 통쾌한 말인 줄 몰랐다.

'아니, 내가 바위를 타고 여기까지 오다니!… 나도 바위 체질인가? 바위와 인연이 없는 사람은 아니란 말인가? 바위타기 소질이 있다는 말인가?'

1초도 안 되는 찰나에 수없는 생각들이 무더기로 확 지나간다.

"하강!"

선돌대장이 20m 아래에서 큰소리로 외친다. 하강시킬 터이니 마음속으로 하강 준비를 하고 하강자세를 취하라는 명령이다.

"하강!"

복창을 하고 하강자세로 들어갔다. 바위를 짚었던 두 손을 바위에서 떼고 똑바로 선 다음 몸을 뒤로 젖혀 발로 바위를 미는 자세를 취하는 것이다. 바위에서 두 손을 떼다니… 불안하다. 겁이 났다. 그러나 겁낼 것 없다. 몸이 로프에 묶여 있고, 로프는 P톤에 걸려 있고, 밑에서 선돌대장이 로프를 그리그리에 걸어 붙들고 있으니 절대 떨어질 염려가 없다. 선돌대장이 로프를 슬슬 풀어 주면 허천수는 천천히 내려오게 되어 있는 것이다.

"후유~~~!"

허천수의 발이 땅바닥에 닿았다. 난생처음으로 암벽등반을 해 본 것이다. 오늘은 구경만 할 생각이었는데 뜻밖에 암벽 실습까지 했다. 얼떨떨하면서도 기분이 좋았다.

"수고 많았습니다. 잘하셨어요…. 어떠세요?"

나이와 상관없이 오랜 산행 경험으로 다져진 허천수의 몸놀림을 보고 속으로 감탄하면서 선돌대장이 묻는다.

"……?……"

뭐라고 해야 할까? 할 말이 금방 나오지 않는다. 겁나기도 하고 흥분되기도 하고 안전하고 쉽고 재미있기도 하고….

"천수 형님은 충분히 암벽등반을 하실 수 있어요."

향산마루가 힘주어 하는 말이다.

"허 선생님은 연세도 높으신데… 대단하세요."

영초롱도 한마디 거든다.

지금까지 보고 있던 다른 사람들도 모두 박수를 치며 축하해 주었다.

하늘이 많이 밝아졌다.

비 온 다음이라 공기가 맑고 상쾌하다.

대원들이 서로 빌레이를 봐주면서 각자 두어 번씩 바위를 오르내리는 연습을 하였다. 마치 어린이 놀이터에서 미끄럼틀을 타고 노는 어린이들 같다. 힘겹게 올라갔다가 미끄러져 내려오고… 다시 올라가고… 쉬는 시간에 음식을 나누어 먹으면서 에너지를 보충하고… 마냥 즐겁게 바위 놀이를 하는데 시간은 사정없이 흘러갔다. 초겨울의 짧은 오후가 하산 벨을 울린다.

"이제 줄 걷고 하산 준비합시다."

선돌대장이 등반 종료를 선언하였다.

성운산이 노련한 솜씨로 로프의 한쪽 끝을 당겨 P톤에 걸려 있던 로프를 회수하고 회수한 로프를 어깨걸이로 사려서 꽁꽁 묶는 데는 오랜 시간이 걸리지 않았다.

"대장님, 단체사진을 한 장 남겨야지요."

영초롱이 제안한다.

"그렇지! 영초롱이 아니었으면 그냥 갈 뻔했네."

선돌대장은 모두 헬멧을 쓴 채 모이라고 하고 단체 사진을 찍었다. 이어서 선돌대장과 자리를 바꾸어 허천수가 다시 한 장 찍어 단체사진 2장을 기념으로 남겼다.

회원들이 각자 장비를 배낭에 정리하여 넣고 줄지어 산을 내려가기 시작한다. 멀리 펼쳐진 시가지가 정다운 풍경을 연출하며 점점 가까이 다가오고 있었다.

"허 선생님은 그림도 그리시지요? 제 아버님도 화가셨는데…"

영초롱이 잠자코 걷다가 한마디 한다.

"아니, 어떻게 알았어요?"

"아까 암장에서 등반 사진을 찍으면서 '사진도 잘 찍으려면 그림 못지않게 구도를 잘 잡아야 한다.'고 하셨잖아요?"

"그랬던가? 영초롱님은 눈치도 빠르셔."

"그뿐만 아니라 아침에 입고 있던 우의에도 'SD화가회'라고 쓰여 있던데요? 저의 친정아버님도 SD화가회에 다니셨는데 10여 년 전에 돌아가셨지요."

"누구신가?"

"최… 만자 복자…"

"아, 최만복 회장님! 영초롱이 그 어른의 따님이군. 반가워요. 최 회장은 나하고 아주 친한 그림 친구였지. 그림도 잘 그리시고… 나이도 비슷하고… 우스개 농담도 잘하셨지… 원로화가로 미술계에서 한참 이름을 날리셨는데, 환갑을 조금 지나서 갑자기 말기 암 진단을 받아 별로 손써보지도 못하고 돌아가셨지… 아까운 분이야…"

허천수는 잠시 최만복 화백에 대한 추억으로 숙연해지고 고인과의 지난날이 클로즈업되어 그리움으로 되살아났다.

그날은 무덥던 여름도 지나고 맑은 하늘이 파랗게 펼쳐진 가을이었다. 하얀 메밀꽃이 넓은 봉평 들판을 메우고 있다. 전국 각처에서 온 수많은 관광객들이 메밀밭을 누비며 즐기는 메밀꽃 축제 기간의 한가운데 날이다. 이효석은 소설 〈메밀꽃 필 무렵〉에서 '메밀꽃이 소금을 뿌린 듯이 흐뭇한 달빛에 숨이 막힐 지경이다.'라고 표현하였는데 그날은 달빛은 아니라도 지천에 깔린 메밀꽃이 정말 사람의 마음을 사로잡는다는 느낌이었다. 길가 중간중간에는 나지막한 정자들이 짚으로 된 지붕을 이고 운치 있게 앉아 있다.

SD화가회 버스는 메밀꽃이 핀 풍경을 그리기 위하여 모인 30여 명의 회원들을 봉평 들에 풀어놓았다. 정자가 드리운 그늘에 흩어져 앉아 화판을 펼쳐 놓고 모두들 그림 그리기에 여념이 없었다.

한동안 말없이 조용한 시간이 지난 다음 최 회장이 손에 쥔 붓을 놓고 팔을 뻗어 어깨를 툭툭 치고 운동을 하면서 정적을 깼다.

"내 재미있는 얘기 하나 해 줄게."

주위에 있던 회원들이 손으로는 그리기를 계속하면서 귀는 최 회장의 입에 연결하여 한마디도 놓치지 않고 듣는다.

"부산에서 어렵게 살고 있던 할머니가 모처럼 서울 아들집에 왔다가 부산으로 내려가는데 효심 지극한 아들은 어머니가 비행기를 한 번도 타 보지 못하셨으니 이번에는 비행기로 내려가시라고 하면서 큰맘 먹고 김포공항으로 모시고 갔지. 모두들 살기가 어려워 새마을호는 말할 것도 없고 무궁화호도 감지덕지… 타기가 어려운 시절인데… 비행기라니… 보통사람들은 한평생 비행기 한 번 타 보지 못하고 죽은 사람이…

아니 비행기 한번 타 보고 죽은 사람은 0.1%도 안 돼… 아들은 부산행 비행기 표를 끊어서 손에 쥐여 드리고 보안검색대로 들여보내면서 '잘 내려 가이소. 대기실에서 기다렸다가 게이트를 잘 찾아야 합니데이…' 하고 작별 인사를 했는데… 할머니는 이때부터 외톨이가 되어 처음 보는 공항 내부에 질리고 어디가 어딘지 몰라 불안하고 정신이 없었지… 직원이 시키는 대로 보안검색대를 통과하고 대기실에 나가니 대기실에는 제주도 가는 사람, 광주 가는 사람이 뒤섞여 탑승구를 찾기도 어려웠는데… 시간을 맞추어 간신히 탑승을 하고 기내 안내양을 따라 자리를 잡고 앉아서 한숨 돌리고 차차 분위기에 익숙해져서 바깥도 내다보다가… 옆을 보니… 아이구! … 옆에는 어느새 짚동 같이 커다란 사람이 꾹 눌러앉아 있는 거야… 자기보다 세배는 되어 보이는 흑인이었어요. 할머니는 주눅이 들어 저절로 몸이 움츠려지고, 외국인이라 말도 한마디 못 하고 있었지… 짚동이 내 자리 반을 차지했으니 자리가 좁아져서 겨우 앉아 있는데… 마음은 불안하고 몸도 불편하였지만 그냥 참을 수밖에… 한참 후에 화장실에 갔다 오다가 복도를 왔다 갔다 하면서 빈자리를 찾아보았어요. 비행기 앞쪽에 넓고 좋은 자리들이 비어 있는 것을 발견하고 '옳지!' 하고 앉아서 '이리 좋은 자리가 있는 줄 모르고 쌩 고생했네! 그래도 나는 운이 좋은 할망구다.' 하면서 편히 앉아 쉬고 있었지요. 이렇게 넓고 좋은 자리가 있는데 왜 모두들 비워 놓고 있는지 이해할수가 없었지… 그런데 2분도 안 되어서 스튜어디스가 오더니 '할머니 거기 앉으시면 안 돼요. 거기는 1등석이니 할머니 자리에 가서 앉으세요.' 한다. '이거 주인 없는 자리 아이가? 먼저 앉는 사람이 임자지…' '안 돼요, 할머니 자리로 가세요!' '머가 안 되노? 빈자린데…' 옥신각신 시비가 붙었어… 저쪽 두어 칸 건너서 신문을 보고 있던 노 신사가 가만히 들어 보니 아무래도 시비가 쉽게 끝나지 않을 것 같아 한마디 했지… '할머니, 그 자리는 제주도 가는 자립니다.' 말이 떨어지기가 무섭게 할머니가 벌떡 일어나더니 '아이고… 고맙심더!' 하면서 횅하니 달아나 버렸대요."

"하 하 하 하"

회원들이 일제히 웃음을 터뜨렸다.

"처음으로 바위에 올라본 기분 어떠세요? 바위… 탈만 하시지요?"

귀가하는 버스 안에서 선돌대장이 허천수에게 오늘 등반 실습한 소감을 묻는다. 허천수와 선돌대장과 창유는 집이 같은 방향이라 한 버스에 타고 가는 중이었다.

"글쎄, 생각보다는 그리 어렵지 않았는데… 그래도… 가느다란 줄 하나에 목숨을 걸고… 아래를 내려다보니 아휴~~ 무서워…"

허천수가 생애 처음인 등반에 대하여 꾸밈없이 피력한 소감이다.

"처음에는 다 그래요. 겁나는 것이 당연하지요. 그래도 두 번 세 번 하면 두려움이 없어지고 재미가 붙어요."

"그 로프는 안전한가요? 몸이 대롱대롱 금방 떨어질 것 같던데?"

"암요, 전혀 걱정하실 필요가 없어요. 국제산악연맹(UIAA)에서 안전도를 검사하여 인정 마크를 붙여 주는데 보통 7KN 이상 되어요. 1KN은 약 102kg이므로 로프는 700kg 이상의 인장강도를 가지고 있어요. 성인 10명이 매달려도 되는 정도입니다."

"어잉? 정말?"

"정말이지요. 로프 걱정 말고 다음 주에도 나오세요."

"장비도 없는데…"

"장비는 없어도 됩니다. 옆에 사람 거 빌려서 우선 몇 번 해 보고 차차 구입해도 됩니다. 물론 최소한의 기본 장비를 갖추면 더욱 좋지만…"

"최소한의 기본 장비가 무엇인데요?"

"첫째 암벽화 … 암벽화는 자기 발에 맞아야 하니까 빌리기는 좀 그렇고… 다음은 헬멧과 하네스가 기본이고 카라비너, 퀵드로 등은 그다음입니다."

"그런 걸 어디서 사요? 가격도 모르고 어떤 것이 좋은지도 모르고…"

"아, 마침 잘됐네요. 창유가 있잖아요? 이 친구는 등반대장이기도 하고 동대문에서 등산 장비점을 운영하는 사장이기도 합니다. 초보자에게 적당한 좋은 장비를 골라서 특별히 싼 값에 드릴 수 있을 겁니다. 이봐! 창유, 자네가 말 좀 해 보아!"

"글쎄요, 많은 장비를 금방 설명해 드리기는 어렵지만 우선 암벽화, 헬멧 그리고 하네스 세 가지는 바로 있어야 하지요. 다음 주에 나오신다면 가져와 보겠습니다."

창유는 물건을 하나라도 팔 수 있어서 반가우면서도 한편으로는 약간 부담스러웠다. 초보자라고 싼 물건을 잘못 추천했다가는 나중에 두고두고 원망을 들을 것이며, 그렇다고 암벽 고수들이 쓰는 비싼 고급제품을 처음부터 초보자에게 사라고 했다가는 바가지 씌운다고 욕먹을 것 같고… 어쨌든 장사가 물건을 안 팔 수는 없으니 중간제품을 가져와 보겠다고 마음먹었다.

허천수는 다음 주에 나올까 말까 망설이던 중이었는데 버스 안에서 이야기를 주고받다가 암벽에 대한 호기심이 커져서 다음 주에 나오겠다고 약속하고 그들과 헤어졌다.

'빌레이…빌레이…'

허천수의 머릿속에는 이 말이 계속 맴돌고 있었다. 어렴풋이 대강 알 것 같기도 하지만 확실한 의미를 모른다. 앞 사람이 바위를 오를 때 밑에서 줄을 잡아 주는 것이라고 생각되지만, 그 외에도 다른 뜻이 있는 말인 것 같기도 하다. 집에 도착하자마자 PC를 켜고 '빌레이'를 검색했다.

〈빌레이(belay): 암벽등반에서 등반가의 추락에 대비하여 로프를 사용하는 기술. 등반가를 제자리에 고정시키거나 하강시키는 것.〉

'이제야 확실히 알겠다. 쉽게 말해서 다른 사람이 추락할 경우 그 사람의 생명을 지켜주는 행위, 즉 〈확보〉라고 이해하면 되겠구나! 후등자는 선등자를 위해서, 선등자는 후등자를 위해서 줄을 잡아 주는 확보를 빌레이라고 하는구나!'

그렇다. 암벽등반은 위험하지 않고 누구나 할 수 있다고 한 향산마루 대장의 말이 생각났다. 겁이 나서 도저히 바위에 오르지 못할 것 같아도 이 '빌레이'라는 단어가 있기 때문에 안심하고 암벽등반을 할 수 있다는 것을 허천수가 완전히 깨닫는 데는 10시간이 걸렸다.

"전투에 실패한 지휘관은 용서할 수 있어도 경계에 실패한 지휘관은 용서할 수 없다."

미국의 '원수(元首)'로, 일본에서 '쇼군(將君)'으로, 한국에서 인천상륙작전의 영웅으로 추앙받는 맥아더가 한 명언이다.

'요리에 실패한 짬장은 용서할 수 있어도 배식에 실패한 짬장은 용서할 수 없다.'

'정책에 실패한 지도자는 용서할 수 있어도, 부정부패를 뿌리 뽑지 못한 지도자는 용서할 수 없다.'

여러 분야에서 맥아더 장군의 명언이 가지를 치고 나왔다.

'등반에 실패한 등반가는 용서할 수 있어도 확보에 실패한 등반가는 용서할 수 없다.'

암벽등반에서도 같은 말이 나왔다. 그만큼 빌레이는 암벽등반의 핵심이고 생명이다. 빌레이를 **빼면** 암벽등반은 있을 수 없는 것이다.

3. 수인암장

1주일이 금방 지나갔다. 오늘은 비도 안 오고 코발트색 하늘이 쫘~ㄱ 펼쳐져 있다. 너무 춥지도 않고 적당히 추워 등반하기는 딱 좋은 날이다. 지난 주일에 만났던 회원들이 모두 나오고 낯선 얼굴이 2명 더 있다. 불광역에서 만나 서로들 반갑게 인사하고 가벼운 발걸음으로 수인암장에 도착한 것은 10시경이었다.

모두들 배낭을 풀어 장비를 꺼내서 착용하기 바쁘다.

"허 선배님, 이거 한번 신어 보세요."

창유가 지난 주일에 약속한 대로 준비하여 가지고 온 암벽장비들을 꺼내어 바위에 늘어놓고 그 중 암벽화를 먼저 신어 보라고 한다.

암벽화가 발을 꽉 조인다. 엄지발가락이 신발 코에 딱 붙어 약간 꼬부라졌다.

"아이구, 안 되겠어… 너무 작아, 발이 아파요."

"암벽화는 조금 아픈 게 정상입니다. 신이 조금이라도 헐렁해서 발이 편하면 안 됩니다. 발과 바위가 1㎜도 떨어지지 않고 밀착해야 되거든요. 그래서 암벽화는 일반등산화나 릿지화보다 바닥이 얇으면서도 튼튼하고, 딱딱하면서도 바위에 잘 붙는 고무창으로 만들어져 있습니다. 하네스도 착용하고 헬멧도 써 보세요."

창유가 하네스 착용을 도와주었다.

"하네스도 최대한 조여야 합니다. 헬멧도 꽉 조이세요."

허천수가 암벽화, 하네스, 그리고 헬멧으로 무장하니 바위 꾼의 기본 복장이 갖추어졌다. 워킹만 하던 어제까지의 허천수와는 확연히 구별되는 딴사람이 되었다. 지난주에는 빗속에서 아무런 준비도 없이 따라와서 구경만 하다가 남의 장비로 얼떨결에 딱 한 번 바위에 올라봤는데, 오늘은 자기 몸에 맞는 장비를 제대로 갖춘 것이다.

"우와! 허 화백님 멋지세요."

옆에서 보고 있던 영초롱이 탄성을 지른다.

허천수가 바위를 보니 지난주의 바위가 아니다. 지난주에는 빗속에서 바위 밑동만 보이니 얼마나 높은지를 몰랐고 아주 가파른 것 같지는 않았는데, 오늘은 날씨가 맑아 바위가 끝까지 잘 보여 높을 뿐만 아니라 경사도 지난주 바위보다 훨씬 가파른 것 같다. 비교적 쉬운 B코스인데도 말이다. 저기를 어떻게 올라가? 겁이 덜컥 났다.

왼쪽 바위를 돌아 A코스에서는 선돌대장이 툭 튀어나온 바위에 한 발을 딛고 일어선다. 지난주와 마찬가지로 성운산이 빌레이를 봐주고 있다.

창유가 B코스 슬랩에서 로프도 없이 바위를 손으로 짚고 오른발을 올려놓았다. 다음 왼발을 올리고 11자로 벌려 놓았다. 두 손과 두 발이 직사각형으로 놓여 있다가 개나 고양이가 걷는 것과 같이 자연스럽게 손발을 움직이면서 조금 올라간다.

"슬랩에서는 4발 중 3발은 항상 바위에 붙어 있어야 하고 1개만 교대로 바위에서 떨어져 움직여야 해요."

허천수에게 시범을 보이면서 슬랩에서의 기본자세를 알려 준다. 비교적 초보에 가까운 향산마루와 서정아도 창유의 동작을 세심히 보면서 기술을 익히고 있다.

"경사가 심한데 미끄러지지 않나요?"

허천수가 묻는다.

"뒤꿈치를 들면 발이 떨리고 미끄러질 염려가 있어요. 무릎을 펴고 뒤꿈치를 약간 낮추듯이 디디면 안 미끄러져요. 암벽화의 앞부분 전면을 바위에 밀착시키고 11자를 유지하면서 에징(Edging: 모서리로 딛는 것)이 되지 않도록 하는 것이 요령입니다."

"그렇게만 하면 아무 데나 디뎌도 되나요?"

"아니지요. 이동할 루트를 잘 보아야 합니다. 루트 파인딩(Root Finding)이라고 하지요. 손으로 잡을 곳보다 발 디딜 곳을 우선 찾습니다. 발 디딜 곳은 무릎 높이 이하라야 합니다. 손은 한 발 위로 올라섰을 때 눈높이 이하라야 합니다. 루트를 찾았으면 한 발을 올려 딛고 체중을 실어서 신속하게 일어섭니다. 마찰에 대한 자신감을 가져야 해요. 미끄러질 것을 미리 겁내면 정말 미끄러집니다."

"손가락은 벌리고 잡아도 되나요?"

서정아가 궁금한 것을 묻는다.

"안 됩니다. 네 손가락을 이렇게 모아서 엄지손가락으로 꽉 누르고 홀드를 잡아야 해요. 경우에 따라서는 손바닥으로 바위 면을 밀듯이 누르면서 올라서는 수도 있는데, 그때는 자연히 손가락이 벌어지게 되지요. 푸쉬(Push)라고 해요."

"암벽화가 좀 닳아서 미끄러운데…"

"암벽화는 깨끗이 씻어서 말려 두었다가 신어야 해요. 항상 바위에 착 들어붙어야 하는데, 흙이 묻거나 창이 닳으면 마찰력이 떨어져요. 스미어링(Smearing)하세요. 밋밋한 바위에 살짝 비벼서 마찰력을 높이는 겁니다."

창유는 등산학교 정규반을 나와서 이론이 밝다. 교과서대로 간단한 현장 강의를 하였다.

이제 영초롱이 빌레이를 봐주고 창유가 선등하여 P톤에 줄을 걸고 내려왔다. 이어서 창유가 빌레이를 봐주고 영초롱이 올라갔다. 영초롱은 자기확보줄을 쌍볼트에 걸어 확보를 한 다음 카메라를 꺼내어 사진을 몇 장 찍고 내려왔다.

향산마루대장이 바위 앞에 섰다. 암 수술을 하였지만 건강이 많이 회복되어 그런대로 바위를 탈 수 있다. 전보다 몸집이 반으로 줄어 바짝 말라 보이는데도 기본 체력이 있어 잘 오른다. 같은 체력이라면 암벽등반에는 체중이 덜 나가는 편이 유리하다. 가벼운 몸놀림으로 20m 슬랩을 거뜬히 올라가서 하강 P톤에 손을 대고 "완료!"한다. 서정아가 로프를 천천히 풀어 주면서 하강시켰다.

이어서 서정아가 올라갔다가 내려오고 허천수의 차례가 되었다.

"허 선배님, 아까 말씀드린 대로 침착하게 천천히 해 보세요."

창유가 빌레이를 봐주면서 동작 하나하나를 일러 준다. 전문 강사 못지않게 이론과 실기에 밝은 창유가 빌레이를 봐주니 안심하고 올라가도 되겠다. 지난주 빗속에서 오른 슬랩보다 가파르다. 눈은 위를 보지 않고 아래로만 보면서 발 디딜 곳을 찾는다. 바위는 밋밋한 것 같아도 울퉁불퉁하다. 약간 튀어나온 곳을 찾으면 되는데, 어떤 곳에서는 금방 눈에 띄지만 어떤 곳에서는 아무리 봐도 없다. 무릎보다 너무 높이 있거나 옆으로 멀리 있어 자세를 잡을 수가 없다. 손 홀드도 마찬가지. 쉽기도 하고 어렵기도 하고…. 경사 60도 이상의 급경사를 지나면 비교적 쉬운 완경사의 슬랩으로 이어지고 다시 급경사가 나오고…. 암장 바닥 출발점이나 꼭대기 완료지점을 쳐다볼 여유가 없다. 코앞의 바위벽만 보인다. 얼마나 올라왔는지 알 수도 없다. 안간힘을 모아 기어오르는 것 외에는 생각할 여유가 없고 그럴 시간도 없다. 정신없이 오르다 보니 완료지점 P톤이 보인다.

"아!"

이렇게 반가울 수가… 더 이상 갈 데가 없다. P톤에 손을 얹고 "완료!" 하였다.

아래를 보니 암장 바닥에 성냥개비같이 작은 회원들이 옹기종기 모여 있다. 성냥 알갱이 같은 둥근 헬멧이 햇빛을 받아 잘 보인다. 파란색, 초록색, 검정색, 흰색이 다 있는데 그중 흰색이 제일 선명하다. 하늘에는 파란 호수에 배 지나간 듯 하얀 구름이 길게 선을 그으며 달리고 있다.

"축하드립니다. 수고 많으셨어요. 여기를 보셔요!"

하강을 하자 영초롱이 카메라를 들이대고 축하해 주었다.

"이쪽으로 와 보세요!"

창유가 왼쪽으로 돌아 옆 라인으로 가서 등반 준비를 하면서 모두 그쪽으로 오라고 한다. A코스이다. 대호더러 빌레이를 봐 달라고 하고는 바위를 오른다. 능숙하고 부드러운 몸놀림으로 순식간에 P톤이 있는 꼭짓점에 닿았다. 자기확보줄을 쌍볼트에 걸어 확보를 한 다음 후등자 빌레이를 보기 위한 준비를 하였다. 후등자 빌레이에는 직접확보와 간접확보의 2가지 방법이 있다. 빌레이 장비를 자기 배꼽카라비너에 걸고 빌레이를 보는 것은 직접확보이다. 이와는 달리 빌레이 장비를 쌍볼트 또는 기타 확보물에 걸고 빌레이를 보는 것은 간접확보이다. 보통은 간접확보로 빌레이를 보지만 간접확보가 마땅치 않은 경우에는 직접확보로 빌레이를 보게 된다.

창유는 허천수를 먼저 올라오라고 한다. 허천수는 대호가 빌레이를 보던 로프를 받아 중간 8자매듭을 만들어 배꼽카라비너에 걸었다. 영초롱이 옆에서 도와주었다. 이번에는 톱 로핑 방식이 아니다. 선등자가 먼저 올라가서 후등자의 빌레이를 봐주는 멀티 피치(Multi Pitch) 방식이다.

여러 피치로 이루어진 일반 암벽에서는 선등자가 먼저 1피치를 올라가서 2번 등반자의 빌레이를 봐주고 2번 등반자가 올라오면 2번이 3번 빌레이를 봐주어 3번이 올라오게 한다. 1피치 끝에 3명이 나란히 확보하고 서 있게 된다. 그런 다음 같은 방식으로 2피치를 향하여 1,2,3번 순으로 등반을 하고 3피치, 4피치… 계속하여 정상까지 가는 시스템이다. 시스템 등반이라고도 한다.

"출발?"

"출발!"

창유의 출발하라는 신호가 떨어졌다.

첫발을 올려놓고 일어서는 데는 어렵지 않다. 두 번째 발 디딜 곳도 약간 어렵기는 해도 그런대로 일어섰다. 그다음에는 불룩 튀어나온 바위를 넘어야 한다. 그냥은 안 된다. 창유가 걸어 놓은 퀵드로를 잡고 올라서라고 한다. 그다음부터는 경사가 장난이 아니다. 허천수가 아무리 발

버둥 쳐도 급경사 슬랩을 올라갈 수가 없다. 위에서 창유가 로프를 당겨 주어 간신히 꼭대기까지 올라서기는 했어도 정신이 없다.

"어이구! 안 되겠다. 이렇게 어려운 암벽등반을 내가 어떻게 해?"

허천수는 기가 꺾였다.

"먼저 확보부터 하세요."

창유가 확보하는 방법을 알려 준다. 쌍볼트의 체인에 자기확보줄의 카라비너를 밑에서 위로 향하여 걸라고 한다.

"바위에서는 항상 추락 위험이 있으니 확보부터 하는 것이 기본입니다."

숨 돌릴 새도 없이 확보부터 하고 일단 확보를 한 다음에 숨을 돌리라고 한다.

"힘드시지요? 수고하셨습니다. 처음에는 다 그런 겁니다. 자꾸 하면 차차 익숙해져서 쉽게 오를 수 있어요. 힘내세요!"

창유가 위로한다.

"자, 이번에는 하강기를 이용해서 자기 힘으로 하강해야 합니다."

옆의 P톤에는 선돌대장이 설치하고 앞서 다른 대원들이 타고 내려간 하강로프가 걸려 있다. 창유는 그 하강로프를 타고 내려가라고 하면서 요령을 일러 준다.

"자기확보가 된 상태를 확인한 후 몸자(몸에 묶은 로프)를 풀고 저 하강로프를 당겨 하강기를 걸고 배꼽카라비너에 연결합니다. 그 다음 이 슬링으로 하강기의 위쪽에 프루지크 매듭(Prusik Knot: 하강로프에 걸어 추락 시 제동을 해주는 매듭)을 하고 퀵드로를 이용하여 다시 한번 배꼽카라비너에 연결해 주세요. 암벽 사고의 대부분은 하강할 때 일어나기 때문에 2중으로 안전장치를 하는 것입니다. 준비가 끝났으면 하강장갑을 낍니다. 하강장갑을 끼지 않으면 손에 화상을 입을 수도 있어요. 오른손으로 로프 아래쪽을 잡아 엉덩이에 딱 붙이고 왼손으로 자기확보줄을 푼 다음 '하강!' 외치고 내려가기 시작합니다. 오른손으로 로프를 쥐었다 놓았다 하면서 속도를 조절하세요. 하강 완료 시까지 절대 오른손을 놓으시면 안 됩니다! 만약 실수로 손을 놓으면 체중을 받아 그대로 추락합니다. 그러나 추락하면 바로 프루지크 매듭이 팽팽해져서 추락을 스톱시키기 때문에 크게 다치지는 않습니다. 돌발 사태가 일어나도 프루지크 매듭이 하강 안전을 보장하는 것이지요. 눈은 아래를 보면서 발 디딜 곳을 찾아 천천히… 안전하게 내려가세요."

창유는 프루지크 매듭용 슬링을 빌려주고 옆에 바짝 붙어서 동작 하나하나를 세세히 설명하면서 하강을 도와주었다.

허천수는 자기 힘으로 혼자서 하강하기는 처음이다. 톱 로핑할 때에는 빌레이어가 하강시켜 주기 때문에 그냥 있으면 되는데, 이번에는 직접 자기 판단으로 내려가야 하므로 위험하고 걱정이 되어 바짝 긴장하였다. 오른손에 신경을 집중시키고 한발 한발 천천히 내려오니 마침내 발이 땅에 닿았다.

"하강 완료!"

창유가 하라는 대로 크게 외쳤지만 실제로 다른 사람들에게는 크게 들리지 않았다.

긴장한 탓인지 하강기를 푸는데 손이 떨린다.

"앗!"

하강기를 떨어트렸다. 하강기가 도토리 알처럼 때굴때굴 굴러가더니 20m 아래 숲속으로 사라진다.

"그냥 두세요. 하산하면서 찾으면 됩니다."

선돌대장과 창유의 리딩으로 전 대원들이 A, B코스를 한두 번씩 올라갔다 내려오니 저녁때가 되었다. 모두들 휴식을 취하면서 장비를 챙기고 하산하였다.

　떨어트린 하강기도 찾았다.

　허천수는 집에 와서 샤워를 하고 저녁을 먹고 편안한 휴식시간이 되니 오늘 하루 일과가 전부 파노라마처럼 지나갔다. 아침에 서둘러 집을 나서서 선돌대장과 대원들을 만나고, 창유의 도움을 받아 A, B 두 코스를 모두 올라갔다 내려오고, 처음 대하는 장비를 사용해 보고, 집에까지 온 하루가 생생하다. 무섭고 설레고 얼떨떨하고 짜릿한 쾌감이 뒤섞인 하루였다. A코스 등반은 너무 어려웠다. 곰곰이 생각해 보니 앞으로 도저히 암벽등반을 못할 것 같다. 장비를 반납하고 일찌감치 포기해 버릴까? 그러면서도 '영초롱 같은 여자도 하고 향산마루 같은 환자도 하는데 난들 못하겠는가?'하는 생각이 실낱같이 남아 있다. 등반을 할까? 말까? 전진? 포기? 마음속에서 치열한 전투가 벌어졌다.

4. 등산학교

"모두가 안 좋아하는데 저만 좋아하네!"

K등산학교의 6주 차. 졸업을 하루 앞둔 마지막 저녁. 합숙소에서 마당세가 하는 말이다.

인수봉 등반을 위해서 전날 밤 인수봉 아래 야영장에서 비박(독일어 biwak, 영·불 bivouac, 원래 비상시 동굴 같은 데서 밤을 새우는 것. 등산에서는 산에서 자는 것을 말함.)을 하는데, 이 비박은 야영 실습 겸 인수봉 등반 스케줄의 일부인 것이다. 인원이 많아 새벽부터 서둘지 않으면 학생 전원이 인수봉에 오를 수 없기 때문에 미리 등반 준비 상태로 들어가는 것이다. 모두들 흥분을 감추지 못하고 짐을 꾸려 출발하려는데 대표강사가 나타나서 야영 계획이 취소되었다고 전한다. 국립공원 관리공단 측에서 북한산 야영이 금지되었다는 통보가 왔다는 것이다. 학생들이 모두 실망하는데, 특히 마당세가 불만이었다.

등산학교를 찾아 정규 등산수업을 받기 시작한 지 얼마 되지 않았는데 금방 한 달이 지났다. 세월 참 빠르다. 지난해 수인암장 A코스에서 진땀을 빼고 바위타기를 계속할까 포기할까 겨우내 엎치락뒤치락하다가 인터넷을 뒤져서 암벽등반에 관한 지식을 대강 얻고 용기를 내어 K등산학교에 입학신청을 낸 것이 어제 같다.

등산학교래야 정부에서 인가한 정규학교가 아니고 개인 또는 단체가 임의로 개설하여 운영하는 산악회 모임이다. 비교적 규모가 크고 회사 또는 단체에서 운영하는 등산학교로는 30여 년의 역사를 자랑하는 H등산학교가 있고, 그다음으로 K등산학교, S등산학교 등이 줄줄이 뒤를 따르고 있다. 회원 수십 명에 불과한 개인 산악회도 나름대로 교육을 실시하면서 등산학교라고 이름을 붙이고 수강생을 모집하는 경우가 많다. 대다수의 등산학교는 자체 시설이 없이 야외 암장에서 실습 위주의 훈련을 하는 것으로 만족하며, 이론 강의는 없거나 혹시 있더라도 음식점 등에서 약식으로 진행하는 경우가 많다.

K등산학교는 굴지의 아웃도어 제조 판매 회사인 K사가 직접 개설 운영하는 학교인데, 강의실과 숙소가 잘 마련되어 있고 강사진도 쟁쟁하여 가장 인기가 높았다. 암벽등반의 이론과 실습을 손색없이 지도해 줄 수 있을 것 같아 허천수가 많은 등산학교 중에서 고르고 골라 들어간 학교이다.

봄, 가을 연 2회 개강하는데, 1기에 64명만 신청을 받아 1조에 8명씩 8개 조로 나누어 진행한다. 학생모집 공고가 나붙으면 시기를 놓치지 말고 바로 수강신청을 해야 입교할 수 있다. 망설이다가는 금방 정원이 차서 다시 몇 개월을 기다려야 한다.

수강자는 연령순으로 1번부터 64번까지 학번을 매겨 1번은 1조, 2번은 2조… 순으로 편성되는데, 따라서 1조는 1번, 9번, 17번… 2조는 2번, 10번, 18번… 이렇게 3조, 4조 … 8조까지 되어 있다. 강의실에서는 1조 1열씩 8열 종대로 앉아 있어 좌석의 위치를 보면 몇 조의 몇 번 누구인지 바로 알 수 있다.

숙소는 2조당 1실로 전부 4실이 있는데, 조마다 문 앞자리부터 강의실에서와 같이 자리가 정해져 있어 누구나 서로 대강의 나이를 알 수 있다. 1호실 왼쪽 첫 자리는 학번 1번이고 4호실 오른쪽 끝자리는 64번이다.

허천수는 당연히 학번 1번이다. 70대이니 그럴 수밖에 없다. 2번은 8살 아래인 60대 중반의 배순식이다. 보통 60대부터 20대의 연령층으로 구성되어 있어 처음에는 서먹서먹하지만 강의실에서나 숙소에서나 항상 나이순으로 자리 잡고 있으니 2주째부터는 서로 나이를 알아보고 붙임성 있는 사람들은 벌써 '형님' '동생' 하는 사이가 된다.

학생들은 4월 첫 주부터 6주간, 매주 토요일 오후에 등교하여 저녁 식사 전에 2강좌, 식사 후에 1강좌씩 강의를 듣고 이튿날 일요일에는 아침 6시부터 오후 7시까지 꽉 짜인 스케줄에 따라 현장에서 실습을 하도록 되어 있다. 초미니학교이지만 생명이 걸린 암벽등반 교육장이니만치 규율이 엄격하다. 공동생활의 기본 질서를 지키고 강사들의 지시에 절대복종해야 한다. 남녀노소 누구나 총 12일의 시간과 숙식에 따른 최소한의 실비를 투자하면 어렵게만 보이는 등산학교의 교육 훈련을 마치고 바위와 친해질 수 있다.

"여러분, 안녕하십니까? 오늘의 예비소집 진행을 맡은 강사 K입니다. 우리 등산학교 입교를 진심으로 환영하고 축하합니다."

정규 수업을 시작하기 며칠 전 예비소집이 있던 날이었다. 오리엔테이션(orientation)이다.

"경제가 좋아지고 소득이 늘어남에 따라 레저. 스포츠 활동이 생활의 중요한 부분을 차지하고 공기 좋은 산을 찾는 사람이 많아졌습니다. 등산 인구가 증가함에 따라 산악 사고도 많아졌지요. 정상적인 교육을 받고 사고를 미연에 방지하는 것이 중요합니다. 우리 학교는 일반인에게 올바른 등산 지식을 전파하는 한편, 수준 높은 전문 암벽교육을 실시하여 안전하고 즐거운 산행이 되도록 안내하고 있습니다."

학교의 설립 취지와 연혁 소개를 시작으로 2시간에 걸친 예비소집 스케줄이 진행되었다.

"누구 학생장 하고 싶은 사람 있어요? 아니면 추천하고 싶은 사람 있으면 추천해도 좋고…"

학생 인원 점검을 마친 K강사가 학생장을 뽑아야 한다면서 64명을 한 사람 한 사람 훑어보면서 적임자를 찾고 있다.

"예, 제가 해 보겠어요."

모두들 눈을 둥그렇게 뜨고 쳐다본다.

초면에 서로 모르는 사람들 속에서 학생장을 하겠다고 자처하고 나서는 사람이 누구인지 궁금하고 놀랍기만 했던 것이다. 학생장이란 수 십명을 상대로 단체생활의 질서를 유지하고 학생들의 애로사항을 듣고 학교 운영진과의 가교역할을 하며, 전체의 봉사자가 되어야 하고 궂은일을 도맡아 해야 하는 자리가 아닌가?

사람들의 시선이 꽂히는 곳에 60대의 나이 지긋한 어른이 앉아 있다. 뒤에서 보니 머리가 반쯤 빠진 대머리에다 약간 작은 키에 다부진 몸매를 하고 있다. 얼핏 보아도 무리 중에서 가장 나이가 많아 보인다.

"아, 좋습니다. 성함이 어떻게 되시지요?"

"배순식입니다."

"예, 고맙습니다. 학기마다 학생장을 뽑을 때가 제일 어렵고 쉽게 잘 풀리지 않았는데, 오늘은 이렇게 자진해서 귀찮은 일을 해 주시겠다는 분이 계시니 정말 반갑습니다. 전번 학기에는 학생장 맡을 사람이 없어서 애를 먹었습니다. 서로 억지로라도 추천해 보라고 하였으나 모두가 사양을 해서 할 수 없이 제가 지명을 하니 입교를 그만두는 한이 있어도 학생장은 못 하겠다고까지 하여 난감했습니다. 체격도 듬직하고 용모가 반듯하여 학생들의 모범이 될 것 같아 지명을 하였는데 말입니다. 한 참 옥신각신 한 끝에 순서를 바꾸어 8명 1개 조로 조 편성을 먼저하고 조장부터 뽑기로 하였습니다. 학교 전례에 따라 연령순으로 조 편성을 하니 아무도 반대하는 사람이 없었습니다. 각 조별로 모여 앉아 서로 얼굴을 보면서 조장을 뽑으니 금방 8명의 조장이 선출되었어요. 그런 다음 조장들이 모여 만장일치로 학생장 한 사람을 추대하니 자연스럽게 학생장이 선출되었던 것입니다.

이번 학기에는 연세가 지긋하신 배순식 님이 자진해서 학생장을 하시겠다니 정말 고맙고 다행입니다. 모두들 반대 의견 없으시지요? 환영하는 의미에서 큰 박수를 보내 주시기 바랍니다."

짝! 짝! 짝! 짝! … 휘~ㄱ(휘파람)!

"학생장이 선출되었으니 조 편성을 하겠습니다. 먼저 학번을 발표합니다. 연령순으로 1번은 금년에 73세이신 허천수 님, 2번은 학생장으로 선출되신 배순식 님, 3번은 김 XX님, … …"

K강사는 미리 준비된 자료를 보면서 학생들의 이름을 일일이 호명한다.

"아~니, 학생장이 1번인 줄 알았는데, 더 나이 많은 분이 있었네?"

모두들 의아해 하는 표정이었다.

"강사님, 한 가지 물어볼 게 있는데요. 지금까지 등산학교 입교생 중 제일 나이 많은 사람은 몇 살이었어요?"

배순식이 가장 궁금했던 것을 묻는다. 사람은 몇 살까지 암벽을 할 수 있는지? 등산학교 입교생 중 최고령 학생의 나이가 얼마였고 자기보다 나이가 많아도 암벽을 배우는 데 지장이 없었는지를 알고 싶었던 것이다.

"우리 등산학교 역사상 제일 나이 많은 입교생은 재작년에 만 68세 된 분이 한 분 있었습니다. 그런데 그분은 고소공포증이 있어서 수료까지는 못 하였고, 최종 수료증을 받은 분은 5년 전에 64세 된 분이 한 분 있었습니다. 지금까지는 그분이 최고령자인데 몇 년 만에 이번에 학생장 님과 허천수 님이 입교하셔서 허천수 님이 최고령 기록을 깨셨습니다. 최연소자는 고등학교 1학년생 15세인데, 그다음 고2가 두 명 있었습니다."

허천수는 자기가 최고령자일 거라고 짐작하고 있었다. 그러면서도 자기 앞에 더 나이 많은 졸업생이 있기를 바랐다. 어쩐지 자기가 최고령자가 되는 것이 싫었고, 최고령 선배가 있으면 위안이 될 것 같았다.

"다음은 조 편성입니다. 제 1조는 1번, 9번, 17번…, 제 2조는 2번, 10번, 18번 …, 제 3조는 … … …입니다. 모두 일어서서 조별로 다시 모여서 조장을 뽑아 주세요."

그의 말이 끝나자 모두들 웅성웅성 일어서서 각자 조 번호를 부르며 모여서 인사를 나누고 서로 추천하여 조장을 뽑았다.

"자~ 자, 조용히 하세요! 조장을 뽑았으면 이쪽 강단을 향하여 오른쪽부터 1조, 2조 순으로 한 줄씩 앉아 주세요! 각 조마다 앞에서부터 번호대로 앉습니다."

모두들 자기 자리를 찾아 앉으니 8명씩 여덟 줄, 바둑판같다. 앉은 위치를 보면 그가 몇 조의 누군지, 나이가 몇 살쯤 되는지, 나보다 나이가 많은지 적은지 바로 알 수 있다. 1번 허천수가 누구인가? 시선이 허천수에게 집중되었다. 학생장보다 나이가 젊어 보이는데 1번이라니? 학생장은 2번, 2조의 제일 앞자리, 허천수의 왼쪽 옆에 앉아 있다.

"조장님들, 일어서서 몇 조의 조장 누구라고 자기소개를 해 주세요!"

대다수의 조장은 앞쪽에 있는 사람들이지만, 어떤 조는 중간, 심지어 제일 끝 번호가 조장이 된 경우도 있다.

"1조 조장 채식주입니다. P대 산악부 OB팀에서 왔습니다. 우리 산악회는 워킹 산행만 했는데 앞으로는 암벽을 해 볼 계획으로… 제가 일단 배워 보기로 하였습니다. 후배와 같이 왔는데… 앞으로 잘 부탁드립니다."

"에? 채식주의자라고요? 고기는 전연 안 먹어요?"

누군가 큰 소리로 묻는다.

"아니, 성이 채이고, 이름이 식주란 말입니다. 평소 채식을 주로 하기 때문에 친구들 사이에서 채식주의자로 통하기도 하지만, 100% 채식주의자는 아닙니다. 고기도 먹어요. 한번 사 봐 주세요. 먹나 안 먹나?"

"하 하 하 하"

갑자기 실내에 웃음이 터졌다.

"안녕하세요. 2조 조장 임경식입니다. Y식품회사에 다니고 있습니다. 학생장님보다는 십여 년 아래이고 1번 대선배님보다는 20살이나 아래이네요… 여러 어른들과 같이 암벽을 배우게 되어 영광입니다."

"3조 조장 … …"

"4조 …"

8조 조장 정천호까지 자기소개가 끝났다.

"학생장님은 더 자세히 자기소개를 해 주시죠!"

"예, 저는 배순식이라고 하는데요… D대학 학장으로 금년에 정년퇴직합니다. 원래 운동을 좋아해서 탁구, 정구 등은 젊을 때부터 해 왔고, 등산은 10여 년 했습니다. 최근에는 시간이 넉넉하여 행글라이딩(hanggliding), 수상스키 등도 조금씩 배웠습니다. 암벽도 기초만이라도 해 볼려고요… 잘 부탁합니다."

그러고 보니 배학장은 역시 스포츠 체형이다. 어깨가 딱 벌어지고 뱃살이 없다. 최근까지 일반인이 접근하기 어려운 스포츠를 즐기고 있다고 하니 놀랍다.

"잠깐! 실례지만 전공과목은 뭣입니까?"

허천수는 궁금하였다.

"예, 경제학입니다. 그중에서도 국제경제가 주 전공입니다."

"아, 그렇군요. 저도 경제학과 출신입니다. 반갑습니다."

"예~에, 선배님도? … 반갑습니다."

다시 K강사가 화제를 돌려 진행을 이어간다.

"좋습니다. 지금 조장으로 선출되신 분들! 축하드리고… 앞으로 많은 일을 해 주시기 바랍니다… 그리고… 지금 앉아 있는 여러분의 자리는 고정 자리입니다. 졸업 때까지 강의실에서는 그대로 각자의 자리를 지켜주세요.… 그러면… 지금부터 10분간 휴식하겠습니다."

바둑판 위에 가로세로 빈틈없이 앉아 있던 바둑돌들이 일제히 일어나서 이리저리 흩어지니 강의실은 순식간에 긴장이 풀리고 남대문시장 같이 와글와글하게 되었다. 각자 화장실에도 갔다 오고 커피도 한 잔씩 뽑아 들었다.

허천수가 배학장을 보고 왜 학생장을 하겠다고 자청했느냐고 물으니 이왕 늦게 암벽등반을 배우는 마당인데 젊은 사람들보다 위축되어 뒷전에서 벌벌 떨면서 따라가느니 죽이 되든 밥이 되든 앞장서서 뛰어 보겠다는 객기가 동해서 그렇게 되었다고 한다. 실은 얼마 전에 다른 등산학교를 나온 젊은 후배가 있는데 등산학교에 가서 암벽을 배우겠다고 하니 그가 대뜸 "등산학교에 가거든 무조건 학생장을 자원하라."고 하더란다. 그래야 암벽을 제대로 배울 수 있을 뿐만 아니라 늙은이라고 뒷전으로 밀어 놓은 찬밥 신세를 면하고 여간 어려워도 임무를 맡은 이상 중도 포기를 못 한다고 해서 그 말대로 했다면서 약간 쑥스러워하였다.

"이제 등산학교의 생활에 필요한 준비물을 알려 드리겠습니다."

10분간의 짧은 휴식 시간이 지나고 모두들 제 자리에 앉았다. K강사는 미리 배포한 교육 안내서를 보면서 하나하나 설명하는데, 준비해야 할 물품이 엄청나다.

먼저 숙소나 야외 비박 시에 필요한 침구류와 일반 생활용품으로는 겨울 야외용 침낭, 침낭 커버, 매트리스, 버너와 코펠, 개인 식기와 수저, 칫솔과 치약, 상비약, 60리터 대형 배낭, 소형배낭, 방수·방풍 등산복, 보온용 내의, 반팔·긴팔 셔츠 각 1점, 스카프, 모자, 등산바지, 경등산화, 스틱, 헤드 랜턴, 수통, 칼, 라이터, 필기구, 휴지, 카메라, 신분증, 교육안내문 등이고, 암벽등반용품으로는 하네스(안전벨트), 잠금 카라비너 4개, 일반카라비너 2개, 헬멧, 하강기, 등강기, 코드 슬링. 웨빙, 자기확보줄, 암벽화 등이다.

허천수는 기가 질렸다. 저 많은 물품을 어떻게 지고 다닌다는 말인가? 개중에는 숙소에 두고 가도 되는 물품도 있지만 거의 대부분이 배낭에 지고 가야 하는 물품들이다. 학교에서 대여하는 60m 로프 1동 4kg을 포함하면 60리터들이 배낭이라도 모자랄 것 같고 무게는 줄잡아도 20kg 이상 될 것 같다. 평소 워킹 등산에서는 배낭 무게가 6kg 미만이었는데 20kg이라니… 이제 달리 도리가 없지 않은가? 죽으나 사나 부딪쳐 보는 수밖에…

이어서 K강사는 암벽장비의 이름과 사용법을 대강 설명하고 구입방법까지 안내해 주었다.

"다음 주 입교 시에 준비해 와야 하는데 혹시 잘 모르는 등산장비나 물품이 있으면 질문해 주세요. … 그리고 여럿이 공동구입 하고 싶은 물건이 있으면 싸게 살 수 있는 곳을 알려 드릴 테니 언제든지 얘기해 주세요."

"웨빙이 무엇입니까?"

허천수가 묻는다.

"암벽등반에서는 짧은 줄이 여러모로 쓰이는데 경우에 따라서 둥글기도 하고 테이프처럼 납작하기도 하지요. 둥근 모양의 줄은 코드 슬링이라고 하고 테이프 모양의 줄은 테이프 슬링 또는 웨빙(Webbing)이라고 합니다."

장비 설명 시간이 끝나고 한 사람씩 사진 촬영을 하였다. 얼굴을 크게 찍어서 조별로 배치하고 한 장으로 인쇄하여 다음 주 입교 시에 준다고 하였다. 얼굴과 이름을 금방 알아볼 수 있도록 해 주는 학교 측의 배려이다.

입교식과 첫 수업이 있는 날이다. 첫째 주 토요일 오후 2시, K등산학교 강당.

『　(경)　　　　제 ○○기 K등산학교 개강　　　　(축)

　　　　여러분의 입교를 진심으로 축하합니다.　　　　　』

정면 대형 스크린에 인수봉을 배경으로 하여 개강을 축하한다는 화려한 영상이 떠 있고 잔잔한 음악이 흘러 분위기를 한껏 고조시키고 있다.

학생 64명과 강사진 16명, 학교 관계자와 내빈 등 90여 명이 웅성거리고 시끄럽다.

"아, 아, 마이크~ 마이크~ 예, 여러분 모두 자리에 앉아 주세요. 곧 입교식을 시작하겠습니다."

K강사가 자리를 정돈시키고 강당이 조용해졌다.

스크린 화면이 바뀌고 입교식 식순이 떴다.

"지금부터 제 ○○기 K등산학교 입교식을 시작하겠습니다. 먼저 국기에 대한 경례…. 스크린 옆에 세워진 국기를 봐주십시오. 국기에 대하여… 경례!"

k강사의 구령이 힘차다. 예비역 소령다운 굵은 목소리이다. 모두들 가슴에 손을 얹고 경례를 한다. 경례곡이 연주되고,

〈나는 자랑스러운 태극기 앞에 자유롭고 정의로운 대한민국의

무궁한 영광을 위하여 충성을 다할 것을 굳게 다짐합니다.〉

국기에 대한 맹세 음향이 흘러나온다.

"바로!……

다음은… 애국가를 제창하겠습니다. 애국가는 1절만 합니다."

몇몇 젊은 학생들은 등산학교에 입교하는 것이 자랑스러워서 있는 대

로 큰 목소리를 내어 애국가를 부른다.

"다음은 순국선열과 호국영령에 대한 묵념과 아울러 먼저 간 등반가 여러분의 명복을 비는 묵념을 하겠습니다. … 묵념 시작!"

애잔한 묵념곡이 흘러나온다. 작은 돌 하나가 어둡고 깊은 바다에 서서히 가라앉는다. 마음이 차분히 내려간다. 바닥에 닿았다. 곡이 끝났다.

"바로!…

이어서… 이 자리를 축하해 주려고 오신 내빈을 소개해 드리겠습니다. … 바쁘신 가운데도 어려운 시간을 내어 주신… ○○산악연맹 M이사장님 오셨습니다. … 다음은, … ○○알파인클럽 L회장님 오셨습니다. … 고맙습니다. … 우리 K등산학교 동문회 박대평 회장님 어디계십니까? 아, 저쪽 뒤에 계시네요. 일어서 주십시오. …"

모두들 국내에서 이름 있는 암벽 등반가들이다. 소개받은 내빈들은 호명되는 대로 차례로 일어서서 학생들을 보면서 손을 들고 목례를 하였다.

"다음은 교장 선생님의 환영사가 있겠습니다."

이병천 교장이 천천히 강단에 올라가서 국기에 대하여 고개를 숙여 예를 하고 학생들을 향하여 허리 굽혀 인사한다.

"여러분, 안녕하세요. 반갑습니다. 교장 이병천입니다. 여러분의 입학을 크게 환영하며 진심으로 축하합니다. 보시다시피 우리 등산학교는 여러분을 위하여 저명한 강사진과 완벽한 시설을 갖추고 있는 국내 제일의 암벽등반 교육장입니다. 강의실은 물론, 숙소가 마련되어 있고 실내암장과 빙벽까지 있어 여러분이 암벽등반의 세계로 진입하는데 조금도 불편함이 없을 것입니다.

기록상 한국 최초의 인수봉 등반은 1929년입니다. 80여 년이 지난 오늘날 암벽등반은 누구나 마음만 먹으면 해 볼 수 있는 스포츠가 되었고 국민 생활에 가까워졌습니다. 타고난 소질을 가진 클라이머들만의 전유물이 아닙니다. 이 경이로운 암벽 세계에 대한 올바른 이해와 접근을 도와드리고 사고를 미연에 방지하기 위하여 그에 필요한 이론과 기술을 보급하는 것이 우리 등산학교의 설립 목적입니다. 아무튼 짧은 교육기간이지만 최소한의 이론과 기술을 익혀 암벽등반의 안전을 확보하고 기초를 다져 짜릿하고 재미있는 암벽산행을 즐기시기 바라며, 아울러 오늘 이 자리가 멋진 암벽등반의 출발점으로 오래오래 기억되기를 바랍니다."

등산학교의 최고 책임자답게 말도 조리 있게 빈틈없이 잘한다. 70대 중반의 학교장은 대학시절부터 바위를 오르내리던 이름 있는 클라이머이다. 허천수와는 연령적으로 한 두 해 선배이지만 암벽세계에서는 하늘과 땅 차이이다. 지금은 암장에 잘 나타나지 아니하고 후진들의 교육에만 온 힘을 기울이며 산악 관련 잡지나 단체의 회지에 기고하는 일에 열심이다. 오래전에 출간한 그의 저서는 등산에 관한 최고의 이론서로 아직도 등산교육의 교재로 활용되고 있다. 그는 이미 40년 전 젊었을 때 스위스의 몽블랑(4,807m)에 올랐다고 하는데, 몽블랑은 알프스의 최고 봉이며 근대 등산 역사의 첫 페이지에 나오는 산이다.

"지금부터 여러분을 암벽으로 안내할 강사님들을 소개하겠습니다."

교장이 즐거운 듯이 강사들을 한 사람씩 호명하며 소개하였다. 강사는 총 16명, 1조에 2명씩이다. 학생 8명을 2명의 강사가 맡으니 학생 4명당 강사 1명인 셈이다. 위험한 암벽교육에서 학생의 동작 하나하나를 보고 세밀하게 지도해 줄 수 있는 충분한 강사진이다.

"먼저 제1조를 맡으실 강사님들, 여형재 강사님과 서지태 강사님입니다. 여형재 강사님은 금년 63세로 강사님들 중에서 제일 연세 높고 최고의 기량을 가지신 대표강사이십니다. 20여 년 전에 히말라야에서 가장 어렵다는 K2봉에 오르시고 10년 전에는 요세미티 암벽에도 오르신 원로 산악인이십니다. 빙벽에서도 국내에서 어렵다는 빙벽은 모두 섭렵하신 빙벽의 제일인자이십니다. 서지태 강사님은 최근 뉴스에서 보도된 바와 같이 국내에서 제일 난이도가 높은 암벽코스를 등반하여 수많은 클라이머들을 놀라게 한 유명한 분입니다. … 다음… 제2조를 맡으실 강사님은… …"

16명의 강사 소개를 끝으로 입교식이 모두 끝났다.

K강사는 전주에 찍은 사진을 한 장씩 나누어 주면서 지금부터 휴식을 한 다음 20분 후에 첫 강의를 시작한다고 안내하였다. 학생들은 화장실을 다녀와서 커피 한 잔씩을 뽑아 들고 각자 담임 강사들을 찾아 인사를 나눈다.

"허천수 님은 저보다 10살이나 위이시네요. 반갑습니다. 등산을 많이 하셨지요?"

여형재 강사가 허천수에게 정중하게 인사를 한다. 학생들의 인적 사항을 미리 체크해 본 모양이다.

"우리 1조를 맡으신 여형재 강사님, 반갑습니다. 앞으로 잘 부탁합니다. 일반 등산은 수십 년 해 왔지만 암벽은 구경만 한두 번 했어요. 무사히 등산학교 수업을 마치고 수료증을 받을 수 있을지 걱정입니다."

"전혀 걱정하실 필요가 없습니다. 연약한 고등학교 2학년 여학생도 해내는데요… 우리 학교에 입교한 이상 중도 포기는 없습니다. 안심하고 바위에 입문할 수 있도록 잘 안내해 드리겠습니다."

"고맙습니다."

여형재 강사는 원로 등반가답게 매우 친절하고 예의 바르다.

"허천수 형님, 반갑습니다. 동문회장 박대평입니다. 우리 등산학교 역사상 최고령이신 형님이 입교하시게 되어 K등산학교와 동문회의 큰 자랑이 되었습니다. 아마 국내의 모든 등산학교 입교생 중에서도 형님보다 연세 높으신 분은 지금까지 없었을 것입니다. 우리 동문회의 맏형님으로 잘 모시겠습니다."

동문회장은 매우 기뻐하면서 허천수의 손을 꼭 잡는다. 스무 살이나 아래이다. 허천수는 나이 많은 게 뭐 자랑이라고 쑥스러워하면서도 기분이 좋아 빙긋이 웃는다. 늦게나마 등산학교에 입교하게 된 것을 하느님께 감사드렸다. 허천수의 하느님은 기독교의 하나님이 아니고 우리 민족의 오랜 마음속에 자리 잡고 있는 천지신명(天地神明)이신 하느님이다. 삼라만상(參羅萬像)을 창조하고 지배하는 절대자(絕對者) 신령님이다. 먼 조상으로부터 오늘날에 이르기까지 대대로 가문의 혈통을 이어 주시고 자신의 생명을 태어나게 하신 하느님, 큰 병 없이 평범하게 일 잘하고 돈 벌고 먹고살게 건강을 주신 하느님, 수십 년의 산행에서 크고 작은 사고는 있었지만 그래도 오늘날까지 즐거운 산행을 할 수 있게 행운을 주시고 등산학교에 입교까지 시켜 주신 하느님이다. 기독교의 예수님이고, 불교의 부처님, 이슬람교의 알라신(Allah神)이 모두 허천수의 하느님이다.

K등산학교의 첫 강의는 등산에 관한 일반적 사항으로 K강사가 슬라이드 영상을 비추면서 진행하였다. 2시간 반이나 되는 긴 강의였지만 지루하지 않고 들을 만했다. 허천수는 수십 년간 등산을 해 오면

서 나름대로 등산에 관해서는 모르는 것이 없다고 자부해 왔는데 그동안 모르고 무심히 지나온 부분이 많았음을 알고 속으로 매우 부끄러워하였다.

'등산(登山)과 등반(登攀)'

스크린을 꽉 메우고 큰 글자가 떴다.

등산? 등반? … 등산은 알겠는데 등반은 무엇인가? … '攀'? 아무리 봐도 모르겠다. 나무(木)가 2그루 얽혀 있고 그 아래 큰(大) 손(手)이 복잡하게 그려져 있는 글자이다.

장면이 바뀌면서 일반 등산과 암벽등반이 번갈아 나타난다. 한참을 지난 후에야 등산과 등반이 확연히 구별되었다. 등산은 '발로 걸어서 올라가는 것'이고 등반은 '손발로 기어서 오르는 것'이다. 국어사전에야 어떻게 되어 있건 지금은 알 바가 아니다. 흙길을 걸어서 올라가는 것은 등반이라고 하지 않는다. '등산'이다. 바위를 기어서 오르는 것은 등산이라고 하지 않는다. '등반'이다.

"등산을 할 때에는 사전에 충분한 준비운동을 해야 합니다. 등산은 수직이동 운동이므로 평지의 수평이동보다 훨씬 크고 많은 운동량을 요구합니다. 게다가 무거운 짐을 지고 경사가 급한 길을 오르내려야 하므로 매우 위험하고, 고도의 균형 감각과 탄탄한 근력이 필수적입니다. 산에서 안전하게 보행하기 위해서는 준비운동, 보행의 기본자세, 보행법, 중심이동, 호흡법, 에너지 조절 등 기술과 요령을 익혀야 합니다. 이를 제대로 실천하면 등산이 고통이 아니고 즐거움이 될 수 있습니다."

K강사의 강의는 극히 상식적이면서도 평소에 모르고 지나쳐버린 일

들을 일깨워 주고 있다.

"산행기술의 기본인 보행법 하나만으로도 몇 시간 강의해야 할 분량이지만 이 자리에서는 골자만 간단히 설명하겠습니다."

스크린에 준비운동 영상이 떴다. K강사는 작은 손전등 같은 물건을 들고 있는데 자세히 보니 리모컨이다.

"먼저 준비운동입니다.

등산로 입구에서 적당한 장소를 골라 준비운동을 합니다. 목, 허리, 무릎, 발목을 골고루 돌려줍니다. 목 돌리기는 최소한 아래위로 열 번, 좌우로 열 번, 시계방향으로 원을 그리면서 열 번, 반대로 열 번을 해야 합니다.… 그다음 허리 돌리기는…

다음은 스트레칭… 잠자고 있는 몸의 각 부분을 일깨워 줍니다. 각 부분의 근육을 최대한 당기고 늘려 줍니다. 팔운동, 다리운동, 옆구리, 몸통, 등배 … … … 마지막으로 숨쉬기, 정리운동 …

준비운동은 될 수 있는 대로 충분한 시간을 가지고 많이 하는 것이 좋지만 일부 생략할 수도 있습니다. 그러나 아무리 급해도 절대 생략하면 안 되는 것이 있습니다. 종아리 스트레칭과 발목 돌리기입니다.

산행에서 올라가는 것은 종아리 힘으로 올라가고, 내려가는 것은 허벅지 힘으로 내려갑니다. 종아리 스트레칭을 충분히 해야 산행 중 쥐가 나지 않습니다. 발목 돌리기를 충분히 해야 내려갈 때 발목을 삐지 않습니다. 쥐가 나거나 발목이 삐면 심한 경우 119 헬기를 불러야 합니다."

준비운동을 하는 영상은 3분 정도 계속되었다.

"자, 이제 준비운동이 끝났으니 보행은 어떻게 하는 것이 좋은가를 알아보겠습니다.

보행을 시작하기 전에 기본자세부터 바르게 해야 합니다. 허리를 쭉 펴고 눈은 정면을 멀리 바라봅니다. 양발은 11자 모양으로 서서 스틱을 양손에 잡고 팔이 'ㄴ'자가 되도록 스틱의 높이를 조절합니다.

이 자세를 기본으로 하여 위로 오를 때에는 스틱을 멀리 짚고 상체를 앞으로 구부려 한 발을 올려놓습니다. 종아리 힘으로 일어섭니다. 스틱을 한 발 더 높이 짚고, 다음 발도 같은 요령으로 더 높이 올려놓고 일어섭니다. 이렇게 양발 양손을 교대로 움직여 부드럽게 오릅니다. 스틱은 될 수 있는 대로 멀리 짚어 두 스틱과 발이 만드는 3각형의 면적을 크게 하는 것이 좋습니다. 면적이 클수록 체중이 크게 분산되어 힘을 적게 들이고 오를 수 있습니다. 양발은 발끝이 벌어지지 않게 11자를 유지하여 중심을 잡습니다. 발을 올리고 상체를 앞으로 구부려 중심이동을 하고 일어서면 일어서기가 쉽습니다. 중심이동도 힘을 적게 들이고 오르는 방법의 하나입니다. 경사가 급한 곳에서는 좌우로 중심이동을 해 가면서 지그재그로 오릅니다. 경사가 아주 급해서 조금만 구부려도 손이 닿을 정도이면 스틱을 사용할 수 없습니다. 두 스틱을 한 손에 모아 쥡니다. 다른 손으로 돌, 바위, 나무 등 지형지물을 잡고 발로 디디고 올라섭니다.

아래로 내려갈 때에는 발 디딜 곳을 잘 찾는 것이 중요합니다. 미끄러운 눈, 얼음, 비에 젖은 바위나 나무뿌리, 마사(磨砂) 등을 딛지 않도록 주의하고, 돌이 많은 길에서도 움직이지 않는 돌, 이끼가 끼지 않은 마른 돌, 모양이 평평한 돌 등을 골라 디뎌야 하며, 될 수 있는 대로 천천히 가는 것이 무엇보다 중요합니다. 시간에 쫓기거나 급하게 내려가면 안전한 곳을 디딜 수가 없습니다. 순간적으로 위험한 곳을 딛게 되고 몸이 균형을 잃게 됩니다. 발목이 접질리거나 비틀려서 뼈마디가 어굿날 수도 있습니다. 심하면 앞으로 고꾸라지기도 하고 몇 바퀴 뒹굴거나 추락할 수도 있습니다. 큰 사고로 이어집니다. 산행 중 사고는 항상 하산 길에서 일어납니다. 오르막길에서는 사고가 없습니다. 경사가 급하거나 낙차(落差)가 커서 발이 닿지 않는 내리막에서는 두 스틱을 한 손에 모아 쥐고 다른 한 손으로 나무나 돌을 잡고 앉아서 내려섭니다. 여간 급한 경사길이라도 앉아서 발을 내밀면 내려갈 수 있습니다. 그것도 어려우면 돌아서서 엎드려 내려가거나 로프 또는 바위를 잡고 수직으로 내려갈 수도 있습니다.

내리막길에서 발 딛는 곳을 잘 찾는 것 다음으로 중요한 일이 스틱을 잘 활용하는 것입니다. 스틱 사용은 여러모로 산행에 큰 도움이 됩니다. 첫째로 조급하게 뛰면서 내려가는 것을 못하게 하고 천천히 땅을 짚으며 가도록 하니 그것만으로도 안전산행을 보장합니다. 둘째로 스틱이 몸의 균형을 잘 잡아 줍니다. 발 디디기가 어려운 지형에서도 스틱만 잘 짚으면 균형을 유지하면서 안전하게 발을 디딜 수가 있습니다. 셋째로 스틱은 체중을 분산시켜 무게로 인한 고통을 줄여주고 발목이나 무릎 사고를 미연에 방지합니다. 특히 무릎 보호에 큰 도움이 되기 때문에 적극 활용해야 합니다. 무릎에 관해서는 나중에 다시 자세히 설명해 드리겠습니다.

스틱은 주위 환경에 맞게 자유자재로 동작을 바꾸어 가면서 사용합니다. 두 스틱을 동시에 짚을 때도 있고 하나씩 번갈아 짚을 때도 있습니다. 두 스틱을 한 손에 모아 잡고 다른 손으로 바위나 나무를 잡아야 할 때도 있습니다. 경사가 없는 평지에서는 한 손으로 모아 쥐고 사용하지 않는 것이 편하고 걸음도 빠릅니다. 암릉에서는 접어서 배낭에 넣고 두 손을 다 써야 할 때가 많습니다. 스틱을 접어 배낭에 넣었다가 빼서 사용하는 동작을 자주 반복해야 할 때도 있습니다. 귀찮지만 그대로 해야 합니다. 사고를 당하는 것보다는 귀찮은 것이 낫습니다.

스틱은 두발짐승인 사람을 네발짐승으로 만들어 줍니다. 산에서는 네발짐승이 왕이지요. 스틱은 사람의 짧은 두 팔을 연장시켜 긴 팔로 만들어 주기 때문에 이를 잘 활용하면 오르막길에서나 내리막길에서나 큰 도움이 되고…, 사고를 당하지 않게 해 주는 요긴한 물건입니다."

K강사는 호흡을 멈추고 학생들을 쭉 둘러본다.

'그래, 네발짐승, 사람도 짐승이지. 제아무리 지체 높은 왕이나 잘난 체하는 고관대작도 똥 누고 오줌 싸는 짐승이야. 저들인들 별수가 있어? 발가벗겨 산에 갖다 놓으면 두발짐승밖에 아무것도 아니지.'

허천수는 속이 시원하였다.

"다음은 호흡법입니다. 종아리 힘으로 일어설 때에는 많은 에너지가 필요한데, 이때 '후~' 하면서 숨을 내쉬어야 합니다. 호흡의 길이는 상황에 따라서 달라질 수 있습니다. 어떤 상황에서도 한계점을 넘을 정도로 숨이 가쁘거나 단절되어서는 안 되고 항상 숨이 골라야 합니다.

누구든지 산행을 시작하면 서서히 심장박동과 호흡이 빨라지는데, 운동량이 심폐능력 이상으로 커지게 되면 더 이상 숨을 쉴 수 없고 심장이 터질 것 같아지지요. 이것을 사점(死點: Dead Point)이라고 합니다. 산소와 혈액의 공급량이 부족한 상태인 것입니다. 보통 등산을 시작한 지 30분 전후로 해서 오지만 가능하면 사점이 늦게 오도록 하는 것이 좋습니다. 사점에 가까워지면 속도를 늦추고 짧은 휴식으로 심호흡을 하여 사점을 극복해야 합니다. 그러면 숨쉬기가 편해지고 걸음이 한결 가벼워집니다. 바로 세컨드 윈드(Second Wind) 즉 제2의 호흡이 시작되는 것입니다.

산행 중 항상 적당한 호흡을 유지하기 위해서는 적당한 휴식이 최고입니다. 심장에 무리를 주지 않아야 합니다. 심박계로 심박수를 측정해 보는 것도 좋지만 산에서까지 가지고 다니기는 어렵겠지요…. 고혈압환자나 혈관질환이 있는 사람은 특히 주의해야 합니다. 호흡장애는 산행 중 돌연사의 원인이 됩니다. '뒤따라오던 친구가 오지 않아 내려가 보니 나무에 기대고 앉은 채 움직이지 아니하여 흔들어 보니 이미 숨이 끊어져 있었어요.' 하는 어느 산꾼의 얘기를 들은 적이 있습니다. 돌연사는 소리 없이 찾아옵니다."

'사점과 세컨드 윈드…, 돌연사…, 잘 알아 두어야겠군….'

학생들은 속으로 중얼거리며 용어를 잊어버리지 않게 확실히 머리에 새겼다.

"끝으로 에너지 조절입니다. 사람의 체력은 한계가 있습니다. 건강 상태, 영양상태, 휴식, 당일의 컨디션 등에 따라서 산행 당일 각자의 체력, 즉 에너지 양(量)이 정해져 있습니다. 산행을 안전하게 즐기기 위해서는 이 에너지를 잘 사용해야 합니다. 보통 산에 오를 때 40%, 내려갈 때 30%를 쓰고 나머지 30%는 예비로 남겨 두어 비상시에 사용합니다. 비상용 30%를 쓰지 않고 집까지 가지고 간 날은 안전한 산행, 즐거운 산행으로 하루를 잘 보낸 행복한 날입니다. 지금까지 보행법에 대해서 일반적인 사항을 알아보았습니다."

K강사의 말이 끝나는 것과 시간을 같이하여 스크린의 자막이 끝나고 배경을 장식하던 북한산의 봉우리들이 멀리 줌 아웃(zoom out)되어 사라졌다.

"자, 이제 산행에서 정말 중요한 무릎관절에 대해서 자세히 알아보겠습니다."

무릎관절의 뼈마디 영상이 스크린에 떠서 고정되어 있다.

"많은 사람들이 산을 좋아하고 오래오래 산행을 즐기고 싶어 합니다. 그러나 대다수의 사람들은 60세 전후로 산행 대열에서 탈락합니다. 70대에 장거리 산행을 할 수 있는 사람은 천운을 타고난, 선택받은 사람입니다. 무릎이 성하다는 증거입니다. 사람은 나이가 들면 허리와 무릎이 아파서 몸이 구부정하고 거동이 불편하며 잘 걷지도 못 합니다. 그러나 젊었을 때부터 꾸준하게 허리 운동과 무릎 관리를 잘한 사람은 늙어서도 허리가 꼿꼿하고 걸음걸이도 흐트러짐이 없이 또박또박 잘 걷습니다.

자동차가 잘 달리기 위해서는 엔진의 출력이 좋아야 하고 4바퀴가 튼튼해야 합니다. 사람이 잘 걷기 위해서는 에너지가 펑펑 솟아나고 무릎이 튼튼해야 합니다. 무릎은 자동차의 타이어와 같습니다. 터지면 걷지도 못하고 산행도 못 합니다.

산행을 할 때에는 무릎 보호에 특히 신경을 써야 합니다. 내리막에서는 허벅지 근육과 무릎관절이 부담하는 무게가 평지에서보다 2배나 큽니다. 이때 스틱을 먼저 짚고 한 발을 내려놓으면 평지에서와 같은 무게로 내려설 수 있습니다. 스틱을 짚고 발이 완전히 땅에 닿을 때까지 다른 쪽 다리를 구부리는 것이 무릎 관절을 망가트리지 않고 오래오래 등산을 즐길 수 있게 하는 비결입니다. 허벅지 근육의 힘으로 내려서기 때문에 무릎 연골을 압박하지 않고 보호합니다. 일반 등산객들은 대다수가 내리막길에서도 평지에서와 다름없이 쿵쾅거리며 걷거나 달리거나 뛰어내립니다. 내리막길에서 절대로 뛰거나 달리면 안 됩니다. 자세를 낮추고 고양이 걸음으로 사뿐사뿐 발소리가 나지 않게 걸어야 합니다. 그러면 무릎 연골이 닳지 않습니다. 무릎연골은 등산 수명과 직결되어 있습니다. 젊을 때 힘자랑하느라고 산에서 쿵쾅거리며 달리는 사람은 등산을 오래 못하고 60세가 되기 전에 대부분 퇴출됩니다. 관절염으로 고생하거나 거동이 불편해집니다. 등산이 아니라도 무릎연골은 조금씩 닳아서 넓적다리뼈와 정강이뼈 사이가 좁아지게 되고…, 좁아지고 나면 원상태로 복원이 안 됩니다. 그러니 누구든지 무릎 연골을 애지중지 한 평생 아껴 써야 합니다.

무릎관절은 연골과 인대로 구성되어 있는데, 인대 또한 매우 중요합니다. 뼈 사이사이로 복잡하게 연결되어 있는 인대는 어느 부위에서든지 늘어나거나 파열되면 치료하는 데 많은 시간이 필요할 뿐만 아니라 완전한 복원이 안 됩니다. 상하지 않게 미리미리 조심하는 것이 상책입니다.

이와 같이 무릎을 보호하기 위해서는 스틱을 사용하고 천천히 걷는 것도 중요하지만, 한편으로는 배낭의 무게를 줄이고 체중이 늘어나지 않게 해야 합니다.

정상체중을 유지하는 것은 말처럼 쉽지 않습니다. 음식을 먹고 싶은 대로 아무 음식이나 함부로 먹고, 술과 기름기 많은 고기로 배를 채우고, 운동 안 하고 몸이 편하면 체중은 쉽게 늘어납니다. 늘어난 체중은 줄이기가 무척 어렵습니다. 체중은 늘이기는 쉬워도 줄이기는 어려운 함정입니다. 과체중 또는 비만의 함정에 빠지면 온갖 질병이 다투어 찾아옵니다. 체중이 1kg만 늘어도 몸이 무겁고 산행에 어려움이 따릅니다. 당연히 무릎관절을 압박해서 연골을 닳게 합니다.

배낭의 무게도 될 수 있는 대로 줄여야 합니다. 무게가 1kg 늘면 무릎

수명은 10년이 단축됩니다. 50세에서 5㎏ 배낭을 지고 70세까지 산행을 할 수 있는 사람이 6㎏을 지고 다니면 60세까지밖에 산행을 못 합니다. 반대로 배낭의 무게를 4㎏으로 줄이면 80세까지 산행을 할 수 있습니다. 물론 정확한 통계는 없지만, 배낭이 가벼우면 연골이 급속히 닳지 않고 인대가 보호되는 것은 확실합니다."

'맞아! 50세에 직장 다닐 때 산에서 펄펄 날던 친구가 있었지… 몇 년 전에 죽었지만… 산에서 막걸리와 삼겹살을 통째로 지고 남보다 빨리 달리더니 60세 퇴직 후에는 산에 얼씬도 못 했어. … 뒷등에 지고 다니던 술과 고기가 고스란히 앞 뱃속으로 들어가서 체중을 늘리고 무릎을 짓눌러 못쓰게 했던 게야.… 그때 술과 고기를 버리고 배낭 무게를 줄였더라면 체중을 유지하면서 무릎 연골도 닳지 않아 산행도 계속하고,… 건강해서 병도 걸리지 않았을 거고… 지금까지 살아서 나랑 같이 산행을 하고 있을 건데.… 에이! 불쌍한 친구 … 쯧! 쯧!'

허천수는 속으로 혀를 찼다.

"무릎보호대를 착용하는 것은 어떻습니까?"

"무릎보호대도 나쁘지는 않습니다. 그러나 그런 보호대에 의지하는 무릎보다는 자연 그대로의 튼튼한 무릎이 훨씬 좋지요. 무릎보호대는 무릎이 아파서 걷기가 힘들 때 통증을 줄이기 위해서 일시적으로만 사용해야 합니다. 아프지도 않은데 사용하면 불필요하게 근육을 압박해서 무릎의 혈액순환을 방해할 뿐만 아니라 보호대에 의존하는 습관을 들여 무릎의 기능을 떨어트리게 됩니다. 보호대는 4시간 이상 사용하지 않도록 주의해야 합니다.

보호대보다는 스포츠 테이프가 좋습니다. 스포츠 테이프는 혈액순환을 오히려 좋게 하고 근육 부상을 방지합니다. 약간의 치료 효과도 있습니다. 그러나 스포츠 테이프도 오래 붙이고 있으면 공기가 통하지 않아 피부가 상합니다."

"산행 후 사우나탕에 들어가서 피로를 푸는 것은 어떻습니까?"

평소에 사우나를 즐기는 허천수는 사우나가 무릎관절에 좋다는 소리를 듣고 싶었다.

"에? 사우나로 피로를 푼다고요? 큰일 날 일입니다. 무릎 연골은 산행을 하면 열을 받아서 마치 양초같이 흐물흐물해져 있습니다. 거기에 뜨거운 열이 닿으면 더욱 녹아내립니다. 절대 해서는 안 됩니다. 산행 후에는 반드시 얼음이나 찬물로 냉찜질을 해서 연골을 딱딱하게 원상태로 굳혀 놓아야 합니다. 무릎을 보호하는데 빼놓지 말고 해야 할 방법 중 하나입니다. 그런 줄도 모르고 대다수의 산꾼들은 산행을 한 다음에 피로를 푼다면서 목욕탕에 갑니다.

흔히들 사우나를 하면서 '시원하다'고 하는데 이런 우스갯소리가 있습니다.

아버지가 어린 아들을 데리고 목욕을 하러 갔는데 뜨거운 사우나탕에 들어가서 '어! 시원하다. 얘, 이리 들어와 봐!'하니 어린 아들은 멋도 모르고 풍덩 뛰어들었지요… 시원하기는커녕 깜짝 놀라서 '앗! 뜨거!' 하고 용수철같이 튀어나와서 하는 말이 '세상에 한 놈도 믿을 놈이 없네!' 하더랍니다."

"하 하 하 하"

강의실에 웃음이 쫙 퍼지며 순식간에 긴장이 풀리고 분위기가 확 바뀌었다.

"자~ 이제까지는 소극적으로 무릎을 보호하는 방법을 알아봤는데 지금부터는 적극적으로 무릎을 강화하는 방법을 알아보겠습니다.

먼저 무릎 운동입니다.

무릎을 강화하기 위해서는 무릎 위아래 근육을 강화해야 합니다. 등산으로 파열이 되기 쉬운 근육은 허벅지 앞쪽에 있는 대퇴사두근, 뒤쪽에 있는 대퇴이두근, 그리고 장딴지근육인데, 이들 근육이 튼튼하면 무릎관절도 튼튼합니다. 다시 말해서 무릎관절을 강화하기 위해서는 이들 근육을 강화해야 합니다. 평소에 무릎 돌리기, 스트레칭, 앉았다 서기 등 다리운동을 해서 근육을 늘리고, 등산을 할 때에는 반드시 예비운동을 충분히 해야 합니다.

다음은 무릎에 좋은 음식입니다. 뼈를 튼튼히 하는 음식, 연골에 좋은 음식, 근육에 좋은 음식을 골고루 섭취합니다. 시중에는 일반 식품 외에 수많은 영양제와 건강 보조식품이 범람하고 있는데, 뭐든지 무분별하게 과다 섭취해서는 안 되며 될 수 있는 대로 의사나 전문가의 도움을 받아 각자의 체질에 맞게 섭취하는 것이 좋습니다.

무릎에 좋은 약을 찾아 바르기도 합니다. 외용약으로 무릎관절에 직접 영양을 공급하는 약도 있고 등산 후 무릎이나 근육의 피로를 풀어 주는 약도 많습니다.

끝으로 무릎 보호를 위해서는 정기적인 검진을 받아 자기의 무릎 연령이 얼마에 해당하는지, 그리고 무릎이 얼마나 손상되었는지를 체크해 보고 필요하면 무릎 주사를 맞아 퇴화를 늦추는 방법도 고려해 볼 필요가 있습니다.

그러면 지금까지 설명한 무릎 보호 방법을 요약해서 정리해 보겠습니다."

K강사는 스크린에 다음과 같은 글을 띄워 놓고 2분 동안 요점만 다시 설명하면서 학생들이 암기하도록 시간을 주었다.

* *

무릎 보호 방법

1. 천천히 보행

2. 내리막길에서 고양이 걸음

3. 스틱 사용

4. 체중을 줄이고 배낭의 무게를 최소한으로 줄임

5. 무릎보호대 또는 스포츠 테이프 사용

6. 산행 후 냉찜질, 사우나 금지

7. 무릎 강화 운동

8. 음식, 약

9. 정기적인 무릎 검진과 무릎 주사

* *

이어서 스크린에 장면이 바뀌고 멋진 등산화가 한 켤레 떴다.

"지금부터 일반 등산용품을 설명하겠습니다. 등산용품은 수백 종이나 되어 다 설명할 수도 없고 설명할 필요도 없이 누구나 잘 알고 있지만 그중 특히 중요한 등산화와 등산복, 그리고 모자와 배낭에 관해서 꼭 알아 두어야 할 사항을 체크해 보겠습니다.

먼저 등산화입니다. 모든 장비 중에 가장 중요한 것은 등산화입니다. 옷은 평상복을 입어도 되지만 신발은 반드시 등산화를 신어야 합니다. 산은 평지와 다르게 험하기 때문입니다. 등산화는 창이 중요합니다. 등산화의 바닥 창은 크게 나누어 부틸창과 비브람창이 있습니다. 부틸창은 부드러운 성분의 고무창인데 화강암이 많은 한국의 산에서 접지력이 좋은 반면, 잘 닳는 결점이 있습니다. 비브람창은 딱딱한 성분의 고무창인데 접지력은 다소 떨어지지만 견고하고 수명이 길어 경제적입니다. 한편 등산화는 목이 길고 무거운 중등산화가 있는가 하면, 목이 짧고 얇은 소재로 만든 경등산화가 있습니다. 중등산화는 두텁고 무겁지만 주로 겨울용으로 눈 속에서나 추운 곳 또는 장거리 등 발바닥이 상하기 쉬운 산행에 적합하게 만들어져 있는 반면, 경등산화는 가볍고 목이 짧아 발이 춥거나 장거리 산행에서는 발이 아플 수도 있습니다. 단거리 산행과 장거리 산행, 여름 산과 겨울 산, 흙길로 된 육산과 바위가 많은 골산 등 산행 환경에 맞게 등산화를 골라 신어야 합니다."

K강사는 물 한 모금 마시고 많은 등산복을 스크린에 띄웠다.

"등산복은 다양한 소재로 만들어져 있어 간단히 설명할 수가 없지만 중요한 포인트는 계절과 기상 상태에 따라 보온, 방풍, 방수, 땀 배출, 자외선 차단 등을 고려하여 적합한 옷을 골라 입는 것입니다. 값비싼 옷이라고 다 좋은 것은 아닙니다. 등산 초보자가 고가의 최고급 등산복을 입고 옆 사람에게 자랑하면서도 막상 따라가지는 못하여 쩔쩔매고 고생하는 것을 보기도 합니다. 등산을 계속하지 못하고 이내 포기하여 비싼 옷은 장롱 속에서 자리만 차지하다가 몇 년 후에 쓰레기로 버려지는 경우도 있습니다. 심지어 비싼 옷이 상하거나 더럽혀질까 봐 온통 옷에 신경을 쓰는 사람도 있습니다. 절대 금물입니다. 산에서는 무엇보다도 동작이 자유롭고 몸이 안전해야지 옷이나 물건이 중요한 것이 아닙니다. 초보자는 처음부터 비싼 옷을 찾을 것이 아니라 값싼 옷으로 약한 산행부터 시작하여 등산의 기초를 익힌 다음 어느 정도 익숙해지고 등산에 취미가 붙으면 그에 맞는 고급 옷을 사도 늦지 않습니다. 차차 고도를 높여 고수가 되면 비싼 옷을 입어야 어울립니다.

모자도 마찬가지입니다. 어떤 사람들은 모자가 아예 없고 햇볕이 쨍쨍 내리쬐는 오뉴월 불볕 아래서도 맨머리로 다닙니다. 체격도 좋고 잘생겼는데 아깝게도 얼굴이 검은 사람을 가끔 봅니다. 그런 사람들은 나중에 흑인과 구별이 안 될 정도로 얼굴이 새까맣고 피부가 거칠어질 확률이 높습니다. 최악의 경우에는 피부암에 걸려 고생할 수도 있습니다. 피부를 햇볕에 노출시켜 선탠(suntan)을 하는 것은 두 가지 측면이 있는데, 하나는 체내에서 비타민D를 생성하여 칼슘의 흡수를 돕고 뼈를 튼튼히 하는 좋은 측면이고 이와 반대로 자외선에 노출되어 검버섯이 돋게 하고 피부암을 유발하는 나쁜 측면이 있습니다. 이 중 회복하기 어려운 나쁜 쪽은 피해야 합니다.

아무리 더운 여름이라도 머리에 시원한 모자를 쓰거나 수건을 덮어쓰고 햇볕을 가려야 합니다. 두꺼운 수건을 쓰면 겉으로 보기에는 매우 더울 것 같아도 오히려 짙은 그늘을 만들어 밖에서 오는 열을 차단하므로 시원합니다.

그런가 하면 겨울 엄동설한에도 모자를 안 쓰는 사람이 있습니다. 이러면 체온이 떨어집니다. 저체온증에 걸리지 않으려면 열을 빼앗기지 않아야 하는데, 모자를 안 쓰면 열 손실을 막을 수 없습니다. 열은 주로 머리를 통해서 위로 발산되기 때문입니다.

다음은 배낭입니다.

배낭은 가볍고 어깨와 등이 편해야 합니다. 자기의 체형에 맞는 배낭을 골라야 편합니다. 요즘은 질기고 가벼운 소재들이 많이 개발되어 있어서 땀이 차지 않고 가벼운 배낭이 많습니다. 배낭이 무거우면 무릎을 망가트립니다. 배낭에 들어가는 물품도 엄선하여 조금이라도 불필요하거나 무거운 물건은 넣지 말아야 합니다. 어느 뜨거운 여름날 산에서 여러 가지 화장품을 펴 놓고 땀을 닦으면서 열심히 화장을 하는 여성을 보았습니다. 입술에 립스틱을 바르고 거울을 이리저리 돌려 보며 자기 모습을 가꾸는데 정신이 없었습니다. 돌 위에 늘어놓은 화장품 병을 보니 한두 개가 아닌데다가 모두 작은 휴대용이 아니고 큰 병들이었습니다. 정말 산에서 어울리지 않는 광경이었지요. 일부러 배낭을 무겁게 하고 와서 무릎을 망가트리려고 작심한 것 같았습니다. 땀을 주체하기도 어려운데 화장이 왜 필요한지 모르겠어요. 누가 봐주는 사람도 없는 곳에서… 차라리 두꺼운 수건으로 얼굴을 가리면 자외선도 막고 더위도 피하고… 화장하는 것보다 훨씬 좋을 텐데 말입니다."

"················"

잠시 실내에 침묵이 흐른다.

"끝으로 등산 식품과 에너지에 관해서 알아봅니다. 등산은 가장 효과적인 유산소 운동이며 등산을 하는 데는 많은 에너지가 소모됩니다.

유산소 운동은 운동에 필요한 에너지를 유산소 호흡을 통해서 얻는 운동입니다. 호흡으로 탄수화물과 지방을 태워 에너지를 얻습니다. 탄수화물은 근육이나 간에 저장되어 있고, 지방은 지방세포에 저장되어 있습니다. 걷기, 달리기, 자전거 타기, 수영, 등산뿐만 아니라 테니스, 축구 등 모든 구기종목이 전부 유산소 운동입니다.

이에 반하여 무산소운동은 무산소 호흡으로 에너지를 얻습니다. 탄수화물만 사용하고 지방은 사용하지 않는 단시간의 고강도 운동입니다. 에너지 효율이 낮고 피로를 유발하는 젖산 등 노폐물이 생겨 근육에 잔류합니다. 단거리달리기, 던지기, 높이뛰기, 씨름, 역도, 턱걸이, 팔굽혀펴기 등이 모두 무산소운동입니다.

등산에 필요한 에너지는 신체의 활동대사량을 증가시키고 체지방률을 낮춰주어 살이 찌지 않는 체질로 만들어 줍니다. 스트레스를 감소시키고 심박수와 혈압을 낮춰주며 혈액순환을 촉진하고 근육의 지구력을 향상시켜 줍니다. 마음을 안정시키고 육체를 활발하게 하는 원동력이 됩니다.

등산 에너지는 탄수화물과 지방으로 만들어지는데 이들은 등산 식품으로 조달합니다. 다시 말해서 등산 식품이 등산 에너지의 원천입니다. 등산 중 잠시도 에너지가 고갈되지 않도록 하기 위해서는 충분한 등산 식품과 물을 미리미리 공급해야 합니다. 그러기 위해서는 섭취 후 바로 기운이 나게 하면서도 가볍고, 부피가 작고, 쉽게 상하지 않는 행동식을 준비하여 보행 중이라도 수시로 손쉽게 꺼내 먹을 수 있는 위치에 두는 것이 좋습니다. 배낭의 바깥 주머니나 허리의 벨트 주머니가 좋습니다.

어떤 산행대장은 행동식은 옆에 있는 동료가 보지 않게 숨겨 두고 몰래 먹으라고 합니다. 물과 등산 식품은 배낭 무게를 줄이기 위하여 각자가 필요한 만큼만 가지고 와서 옆 사람과 나누어 먹지 말고 자기 혼자 먹는 것이 원칙이라고 합니다. 체면을 차리느라고 남에게 나누어 주다 보면 정작 자기 몫이 모자라 큰 곤경에 처할 수도 있기 때문이겠지요.

산행 중 무리에서 떨어져 나와 길을 잃고 헤매는 경우가 흔히 있는데 그럴 때 체력이 바닥나고 먹을 것이 없으면 조난으로 이어지고, 심하면 생명을 잃는 수도 있습니다. 특히 겨울철 혹한이나 심설 산행을 할 때에는 랜턴, 지도, 나침판, 시계 등 필수 장비가 항상 정상 작동되고 있어야 하고, 비상식품과 뜨거운 물 한잔은 무사히 하산하여 차를 탈 때까지 남아 있어야 합니다.

등산 식품으로는 당질이 풍부한 초콜릿, 사탕, 건포도 등이 좋습니다. 곶감, 양갱, 떡, 과자 등은 에너지 생성도 빠르고 포만감이 있어 더욱 좋습니다. 사과, 배, 오이, 참외, 귤, 방울토마토, 파프리카 등은 비타민이 풍부해서 피로회복에 좋고 수분, 칼로리, 포만감 등 모든 면에서 좋은 등산 식품으로 손꼽힙니다."

이어서 탄수화물, 지방, 단백질 등 영양소가 스크린에 떴다.

"지금부터는 이들 식품이 어떻게 작용하는지 알아보겠습니다.

식품에는 여러 가지 영양소가 함유되어 있는데 탄수화물, 지방, 단백질, 이 셋을 3대 영양소라 하고 비타민과 미네랄을 추가하여 5대 영양소라고 합니다. 물까지 포함하여 6대 영양소라고도 합니다.

이들 영양소는 에너지를 만들기도 하고, 신체 조직을 구성하기도 하고, 생리기능을 조절하기도 합니다.

에너지를 직접 생성하는 영양소는 탄수화물, 지방, 단백질 등 3대 영양소입니다. 신체 조직을 구성하는 영양소는 지방, 단백질, 미네랄 그리고 물입니다. 생리기능을 조절하는 영양소는 단백질, 미네랄, 물에 비타민이 추가됩니다.

미네랄은 무기질이라고도 하는데 에너지를 직접 생성하지는 않지만 매우 중요한 영양소입니다. 칼슘(Ca), 나트륨(Na), 마그네슘(Mg), 인(P), 칼륨(K) 등은 우리 몸에 매일 0.1g 이상이 필요한 다량원소이고, 철분(Fe), 셀레늄(Se), 아연(Zn), 코발트(Co) 등은 많이 필요하지 않은 미량원소입니다.

우리가 등산을 할 때에는 하루에 3,000~5,000Cal의 열량이 필요한데, 이 열량을 등산 중에 모두 섭취하기는 어렵지요. 그래서 그중 일부만 효율적으로 섭취할 수밖에 없습니다. 그러기 위해서는 어떤 영양소가 어떤 작용을 하는지를 잘 알고 있어야 합니다.

탄수화물 1g은 4Cal의 열을 냅니다. 필요한 열량의 50~70%가 탄수화물에서 나오므로 식품 중에서 탄수화물을 제일 많이 섭취하게 됩니다. 탄수화물을 먹으면 소화·흡수되어 포도당으로 변하고, 포도당은 피를 타고 세포로 가서 에너지원으로 쓰입니다. 쓰고 남은 포도당은 글리코겐으로 변하여 간이나 근육에 저장되고 거기에서 더 남으면 피하지방이 되어 비만의 원인이 됩니다. 만약 심한 운동으로 포도당을 다 쓰게 되면 글리코겐을 빼서 쓰고, 그것도 모자라면 지방을 쓰는 것입니다. 등산 식품으로는 탄수화물 중에서도 흡수가 가장 빠른 당분을 선택하는 것이 좋습니다.

지방은 1g당 9Cal의 높은 열을 내는데… 필요한 열량의 20~30%가 지방에서 나옵니다. 몸에 흡수된 지방은 글리세린과 지방산으로 분해되어 이중 글리세린은 직접 에너지로 사용되고 지방산은 체지방으로 저장되었다가 글리세린이 모자랄 때 에너지로 사용됩니다.

단백질은 1g당 4Cal의 열을 내며 지방과 마찬가지로 필요한 열량의 20~30%를 담당합니다. 단백질은 근육이나 기타 신체 조직을 구성하는 물질인데 20가지의 아미노산으로 되어 있습니다. 그중 8종의 필수 아미노산은 신체 외부로부터 섭취해야 하고, 12종은 체내에서 합성되는 성분입니다.

운동을 하는 데 필요한 에너지는 먼저 탄수화물을 연료로 쓰고 그다음에 지방, 단백질 순으로 씁니다.

100m 달리기, 수영, 암벽등반 등 단시간 고강도 운동에는 특정 근육에 저장된 글리코겐을 씁니다. 보통 운동에는 탄수화물과 지방을 같은

비율로 씁니다. 운동시간이 길어지면 지방을 많이 쓰게 되고 3시간 이상 되는 장시간 운동이 되면 거의 지방만을 씁니다. 수십 일씩 가는 장기등반에는 어느 정도 체지방 축적이 필요하지만, 보통 암벽등반에는 그럴 필요가 없습니다. 몸이 무거우면 동작이 둔해지고 지구력이 떨어지므로 가급적 체중을 줄이고 필요한 에너지는 탄수화물을 원료로 해서 수시로 만들어 쓰는 것이 효과적입니다. 탄수화물과 지방이 모두 고갈되었을 때에는 최종적으로 단백질을 씁니다.

지금까지 설명해 드린 3대 영양소 외에 에너지를 직접 만들어 내지는 않지만 등산 식품으로 빼놓을 수 없는 것이 미네랄과 비타민, 그리고 물입니다.

미네랄은 금속성 원소로 아주 적은 양이 필요하지만, 신진대사에 없어서는 안 되는 성분입니다. 칼슘과 나트륨은 소금으로 공급하는데 소금은 보통 하루에 10g 정도 섭취해야 합니다. 평소에는 삼시세끼 식사를 통해서 저절로 적당량이 섭취되기 때문에 별도로 신경을 쓰지 않아도 됩니다. 그러나 산행 중에는 땀을 많이 흘리므로 수분과 염분이 동시에 빠져나갑니다. 수분은 물을 자주 마시게 되니 모자라지 않지만, 염분은 따로 보충해 주지 않으면 혈중 농도가 떨어져 몸에 피로가 쌓이고 기운이 없어 탈진상태가 됩니다. 심하면 두통, 현기증, 근육 경련 등이 일어나 위험합니다. 소금은 비상용으로 항상 가지고 다니다가 땀을 많이 흘리고 나면 조금씩 섭취해 주어야 합니다.

저는 24년 전에 탈진(脫盡)을 직접 경험한 적이 있습니다.

그날도 몹시 더운 날이었습니다. 백두대간 구룡령에서 조침령까지 8시간 걸리는 산행을 하는데 무박으로 새벽에 구룡령에 도착하자마자 바로 출발하여 갈전곡봉을 지나 순조롭게 오전 산행을 잘하였습니다.

오후가 되니 기온이 30도로 치솟고 피로가 쌓이기 시작했습니다. 바람 한 점 없는 산길을 오르락내리락 봉우리를 수없이 넘어도 목적지에 도착할 기미가 보이지 않았습니다. 시간이 갈수록 산행 속도가 떨어지고 그동안 물을 2L나 마시고 자주 쉬었는데도 피로는 점점 심해지고 나중에는 한 발자국도 걸을 수가 없었습니다. 같이 가던 동갑내기 친구가 몹시 걱정을 하면서 여기서 처지면 일행을 놓치고 예정된 시간 안에 산행버스를 탈 수 없으니 억지로라도 힘을 내 보라고 하였습니다. 초콜릿을 까서 입에 넣어주면서 팔을 붙들고 일으켜 세우려고 하였으나 2~3분이 되어도 도저히 일어설 수가 없었어요. 친구더러 먼저 가서 구급대라도 불러오라고 하였는데 그것도 말뿐이지 쉽지 않은 상황이었지요. 한참 늘어져 누워 있다가 간신히 일어서서 조금씩 걷고 걸어서 거의 1시간 걸려 조침령에 도착하였습니다. 대기하고 있던 버스에 오르니 대원들이 일제히 박수를 치며 반가워하였습니다. 이내 버스가 출발하여 정신없이 눈을 감고 있는데 한참 달린 후에 뒤풀이 식당 앞에 차가 멈추었습니다. 물과 음식을 조금 먹으니 피로가 풀리고 생기가 돌게 되었습니다. 주위에 있는 대원들이 기뻐하면서 고생 많았다고 위로해 주었습니다.

체력이 회복되는 것을 보고 나이 지긋한 대원 한 분은 '아마 염분이 모자라 탈진했던 모양'이라고 하였습니다. 염분? 탈진? 그때까지는 생각조차 해 보지 못한 말이었습니다. '아니, 장거리 산행으로 큰 병이 든 줄 알았는데 실은 염분이 모자라 탈진했던 것인가? 소금? 짠 것이라면 배낭 안에 먹다 남은 상추쌈 된장도 있고 돼지족발, 새우젓도 남아 있는데…' 속으로 억울해하면서 소금이 그렇게 중요한 것인 줄 다시 한번 새기게 되었습니다. 목적지 500m를 남겨 두고 염분이 모자라 그

고생을 했던 것입니다."

K강사의 강의가 5분도 남지 않았다.

"비타민도 중요합니다. 비타민은 탄수화물·지방·단백질과 같이 에너지를 직접 만들어 내는 영양소가 아닙니다. 그러나 비타민은 종류도 많고 이것이 부족하면 다른 영양소의 대사가 제대로 이루어지지 못하기 때문에 항상 부족함이 없어야 합니다. 비타민은 화학반응에 직접 참여하지 않고, 소모되는 물질이 아니며, 따라서 필요량은 매우 적습니다. 그러나 소량이지만 체내에서는 생성되지 않으므로 반드시 외부에서 식품으로 섭취해야 합니다. 각종 과일과 채소에 비타민이 풍부합니다.

끝으로 물입니다.

우리 몸은 3분의 2가 물로 구성되어 있으므로 몸에 물이 부족하면 안 됩니다. 만약 물이 20% 이상 부족하면 생명을 잃을 수도 있습니다. 우리가 운동을 할 때에는 각종 영양소를 태워 에너지를 만들어 쓰고… 그리고 나면 찌꺼기가 남게 되는데… 이 찌꺼기는 땀과 오줌으로 배출됩니다. 그다음에는 배출한 만큼의 물을 보충해 주어야 몸이 정상으로 돌아갑니다. 물이 부족하면 혈액의 농도가 짙어져 흐름이 느려지고 피로가 쌓일 뿐만 아니라 두통, 부주의, 무기력, 방향감각 등 장애가 일어납니다.

차고 건조한 공기는 폐와 피부에서 수분을 앗아갑니다. 고산에서 수분이 모자라면 구역질이 생기고, 구역질이 생기면 오히려 물을 마시고 싶은 욕구가 줄어들어 수분이 더욱 모자라는 악순환이 일어납니다.

이상으로 등산과 등반, 보행법, 스틱과 무릎 보호 그리고 등산화, 등산복, 모자, 배낭 같은 기본적인 등산 장비를 알아보았고 등산 에너지와 에너지를 만드는 식품까지 살펴보았습니다. 10분간 휴식하고 다음 시간에는 여형재 강사님이 등산의 역사와 독도법을 강의하실 겁니다. 장시간 지루한 저의 강의를 경청해 주셔서 감사합니다."

K강사의 강의가 끝나고 갑자기 실내가 어수선해졌다. 출입문이 활짝 열리고 복도에도 벌써 많은 사람들이 나가 있다.

"여러분! 반갑습니다. 여형재 강사입니다. 지금부터 등산의 역사와 등산계획 그리고 독도법에 대해서 알아보겠습니다."

여형재 강사는 원로 산악인으로 오래전에 K2를 비롯한 히말라야의 고봉들을 몇 차례 등정하여 산악계에서 이름을 떨쳤고 암벽으로는 세계의 클라이머들이 기량을 다투는 미국의 요세미티에서 조디악과 엘캡 2루트를 등반한 암벽의 고수이다. 지금은 K등산학교의 전속 강사일 뿐만 아니라 산악 관련 단체 또는 직장 산악회 등에 초대되어 후진을 위한 강의에 많은 시간을 내어 주고 있다.

"등산은 사람이 산에 오르는 것입니다. 그러나 산에 간다고 다 등산은 아니지요. 약초를 캐러 가는 사람도 있고 노루나 멧돼지를 잡으러 가는 사람도 있고 절에 가는 사람도 있는데, 그들이 아무리 산을 잘 탄다고 해도 등산가는 아닙니다. 등산은 산에 오르는 행위 자체가 목적인 경우에만 등산이라고 합니다. 등산하는 사람을 '등산가' 즉 '알피니스트(Alpinist)'라고 하지요. 알피니스트는 알프스(Alps)에서나온 말입니다.

다 알다시피 알프스는 스위스를 중심으로 프랑스, 이태리, 오스트리아, 독일 등 5개국에 걸친, 만년설이 덮인 고산지대입니다. 유럽의 지붕입니다. 처음에는 알프스에 오르는 사람을 알피니스트라고 하였지만 지금은 모든 등산가를 알피니스트라고 하며 더 나아가서 등산을 알피니즘, 등산학교를 알파인 스쿨, 산악회를 알파인 클럽이라고 합니다.

알피니즘의 이야기는 1760년 소쉬르가 알프스의 최고봉인 몽블랑 (4,807m)에 오르는 사람에게 상금을 주겠다고 한 날부터 시작되었지요. 그 당시 몽블랑은 이름 그대로 '하얀 산' 즉 언제나 하얀 만년설이 덮인 산으로만 알려져 있고 인간이 접근할 수 없는 신(神)의 영역에 속하는 산으로… 미지의 세계, 악마가 사는 곳, 공포의 세계로만 알려져 있고 몽블랑 등정은 인류의 꿈에 불과하다고 생각하던 때였습니다. 제네바의 자연 과학자이자 대학교수인 소쉬르(Horace Benedict de Saussure)는 몽블랑 근처의 작은 산에 올라 몽블랑의 장엄한 모습을 보고 크게 놀란 나머지 몽블랑의 신비한 정체를 밝히고 싶어 몽블랑에 오르는 사람에게는 후한 상금을 주겠다고 현상금을 걸었어요. 그러나 아무도 오르지 못하고 실패만 거듭하다가 그로부터 26년 후인 1786년에야 샤모니의 의사 빠가르(Michel Gabriel Paccard)가 포터 한 사람을 데리고 초등에 성공하였습니다.

그 해는 영국에서 제임스 와트가 증기기관을 발명하여 산업혁명의 깃발을 올린 해이기도 하지요. 인류의 위대한 산업혁명과 더불어 등산의 역사가 시작된 것입니다. 이후 등산은 1865년까지 약 80년간 정상 정복에만 목표를 두는 등정주의(Peak Hunting) 등산이었습니다.

그러다가 점점 어려운 곳을 등반하는 험로등반, 인공등반의 시대가 열렸는데, 1881년 샤모니의 가장 어려운 침봉을 머메리(Mummery, Albert Frederick 1855~1895) 가 초등하고 그의 이름을 따서 머메리즘(Mummerism) 이라는 새로운 등반사조가 나왔습니다. 등정주의에서 등로주의(登路主義)로 바뀐 것이지요.

1930년대가 되어 산의 활동무대가 알프스에서 히말라야로 옮겨지는 한편, 알프스에는 벽등반 시대가 열렸습니다. 그 유명한 알프스의 마터호른, 아이거, 그랑드 조라스 3대 북벽이 클라이머들의 주요 활동무대

가 되고 등로주의의 절정을 이루었습니다. 난이도가 점점 높아져 동계,
단독, 직벽, 속등(速登)으로 이어져 갔습니다.

　1950년부터 히말라야 원정시대가 열려 1964년까지 8,000m급 14좌가
모두 정복되고 이에 더하여 무산소, 단독, 속공(速攻) 등으로 등반기술
이 발전하였습니다.”

히말라야 8000m급 14좌 초등정

순위	높이(m)	산 이름	초등정 년도	국가
1	8,848	에베레스트	1953	영국
2	8,613	K2	1954	이태리
3	8,586	칸첸중가	1955	영국
4	8,518	로체	1956	스위스
5	8,465	마칼루	1955	프랑스
6	8,203	초오유	1954	오스트리아
7	8,169	다울라기리 1	1960	스위스
8	8,165	마나슬루	1956	일본
9	8,128	낭가파르밧	1953	오/독일
10	8,092	안나푸르나	1950	프랑스
11	8,070	가셔브룸 1	1958	미국
12	8,048	브로드피크	1957	오스트리아
13	8,036	가셔브룸 2	1956	오스트리아
14	8,027	시샤팡마	1964	중국

　스크린에 히말라야 14좌 초등 기록이 뜨고 이어서 화면이 바뀌면서 인
수봉이 크게 클로즈업되어 나온다.

"여기까지 세계의 등반사를 간략히 살펴보았습니다. 그러면 한국의 등반은 언제부터 시작되었으며 지금은 어느 위치에 와 있을까요?

기록상으로는 일제 강점기에 인수봉을 처음 올랐는데 그때에도 정상에 선조들이 남긴 발자취가 있었다고 하니 실제로 언제부터였는지는 알수 없지요.

1962년에 대한산악연맹이 창립되고 1969년에는 인수봉과 선인봉에 10개의 등반루트가 개척되었습니다.

그 후 히말라야 고산에도 몇 번 도전하였으나 성공하지 못하다가 1977년에 한국 최초로 고상돈 대원이 에베레스트 등정에 성공함으로써 한국이 세계 8번째 에베레스트 등정 국가가 되었습니다.

히말라야 8,000m급 고봉14좌를 최초로 완등한 사람은 1986년 이탈리아의 라인홀트 메스너입니다.

한국은 2000년 엄홍길, 2001년 박영석, 2003년 한왕용, 2010년 오은선이 14좌를 완등함으로써 세계 제1의 완등자 배출국이 되었습니다. 특히 오은선은 최초의 여성 완등자이기도 합니다. 이와 같이 한국은 후발 주자이지만 당당히 산악선진국이 되었으니 큰 자랑이 아닐 수 없습니다."

다시 화면이 바뀌고 히말라야 14좌 완등자 기록이 줌 인(zoom in)되어 나온다.

히말라야 14좌 완등자

순번	완등연도	이름	국적	비고
1	1986	라인홀트 메스너	이탈리아	신루트6, 무산소
2	1987	예지 쿠쿠츠카	폴란드	신루트9, 동계4
3	1995	에르하르트 로레탕	스위스	신루트2, 무산소
4	1995	카를로스 카르솔리오	멕시코	신루트3
5	1996	크리스토프 비엘리키	폴란드	신루트3, 동계3
6	1999	후아니또 오이아르자발	스페인	신루트2, 무산소
7	2000	세르지오 마르티니	이탈리아	
8	2000	엄홍길	한국	시샤팡마 재등정
9	2001	박영석	한국	동계1
10	2001	알베르토 이뉴라테기	스페인	무산소
11	2003	한왕용	한국	
12	2005	에드 비에스터스	미국	무산소
13	2005	앨런 힝크스	영국	초오유 등정 논란
14	2007	실비오 몬디넬리	이탈리아	무산소
15	2008	이반 발레오	에콰도르	무산소
16	2009	데니스 우룹코	카자흐스탄	신루트3, 무산소
17	2009	랄프 두이모비츠	독일	
18	2009	베이카 구스타프슨	핀란드	무산소
19	2009	앤드루 록	호주	
20	2010	호아오 그라시아	포르투갈	무산소
21	2010	피오트르 푸스텔니크	폴란드	신루트1, 유산소7
22	2010	오은선	한국	여성 최초
23	2010	에두르네 파사반	스페인	여성

"이상으로 등산의 역사를 대강 살펴보았습니다. 혹시 궁금한 사항이 있으면 얘기해 보세요."

여형재 강사는 짧은 기간에 세계 최고봉에 오른 한국의 등산 실력을 자랑하며 등산의 역사를 강의하는 것이 얼마나 좋았던지 연신 웃으며 어깨를 우쭐거렸다.

"한 가지 질문이 있어요. 오은선 대장의 14좌 등정 가운데 칸첸중가봉은 등정을 못 했다는 말이 있던데요?"

배순식 학생장이 논란이 되고 있는 뉴스 보도를 끄집어내어 질문하고 있다.

"아, 그것 말씀이세요. 그렇지 않습니다. 정상에 오른 것이 확실합니다. 왜 그런지 설명해 드리지요."

여형재 강사는 노트를 뒤적이더니 자료를 찾아 강의를 이어 나갔다.

"먼저 오은선 대장의 14좌 등정 전체를 보아야 합니다.

오대장은 1997.7월 14좌 중 처음으로 가샤브룸2 등정에 성공하고 10년 후인 2007.7월에 어렵기로 유명한 K2 등정에 성공하자 자신감이 생겨 14좌 완등의 결심을 하게 되었습니다. 그때는 14좌 중 5번째인데 이미 14좌 완등자가 여러 명 있었으나 전부 남성들이었습니다. 여성들은 '최초의 여성 완등자'가 되기 위해서 치열한 경쟁을 벌이고 있었지요. 유럽에서 3명의 경쟁자가 있었는데 그 중 스페인의 에두르네 파사반은 이미 9좌를 완등하였고, 한국인으로는 고미영이 앞서가는 경쟁자였습니다. 뒤늦게 쫓아간 오은선은 매년 4좌씩 2008년과 2009년 2년 사이에 8좌를 올라 초스피드로 13좌를 성공하여 다른 경쟁자들보다 앞섰습니다. 고미영은 2009.7월 11번째 봉우리 낭가파르밧을 등정하고 하산 길에 아깝게도 실족사하고 말았지요. 오은선은 그 이듬해인 2010.4월 안나푸

4. 등산학교 · **107**

르나(8,091m)를 끝으로 14좌 등정을 완료했습니다. 44세 때이지요. 오은선 등반의 특징은 2~3명의 셰르파만 데리고 간 단독등반, 초 단시일의 속공, 2봉을 제외한 12봉 무산소 등정, 이 3가지로 요약할 수 있습니다. 남자들도 흉내 낼 수 없는 실적이지요.

논란이 된 칸첸중가(8,586m)는 오은선의 14좌 중 10번째로 2009.5.6일에 오른 봉우리인데, 오은선은 이듬해인 2010.4.27일에 안나푸르나를 끝으로 14좌를 완등하고, 이어서 1달 후인 2010.5월에 파사반이 14좌를 완등 하였습니다. 오은선의 칸첸중가 등정에 처음 의혹을 가진 사람은 한국인이었습니다. 오은선과 14좌 경쟁을 벌이던 고미영 산악대의 등반대장이던 김재수가 오은선 등정 12일 후 칸첸중가에 오른 후 오은선의 사진을 문제 삼았습니다. 오은선 바로 다음에 등정한 노르웨이의 욘 갱달도 아무런 이의 없이 오은선의 등정을 인정하였는데 말입니다. 칸첸중가 정상은 눈으로 덮여 있는데 오은선의 사진에는 바위가 있다는 것입니다. 파사반도 14좌를 완등한 다음 의혹을 제기하였습니다. 세계적인 논쟁거리가 되었어요. 국내외 언론보도와 인터넷에서 심한 논란이 난무하다가 완등 3개월 후인 8월에 '대한산악연맹'은 '오은선이 칸첸중가를 등정했다고 보기 어렵다'는 공식 입장을 내놓았습니다. 의혹을 줄곧 제기한 산악인들을 포함한 연맹 이사들로 구성된 회의에서 내린 결론입니다. 한편 '한국산악회'는 등정을 인정하는 입장이었습니다. 국내외의 많은 산악인과 언론사 기자들, 일반인들, 심지어는 산 밑에도 가보지 못한 어중이떠중이 문외한들까지 가세하여 댓글을 달아대며 등정여부가 논란의 거대한 소용돌이에 빠져 들어갔습니다.

8,000m의 고봉, 산소가 거의 없고, 심한 강풍, 극한의 추위, 20시간이 넘는 무산소 등반으로 바닥난 체력과 몽롱해진 정신, 동행자라고

는 산악인이 아닌 짐꾼 셰르파 3명뿐인 곳에서 사진 1장도 건지기 어려웠을 것입니다. 정상이 아닌 곳에서 정상이라고 착각했을 수도 있습니다. 오은선 대장의 말에 따르면 사진을 찍은 사람은 셰르파 다와 옹추(39세)라고 합니다. 그는 셰르파 3명 중 우두머리로 칸첸중가를 4번이나 오른 베테랑 셰르파입니다. 날씨가 악화되어 정상까지 안자일렌(여러 사람이 몸을 한 줄에 묶고 오르는 것)을 하고 가는데 옹추가 제일 앞에 서고 페르마(38세)가 두 번째, 오은선 대장, 그리고 끝에는 제일 젊은 노르부였다고 합니다. 정상에는 눈이 덮이고 화이트 아웃(시야상실) 상태라서 사진을 찍을 수 없고 5~6m 아래 바위 있는 데서 옹추가 사진을 찍었다고 합니다.

자, 여기서 정상을 밟았느냐 밟지 않았느냐 진실을 밝혀 보겠습니다.

첫째로, 현장에 있던 사람은 네 사람입니다. 장소는 인간의 접근을 허용하지 아니하는 곳, 추위, 강풍, 시야 차단, 체력 고갈 등 극한 상황입니다. 서로 말하기조차 어려운 상황이지요. 간신히 인증사진을 찍고 급히 하산을 시작합니다. 전에 여러 번 왔다는 우두머리 셰르파가 정상임을 확인하고 사진을 찍었다는데 그 이상 확실한 증거가 어디 있겠어요?

네팔에서 셰르파(sherpa)라고 하면 원래는 히말라야 고산에 사는 티베트계의 종족 이름인데 히말라야 등반이 시작된 다음부터는 짐을 나르고 등반을 도와주는 직업인의 대명사가 되었습니다. 셰르파는 최상의 생계 수단이며 명예입니다.

셰르파도 여러 직책과 급이 있습니다. 베이스캠프까지만 짐을 나르는 짐꾼인 '저소포터', 베이스캠프에서 취사를 담당하는 '쿡', 사람이 사는 마을에서 베이스캠프까지 우편물이나 간단한 짐을 전달해주는 '메일러

너', 이들을 지휘하는 대표인 '사다', 베이스캠프 이상 고소캠프까지 짐을 나르거나 등반을 도와주고 사진 촬영을 해 주는 '고소포터' 등으로 나뉩니다. 당연히 고소포터가 최고위의 셰르파이며, 따라서 체력이나 경험이 풍부한 사람이 아니면 채용될 수 없겠지요. 에베레스트를 수십 번 오른 셰르파도 있다고 합니다. 그들은 선천적으로나 후천적으로 고산에 극도로 적응되어 있으므로 세계적인 산악인들보다 등반 능력은 낫다고 볼 수 있습니다. 그들의 도움이 없이는 히말라야 등반은 불가능합니다. 정상급 수준의 셰르파들은 등반 루트를 잘 알고 기량도 뛰어나며 위기 대처 능력도 좋아 최고의 보수를 받는다고 합니다. 고용주인 산악인들을 안내하여 정상에 세우고 등반을 성공시키는 것이 명예이며 실적인 것입니다.

논란이 된 칸첸중가에서 '정상이 아닌데 옹추가 정상이라고 우겨 싸웠다.'고 한 막내 누르부의 말에 페르마는 '거기서는 어떠한 말다툼이나 싸움도 없었다.'고 잘라 말했습니다. 오은선 대장의 말대로 산소통 레귤레이트(regulate) 마스크를 쓰고 서로 대화도 되지 않는 상태에서 다툴 여지가 어디 있겠어요? 최고의 셰르파가 막내보다 몰라서 정상이 아닌 곳에서 인증사진을 찍었겠어요? 아니면 명예를 중시하는 베테랑 셰르파가 정상이 아닌 줄 알면서 아무 데서나 사진을 찍었겠어요?

둘째로, 오대장이 정상을 밟았다는 것을 엘리자베스 홀리(87세) 여사가 인정했습니다. 네팔에서 50여 년간 히말라야 등정자들을 직접 인터뷰하고 등정을 기록해 온 홀리 여사가 2010.5월 오대장과 인터뷰하고 "14좌 완등을 축하한다."고 했습니다. 홀리 여사는 히말라야 등정의 역사에서 신과 같이 추앙받고 있는 산 증인입니다. 그녀의 기록은 아무도 부인하지 못하는 권위를 자랑합니다.

세 번째로, 오대장의 칸첸중가 등정은 세계 최초의 14좌 완등자인 라인홀트 메스너가 확인해 주었습니다.

네 번째로, 오대장 다음으로 칸첸중가 정상에 오른 노르웨이팀의 욘 갱달도 그 바위 사진을 찍었다고 합니다. 그곳은 정상에서 5~10m 떨어진 곳인데 정상으로 인정되는 곳이라고 증언했습니다.

다섯 번째로, 2010.4월 네팔의 등산협회는 보도자료를 내어 파사반의 주장을 일축하면서 '네팔 정부가 발행한 오은선의 등정 증명서는 유효하고 오은선이 14좌를 등정한 최초의 여성이다.'라고 강조했습니다.

8,000m 고봉은 신의 영역입니다. 인간은 접근할 수 없는 곳인데 주인이 잠시 문을 열어주면 얼른 엿보고 내려와야 하는 곳입니다. 극한의 상황에서 사진 1장으로 정상이냐 아니냐를 판가름하는 것은 무리입니다. 정상에서는 그 시각 시야에 아무것도 보이는 것이 없어 5~6m 아래에서 인증사진을 찍었는데 거기에는 셰르파 3명이 같이 있었고 그들 중 4번이나 그곳에 간 우두머리 셰르파 옹추가 셔터를 눌렀다고 합니다. 이어서 바로 등정한 욘 갱달도 그 바위 사진을 찍었다고 합니다. 그로부터 12일 후에 등정한 김재수가 정상에는 바위가 없다고 한 말 한마디로 논란이 불거진 것입니다. 경쟁자인 파사반이 가세했습니다. 대한산악연맹은 부인하고 한국산악회는 인정하였습니다. 홀리 여사와 메스너는 인정하였습니다. 네팔 정부는 등정증명서도 발행해 주었고 네팔등산협회는 오은선이 14좌를 등정한 최초의 여성이라고 강조했습니다. 어느 쪽이 진실일까요? 모든 사항을 종합하면 오은선 대장의 등정이 확실합니다."

여형재 강사는 숙연해지면서 엄숙하게 결론을 내렸다.

오후 7시, 저녁 식사 시간이다. 학생들은 1시간의 여유를 가지고 지정된 식당에서 식사를 하고 휴식을 취한 다음 8시 정각, 강의실에 다시 모였다.

이어서 여형재 강사는 등고선이 상세히 그려진 북한산의 지도를 스크린에 띄우고 독도법을 설명하였다.

"여러분, 저녁 식사 맛있게 드셨어요? 물론 집에서보다 입에 딱 맞지는 않았을 것입니다. 단체생활이라 그러려니 하고 이해해 주십시오.

지난 시간에는 보행법, 스틱 사용법, 무릎 보호법을 알아보았고 등산 장비와 용품, 등산 에너지, 등산 식품, 그리고 등산의 역사까지 살펴보았습니다. 이제 무거운 히말라야를 내려놓고 홀가분한 마음으로 북한산에 가 봅시다. 내일은 지도를 보고 길을 찾아서 산행을 합니다."

대형 스크린의 화면을 자유자재로 바꾸면서 여형재 강사가 강의를 이어가고 있다.

"여기가 우이동 산행기점입니다. 북한산을 처음 찾는 사람은 이 지도를 보고 목적지를 찾아가야 합니다. 백운대 정상을 찾아봅시다. 지도에는 등고선이 상세히 그려져 있습니다. 등고선을 보고 어디가 능선이고 어디가 계곡인지를 먼저 파악해야 합니다. 동서남북 방위를 봅니다. 방위에 맞추어 지도를 놓습니다. '지도정치(地圖正置)'라고 하지요. 등산로는 계곡과 능선을 바꾸어 가며 이어지고 있습니다. 등고선 간격이 좁은 곳은 급경사로 가파른 곳입니다. 간격이 넓은 곳은 경사가 완만한 산길입니다."

40분에 걸쳐 수십 장의 화면이 바뀌면서 독도법 강의가 끝났다.

이튿날 새벽 6시, 기상 벨이 울리면서 숙소는 바쁘게 움직였다. 등산학교의 첫 산행, 일반 보행법과 독도법 실습을 하는 날이다. 모두들 급히 일어나 화장실에 다녀온 후 등산복을 입고 숲속에 있는 공터에 모였다. 서로 인사하고 체조 대형으로 서기까지 5분이 채 걸리지 않았다.

아침 체조가 시작되었다. 1조의 젊은 서지태 강사가 약간 높은 곳에 올라서서 팔을 쭉 뻗고 좌우로 흔들면서 학생들을 둘러본다.

"여러분, 안녕하세요. 날씨도 맑고 공기도 깨끗하고… 좋은 아침입니다. 어깨를 활짝 펴고, 팔운동부터 시작합니다. 하나, 둘, 셋, 넷 …"

20분에 걸친 맨손체조로 몸을 풀고 지정된 식당으로 가서 아침 식사를 하였다.

학생들은 침낭과 매트와 무거운 암벽장비는 숙소에 두고 물과 식품과 비상용 여벌 옷 등 가벼운 등산용품만 챙겨 배낭에 차곡차곡 넣은 다음 조별로 산행을 시작하였다. 9시에 출발하여 6시간의 산행으로 보행법과 독도법을 완전히 익히고 오후 3시까지 숙소에 돌아오도록 짜여 있다. 학생 8명에 강사 2명씩 10명이 주어진 지도를 보면서 길을 찾아가야 한다. 조별로 코스가 다르기 때문에 다른 조는 어디로 갔는지 서로 모른다.

허천수가 소속된 1조는 들머리만 급경사로 시작하고 이내 완만한 능선길을 가게 되어 한결 여유가 있다.

4월의 첫 주, 얼마 전까지만 해도 쌀쌀한 겨울이었는데 벌써 길 양쪽으로 진달래가 한창이다.

연분홍 꽃잎들이 햇빛을 받아 화사한 웃음으로 반기고 연두색 잎들이 하늘하늘 봄바람을 타고 일렁인다. 아름다운 봄날이다.

허천수는 오래전 시집에 있는 작품을 속으로 노래하며 걷는다.

진달래

빛바랜 4월산에 진달래 붉은 발톱
겨우내 말라빠진 산허리를 할퀴는데
철만난 등산객들은 입을 쫙쫙 벌린다.

바람 찬 산 위에는 젖꼭지 꽃봉오리
중턱은 방석 펴고 생리대를 푸는구나.
산 아래 바위틈에서 물이 쫄쫄 흐른다.

　채식주 조장이 대원들과 의논해 가면서 길은 찾아간다. 여형재, 서지태 두 강사는 그냥 따라가기만 한다. 지도는 처음에는 정규 등산로를 따라가다가 중간 쉼터에서 오른쪽으로 방향을 틀어 까다로운 바위를 타고 영봉 정상에 오른다. 여기서 일반등산로와 잠시 만난 다음 길도 없는 능선과 계곡으로 학생들을 끌고 간다. 한참 내려가니 바윗길이 나온다. 5m쯤 되는 가파른 바위를 내려서야 한다. 그냥 서서 내려갈 수는 없다. 스틱을 접어 배낭에 넣고 앉아서 두 손을 바위에 짚으면서 한발씩 밑으로 뻗어야 한다. 그것도 어려우면 아예 뒤로 돌아서서 바위에 엎드려 뒷발을 한 걸음씩 내디디는 것이 좋다. 두 손과 두 발은 홀더를 잘 찾아 안전한 위치에 놓아야 한다.
　"거, 더럽게 까다롭네!"
　마당세(馬當世)라는 녀석이 불평을 털어놓았다. 그는 1조 6번, 학번으로 따져 보면 64명 중 41번째 나이이다. 어제 하룻저녁 숙식을 같이하면서 알게 된 사람인데 연령은 50대 초반, 직업은 중소기업 건설회사의 현장 감독이라고 하는데, 쉽게 말해서 노가다 십장(dokata土方, 什長)이다. 성격이 거칠고 직설적이라는 것을 금방 알 수 있었다. 누구든지 현재의 직업이나 전직을 알면 그가 어떤 사람인지 대략 알 수 있다. 생활환경은 물론 성격까지 짐작할 수 있다. 마당세는 직업상 등산을 하기 좋은 생활환경은 아니지만 한 달에 한두 번씩은 꼭 등산을 했다면서 산에 대해서 제법 아는 체를 한다.

"조심해요! 바위 경사는 심하지만 때 묻지 않은 생 바위(살아 있는 바위)이고 홀더가 좋아 미끄러질 염려가 없어요. 어렵다 싶은 사람은 뒤로 돌아서서 바위에 엎드려 발 디딜 곳을 찾으면서 내려오세요."

먼저 내려가서 학생들의 안전을 봐주는 서지태 강사가 요령을 알려준다.

8명이 내려오는데 시간이 제법 걸렸다.

"지금부터는 빨리 가야겠어요. 정해진 시간까지 못 가면 우리 조가 제일 꼴찌가 되겠어요."

채식주 조장은 마음이 급했다. 앞서서 달리기 시작한다. 평탄한 내리막길이 10여 분간 계속되었다.

"조장님, 여기는 아닌데요? 지도에 있는 방향이 아닌 것 같아요. 지도에는 우측으로 꺾어서 동쪽으로 급경사를 타고 내려가야 하는데 계속 직진해서 북쪽으로 가니 방향전환점을 지난 것 같아요."

허천수가 지도를 보면서 제동을 걸었다.

모두들 걸음을 멈추고 지도를 본다. 방향전환점을 지난 것인지 아직 안 지난 것인지 알 수가 없다. 스마트폰이 나온 지 얼마 안 되어 학생들이 가진 것은 구식 핸드폰인데 지도가 없고 위치를 알 수도 없다. 교과서대로 나침판과 지도를 방위에 맞추어 정치(正置)하고 등고선을 맞추어 본다. 방향전환점에서 100m쯤 더 내려온 것 같다.

"맞아요. 너무 내려왔어요."

그때서야 서지태 강사가 잘못되었다고 알려 준다. 학생들이 길을 잃어도 스스로 찾을 때까지 그냥 두고 보는 것이다.

"길을 잃었을 때에는 어떻게 길을 찾아요?"

"지도상에서 현 위치가 어디인지 어떻게 알 수 있어요?"

학생들의 질문이 쏟아졌다.

마침 옆에 있던 여형재 강사가 어제 강의한 대로 현장을 보면서 설명한다.

"먼저 지도상에 이렇게 자북선을 그어요. 나침반의 북쪽은 지도상의 북쪽보다 서쪽으로 약 8° 정도 기울어져 있지요. 자북선을 그은 다음에는 지도를 오른쪽으로 약간 돌려 자북선을 나침반의 북쪽과 맞추어 세우고 북쪽을 응시합니다. 좌측에 눈에 보이는 목표물을 정해서 각도기로 방위각을 잡아요. 우측에도 목표물을 정해서 방위각을 잡아요. 목표물은 산봉우리나 철탑같이 지도상에 나와 있어야 합니다. 그런 다음 중앙 자북선을 중심으로 지도상 목표물에서 좌우 방위각을 따라 선을 그으면 2선이 만나는 곳이 지도상의 현 위치가 되지요. 모두들 한 번씩 해 보세요."

학생들은 매우 번거롭고 어려울 것 같았는데 실제 해 보니 생각보다 어렵지 않았다. 다만 지도상에서 적당한 목표물을 정하고 현장에서 실제로 찾는 데 약간 시간이 걸렸다. 날씨가 좋지 않거나 해가 진 때는 안 되고 숲속이나 계곡에서는 물론 안 될 것이다. 맑은 날씨에 시야가 탁 트인 능선이나 바위 위에서라면 아주 정확하게 현 위치를 찾을 수 있을 것 같다.

학생들은 뒤로 100m를 다시 올라가서 정해진 길을 찾았다. 급경사 계곡으로 5분쯤 내려가니 계곡물이 쫄쫄 흐른다. 돌밭을 이리저리 뚫고 나가서 넙적 바위가 있는 곳에서 처음으로 휴식 시간을 가졌다. 물과 빵과 김밥을 내어놓고 점심 식사를 하였다.

"그 모자 되게 오래된 모자네요? 언제부터 쓰셨어요?"

여형재 강사가 허천수의 모자를 보고 하는 말이다. 모자에 대해서 아는 모양이다.

"이거 말입니까? 20년도 더 됐어요. 옛날 직장에 다닐 때 산악회 총무가 등산의류 업체를 불러들여 공동으로 구입한 모자인데 폴라 제품이라 아주 좋아요. 요즈음은 잘 안 나오는데 이런 모자가 많이 나왔으면 좋겠어요."

"그렇지요? 그 모자를 만든 메이커를 제가 알아요. 사장이 제 친구인데 너무나 양심적이라 손해 가는 줄도 모르고 싸게 파는 바람에 적자를 면치 못하다가… 적자가 누적되어 결국 도산하고 말았지요. 그 당시 폴라 원단은 통풍성이 좋아서 등산복이나 모자를 만드는 소재로 주목받아 급속하게 확산되었지요. 폴라는 폴리에스테르 계통의 직물로 한 면이나 양면을 타월처럼 보풀보풀하게 짠 천인데… 자연섬유인 모직보다 가볍고 보온력이 뛰어나며… 신축성이 좋고 땀 배출도 잘되고 물세탁도 가능하고… 질긴 화학섬유라 색상과 디자인을 자유롭게 만들어 낼 수 있어서 대 인기였지요. 그러나 너무 통풍이 잘되어 바람과 열에 약한 것이 큰 단점입니다."

휴식이 끝나고 다시 능선으로 올라섰다. 영봉에서 육모정 고개로 내려가는 능선인 것 같다. 서울 시내가 내려다보인다. 진달래가 여기저기 피어 있다. 높은 산 속이라 진달래는 아직 만개되지 않았지만 파란 하늘에 물오른 봄 산, 나무들이 잎을 내밀어 연두색으로 옷을 갈아입고 있다. 사람과 산에 기운이 넘쳐흐른다.

학생들은 시야가 탁 트인 능선에서 동서남북으로 사진을 찍어 댔다. 북한산의 맑은 공기를 흠뻑 마시고 아쉬운 듯이 하산 길에 들어섰다.

맏형격인 1조는 예상보다 빨리 독도법 실습산행을 마쳤다. 까다로운 바위를 만나고 길을 잃어 한동안 우왕좌왕하며 시간을 낭비하였지만 3시에 하산을 완료하고 숙소에 도착하였다. 배낭을 벗어 정리한 다음 샤워를 하고 강의실에 들어섰다. 다른 조도 속속 도착하여 8개 조가 거의 같은 시간에 강의실에 다 모였다. 6시간의 산행 계획에 따라 6시간의 산행을 완료한 것이다. 학생들의 실습이 학교 측의 교육계획에 딱 맞아떨어졌다. 8개 조가 각각 다른 코스이므로 지형이나 길 찾기에 차이가 있으며 학생들의 등산 능력도 같지 않았을 터인데 거의 같은 시간에 도착하였으니 놀랍다. 프로그램이 그만큼 잘 짜여 졌다는 증거이다.

여형재 강사는 어제의 강의에 이어 오늘 독도법 실습 산행을 진행하고 마무리 평가에 들어갔다. 각 조의 행적을 스크린에 띄우고 조별로 지정된 코스를 제대로 밟았는지? 산행 거리는 얼마였는지? 진행 속도는 어땠는지? 최고점과 최저점의 표고는 얼마였는지? 어느 지점에서 길을 잃고 시간을 낭비했는지? 산행 중에 돌발 사태가 있었는지? 등을 중점 체크하고 자동 산출된 종합 평점을 발표하였다.

'에? 이런 세세한 자료를 그 짧은 시간에 누가? 어떻게? 수집 기록하였다가 분석하여 발표하는가?'

학생들은 의아하였다.

알고 보니 각 조의 강사들은 산행을 시작할 때 학교에서 준비한 특수 계기를 지급받아 소지하고 있었던 것이다. 산행을 마치고 강의실에 들어서면서 바로 제출하여 스크린에 띄우게 되어 있었다.

1조는 길을 잃었지만 전체 산행 시간에는 큰 지장을 초래하지 않았다. 평균 수준을 유지한 것이다. 5조는 길을 잃어 지정된 코스를 밟지 못하고 우회하여 왔으나 시간은 초과하지 않았다. 다른 조도 모두 사소한 착오는 있었지만 전체적으로는 무난히 독도법을 소화했다고 평가되었다. 가장 지도상의 코스에 근접한 2조가 1등, 코스를 이탈한 5조가 8등, 꼴찌였다. 여형재 강사는 독도법 실습 결과에 만족하며 학생들의 열의와 수고에 감사한다고 치하를 아끼지 않았다.

1박 2일의 첫 주 수강을 마치고 집에 돌아와서 허천수는 제일 먼저 인터넷을 열고 국어사전을 검색해 보았다. 사전에는 등반이 뭐라고 되어 있나?

★ 등반: 명사. 험한 산이나 높은 곳의 정상에 이르기 위하여 오름

★ 攀(더위잡을 반): 더위잡다(높은 곳에 오르려고 무엇을 끌어 잡다). 무엇을 붙잡고 오르다. 매달리다. 달라붙다. 당기다.

'아, 그렇구나. 험한 바위나 히말라야 같은 높은 산에 오르는 것은 손으로 잡고 올라야 하기 때문에 등반이라고 하는구나! 발만으로 오르는 것은 등산, 손발을 다 쓰는 것은 등반이라는 뜻이야.'하고 생각하였다.

이튿날 허천수는 집 근처 도서관에 가서 이태(본명은 李愚兒, 1922~1997)의 수기 《남부군》을 읽었다. 산길을 가는 데는 빨치산을 따를 자가 없

기 때문에 그들의 산속 생활이 어떠했는지 알아보기 위해서 그 책을 찾은 것이다.

《남부군》은 소설이 아니고 수기이다. 소설(fiction)은 실제로는 없는 사건을 작가가 상상력으로 꾸며낸 것이지만 수기(手記)는 작가 자신의 실제 생활과 경험을 그대로 기록한 것이다.

저자 이태는 충북 제천출신으로 국학대학(고려대학교에 편입된 우석대학의 전신)을 졸업하고 어려운 시험에 합격하여 서울신문과 합동통신의 기자 생활을 하다가 6.25전쟁으로 북한 인민군이 서울을 점령하였을 때 북한 중앙통신 기자로 특채되어 종군하였다. 국민소득이 60~70달러에 불과한 세계 최빈국 시절이다. 자유당 정권하의 어려운 국민 생활, 극심한 부정·부패와 우익 청년단의 횡포, 그리고 심한 경찰의 탄압에 반감을 가지고 좌익을 신선하게 여기던 중이었다. 전선이 남하함에 따라 대전 지사를 거쳐 전주 지사로 부임하여 활동하다가 얼마 안 되어 북한군이 패퇴하고 전북도당이 와해됨에 따라 당원들과 함께 산속으로 피신하여 영락없이 빨치산이 된 것이다.

엽운산(여분산), 회문산을 거쳐 덕유산과 지리산에서 17개월 동안 빨치산 활동을 하였다. 처참한 빨치산 생활도 1952.3월 경찰에 체포됨으로서 끝나고 엄중한 법의 심판을 받게 되었으나 천만다행으로 청주중학교 동기 동창 이성우 경무관의 도움을 받아 6개월 만에 풀려났다. 이후 운 좋게도 정치인 정해영과 윤보선을 알게 되어 민중당 전국구 의원까지 지냈다. 1975년부터 빨치산 체험 수기 《남부군》을 집필하였으나 정치적 사정으로 출판하지 못하다가 환경이 바뀌어 1988년에야 출판할 수 있었다. 《남부군》은 베일에 싸여있던 빨치산의 생활을 처음으로 공개한 작품이라 일반인의 폭발적인 관심을 일으켜 단숨에 베스트

셀러가 되었다.

8.15광복 후 한반도는 극도의 혼란을 겪으면서 북에서는 공산 절대 권력이 형성되고 남에서는 미 군정하에 자유 민주주의 사회가 열렸다. 공산 폭압 정권하의 북한은 모든 자유가 금지되고 오로지 권력자에게 순종할 수밖에 없는 사회가 되었지만, 남한은 자유가 있는 대신 부작용도 큰 사회가 되었다. 권력을 잡고 유지하려는 집권 세력과 그에 저항하는 반정부 세력, 재산과 자본으로 노동력을 수탈하는 지배계급과 수탈당하는 노동자와 농민 등 피지배계급, 부정·부패 세력과 반부패 세력 등으로 사회가 복잡하게 전개되어 나갔다.

북한에서는 권력에 저항하는 세력을 제거하는 피의 숙청으로 모든 것이 해결된 반면, 남한에서는 경향 각지에서 크고 작은 사건이 연일 터졌다. 데모, 테러, 요인암살, 치안 불안, 방화, 경찰서 습격, 집단학살 등 끔찍한 일들이 난무하였다. 사상적으로 좌·우 대립이 극심하다가 좌익이 불법화되고 광복 3년 만에 우여곡절 끝에 질서를 찾아 UN의 감시하에 대한민국 정부가 수립되었다. 그러나 그 후 채 2년도 되기 전에 민족의 최대 비극인 6.25전쟁의 수렁으로 빠져들었다.

잘 나가던 합동통신사의 기자 이태는 6.25를 만나 얼떨결에 빨치산이 되었고 대한민국 정부를 전복하려는 적이 되어 경찰과 국군을 사살하는 일에 가담하였다. 양복 차림에 넥타이를 매고 활기차게 일하던 인텔리 청년이 다 떨어진 작업복에 짐승 같은 손발을 가진 천한 몰골로 변하는 데는 몇 달이 걸리지 않았다.

자전거를 타고 가는 어린 경찰을 쏘아 죽이기도 하고, 군경 부대를 대규모로 습격하기도 하였다. 평화롭게 하루 일을 마치고 오손도손 저녁밥을 먹고 있는 마을을 덮쳐 밥을 빼앗아 먹거나 보급투쟁이라는 미명하에 강도짓을 하는 것이 일상생활이 되었다.

《남부군》을 읽고 있는 허천수의 머리에는 오래전에 읽은 조정래의 대하소설 《태백산맥》이 오버랩되어 나왔다.

빨치산이 된 사정은 사람마다 다르다.

부잣집 머슴살이를 하다가 사소한 일로 싸움이 벌어져 사람을 죽이고 산으로 도망친 사람도 있고, 대대로 내려온 소작농이 지주의 횡포에 못 이겨 대들었다가 경찰에 잡혀가서 옥살이를 하고 나와서 복수하려고 빨치산이 된 사람도 있으며, 자의 또는 타의로 피치 못할 사정이 생겨 빨치산에 협조하다가 빨갱이로 낙인찍혀 산으로 도망친 사람도 있다. 그러나 제대로 사상적으로 전투력을 갖춘 대다수의 빨치산은 8.15와 6.25를 거치면서 조직에서 이탈 또는 낙오된 사람들이다. 남로당 활동을 하다가 1946년 좌익 공산주의가 불법화되자 북으로 탈출하지 못하고 지하로 잠적하여 산으로 피신한 사람들이 있는가 하면, 《남부군》의 저자 이태와 같이 겉으로는 평범한 직장생활을 하면서 공산주의 이상사회를 동경하던 중 북한군이 내려오자 부역하고 패퇴하자 산으로 도망친 교사, 학자, 언론인 등 지식인들이 있다. 이들은 총 한번 쏘아 보지 못한 민간인들이다.

한편 제대로 된 무장 활동을 하다가 빨치산이 된 사람도 많다. 1948년 대한민국 정부수립을 방해하기 위하여 반란을 일으킨 제주 4.3사건 주동자들과 그해 10월 19일 여수·순천 반란 사건을 일으키고 패퇴한 14연대 군인들, 그리고 6.25전쟁 중에 북으로 복귀하지 못한 인민군 패잔병들이 그것이다. 그러나 이들은 모두 남한 안에서 독버섯처럼 생긴 경우이고 북에서 파견한 정규군 빨치산은 따로 있다.

6.25 패퇴 후 남한 잔류병 지원과 남한의 후방 교란을 목적으로 1950

년 11월, 북한 세포군(細浦郡)에서 출발하여 백두대간을 타고 남하한 '이현상 부대'가 바로 그것이다. '남부군'이다. 이들이 빨치산의 중심 세력인데, 전국의 빨치산을 규합하여 지리산에 아지트를 구축하고 마지막까지 저항하다가 소탕되었다.

이와 같이 여러 경로로 입산한 빨치산은 1946년부터 시작하여 1954년 초 완전 토벌될 때까지 7~8년 동안 활약하면서 역사에 큰 오점을 남기고 사라졌다.

빨치산들의 생활은 산짐승과 별반 다를 게 없었다. 식량과 생필품이 부족한 산속에 고립되어 짐승같이 사는 것이었다. 음식이나 잠자리가 제대로 있을 리 없다. 간혹 군경을 습격하여 싸우기도 하지만 대부분은 쫓겨 다니는 것이 일이었다. 마을을 덮쳐 간신히 식량과 소금을 얻고 굶주림과 질병에 시달리며 고달픈 생활을 이어 갔다. 가진 것이라고는 총 한 자루와 배낭 하나뿐이다. 배낭에 든 몇 가지 물건이 전 재산이다. 잠시도 신경을 놓고 긴장을 풀 시간이 없다. 언제 위급한 상황이 닥쳐 급히 달아나야 할지 모르기 때문에 24시간 자나 깨나 신발을 신고 있어야 한다. 군경 토벌대가 접근해 오면 하룻밤에 수십 리 산길을 굶으면서 걸어야 한다. 캄캄한 산속에서 최악의 상황을 이겨내야 한다. 사람의 흔적을 남기지 않고 바람처럼 이동해야 하므로 수십 명이 가면서도 발소리가 나지 않고 서로 말 한마디 없다. 빨치산의 행군대열은 앞사람과 4보 간격을 유지하면서 1열 종대로 가는 것이 철칙이다. 생사가 달린 일이라 산행 속도가 빨라야 하므로 수백 m 행렬이 순식간에 산허리를 돌아 뱀 꼬리 같이 사라진다. 발자국을 남기지 않으려면 길이 아닌 산비탈을 헤치며 가야 한다. 불빛을 낼 수 없으므로 생쌀을 씹어야 한다. 비가 오면 고스란히 맞으며 간다. 안경알이 깨져 달아나 버리고 앞이 잘 안 보여도 어쩔 수 없고, 신발이 해져 발가락이 나와도 그런 것은 개인적으로 각자가 해결할 문제이다. 고무신이나 담요 발싸개에 전선을 칭칭 감아 군화 대용으로 쓴다. 아무도 도와줄 사람이 없다. 비 오는 캄캄한 밤에 찬비를 고스란히 맞으며 반겨주는 사람 하나 없는 곳을 향하여 죽을힘을 다하여 달려가는 행렬, 한 치 앞에 어떤 운명이 기다리고 있는지 아무도 모른다. 빨치산들은 어쩌다 이 행렬의 일원이 되어 따라가는지 생각해 볼 여유도 없었다. 그냥 깊은 수렁에 빠져 있는 것이다.

빨치산 이태는 눈 뜨고 보지 못할 비참하고 끔찍한 광경을 많이 보았다. 밥을 먹다가 토벌대의 총에 맞아 죽은 빨치산 서너 명이 눈 속에 파묻혀 있는 것을 발견하고, 행군하던 다른 빨치산들이 다투어 달려들어 시신의 입에 붙은 밥풀을 떼어 먹는 일도 있었다. 옷, 모자, 신발 할 것 없이 다투어 벗겨 가 버리면 순식간에 빨간 시체만 눈 속에 남는 경우도 보았다.

비행기가 요란한 소리를 내며 전단을 뿌린다. 산에서 내려와 자수하면 목숨을 보장한다고 해도 빨치산들은 자수하지 못한다. 지은 죄가 워낙 크니 자수하면 총살당한다는 우려를 떨쳐버릴 수가 없기 때문이다. 무슨 말을 해도 귀에 들어오지 않는다. 조금이라도 자수할 기미가 보이면 옆 사람이 상사에게 보고하고 내부에서 처치해 버린다. 내가 살기 위해서 남을 감시하지 않으면 안 된다. 자나 깨나 당에 충성하고 인민을 위해서 투쟁한다는 소리만 반복하며 의지를 보여야 한다. 그것만이 유일한 살길이다. 그러면서도 극심한 고생을 하고 나면 언젠가는 인민의 천국인 세상이 다시 돌아온다는 허황된 꿈을 가지고 있다. 당에 충성하고 인민을 위해서 더욱 투쟁해야 한다는 정신력으로 버티며 산다. 항상 생사의 갈림길에 서 있는 기구한 운명을 타고난 사람들이다.

기구한 운명을 타고나기는 빨치산뿐만 아니다. 산골 마을 사람들은 '빨치산이 나타났다.' 하면 질겁한다. 몸을 부들부들 떨고 얼굴이 새파래진다. 당장 죽이고 싶지만 환영한다고 하면서 식량이고 의복이고 달라는 대로 주어야 한다. 빨치산들이 한바탕 휩쓸다 지나가고 나면 군경 토벌대가 들이닥친다. 마을 사람들을 '통비분자(通匪分子)'라는 이름을 붙여 전부 빨갱이로 취급하고 빨치산을 도와주지 못하게 마을을 불태워 버린다. 집단학살도 한다. 가난한 농민을 위한다는 빨치산이 저승사자가 되고, 국민의 생명과 재산을 보호한다는 군인과 경찰이 살인마가 된 것이다. 1951년 2월 마을 사람 719명이 피살된 '거창양민학살사건'이 바로 그것이다.

이태의 주위에 있던 동료들이 하나씩 둘씩 사라졌다. 전투에서, 보급 투쟁에서, 질병과의 싸움에서, 얼어서, 굶주림으로, 삶의 끈을 놓쳐 버린 것이다. 젊고 어린 생명들이 인간다운 생활 한번 해 보지 못하고 쓰레기같이 산속에 버려졌다.

빨치산들의 산타기는 극한 상황의 산행, 인간 능력의 한계를 극복하려는 몸부림이다. 허천수의 산행은 즐기려는 산행이지만 빨치산 이태의 산행은 죽지 않으려고 하는 산행이다. 보통사람의 수영은 즐기려는 스포츠이지만 물에 빠진 사람의 수영은 죽지 않으려는 몸부림이다.

허천수는 몸서리치는 《남부군》을 읽고, 《태백산맥》을 머리에 떠올리며, 극한 상황에 처한 빨치산들로부터 산행 기술을 배우기보다는, 인생의 운명에 대해서 그리고 이념 · 사상의 무서움에 대해서 더욱 깊이 알게 되었다.

1988년 《남부군》이 출간되고 2년 후에 영화로 제작되어 상영되었으나 영화는 빨치산들의 사상이나 감정을 제대로 전해주지 못하고 있다. 허천수는 작가 이태가 직접 체험하고 직접 자기 손으로 쓴 수기가 영화보다 훨씬 낫다고 결론지었다.

5. 레이 백(Lay Back)

K등산학교의 2주 차 강의가 시작되는 토요일 오후 1시 30분. 우이동 거리가 갑자기 활기를 띠고 시끌벅적하다.

"안녕하세요? 허 선배님, 반갑습니다."

배순식 학생장이 저쪽에서 달려와 먼저 인사를 한다. 시퍼런 고글을 쓰고 연분홍 점이 듬성듬성 박힌 하늘색 등산복을 입고 있다.

"아! 예. 배 학장님, 그동안 잘 지내셨어요? 그 등산복 언제 사신 겁니까? 이 봄철에 아주 잘 어울리는데요. 파란 하늘 아래 진달래가 만발한 것같이 멋진 분위기네요."

"뭘요! 실은 이 등산복 산지 10년쯤 됐습니다. 여기저기 헤지고 터져서 버릴려고 하다가 바위 타는 데는 좋은 옷이 필요 없고 어차피 망가질 것 같아서 그냥 입고 나왔지요. 허 선배님은 그동안 어떻게 지내셨어요?"

"뭐, 소설 한 권 읽고 수락-불암 종주 한 번 하고 나니 한 주일이 후딱 가네요."

"무슨 소설인데요?"

"아, 소설이 아니라 실화 수기이지요. 이태 작가의 《남부군》… 아시지요?"

"그럼요. 저는 영화로 본 적이 있습니다."

"영화도 좋지만 작가의 수기를 직접 읽으면 더욱 실감이 납니다. 작가의 심리상태까지 고스란히 담아내고 있으니까요…"

"안녕하세요? 허 선생님! 학생장님!"

"안녕하세요?"

1조 조장 채식주와 2조 조장 임경식이 어느새 옆에 와서 인사를 한다. 그들은 허천수와 20살 이상 나이 차이가 있기 때문에 그냥 '형님' '선배님'하고 부르기가 어려워 '선생님'이라고 한다.

"예, 모두들 잘 있었어요? 직장에도 별일 없고? 요즘 사업 잘되나요?"

"네, 그런대로 저희는 괜찮아요. 일반 시품은 유사 제품이 너무 많아 어렵지만 저희 회사 제품은 건강식품이라 잘 팔려요. 요즘 100세 건강시대 아닙니까?"

임경식이 자랑스럽게 말한다.

채식주는 말이 없다. H은행 정기 인사 발령을 기다리고 있는데, 금년에 승진할 케이스지만 아무래도 승진은커녕 원치 않은 자리로 밀려날 것 같아 아주 침울한 표정이다.

2시 정각,

강의실에는 64명의 학생 전원이 한사람 빠짐없이 출석하여 조용히 앉아 강의를 기다리고 있다. 잠시 가벼운 긴장이 흐른다.

"여러분, 반갑습니다. 그동안 좋은 일들 많이 있었나요? 모두들 얼굴을 보니 활기차고 즐거운 표정이네요. 특히 제일 연장자이신 허천수 님

화색이 훤하고 기분이 아주 좋아 보이십니다."

이병천 교장이 강단에 올라 인사를 한다. 오늘은 암벽장비의 사용법과 매듭법을 교장이 직접 강의하도록 짜여 있다.

"지난주에는 등산일반에 관한 강의를 받고 독도법 실습으로 일반등산의 기본을 익혔습니다. 오늘은 이 시간에 암벽등반에 관한 기초 강의를 듣고 저녁에 실내암장에서 기본 동작을 연습합니다. 내일은 백운대 암장에서 현장실습으로 암벽등반을 시작합니다."

말이 끝나자마자 하네스, 암벽화, 헬멧, 카라비너, 퀵드로, 자기확보줄, 하강기, 등강기, 로프 등 암벽장비들이 스크린에 떴다.

"기본 필수 장비들입니다. 이 외에도 몇 가지가 더 있지만 우선 이들 최소한의 장비부터 살펴보겠습니다. 아무리 초보자라도 이 장비들은 갖추어야 합니다."

이들 장비는 예비소집 때 K강사가 소개하여 모두들 준비해 온 것이지만 이 시간에는 이병천 교장이 더욱 상세하게 사용법을 설명해 주고 있다.

먼저 여러 종류의 하네스(안전벨트)가 스크린에 떴다. 하네스의 착용법과 착용하는 장면이 이어지고 세부적인 설명이 따른다. 좋은 제품을 고르는 방법까지 알 수 있다.

다음은 암벽화… 헬멧… 순으로 마지막 로프까지 장비 소개가 끝났다.

"지금부터는 매듭법입니다. 매듭법은 정말 잘 알아 두어야 합니다. 암벽등반 중 매듭을 묶고 풀어야 할 경우가 많은데 정확하게 매듭을 묶지 않으면 바로 사고로 이어질 수 있어요."

이병천 교장은 수많은 종류의 매듭법을 알고 일부는 자신이 고안한 것도 있지만, 가장 일반적으로 많이 이용하는 2~3가지 매듭법을 집중적으로 설명해 주었다.

"매듭법은 로프를 자기 몸에 연결하거나 확보물에 연결하는 방법인데, 등반 중 가장 많이 쓰이는 매듭은 8자매듭이지요… 8자매듭은 로프를 자기 몸에 연결하기도 하고 로프끼리 연결하는 데 쓰이기도 합니다. 아주 특별한 경우 즉 일반 암벽등반이 아니고 예상치 못한 일을 당해서 하네스가 없으면서 로프를 직접 몸에 묶어야 하는 경우에는 보울라인 매듭을 이용합니다. 그리고… 로프를 나무나 기타 확보물에 묶을 때 이용하는 매듭법으로는 클로버히치 매듭이 있어요. 까베스탕 매듭이라고도 합니다. … 이 매듭은 여러 가지 용도로 활용할 수 있는 아주 좋은 매듭법이므로 잘 알아 두어야 합니다. 선등자가 자기를 위한 이중 확보를 할 때에도 필요하고, 후등자를 확보해 줄 때에도 다른 빌레이 도구가 없으면 임시방편으로 반 클로버히치 매듭을 만들어 빌레이 도구 대신으로 활용할 수도 있습니다. 8자매듭에는 3가지 방법이 있는데… 되감기 8자매듭과 중간(고리) 8자매듭, 그리고 연결 8자매듭이 있어요. … 되감기 8자매듭은 로프 끝을 자기의 하네스에 연결할 때 씁니다. 중간 8자매듭은 로프의 중간 부분을 자기의 하네스에 연결할 때 쓰고, 연결 8자매듭은 로프와 로프를 연결할 때 이용합니다.

누구나 가장 무서워하는 암벽등반 사고는 주로 하강 중에 생기는데 하강할 때 제동 손을 놓아 추락하는 경우가 있습니다. 이런 돌발 사고를 당하지 않기 위해서 즉, 하강안전을 위해서 주 로프에 작고 가느다란 슬링을 걸어 이중 확보를 하는데, 이때 프루지크 매듭(Prusik Knot)을 합니다. 하강 중에 자기도 모르는 사이에 실수로 제동 손을 놓아 몸이 추락하면 즉시 프루지크 매듭이 작동하여 추락을 멈추게 해 줍니다.

그 외에도 많은 매듭법이 있지만 가장 쉽고 간단한 것으로는 옭매듭이 있습니다. 옭매듭은 그냥 한 번 돌려서 옭아매는 것인데 다른 매듭의 끝에 더 단단히 하기 위해서 끝 처리로 이용합니다. 일상생활에서도 흔히 쓰이는 매듭입니다."

저녁 8시, 야간 수업을 하는 시간이다.

학생들은 저녁 식사를 하고 실내 암장에 모였다. 지금까지 암벽장비의 사용법과 로프의 매듭법을 배웠으니 이제는 실습을 해봐야 한다. 난생처음으로 하네스를 착용하고, 암벽화를 신고, 헬멧을 쓰니 모두들 기분이 좋아 싱글벙글하며 가벼운 흥분에 싸였다. '드디어 대망의 바위타기를 하게 되는구나!' 긴장이 감돌고 있다.

국내의 크고 작은 등산학교 중에서 자체 실내 암장 시설이 갖추어진 곳은 K등산학교 뿐이다. 실내 암장에는 4층 높이의 빙벽도 설치되어 있다. 교육이 없는 평소에는 누구나 암벽·빙벽을 연습하고 즐길 수 있도록 개방되어 있다. 일반인들은 시설 유지를 위한 최소한의 실비만 지불하고 이용할 수 있어 인기가 높다.

"자, 여러분, 저녁 식사 잘하셨어요? 학교 지정 식당에서 약간의 문제가 있었지요? 주방에서 준비를 제대로 못 하고 일부는 자기들 마음대로 바꾸어 음식을 내오는 바람에 몇 명은 정해진 메뉴대로 식사를 못 하고 기분을 잡쳤을 것입니다. 미안합니다. 앞으로는 그런 일이 없도록 단단히 주의를 주었으니 이해하시고 암벽 공부나 열심히 합시다.

지금부터 조별로 지도 강사님들의 도움을 받아 슬랩과 크랙을 경험해 보고 스포츠클라이밍, 톱 로핑과 선등자 빌레이, 후등자 빌레이, 퀵드로 통과, 하강 등을 연습합니다. 실내 암장이라 자연암에서만큼 자유롭고 광범위하게 연습할 수는 없지만, 그런대로 최소한의 기본 동작은 해 볼 수 있으니 시설된 모든 코스를 한 번씩 경험해 보세요."

이병천 교장은 식당에서 일어난 대수롭지 않은 일을 자기 책임인 양 미안해하였다.

경사 70°쯤 되는 슬랩이다.

허천수는 지난해 슬랩 경험이 있으니 큰 걱정은 없지만, 경사가 훨씬 심하니 약간 흥분되었다. 되감기 8자매듭으로 하네스에 로프를 묶고 슬랩 앞에 섰다. 톱 로핑으로 오르는데 채식주 조장이 빌레이를 봐준다. 슬랩에 막상 붙어 보니 자연암보다 홀더가 좋고 높이도 10m 정도밖에 되지 않아 금방 천장에 닿을 수 있었다.

옆 스포츠클라이밍(인공 암벽 등반) 벽에서는 인공 홀더가 수없이 박혀 있는 오버행을 한 여학생이 능숙하게 오르고 있다. 알고 보니 3조 조장 김선미이다. 군살 하나 없이 날씬하게 빠진 몸매에 멋진 동작으로 왼쪽 오른쪽 손과 발을 번갈아 잡으며 경사가 90° 이상 앞으로 기울어진 벽을 오르는데, 시간도 얼마 걸리지 않았다. 금방이다. 3조 학생들이 시선을 집중하고 감탄한다.

"와! 우리 조장님! 최고다."

"언제 그렇게 배웠어요?"

"아니, 전부터 암벽 해 본 솜씨인데? 등산학교 올 필요도 없는데 왔구면…"

모두들 한마디씩 하면서 부러워하였다.

허천수의 1조는 슬랩 연습을 마치고 크랙 앞에 섰다. 역시 경사 70°쯤 되는 벽에 간신히 손이 들어갈 수 있는 크랙(틈새)이 한 줄 나 있다.

'저길 어떻게 올라가? 사다리가 있어도 올라갈까 말까 하겠는데…'

모두들 망설이고 있을 뿐 선뜻 올라가겠다고 나서는 사람이 없다.

"허천수 님, 이것 끼고 먼저 도전해 보세요."

여형재 강사는 자기가 끼고 있던 장갑을 벗어 주면서 허천수더러 먼저 시도해 보라고 한다. 젊은 학생들이 모두 망설이면서 서로 눈치를 보고 있는 마당에 가장 나이 많은 사람을 앞세워 분위기를 바꾸어 보려는 것이다. 허천수가 장갑을 받아 들고 보니 손가락 부분은 반 길이로 되어 있어 손가락 끝이 모두 나와 있고 손바닥 부위에는 뻥 뚫려 맨살이 나와 있는 이상한 장갑이다. 손등만 덮이도록 되어 있다. 손바닥과 손가락 끝은 바위에 직접 닿도록 한 것이다. 이런 장갑은 지금까지 본적이 없고, 세상에 이런 장갑이 있을 거라고도 생각지 못하였다. 암벽등반에서만 필요한 장갑이기 때문이다.

"그 장갑은 재밍(jamming)장갑이라고 하는데요… 바위틈새에 손을 넣고 주먹을 쥐면 손이 바위에 꽉 끼게 되어 확보물 역할을 합니다. 이럴 때 손등을 보호하도록 만들어진 장갑이 바로 그 장갑입니다. … 손을 다치지 않고 크랙에 붙을 수 있으니 마음 놓고 한 번 연습해 보세요. 발도 크랙에 끼워 넣으면 암벽화의 마찰력으로 미끄러지지 않고 크랙에 설 수 있습니다. 손발을 교대로 바꾸면서 올라가면 됩니다."

허천수가 크랙에 붙어보니 생각보다 어렵지는 않았다. 크랙에 손을 넣으면 그런대로 잡히는 것이 있고 재밍장갑을 이용하여 주먹을 쥐어야 할 정도로 어려운 곳도 있지만 발을 정확하게 끼워 넣고 균형을 잡으니 떨어지지 않고 서 있을 만하였다. 톱 로핑 방식으로 밑에서 채식주 조장이 빌레이를 봐주니 떨어져도 괜찮다. 10m 정도 되는 높이는 몇 발자국 안 간 것 같은데 벌써 손이 천장에 닿았다.

허천수가 겁 없이 오르는 것을 보고 다른 학생들이 너도나도 거리낌 없이 벽에 달라붙어 크랙 연습은 짧은 시간에 쉽게 끝났다.

이제 선등자 빌레이를 연습할 차례이다.

"선등자 빌레이는 자연암에서 선등자가 안전하게 바위를 오르도록 밑에서 줄을 잡고 선등자가 오르는 것을 보면서 적당한 길이로 줄을 풀어 주는 것입니다. 선등자는 퀵드로를 볼트에 걸고 뒷줄(로프)을 잡아당겨 퀵드로에 걸어 안전을 확보하는데, 이때 밑에서 줄을 잡아 주는 빌레이어(belayer)가 로프를 너무 많이 풀어 주면 선등자가 떨어질 때 크게 다칠 우려가 있고 너무 적게 풀어 주면 선등자가 운신하기 어렵기 때문에 약간 여유 있게 적당한 길이로 조금씩 줄을 풀어 주어야 합니다. 만약 선등자가 첫 번째 볼트에 줄을 걸기 전에 실수하여 떨어지면 '바닥 치기'를 하게 되는데 선등자로서는 가장 위험한 순간이지요. 이런 경우를 대비하여 실전에서는 대기하고 있는 다른 사람들이 두 손을 위로 받쳐 들고, 떨어지면 받아 줄 자세를 취하고 있어 실제로 바닥치기까지 하는 경우는 거의 없습니다. 선등자가 첫 볼트에 줄을 걸고 나면 그다음부터는 떨어져도 걱정할 필요가 없어요. 빌레이어가 로프를 잡고 있기 때문에 많이 추락하지 않고 바로 스톱합니다. 이것은 수동빌레이지만 요즈음은 그리그리 같은 자동 빌레이기를 사용하기 때문에 더욱 안전합니다."

여형재 강사는 선등자 빌레이를 자세히 설명해 주고 학생들이 두 사람씩 짝을 지어 선등연습과 선등자 빌레이 연습을 해 보라고 하였다.

허천수는 지난해 수인암장에서 비바산악회 팀과 바위타기를 해 봤기 때문에 다른 학생들보다 이해가 빨랐다.

차례가 되어 허천수가 빌레이어가 되고 채식주가 선등하는데 허천수는 신경을 바짝 세우고 천천히 줄을 풀어 주었다. 선등자 빌레이를 해 보기는 처음이라 만약 빌레이를 잘못 보면 채식주가 추락하는 경우 부상을 입을 수도 있다. 채식주가 성공적으로 선등을 하여 첫째 볼트에 로프를 걸고 내려왔다. 허천수는 긴장을 풀고 만족하였다. 이번에는 역할을 바꾸어 채식주가 빌레이어가 되고 허천수가 선등을 하였다.

1조 8명이 모두 선등연습과 선등자 빌레이 연습을 마쳤다.

후등자 빌레이 연습은 빌레이를 보는 자세를 취하는 것으로 대신하였다. 먼저 자기 확보를 한 다음, 퀵드로를 하나 꺼내서 벽에 박아 놓은 볼트에 건다. 그러고는 후등자 로프를 당겨 빌레이기를 장착하고 퀵드로에 건다. 간접확보 방법이다. 실전에서처럼 뒤를 보면서 로프를 천천히 당겨 자기확보줄에 거는데 실내 연습에서는 거는 시늉만 하였다.

1조 학생들은 다른 조와 자리를 바꾸어 퀵드로 통과 연습을 하였다. 옆으로 줄이 하나 걸려 있고 줄 가운데쯤에서 퀵드로를 통과하고 있다. 왼쪽 부분의 줄을 당겨 중간 8자매듭을 만들어 배꼽카라비너에 걸고 오른쪽으로 가면서 퀵드로를 건너는 방법을 배우는 것이다. 퀵드로 통과는 밑에서 위로 할 때에는 어렵지 않지만, 옆으로 할 때는 매우 어렵기 때문에 미리 잘 익혀 두어야 한다.

"실전에서 이렇게 퀵드로를 만나면 더 이상 나아갈 수 없게 되지요. 이때 퀵드로를 건너는 방법을 알아야 합니다. 퀵드로의 카라비너를 열어 매듭 뒤쪽으로 옮겨 걸면 간단하게 해결되지만 두 손을 다 쓸 수 없는 실전에서는 그게 쉽지 않아요. 바위에서 한 손으로는 바위를 잡고 다른 한 손으로만 해야 할 때가 많은데, 정말 어렵습니다. 자, 여기를 자세히 보세요! 이렇게 줄을 잡은 손으로 카라비너를 열고 닫아야 해요. 특히 옆으로 트래버스할 때 줄의 방향을 잘못 잡으면 이렇게 줄이 꼬여 오도 가도 못하게 됩니다. 게다가 확보가 안 된 상태에서 한 손으로 하다가 줄을 놓치면 사고로 이어집니다. 그런 반면, 스탠스(Stance: 발 딛는 자리)가 좋은 곳에서 안정된 자세를 취할 수가 있다면 이렇게 두 손으로 하니까 아주 쉽지요."

여형재 강사는 직접 동작을 해보이면서 자세히 설명을 해 주었다. 학생들은 각자 몇 번이고 같은 동작을 되풀이하면서 기술을 익혔다.

이어서 하강 안전 연습도 모의로 해 보고, 스포츠클라이밍까지 연습했다.

어느덧 2시간이 지났다. 자연암에서 등반을 하는데 필요한 기본 실기를 오늘 저녁 실내 암장에서 대강 해 본 셈이다.

"삐리리링!"

다음날 새벽 기상 벨이 울리고 학생들은 모두 숲속 공터에 모였다.

신선하고 찬 공기가 폐 속으로 확 들어온다. 공기 비타민이라고 하는 음이온이 숲속에 가득하다. 허천수는 음이온에 대해서 조금 알고 있지만, 오늘같이 이처럼 상쾌하게 피부로 느끼기는 처음이다. 이렇게 기분 좋은 것이 음이온 때문이란 말인가? 심호흡을 연거푸 하면서 음이온의 효능을 다시 한번 새겨 보았다.

『　　음이온의 효능

1. 공기 정화 및 먼지 제거

2. 세포의 신진대사 촉진

3. 혈액 정화와 혈관 확장

4. 신경안정

5. 통증 완화

6. 피로회복

7. 식욕 증진

8. 숙면 촉진

9. 뼈 강화   』

'와! 이렇게 좋은 것이 산에 있다고 하니 앞으로도 산을 안 찾을 수 없 겠구먼!' 속으로 생각하였다.

건강 체조를 시작으로 하루의 일과가 열리고 학생들은 생기가 넘쳤다.

오늘은 백운대 자연암에서 슬랩 연습을 하는 날이다.

각자 암벽장비와 물, 도시락, 간식, 기타 소품을 챙겨 배낭에 꾹꾹 눌 러 넣어 등에 지고 삼삼오오 짝을 지어 백운대 길을 오른다. 로프를 배 낭에 얹어 가는 학생이 반이다. 로프는 2인당 1동, 1조에 4동씩 학교 측 에서 교육기간 동안 대여한 것인데, 조별로 보관·사용하다가 졸업 등 반 후에 반납하도록 되어 있다. 로프를 빼고도 배낭 무게가 만만치 않 다. 힘들어도 참아야 한다.

진달래가 여기저기 피어 있고 파란 하늘에 흰 구름도 드문드문 떠 있다.

백운대 동남면 암장, 연습바위에 도착하였다.

10~20m 정도, 1피치 높이로 슬랩과 크랙이 여러 곳 설치되어 있어 초보자들이 연습하기에 아주 좋다. 각 조별로 1코스씩 맡아 연습한다. 제1조는 경사 60°쯤 되는 슬랩 1코스에 모였다. 조장 채식주가 빌레이를 보고 서지태 강사가 선등을 해서 바위에 줄(로프)을 걸고 있다. 첫 번째 볼트에 줄을 걸 때까지는 학생 2명이 두 손을 위로 올려 추락에 대비하

였다. 물론 암벽고수인 서지태 강사가 난이도가 낮은 이런 곳에서 실수하여 추락할 리는 없지만 교육 중이기 때문에 교과서대로 하는 것이다. 나머지 학생들은 서지태 강사의 몸동작을 하나하나 자세히 보면서 숨을 죽이고 있다. 서지태 강사가 끝까지 올라가서 P톤에 로프를 통과시키고 하강하였다. 한참 동안 고개를 꺾어 위를 보던 허천수는 목이 뻐근하여 머리를 전후좌우로 돌리며 목운동을 하였다. 몇 달 전에 수인암장에서 슬랩 등반을 해 봤기 때문에 두렵지는 않다.

"자, 이제부터는 1, 2, 3, 4… 번호를 정해서 1번이 오를 때 2번이 빌레이를 봐주고 2번이 오를 때 3번이 빌레이를 봐주고… 이렇게 끝번까지 모두들 충분히 연습을 합니다. 1번은 방금 빌레이를 봐준 채식주님이 하세요. 실내 암장에서보다는 많은 홀더가 있어서 잘 골라잡을 수 있습니다. 먼저 어디를 디딜지 봐 둡니다. 루트 파인딩(Route Finding)이라고 하지요. 무엇보다도 발을 정확히 디뎌야 합니다. 슬랩등반에서는 두 발을 11자 형으로 유지하고 발끝으로 바위를 딛습니다. 발이 미끄럽다 싶으면 먼저 암벽화 밑창을 바위에 문질러 마찰력을 높입니다. 스미어링(Smearing)이라고 합니다. 시간은 넉넉하니까 서두르지 말고 차근차근하세요."

모두들 자연암에서의 연습은 처음이므로 서지태 강사는 약간 신경이 쓰이는 모양이다.

톱 로핑(Top Roping)이다.

1번 등반자 채식주가 방금 서지태 강사가 사용했던 로프를 받아 되감기 8자매듭을 한 다음 등반을 하고, 허천수는 2번이 되어 배꼽카라비너에 빌레이 장비 그리그리(P사제품)를 걸고 채식주의 빌레이를 봐주었다.

이어서 허천수가 올라갔다 내려오고, 3번, 4번, 5번 순으로 8명이 모두 한 번씩 톱 로핑을 하였다.

다른 조들도 정신없이 연습에 열중하느라고 시간 가는 줄 몰랐다.

8개 조의 모든 학생이 한 번씩 바위에 올라갔다 내려오기도 전에 벌써 점심때가 되었다.

"먼저 끝난 조부터 식사를 하세요. 점심시간은 2시까지입니다. 시간은 넉넉하니 충분한 휴식을 취하고 시간이 나는 대로 각자 매듭법 연습을 더 하세요. 특히 8자매듭은 눈을 감고도 할 수 있도록 숙달되어야 합니다."

이병천 교장이 큰소리로 점심시간을 알린다.

학생들은 네댓 명씩 둘러앉아 지정 식당에서 준비해 준 도시락을 풀었다. '밥맛이 꿀맛이다.' 아무도 말하지 않아도 속으로는 다 한마디씩 하는 말이다.

"거, 참, 막걸리가 한 잔 있었으면 쓰갔는디… 사러 내려갈 수도 없고…"

건설 노가다 마당세는 몹시 막걸리가 먹고 싶어 빈 입을 쭉쭉 다시고 있다.

"안 됩니다. 바위 타는 사람은 산에서 절대 술을 마시면 안 돼요. 술 먹고 바위 타는 것은 운전하는 사람이 음주 운전하는 것과 같아요."

여형재 강사가 딱 잘라 말한다.

마당세는 머쓱해서 꼬리를 내리고 뒷말이 없다.

"오후에는 후등자 빌레이를 연습합니다. 톱(꼭지점)에 올라가서 자기 확보를 한 후, 빌레이 장비를 걸고 후등자가 올라오도록 빌레이를 봐주는 것입니다. 멀티 피치(Multi Pitch) 등반에서 가장 중요한 시스템 연습입니다. 자기 위치에서 주어진 역할을 착오 없이 완벽하게 해낼 수 있도록 숙달해야 합니다."

이병천 교장이 큰 소리로 오후 스케줄을 예고한다.

학생들은 느긋하게 점심을 먹고 충분한 휴식을 취한 다음, 연습을 시작하였다.

제1조는 먼저 서지태 강사가 선등하고 채식주가 세컨(Second, 2번 등반자)이 되고 허천수가 3번이다.

서지태 강사는 채식주가 선등자 빌레이를 봐주어 순식간에 톱에 올라갔다. '자기 확보'를 하고 "완료!" 하였다. 채식주는 "빌레이 해제!"하면서 빌레이 장비를 풀어 허리에 찼다.

서지태 강사는 방금 사용한 1번 로프의 남는 줄을 당겨 올렸다. 채식주가 밑에서 "줄 끝!"하고 소리친다. 줄이 멈췄다. 서지태 강사는 위에서 후등자 빌레이 준비를 하고 채식주는 아래에서 등반 준비를 한다.

채식주는 2번 로프의 끝을 찾아 '연결 8자매듭'으로 1번 로프와 연결하고 두 줄의 끝은 다시 옭매듭을 하여 더욱 단단히 하였다. 그런 다음 1번 로프 쪽에 '중간 8자매듭'을 만들어 자기의 배꼽카라비너에 걸었다. 두 매듭의 간격은 될 수 있는 대로 좁게 하였다.

고개를 들어 서지태 강사를 보고 출발해도 되겠느냐고 신호를 보냈다.

"출발?"

"출발!"

서지태 강사의 허락이 떨어졌다.

채식주가 출발하였다. 톱에 도착하여 서지태 강사의 오른쪽 옆에 서서 자기 확보를 하였다. 허리춤에서 퀵 드로를 하나 뽑아 쌍 볼트 체인에 걸고 2번 로프를 당겨 클로버히치 매듭을 만들어 2중확보를 하였다.

이 2중확보는 생략할 수 있으나 난이도가 높고 추락 위험이 큰 곳에서는 반드시 해야 한다. 오늘은 난이도가 낮은 슬랩이지만 교육 등반이기 때문에 이것 또한 교과서대로 하는 것이다.

채식주는 퀵 드로를 하나 더 뽑아 쌍 볼트에 걸어 놓고, 2번 로프를 더 넉넉히 당겨 빌레이 장비 그리그리를 장착하여 퀵 드로에 걸었다. 후등자 쪽 줄을 잡고 당겨 본다. 그리그리가 로프를 꽉 물어 줄이 팽팽하다. 만약의 경우 후등자가 추락하더라도 문제없겠다. 빌레이 장비가 제대로 장착되었는지 확인하는 이 과정은 모든 등반자가 절대 빼놓지 말고 해야 할 필수사항이다. 조금이라도 순간적으로 착오를 일으켜 빌레이 장비에 줄을 반대로 걸거나, 바위에 붙은 볼트나 퀵드로에 이상이 있는 것을 모르고 진행하면 후등자는 추락하여 생명을 잃을 수도 있기 때문이다.

채식주는 자기확보줄, 2중확보 퀵드로, 후등자 빌레이 장비, 이렇게 3개를 바위에 고정시킨 셈이다.

채식주는 2번 로프를 조금씩 당겨 자기확보줄에 가지런히 사려 걸었다. 남는 줄이 다 올라왔다. 밑에서 3번 허천수가 "줄 끝!"하고 소리친다. 줄이 멈췄다.

이어서 허천수가 등반 준비를 한다.

채식주가 한 것처럼 '연결 8자매듭'으로 3번 로프를 연결하고 2번로프에 중간 8자매듭을 만들어 배꼽카라비너에 걸었다. 고개를 들어 채식주를 보고 출발해도 되겠느냐고 신호를 보낸다.

"출발?"

"출발!"

채식주의 허락이 떨어졌다.

허천수가 출발하였다. 톱에 도착하여 자기확보를 하였다.

마침내 서지태 강사, 채식주, 허천수 세 사람이 각자 확보를 하고 바위 꼭짓점에 나란히 서 있다. 보기 좋았다.

지금까지 서지태 강사는 두 사람의 동작을 하나하나 보면서 지도하였다. 멀티 피치 등반이라면 이제 1피치를 완료한 셈이다. 지금부터는 선등자가 2피치로 출발함과 동시에 밑에서는 4번이 출발해서 올라오게 되어 있다. 피치마다 항상 두 사람이 있는데 한 사람은 앞 사람이 올라가는데 줄이 엉키지 않도록 봐주고 다른 한 사람은 뒷사람이 올라오도록 후등자 빌레이를 봐주는 시스템이다. 2피치, 3피치 … 계속 같은 방법으로 올라간다.

이제 서지태 강사는 하강 로프를 설치하여 채식주를 아래로 내려보내고 계속해서 4번, 5번, 순서대로 후등자들이 올라오도록 빌레이를 지도하였다. 한 사람도 실수가 있으면 안 된다.

선등자 빌레이는 빌레이 장비를 몸에 걸고 선등자 아래에서 하는 직접확보 방법이지만, 후등자 빌레이는 빌레이 장비를 바위에 걸어 놓고 후등자 위에서 아래를 보면서 하는 간접확보 방법이다. 멀티피치 등반에서 선등자 빌레이는 세컨 한 사람만 잘하면 되지만 후등자 빌레이는 모든 등반자가 다 잘해야 한다.

〈빌레이(belay): 암벽 등반에서 등반가의 추락에 대비하여 로프를

사용하는 기술. 등반가를 제자리에 고정시키거나 하강시키는 것.〉

허천수는 수인암장에서 빌레이란 말을 처음 듣고 사전까지 찾아본 빌레이라는 단어를 중얼거리면서 빌레이의 중요성을 다시 한번 새겨본다.

'등반에 실패한 등반가는 용서할 수 있어도 확보에 실패한 등반가는

용서할 수 없다.'

　제1조 8명의 시스템 등반 연습이 모두 끝나고 하산 준비를 하였다.
　"바위가 아주 처음은 아니네요?"
　서지태 강사가 허천수를 보고 하는 말이다.
　"그래요. 작년 11월에 바위를 처음 타 봤는데… 그때는 너무 어렵고 겁이 나서 포기할려고 했지요. 오늘은 쬐끔 덜 하지만 그래도 바위는 무서워요. 겨우 올라갔어요."
　"그래도 그 연세에 여기까지 와서 바위를 탄다는 것은 보통 사람들은 생각지도 못할 일이지요. 대단하십니다."
　서지태 강사는 감탄하면서 속으로 존경하였다.
　"오늘 우리 1조가 오른 바위는 난이도가 얼마나 돼요?"
　채식주가 난이도를 묻는다. 허천수는 난이도가 뭔지도 모르고 단지 오늘 암장이 지난해 수인암장보다 쉬운 것 같다고만 생각하고 있던 참인데 마침 채식주가 난이도를 물어 주니 귀가 쫑긋하였다.
　"글세요~. 확실하게 정해진 건 없지만 굳이 이름을 붙인다면 5.7쯤 될까요? 아직까지는 난이도 같은 것에 신경을 쓰지 말고 우선 등반의 기초를 단단히 다지는 것이 좋습니다."
　서지태 강사는 가볍게 대답하였지만 허천수는 난이도가 무엇인지 궁금하고 5.7은 어느 정도의 등급이며 어떻게 정해지는 것인지 시원하게 알고 싶었다. 그러나 지금은 그럴 장소가 아니고 그럴 시간도 아니다.
　다른 조들도 차례로 거의 같은 시간에 연습이 끝나고 조별로 로프 사리는 방법을 강사들이 지도하였다.

"자, 로프에 대해서 모두들 잘 알고 있겠지만 좀 더 깊이 알아봅니다.

로프는 두말할 것 없이 등반가들의 생명줄입니다. 생명줄이니 소중하게 다루어야 하지요… 등반할 때는 물론이고 평소에도 소중하게 잘 보관하고 귀하게 여겨야 합니다. 절대 밟으면 안 됩니다. 사용하다 보면 흙이 묻고 더러워지는 것은 어쩔 수 없지만, 될 수 있는 대로 깨끗하게 사용하고 이물질이 묻어 있지 않게 세탁도 자주 해야 합니다.

로프는 바위에 긁히거나 추락으로 손상을 입기도 합니다. 등반하는 사람이 추락하면 겉으로 보이지는 않아도 로프는 속으로 큰 상처를 입고 그만큼 약해집니다. 대여섯 번 추락을 하면 로프를 갈아야 합니다. 그뿐만 아니라 아무리 잘 사용하고 추락을 하지 않아도 오래 사용하면 저절로 수명이 다 되어서 갈아야 합니다. 5년 이상 된 로프는 사용하지 않는 것이 좋습니다.

보관도 잘해야 합니다. 외국에서는 실내 암장에서 연습 중 로프가 끊어져서 추락사한 사고가 있었습니다. 구입한 지 얼마 안 되는 새 로프인데 아무런 이유도 없이 말입니다. 경찰과 전문가들이 여러모로 원인을 조사한 결과 보관상의 사소한 부주의 때문이라고 결론을 내렸습니다. 등반자가 몇 주 전에 구입하여 한 번 사용하고는 자동차 트렁크에 넣어둔 채 그대로 싣고 다녔던 것입니다. 그 트렁크에는 사업상 화공약품을 함께 싣는 일이 많았는데 그 성분이 로프를 망가트리는 걸 모르고 로프를 몇 주 동안 같이 싣고 다녔으니 온전할 리가 없었지요. 로프는 공기가 잘 통하는 음지에 보관해야 합니다. 고온 다습한 곳 또는 햇볕에 오랜 시간 노출되는 것은 피해야 합니다.

이제 로프를 사려 볼까요?

로프 사리는 방법은 두 가지가 있습니다. 원형으로 사리기도 하고 나비형으로 사리기도 합니다. 원형 로프사리기는 말 그대로 둥글게 한쪽 방향으로만 감는 방법이고 나비형 로프사리기는 좌우로 왔다 갔다 하면서 나비의 양 날개같이 사리는 방법입니다. 원형사리기는 휴대하기 좋게 사릴 수 있으나 풀 때 잘 꼬이고 엉킵니다. 나비형은 사리는 시간도 빠르고 풀 때 꼬이거나 엉키지 않으며 휴대하기도 좋아서 주로 이 방법을 사용합니다. 사리는 방법을 잘 봐 두세요. 자, 보세요! 이렇게 사려서 이렇게 마무리합니다."

여형재 강사가 로프에 대한 설명을 하고 사리는 방법을 시범으로 보여 주었다. 그러고는 학생들을 주~ㄱ 둘러보더니 한 사람을 지적하여 로프를 사려 보라고 하였다. 마당세가 걸렸다. 입교한 지 얼마 안 되는 시점이라 아직 이름도 잘 모르고 얼굴도 익지 않았지만 점심시간에 술타령하는 것을 보고 그가 제일 잘 못 할 것 같고 둔해 보였던 모양이다. 그런데 의외로 실수 없이 잘 해내었다.

"좋아요. 그렇게 하는 겁니다."

여형재 강사가 칭찬을 하자 학생들이 박수를 쳤다.

8개 조의 학생 전원이 한 자리에 모였다.

이병천 교장이 오늘의 등반 연습을 강평하고 마무리한다.

"여러분! 수고 많았습니다. 날씨도 좋고 바위 상태도 좋아 연습을 잘 마쳤습니다. 작년에는 암벽연습 첫날에 비가 오는 바람에 교육에 지장이 많았습니다마는 이번 학기 여러분은 한 점 나무랄 데 없이 좋은 날을 만나 멋진 연습을 하였으니 모두 복이 많습니다. 그뿐만 아니라 모두들 실수 없이 잘해주어 예정시간보다 일찍 마무리하게 되어 더욱 좋습니다. 축하합니다.

다음 주에는 크랙 연습을 합니다. 누차 강조하지만 매듭법을 숙달하고 빌레이 방법을 확실하게 머리에 익혀 두세요. 바위 타는 기술은… 지금부터 너무 잘하려고 애쓰지 마세요. 지금은 기초를 단단히 몸에 익히는 것이 중요합니다. 기술은 천천히 원칙대로 하다 보면 저절로 늘게 되어 있습니다.

그러고… 여러분에게 대여한 로프는 당번을 정해서 보관하고… 당번은 집에 가지고 가서 세탁 후 말려놓았다가 다음 주에 가지고 오세요. 세탁은 보통 옷 빨래하듯이 비누나 세제를 써서 물세탁을 하면 됩니다.

자, 그러면 이번 주 강의는 모두 마치고 여기서 해산합니다. 각자 하산해서 숙소에 있는 짐을 정리하여 귀가하세요. 다음 주에 반갑게 만납니다."

등산학교의 2주 차 교육이 모두 끝났다.

"오늘 암벽 끝까지 올라가셨어요?"

숙소에서 2조 조장 임경식이 묻는다. 자기보다 20살이나 나이 많은 허천수가 제대로 해내지 못하고 구경만 하다가 내려왔을 거라고 생각했던 모양이다.

"그려, 그런대로 했지… 조장님은?"

"저야, 뭐… 바위가 처음이라 조금 떨렸지만 미리 각오하고 있던 거라… 재미있었어요. 아무튼 허 선생님은 대단하세요. 그 연세에 바위를 타시다니… 놀랐습니다."

"말도 마세요! 3번으로 올라가셨는데 젊은 우리들보다 더 잘하셨어요. 등반도 등반이지만 후등자 빌레이나 로프 정리가 거의 완벽했어요."

옆에 있던 채식주가 오히려 신이 나서 한 마디를 더 얹어 놓았다.

이튿날 허천수는 재밍장갑을 사려고 동대문시장에 들렀다.

"재밍장갑 있어요?" 하고 물으니 점원은 눈만 멀뚱멀뚱 뜨고 쳐다보기만 한다. 찾는 사람이 별로 없으니 구비해 놓지 않은 모양이다. 몇 군데 더 둘러보아도 마찬가지. 할 수 없이 집에 와서 인터넷을 뒤졌다.

'재밍(Jamming)장갑'을 검색하니 관련 사이트가 쫘~ㄱ 뜬다.

'옳거니! 재밍장갑은 인터넷에서 사야 되는 거구나!'

모양도 다양하다. 서지태 강사가 사용하던 것과 같은 제품을 골라 주문하였다.

셋째 주 강의 날이다.

페이스 등반과 크랙 등반에 관한 강의가 시작되었다.

"여러분 안녕하십니까? 지난주 슬랩 등반 잘하셨지요? 오늘은 페이스 등반과 크랙 등반에 관해서 자세히 알아보는 날입니다.

페이스 등반(Face Climbing)에서 '페이스'라는 말은 사람이 바위 앞에 서 있으면 바위가 얼굴에 와 닿을 정도로 가파른 바위라는 뜻으로 쓰이는 용어인데, 보통 경사 70° 이상 되는 바위벽이라고 보면 됩니다. 물론 '정확하게 몇 도 이상 되는 바위를 페이스라고 한다.'는 기준은 없고, 사람에 따라서 75° 이상이라야 페이스라고 할 수 있다는 사람도 있고, 65°만 되어도 페이스라고 하는 사람도 있습니다."

제4조의 표충의 강사가 운을 떼고 강의를 진행한다.

표충의 강사는 30대 후반의 젊은 강사이다. 고등학교 때부터 권투를 해서 국가 대표선수로 발탁된 경력도 있지만, 어느 날 우연히 암벽에 발을 디디게 되었는데 점점 깊이 들어가서 최근에는 고난도의 크랙 등반과 페이스 등반에 홀딱 빠져 버린 청년이다.

"페이스 등반에는 일반 슬랩에서 볼 수 없는 특이한 기술들이 필요합니다. 맨틀링, 레이 백, 스테밍, 드롭 니 등의 동작과… 엑시트 무브, 카운터 밸런스, 오버행 오르기 같은 다양한 기술이 동원됩니다."

학생들은 모두가 처음 듣는 용어들이라 뭐가 뭔지 알 수가 없다.

"자, 이것 보세요! 맨틀링(Mantling)입니다."

스크린에 클라이머가 맨틀링으로 오르는 장면이 떴다.

"높이 있는 렛지(Ledge: 선반, 스탠스보다 크고 테라스보다 작은 공간)를 두 손으로 잡고 몸을 끌어 올린 다음, 손이 있는 위치에 발을 올려 딛고 두 손으로 바닥을 누르면서 렛지에 올라서는 동작입니다. 팔 힘이 아주 세야 합니다. 이 맨틀링은 홀드를 잡을 수 없는 수직 벽이나 오버행(Overhang: 경사 90° 이상인 벽)을 넘어설 때 꼭 필요한 기술이지요."

많은 장면이 떴다가 사라지고 레이 백(Lay Back)으로 이어진다.

"레이 백은 바위에 오를 때 한쪽은 손으로 당기고 다른 한쪽은 발로 밀어 지지력을 얻는 기술입니다. 짝힘(Counter Force)을 이용하여 오르는 기술이므로 경사가 완만한 곳에서는 쉽지만, 급경사에서는 팔·다리에 매우 강한 힘이 필요하며 위험하기까지 합니다. 급경사에서 레이 백으로 올라야겠다고 판단이 서면 될 수 있는 대로 과감하고 신속하게 움직여 짧은 시간에 동작을 마쳐야 합니다. 어물어물하다가는 추락합니다. 레이 백이 위험하기는 해도 의외로 암벽 현장에서는 자주 쓰이는 기술입니다. 레이 백으로 올라야 할 곳이 많다는 뜻이지요.

레이 백에 비해서 스테밍(Stemming)은 힘을 아낄 수 있고 종종 휴식 자세로 이용할 수도 있습니다. 양다리를 벌려 각각 반대 방향의 풋 홀드를 딛고 밀어내는 동작입니다. 짝힘을 쓰지요. 두 팔로도 밉니다. 레이 백이 당기는 짝힘인데 반하여 스테밍은 미는 짝힘이지요. 스테밍은 넓은 침니(Chimney)나 바위 양면이 책을 펴 놓은 것 같은 디에드르(Dièdre: 아귀벽)에서 효과적으로 쓸 수 있어요.

드롭 니(Drop Knee)는 스테밍과 비슷하지만 다른 점은⋯ 한쪽 발은 무릎을 굽히고 이쪽 바위를 딛고 다른 한쪽 발은 스테밍과 같이 무릎을 펴고 저쪽 바위를 딛는 것입니다. 필요에 따라 엉덩이를 반대편으로 돌려 몸의 방향과 자세를 바꿀 수 있습니다. 드롭 니는 직벽, 오버행 등의 급경사면에서 몸을 비탈에 붙여서 팔 힘을 절약할 수 있고 방향을 바꿔 옆으로 가고자 할 때에 잠시 유용하게 쓰입니다. 꼭 필요한 경우는 그리 많지 않습니다."

여기까지 스크린을 보면서 설명을 하던 표충의 강사는 몸을 돌려 정면으로 학생들을 보면서 강의를 이어 나갔다.

"페이스 등반에서 다양한 형태의 바위를 만나면 그때그때 알맞은 기술을 사용해야 하는데 어떤 모양의 바위에서 어떤 기술을 쓸 것인지를 순간적으로 잘 판단하는 것이 중요합니다. 레이 백을 하다가도 잠시 스테밍을 해야 할 경우도 있고 스테밍을 하다가도 금방 자세를 바꾸어 드롭 니를 해야 할 때도 있습니다. 잘 판단하면 그만큼 쉽고 잘 못 판단하면 어렵고 고생합니다. 고생하고도 등반을 못하는 경우도 있습니다.

지금까지 페이스 등반에 필요한 동작 4가지를 살펴보았습니다마는, 이 외에도 엑시트 무브, 카운터 밸런스, 오버행 오르기 같은 기술도 알아 두어야 합니다."

표충의 강사는 다시 스크린으로 몸을 돌려 영상을 바꾸어 가면서 설명한다.

"엑시트 무브(Exit Move)는 수직 벽이 끝나고 바로 평지가 나왔을 때 평지에 올라서는 기술입니다. 맨틀링으로 올라서도 되지만 핸드홀드가 없으면 맨틀링이 안될 때가 있습니다. 그럴 때는 풋 홀드를 최대한 높이 찾아 딛고 다리에 탄력을 주어 힘껏 일어서면서 상체를 평지 바닥에 밀착시킵니다. 그런 다음 맨틀링 때와 같이 손바닥으로 땅을 짚고 일어서면 됩니다.

카운터 밸런스(Counter Balance)는 등반 동작이라기보다 일종의 몸자세입니다. 몸의 균형을 잡기 위해서 팔이나 다리를 허공으로 뻗거나 바위에 갖다 대 주는 것입니다. 우리 몸은 어떤 경우에는 무의식적으로 카운터 밸런스를 취하기도 합니다. 두 발로 딛고 서 있다가 오른 팔을 뻗어 바위를 잡으려고 하면 왼발과 엉덩이가 들려 자연히 허공에 뜨고 카운터 밸런스 자세를 취하게 됩니다. 이때 카운터 밸런스 자세가 되지 않으면 팔과 어깨에 필요 없이 많은 힘이 들어가서 에너지를 낭비합니다. 바위 모양에 따라서는 카운터 밸런스를 의도적으로 꼭 써야 할 때가 있는데, 이를 제대로 활용하지 않으면 매우 힘이 들고 잘 활용하면 팔다리의 힘을 많이 절약할 수 있습니다.

끝으로 오버행(Overhang)에 대해서 알아봅니다.

오버행이란 말을 많이 들어 보셨지요? 경사가 90° 이상 앞으로 기울어져 머리 위를 덮고 있는 듯한 바위를 말합니다.

등반을 하다 보면 오버행을 만나는 경우가 더러 있습니다. 1~2m 되는 짧은 오버행도 있고 5~6m 이상 되는 긴 오버행도 있습니다.

오버행에서는 몸의 균형을 잡기 위해서 한쪽 다리를 허공으로 날리는 경우가 있는데… 어떤 때는 새로운 발판을 찾아 두 다리를 동시에 허공으로 날리기도 하지요. 오버행에서 너무 오랫동안 손으로만 매달리면 견딜 수가 없어요. 발로 체중을 받쳐야 합니다. 너무 먼 곳의 홀드를 잡거나 급한 동작으로 몸을 끌어 올리다 보면 풋홀드를 놓칠 우려가 있기 때문에 특히 주의해야 합니다. 몸이 바위 밖으로 튕겨 나가지 않도록 천천히 움직여야 해요.

오버행에서는 먼저 핸드홀드와 풋홀드를 취하는 순서를 잘 정해서 시작하고 일단 오버행에 매달리면 정해진 순서대로 해야 합니다. 중도에 손발을 바꾸기는 어렵습니다.

팔과 다리는 가능한 한, 곧게 펴서 근육의 힘을 아끼고 오버행을 돌파하기 위한 힘을 저축합니다. 팔을 쭈~ㄱ 펴서 아래로 몸을 늘어뜨리면 힘이 적게 듭니다.

몸을 끌어 올릴 때에는 턱걸이하듯이 순간적인 힘을 발휘하면 됩니다.

휴식을 취하고 싶으면 좋은 홀드를 잡고 상체를 늘어뜨린 다음 한 발을 끌어 올려 굽히고 엉덩이로 발뒤꿈치를 깔고 앉으면 훌륭한 지지력을 얻어 잠시 쉴 수도 있습니다."

여기까지 표층의 강사는 페이스 등반과 오버행에 대해서 설명을 마치고 이어서 각종 형태의 크랙을 영상으로 보여 주었다.

"크랙(Crack)은… 여러분들이 다 아시다시피 바위에 갈라진 틈새를 말하는데, 틈새의 방향에 따라 수직 크랙, 수평 크랙, 그리고 사선 크랙 등이 있습니다. 실제 암벽현장에서는 틈새가 벌어진 모양에 따라 좌향 크랙, 우향 크랙, 그리고 언더 크랙이라는 말이 더 많이 쓰입니다. 그렇게 구별하는 것이 더 알기 쉽고 실제로 필요하기 때문이지요. 좌향 크랙은 틈새가 왼쪽으로 입을 벌리고 있는 모양의 크랙인데 왼손을 넣어 잡기가 좋게 되어 있고 우향 크랙은 그 반대입니다. 언더 크랙은 밑으로 향해 있는 크랙이라 손바닥을 위로 향해서 바위를 들어 올리듯이 하면서 잡을 수 있습니다. 그 외에도 실처럼 가늘어 잡기가 어려운 크랙을 실크랙이라고 하고, 두 줄로 되어 있는 것은 쌍크랙이라고 이름을 붙여 사용합니다.

크랙 등반 기술은 매우 다양하기 때문에 훌륭한 크랙 클라이머가 되기 위해서는 풍부한 상상력과 실험 정신이 요구됩니다.

크랙을 오르려면 등반자는 크랙 안에 몸의 일부를 끼우거나 접어 넣어야 하는데 가장 쉬운 방법으로는 크랙이 좁아지는 부분에 손가락이나 손 전체 또는 주먹을 넣기도 하고 조금 넓은 곳에서는 팔이나 어깨를 넣기도 합니다. 발은 발가락만 넣기도 하지만 조금 넓은 크랙에서는 발 전체 또는 다리까지 끼웁니다. 크랙에 좁아지는 부분을 당기거나 눌러서 지지력을 얻을 수도 있는데, 이런 것을 재밍(Jamming)이라고 하지요. 크랙에 좁아지는 부분이 없으면 몸의 일부분을 끼워 넣은 다음 비틀거나 회전시켜 지지력을 얻어야 하는데, 이런 것은 재밍과 구별하여 캐밍(Camming)이라고 합니다.

한 가지 재미있는 것은, 크랙에서는 덩치가 크고 힘이 센 사람이 잘할 것 같아도 실제로는 그렇지 않다는 것입니다. 키 큰 사람보다는 손과 발이 작고 몸이 가벼운 사람이 더 잘합니다. 이로운 점이 더 많기 때문입니다.

크랙 등반을 하다 보면 손에 상처가 나기 쉬운데 손을 보호하기 위해서 손가락이나 손등 또는 팔목에 스포츠 테이프를 감는 것이 좋습니다. 그렇다고 병원의 환자처럼 온 손을 여기저기 다 감으면 안 됩니다. 잘 터지는 부분 한두 군데만 감으면 됩니다. 사람마다 바위에 긁히고 잘 다치는 부분이 따로 있지요. 등반 자세나 습관이 각자 다르기 때문입니다.

크랙 등반을 잘하기 위해서는 인내심을 기르고 꾸준히 단련을 해야 합니다. 모양이 다양하고 변화가 무궁무진한 크랙에 익숙하기 위해서는 그 길밖에 없습니다.

크랙에서 발이 미끄러지면 손목을 삐거나 어깨가 탈골되기도 합니다. 슬랩에서보다 손을 많이 쓰기 때문이지요. 팔 힘도 좋아야 합니다. 풋홀드도 잘 찾아야 합니다."

표충의 강사의 강의가 점점 깊이 들어갈수록 영상이 없으면 이해하기 힘들게 되어 있다. 학생들은 숨을 죽이고 영상을 본다.

"크랙은 크기에 따라 핑거 크랙, 핸드피스트 크랙, 오프위드 크랙, 침니 등이 있는데 하나씩 차례로 살펴보겠습니다.

먼저, 핑거(Finger) 크랙은 글자 그대로 손가락만 들어갈 수 있는 가장 작은 크랙인데 그중에서도 새끼손가락만 들어갈 수 있는 작은 크랙에는 핑키 잼(Pinkie Jam)이라는 기술을 사용합니다."

스크린에 영상이 떴다.

"잘 보세요. 가운뎃손가락이 들어갈 정도의 크랙에는 링 잼(Ring Jam)이라는 기술을 씁니다. 엄지손가락이 들어갈 수 있는 정도의 크랙에는 썸 캠(Thumb Cam) 기술을 사용합니다.

손과 주먹이 들어갈 수 있는 핸드 피스트(Hand Fist) 크랙에서는 손바닥을 펴고 크랙에 넣기도 하고 크랙 안에서 주먹을 쥐기도 합니다. 손바닥을 펴서 넣은 다음 홀드가 있으면 홀드를 잡고 없으면 토 잼(Toe Jam) 기술을 써서 모서리를 잡고 엄지손가락을 위로 올리거나 아래로 눌러 지지력을 얻기도 합니다. 손을 넣은 다음 주먹을 쥐는 것은 피스트 잼(Fist Jam)이라고 하는데 이때 재밍장갑이 손등을 보호하는 데 큰 역할을 합니다. 이 기술은 약간 불안하게 느껴지기도 하지만 잘 사용하면 매우 안전하고 확실합니다.

오프 위드(Off Width) 크랙은 약 10cm 정도의 넓이로 잼이나 피스트 잼을 하기에는 너무 넓고 몸을 끼워 넣기에는 좁은 크랙입니다. 크랙 중에서 가장 숙련되기 어려운 독특한 기술을 요하기 때문에 클라이머들이 대개 기피하는 곳이지요. 한 발과 한 손을 크랙에 넣고 나머지 발과 팔은 크랙 바깥에 놓고 오르게 되는데, 홀드가 어느 쪽에 있는가? 크랙이 어느 쪽으로 기울어져 있는가? 등을 잘 보고 몸과 얼굴의 방향을 정해야 합니다."

스크린에 쉴 새 없이 많은 영상이 번갈아 뜬다.

"침니(Chimney)는 크랙과 같이 바위틈새이긴 하지만 몸이 들어갈 수 있을 정도로 넓게 벌어져 있어 침니(굴뚝)라고 합니다. 그 크기와 모양에 따라 다양한 기술이 적용됩니다. 침니 안에서 등과 배, 등과 발, 등과 무릎 또는 발과 발 등등… 바위를 기대거나 밀어서 짝힘의 지지력을 얻는 것이 침니 등반의 기본 원리입니다.

침니 등반에서 가장 먼저 생각할 것은 들어가는 방향을 정하는 일입니다. 어느 쪽을 바라보며 올라가는 것이 유리한지를 알아야 하고… 침니가 기울어져 있으면 기운 쪽으로 등을 대고 누운 자세로 올라가고… 바로 뻗은 침니는 홀드나 스탠스가 있는가 보고 찾아서 그것을 사용할 수 있도록 보면서 방향을 정하는 것이 좋습니다."

여기까지 바쁘게 설명한 표층의 강사는 페이스 등반과 크랙 등반 강의를 마무리할 준비를 하고 있다. 강의 중 스크린에 30여 장의 사진과 영상이 뜨고 지워졌는데 리모컨을 빠르게 눌러 앞뒤로 중요 장면을 다시 비춰본다. 혹시 설명이 빠진 부분이 있는지 점검하는 것이다. 학생들은 화면을 보면서 강의를 들으니 재미있고 시간 가는 줄을 몰랐다. 너무 어려운 장면들과 이해하지 못할 설명이 나올 때는 기가 질리기도 하였지만, 한편으로는 호기심이 발동하였다.

"고난도의 페이스 등반과 크랙 등반 기술을 한두 시간에 다 보고 다 알기는 어렵습니다. 오늘은 대강 이런 것이 있다는 정도로만 알고 실제 기술은 앞으로 두고두고… 몸으로 직접 경험하면서 하나하나 익혀 가야 합니다. 너무 부담스럽게 생각하지 마시고… 오늘 배운 것은 지금 강의실을 나가면서 다 잊어버리세요!

끝으로 암벽등반에는 어떤 등급이 있는지, 난이도가 어떻게 매겨져 있는지를 알아보고 이 시간 강의를 마치겠습니다."

학생들은 사람이 올라갈 수 있는 가장 어려운 한계점은 난이도가 얼마인지 궁금하였다.

"암벽등반의 등급은 1900년대 초에 아이젠, 카라비너, P톤 등 장비가 개발되고 인공등반, 이른바 '철의 시대'가 열리면서 영국과 독일에서 체계화되기 시작하였습니다. 그 후 각 나라마다 다른 등급체계를 사용하였는데 국제산악연맹 즉 UIAA의 등급체계는 영국의 등급체계를 기초로 만들어졌습니다.

한국은 요세미티 등급체계를 사용하고 있지요.

요세미티 등급은 1급부터 5급까지로 되어 있는데 1급은 걸어서 갈 수 있는 소풍 루트, 2급은 로프를 쓰지 않고 오를 수 있는 바윗길, 3급은 로프를 써야 하는 간단한 암벽등반길, 4급은 로프를 쓰고 확보를 해야 하는 약간 어려운 바윗길, 5급은 로프를 쓰고 많은 연습을 해야 하는 고도의 바윗길이라고 합니다.

5급부터가 본격적인 암벽등반으로 이를 다시 5.0부터 5.9까지 10단계로 나누었는데 5.9를 인간이 오를 수 있는 난이도 최고의 등급이라고 보았습니다.

그러나 등반기술이 발달되어 이것도 모자라게 되자 1970년대에는 5.10(Five Ten)등급을 만들었고 1990년대까지 5.11~5.14가 차례로 만들어졌습니다. 2000년대는 더 어려운 바윗길이 열려 5.15의 시대가 되었습니다.

　5.10부터는 각 등급을 다시 세분하여 a, b, c, d로 나누었습니다. 즉 5.10a, 5.10b … 이렇게 … 산에서는 그냥 발음하기 쉽게 10a(Ten A), 10c(Ten C) 이렇게 부릅니다."

　'와~ 5.10a부터만 봐도 몇 단계가 더 있는 거야? 20단계도 더 되잖아? 도대체 5.15는 어느 정도 어려운 것일까?'

　허천수는 상상조차 할 수 없었다.

　학생들이 생각을 정리하기도 전에 표충의 강사는 오후 강의를 끝내고 나가버렸다.

　1시간의 저녁 식사와 휴식 시간을 가진 다음 확보물 설치와 추락 및 제동에 관한 강의가 이어졌다.

　"암벽등반은 일반적으로는 최소한 2인 이상이라야 가능합니다. 물론 혼자서 확보 없이 등반하는 사람도 있기는 합니다만 극히 예외이지요. 일반 워킹 등산은 언제든지 혼자서라도 배낭만 메면 바로 산에 갈 수 있지만, 암벽등반은 한 사람이 선등하고 다음 사람이 후등으로 올라가야 하는데, 서로가 상대방을 위해서 빌레이를 봐줘야 합니다. 바윗길이 개척되어 있는 곳에서는 볼트나 P톤 같은 고정 확보물이 설치되어 있어 비교적 안전하게 등반할 수 있지만, 그런 곳에서도 더욱 안전하게 등반하기 위해서는 별도의 확보물을 설치해야 할 경우가 많습니다. 선등자는 올라가면서 확보물을 설치해야 자기도 안전하고 후등자도 안전하기 때문입니다. 확보물 설치는 선등자의 몫이고 확보물의 회수는 후등자의 몫입니다. 그래서 선등자는 후등자보다 한 단계 높은 등반 기량이 요구되는 것입니다.

확보물은 툭 튀어나온 바위, 바위구멍, 촉스톤(Chockstone: 바위틈에 끼어 있는 돌), 나무 등 자연물을 이용할 수도 있고, 하켄, 너트, 프랜드, 볼트 등 인공 장비를 설치하여 이용할 수도 있습니다.

하켄은 바위보다 강한 쇠붙이를 바위에 박아 로프를 걸고 이용하는 장비인데 얇은 블레이드형 하켄과 중형 앵글 하켄이 있습니다. 모든 하켄은 아무리 조심하여도 바위를 조금씩 망가트리기 때문에 일종의 자연파괴물입니다. 암벽등반 인구가 늘어나면서 클린 클라이밍을 주장하는 사람이 많아졌습니다. '인공장비를 쓰지 않고 자연 확보물을 이용하자!', '힘보다는 기술을 발휘하자!', '해머 대신 손가락을 쓰자!' 등 구호를 외치며 모험심을 기르고, 창조의 기쁨을 누리고, 등반의 아름다움을 즐기자는 주장입니다.

너트는 촉스톤과 같이 바위 틈새에 끼워 넣어 확보물로 삼는 쇠붙이인데 4각형, 5각형 등 여러 가지 모양이 있습니다. 하켄보다는 바위를 덜 상하게 하지만 그래도 자연확보물에 비하면 없는 것이 좋습니다.

일반적으로 선등자가 거의 예외 없이 즐겨 사용하는 확보 도구로 스프링을 장착한 캠 기구(Spring Loaded Camming Device)가 있습니다. 보통 줄여서 '캠'이라고 하는데 크랙에 끼워 넣으면 스프링의 작용으로 꽉 조여서 쉽게 빠지지 않습니다. 잘못 설치하면 너무 단단하여 회수하지 못할 경우도 있으니 주의해야 합니다. '프랜드'는 캠의 일종인데 보통 캠이라고 하면 프랜드를 말합니다. 그만큼 많이 보급되어 있고 캠의 원조이기도 합니다.

확보물은 팀원의 능력과 루트의 난이도, 바위의 특성 또는 모양에 따라 몇 m 간격으로 설치하는 것이 좋은가를 판단해야 합니다. 너무 많이 설치하면 필요 없이 시간을 낭비하게 되고 오히려 등반에 방해가 될 수도 있으며 반대로 너무 적게 설치하면 추락의 위험을 감수해야 합니다. 떨어져도 부상을 입지 않을 정도의 거리로 설치하는 것이 무난할 것입니다. 바위를 타는 초반에는 확보물의 간격을 좁히고 높이 올라갈수록 상대적으로 간격을 넓히는 것이 좋습니다.”

　‘확보물이 아무리 잘 설치되어 있어도 슬립(미끄러짐)과 추락을 완벽하게 피해갈 수는 없을 것 같은데?’

　허천수는 지난해 수인암장에서의 톱 로핑이 얼핏 머리에 떠올랐다. 지금 생각하면 그렇게 무지하게 어려운 곳도 아니었는데 그때는 벌벌 떨었던 것을 생각하면서, 확보도 중요하지만 많은 연습과 경험을 쌓아 바위에 대한 공포감을 없애고 등반 기량을 높이는 것이 추락의 위험을 줄이는 지름길이라고 생각하게 되었다.

　“자, 이제 확보물이 설치되었으니 추락과 제동에 관해서 알아봅시다.”

　표충의 강사는 학생들이 생각할 틈을 주지 않고 계속한다.

　“등반을 하다 보면 아무리 능숙한 사람이라도 추락을 많이 경험하게 됩니다. 등반가가 추락을 완전히 피할 수는 없다는 뜻입니다. 추락은 신체에 큰 충격을 줍니다. 70㎏의 물체가 10m 위에서 바로 떨어지면 땅바닥은 약 7t의 압력을 받는다고 합니다. 만약 선등자가 10m를 올라가서 확보 없는 상태에서 추락하여 바닥치기를 했다고 생각해 보면 끔찍합니다. 만약 등반 중에 확보물이 있는 곳에서 10m를 올라가서 추락했다면

7t의 압력은 로프, 확보물 등에 의해서 대부분 흡수되는데 그중에서도 신축성이 강한 로프는 큰 역할을 합니다.

로프가 길면 길수록 추락으로 인한 충격을 많이 흡수하여 추락자가 받는 충격을 줄여 줍니다. 반대로 로프가 짧으면 짧은 거리의 추락에도 충격이 크고 등반자, 확보물, 빌레이어 등의 확보 체계가 전체적으로 흔들려 등반자는 부상을 입을 수 있습니다.

추락계수(Fall Factor)라는 것이 있습니다. 추락 거리와 로프 길이의 비율입니다. 즉 추락거리를 로프의 길이로 나눈 값인데, 예를 들면 선등자가 확보물에서 10m를 오른 다음 추락하면 추락거리는 20m이고 로프의 길이는 10m이므로 추락계수는 2가 됩니다. 큰 부상을 입을 수 있습니다. 반대로 선등자가 30m를 오른 다음 확보물을 설치하고 10m를 더 올라가다가 추락을 하면 추락거리는 20m이고 로프의 길이는 40m이므로 추락계수는 0.5가 됩니다. 다 같이 20m 추락했는데 추락계수는 2와 0.5로 충격은 1/4로 줄어듭니다.

사람이 바위에서 떨어지면 최대 어느 정도까지의 충격을 견뎌 낼 수 있을까요?

일반적으로 건장한 사람이 견딜 수 있는 최대의 충격력은 12KN, 즉 무게로 따지면 약 1.2t이라고 합니다. 가장 큰 황소 1마리의 무게가 1.2t입니다.

1KN은 1kg의 물체가 1초에 1m를 낙하한 힘의 양인데, 알기 쉽게 무게로 바꾸어 보면 10KN은 약 1t의 무게와 같습니다.

만약 늘어나지 않는 정적로프를 사용하고 추락계수가 2이면, 신체는 18KN의 충격을 받아 견딜 수 없습니다. 그러나 신축성 있는 동적로프를 사용하면 충격은 반으로 줄어들어 신체는 9KN을 받아 안전합니다.

여기서 만약 추락계수가 0.5이면 충격은 다시 1/4로 줄어들어 신체는 2.25KN의 압력만 받으므로 아주 안전합니다.

카라비너는 어떨까요?

카라비너는 보통 20KN인데, 추락계수가 2일 때 정적로프를 사용하면 30KN을 받아 파열되고 동적로프를 사용하면 15KN이 되어 파열되지 않습니다. 추락계수가 0.5면 충격은 다시 1/4로 줄어들어 3.75KN이 되므로 더욱 안전합니다.

이와 같이 여러분이 추락의 위험에서 벗어나서 안전하게 등반을 즐기려면 동적로프를 사용해야 하고 로프의 길이를 최대한 길게 잡아 추락계수를 최소한으로 줄이는 것이 요령입니다.

자, 이제 추락 계수를 알았으니 추락을 스톱시키는 제동에 대해서 알아보겠습니다.

등반 중 추락은 예고 없이 어느 순간에 찾아옵니다. 등반자가 추락을 하면 로프가 고속으로 빠져나가기 때문에 빌레이어는 재빨리 제동을 해 주어야 합니다.

8자하강기, 튜브 등 수동 확보기구를 사용해서 선등자 빌레이를 볼 때에는 로프를 풀어 주다가 로프가 급속도로 빠져나가면 두 손으로 사정없이 로프를 꽉 잡아 정지시켜야 합니다.

반면에 그리그리, 베이직, 신치 등 자동 확보기구를 사용할 때에는 크게 신경 쓸 일이 없습니다. 자동 확보기구는 추락 시에 즉시 작동하여 로프를 꽉 잡아 물면서 제동을 해 주기 때문에 정확히 장착하고 제동 자세를 잘 취하기만 하면 실패할 일은 거의 없습니다.

수동 확보기구는 어느 정도 숙달된 등반자라야 사용이 가능합니다. 익숙하지 않은 사람은 자동 확보기구를 사용하는 것이 좋습니다. 자동이 훨씬 쉽고 안전하기 때문입니다.

　수동이든 자동이든 어느 경우에나 마찰력이 강한 암벽 장갑을 손에 끼는 것이 좋습니다. 장갑을 끼지 않으면 손에 화상을 입을 뿐만 아니라 제동이 안 되는 수가 있습니다.

　후등자 빌레이를 볼 때 자동 확보기구를 장착하다가 실수로 떨어트려 분실하는 경우가 더러 있습니다. 이때는 가지고 있던 수동 기구를 사용해야 하는데, 수동 기구도 없으면 후등자가 올라오지 못하고 등반시스템은 깨집니다. 이럴 때는 어떻게 대처해야 할까요?

　여러분은 매듭법에서 클로버히치 매듭을 배우셨지요? 로프로 반 클로브히치 매듭을 만들어 퀵드로에 걸고 간접확보 방법으로 빌레이를 보면 됩니다. 반 클로버히치 매듭은 큰 힘 들이지 않고도 추락을 스톱시킵니다. 훌륭한 빌레이 장비 역할을 하지만 반면에 로프를 상하게 하는 단점이 있어요. 부득이한 경우에 비상용으로만 사용해야 합니다. 자주 쓰면 로프의 수명이 짧아집니다.”

　한동안 여러 영상이 스크린에 나타났다가 꺼지기를 반복한 다음 하강 장면 하나가 크게 클로즈업(close-up)되어 자리를 잡았다.

　표충의 강사의 강의가 계속되었다.

　“지금까지 여러분은 바위에 오를 때 사고를 당하지 않기 위해서 확보물 설치방법을 배웠고 추락과 제동에 대해서 공부하셨습니다. 이제 등반팀 전원이 무사히 목표 지점에 도착하여 서로를 축하해 주고 성취감에 취하여 등반의 기쁨을 만끽합니다. 일반 등산객이 올 수 없는 곳에 어렵게 올라와서 일반인이 볼 수 없는 경치를 보는 특권을 얻었으니 마음껏 감상하고 인증사진을 찍으면서 즐기면 됩니다. 물과 맛있는 음식을 먹고 충분한 휴식을 취하는 시간입니다. 이제 무사히 하강하는 일만 남았습니다.

그런데 일반인들은 등반은 어려워도 하강은 줄을 타고 내려가기만 하면 되는 것이니 아주 쉬울 거라고 생각합니다. 그러나 그렇지 않습니다. 일반인들이 생각하는 것처럼 힘 안 들이고 그냥 내려가는 것이 아닙니다. 100% 안전하게 내려간다는 보장이 없습니다. 대부분의 암벽사고는 하강할 때 발생하는데, 특히 생명을 잃는 사망사고는 하강이 아니면 다른 곳에서는 거의 없습니다. 등반 도중에 추락하면 가벼운 찰과상이나 심하면 발목 골절 정도로 그치지만, 하강할 때 추락하면 바로 죽음으로 직결될 수 있습니다. 어떤 사람들은 어려운 등반으로 정상에 오른 다음, 정상주라고 하면서 술을 여러 잔 마시고 하강을 하는데 이런 행동은 자살행위나 다름없습니다. 등반할 때 어려움을 겪었으니 이제 하강은 마음 놓고 해도 된다는 안이한 생각 때문에 목숨을 잃는 수가 있습니다. 음주는 절대 금물입니다. 오히려 바짝 긴장을 해야 합니다.

하강하는 순서와 방법을 말씀드리겠습니다.

하강할 때 1번 하강자는 팀에서 가장 노련하고 경험이 많은 고수가 맡습니다. 보통 팀의 대장이나 선등자가 합니다. 1번이 안전하게 내려가야 2번, 3번 순차로 안전하게 내려갈 수 있습니다.

1번 하강자는 하강확보점인 P톤에 자기확보를 하고 로프 2동을 연결하여 2줄 하강 준비를 합니다. 두 줄의 로프는 한눈에 쉽게 구별할 수 있도록 빨간색 또는 파란색 등 색깔이 다른 로프를 사용합니다. 그런 다음 빨간색 로프를 클로버히치 매듭으로 퀵드로에 걸어 하강 P톤.1에 장착하고 이상이 없는지 당겨 봅니다. 같은 방법으로 파란색 로프를 다른

P톤.2에 걸고 당겨 봅니다. 이상이 없는 것을 확인한 다음, "로프 내려 갑니다."하면서 한 줄씩 밑으로 던집니다. 2줄을 사용하기 때문에 하강 중 한 줄이 끊어져도 사고를 당하지 않습니다. 2개의 P톤 중 하나가 바위에서 빠져도 사고를 당하지 않습니다.

1번 하강자는 로프를 던진 다음 하강기를 꺼내어 로프에 걸고 자기의 배꼽카라비너에 장착합니다. 어떤 사람은 하강기의 위·아래를 잘못 알고 거꾸로 장착하는 수도 있습니다. 큰일 납니다. 정확히, 바르게 장착하고, 장착한 다음에는 배꼽카라비너를 반드시 잠가야 합니다. 배꼽카라비너는 O형 잠금 카라비너를 씁니다. 하강기를 장착할 때에는 떨어트리지 않게 특히 주의해야 합니다. 하강기는 작기 때문에 떨어트리기 쉽습니다. 하강기를 떨어트리면 당장 하강을 못하게 될 뿐만 아니라 그 하강기는 흉기가 되어 밑에 있는 다른 사람을 죽일 수도 있습니다. 작은 하강기이지만 떨어지면서 가속도가 붙어 총알이 됩니다.

하강기를 장착한 다음에는 하강기 위쪽 로프에 작은 슬링으로 프루지크매듭을 만들어 퀵드로에 걸고 이를 배꼽카라비너에 연결합니다.

여기까지 하강 준비가 되었으면 하강기를 위로 밀어 올려 로프를 짧게 한 다음 로프를 잡은 손을 엉덩이에 내려붙이고 몸을 뒤로 젖혀 체중을 로프에 실어 봅니다. 자기확보줄을 바위에서 풀어도 안전한지 확인하는 것입니다. 로프가 P톤에 확실하게 잘 걸려 있는지, 하강기가 몸에 제대로 장착되었는지, 하네스가 단단히 조여졌는지, 두 손을 놓았을 때 프루지크 매듭이 제대로 작동하는지 등을 점검하는 것입니다. 이 점검을 생략하고 바로 하강하다가 즉시 추락하여 사망한 사고가 몇 년 전에 있었습니다. 사고자는 수십 년의 등반 경력을 자랑하는 베테랑이었는데 순간적인 착각으로 실수가 있어 사고를 당한 것입니다.

하강할 때 하강기 아래쪽 로프를 꽉 잡아 엉덩이에 붙인 손은 제동 손이라고 합니다. 다른 한 손은 하강기 위쪽을 가볍게 잡습니다. 위쪽 손은 감지 손이라고 합니다. 제동 손은 로프를 잡았다 놓았다 하면서 하강 속도를 조절합니다. 완전히 놓으면 바로 추락할 수도 있습니다. 절대 놓으면 안 됩니다.

프루지크 매듭은 실수로 제동손을 놓았을 때를 대비하여 2중 안전장치를 한 것입니다. 하강할 때에는 감지 손으로 감싸고 내려갑니다. 이렇게 하면 두 손을 다 놓아도 프루지크 매듭이 순간적으로 작동하여 로프를 꽉 잡아 줍니다. 프루지크 매듭을 할 때 사용하는 코드슬링은 뻣뻣하거나 너무 굵으면 제동이 안 될 수도 있으니 잘 골라 사용해야 합니다. 프루지크 매듭 대신 션트 같은 장비를 사용해도 됩니다. 제동손으로 션트를 잡고 션트의 캠을 누르면 몸이 내려가고 놓으면 즉시 하강이 멈추기 때문에 실수로 두 손을 놓아도 추락할 염려가 없습니다.

프루지크 매듭이나 션트 같은 장비도 겁이 나서 제대로 사용하지 못하는 초보자가 있으면 먼저 내려간 사람이 로프를 잡아 안전하게 하강 시키는 방법도 있습니다. 하강자가 내려가면 밑에 있는 사람이 로프를 잡았다 놓았다 하면서 하강 속도를 조절합니다. 하강자가 추락하면 로프를 당깁니다. 로프를 팽팽하게 당기면 하강자가 제동손으로 잡은 것과 같은 효과가 있으므로 바로 제동이 됩니다.

자, 지금까지 1번 하강자는 2중 안전장치를 하고 안전점검까지 마쳤습니다. 끝으로 손에 화상을 입지 않도록 하강장갑을 낍니다. 짧은 하강은 그렇지 않지만 긴 하강은 손에 큰 마찰열이 생겨 맨손으로 감당하기 어렵기 때문에 꼭 장갑을 껴야 합니다.

이제 자기확보줄을 풀고 하강할 차례입니다.

2번 하강자를 보면서 "하강?"하고 묻습니다.

1번 하강자가 하강 준비를 하는 동안 2번 하강자는 자기 확보를 하고 1번 하강자의 상태와 동작을 바로 옆에서 빠짐없이 지켜봅니다. 잠금 카라비너에 잠금이 안 되어 있거나, 허리의 안전벨트가 느슨하거나, 하강 자세가 바르지 못하거나, 옷자락이나 머리카락이 하강기에 끼일 염려가 있다고 판단되면 하강을 못 하게 하고 바로 지적해 주어야 합니다. 아무리 노련한 하강자도 순간적으로 작은 실수를 하는 경우가 있습니다. 아무리 초보자라도 옆에서 보면 허점이 잘 보입니다. 하강 준비 시의 작은 실수는 작은 실수가 아닙니다. 바로 죽음과 직결되는 실수입니다. 1번 하강자의 하강 준비가 빈틈없이 잘 되었다고 판단하면 "하강!" 하면서 하강을 허락합니다. 2번 하강자의 이 한 마디가 1번 하강자의 생명을 좌우합니다.

1번 하강자는 몸을 뒤로 젖히고 하강을 시작합니다.

아래를 내려다보면서 한발 한발 천천히 내딛습니다. 껑충껑충 뛰면서 급히 내려가면 안 됩니다. 급히 내려가면 하강기에 심한 마찰열이 생겨 로프가 약해지고 위험합니다. 하강 도중에 오버행을 만나면 발이 공중에 뜨고 자칫하면 몸이 뒤집히게 되는데 그렇게 되지 않으려면 감지 손을 더 위로 잡고 자세를 바로잡아야 합니다. 배낭을 최대한 느슨하게 메면 무게 중심이 낮아져서 몸이 뒤집히는 것을 막아 주기 때문에 그것도 한 방법입니다. 아래쪽에 크랙이나 돌출부가 있으면 발을 잘 골라 딛고 풀이나 나무와 같은 장애물이 있으면 피해 가고 로프가 걸리지 않게 조심합니다. 가끔씩 위를 보면서 로프가 크랙에 끼었는지, 다른 로프와 엉키지 않았는지, 다른 팀의 하강자가 위에서 접근해 오고 있는지 등을 수시로 살펴야 합니다. 도착할 지점이 수직선상에 있지 않고 옆으로 벗어나 있으면 잘 조준하여 내려서야 합니다.

1번 하강자는 완전히 바닥에 안착하면 하강기를 해제하고 로프를 흔들면서 "하강 완료!" 합니다. 이때까지 2번 하강자는 로프를 지켜 줍니다. 다른 등반팀의 하강자가 자기들의 하강로프를 설치하기 위하여 P톤에 접근하거나 하강 중인 로프를 건드리면 절대 못하게 해야 합니다. 하강자가 무사히 하강을 완료하는 것을 확인하기 전에는 하강자나 2번 하강자 모두 잠시라도 긴장을 풀어서는 안 됩니다.

1번 하강자는 하강을 완료한 다음에는 바로 하강 로프의 끝에 옭매듭을 해 놓습니다. 로프가 바닥에 겨우 닿을 정도로 짧은 경우에는 말할 것도 없고 그렇지 않은 경우라도 다음 하강자를 위해서 꼭 필요한 조치입니다. 다음 하강자가 어떤 경우에나 로프를 이탈하지 못하도록 안전을 지켜주고 자기 손으로 하강기를 풀도록 해 주는 것입니다.

2번 하강자는 1번 하강자가 타고 내려간 로프가 느슨해졌는지 당겨 봅니다. 로프가 팽팽하면 아직 하강 중인 것입니다. 로프가 느슨하고 당겨지면 1번 하강자가 무사히 안착한 것이 확실합니다. 크게 당겨서 한 발로 딛고 자기의 하강기를 장착하면서 하강 준비를 합니다.

이번에는 3번 하강자가 자기 확보를 하고 2번 하강자를 지켜 줍니다.

4번, 5번 …, 제일 마지막에는… 대원중 경험이 많은 고참이 끝번을 맡습니다. 대원들이 다 내려간 다음, 끝번은 최종 현장 정리를 하고 내려가야 합니다. P톤에서 2로프를 풀어 1줄만 하강 링에 통과시킨 후 2로프를 다시 연결하고 퀵드로를 회수합니다. 이때 로프를 놓치지 않게 발로 밟고 넉넉하게 당겨 작업을 합니다. 만약 로프를 1줄이라도 놓치면 다른 한 줄로 내려가야 하고 그 로프는 회수하지 못합니다. 링에 통과시킨 로프가 어느 색인지 기억해 두어야 합니다. 빨간색 로프를 통과시켰으면 나중에 하강하여 파란색 로프를 당겨야 회수가 됩니다. 연결 매듭이 있는 쪽을 당기는 것입니다.

이렇게 하여 팀원 모두가 무사히 하강을 완료합니다.

자, 이제 참고로, 하강 시에 어떤 사고들이 있었는지 사례를 보겠습니다.

여러분도 잘 아시다시피 인수봉은 여러 방향에서 올라갈 수 있습니다. 볼트가 박혀 있는 바윗길이 무려 70개가 넘습니다. 그러나 하강은 주로 비둘기길 하강코스에서 합니다. 60m 로프로 한 번에 하강할 수 있어서 좋습니다.

사고 당일 인수봉에는 강풍이 불고 있었는데 사고자는 하강하다가 강풍으로 옷이 하강기에 말려 들어가자 말려 들어간 옷을 빼내기 위해서 오버행 바로 밑에 있는 볼트에 자기확보줄을 걸고 몸을 고정시켰습니다. 그런데 이게 바로 사고의 원인이 되었습니다. 옷은 빼낼 수 있었지만 볼트에 고정된 확보 줄은 체중이 실려 있기 때문에 혼자 힘으로는 풀 수가 없었어요. 밑에 있던 친구가 등강기로 올라와서 확보 줄을 풀어 주려고 애를 썼으나 그 사람도 풀지 못하고 결국 탈진하여 오버행 밑 허공에 고립되어 있다가 체온이 떨어져 결국 2명 모두 사망하고 말았습니다.

사고 원인을 분석해보면, 먼저 사고자는 하강 준비를 할 때 옷이 하강기에 말려들어 가지 않도록 했어야 하는데 강풍이 부는 데도 이를 고려하지 못한 것이 실수였어요. 주의력이 모자란 탓입니다. 그다음, 비상시에 아무 볼트에나 확보를 해도 되는 것이 아닙니다. 두 발로 서서 확보 줄을 풀 수 있는 볼트를 찾아 확보 줄을 걸어야 하는데 경험이 모자라 아무 볼트에나 닥치는 대로 확보를 한 것이 큰 실수였습니다. 첫 번째 사고자는 그렇다 치고 두 번째 친구 또한 무모한 짓을 했습니다. 사고에 대한 전문지식도 없이 자기 체력만 믿고 사고를 수습하겠다고 올라간 것이 화근입니다.

또 다른 사고를 보겠습니다. 하강 시 사전 확인을 안 해서 일어난 사고입니다.

선등자가 60m 2동을 P톤 하나에 걸고 하강하다가 로프 길이가 1m 정도 짧은 것을 알고 로프의 신장력을 이용하려고 2줄 중 1줄을 확보지점에 고정시키고 윗사람에게 다른 1줄로 하강하라고 지시했는데 윗사람은 착각하여 밑에 고정된 줄에 자기 하강기를 설치했습니다. 자기 확보줄을 풀고 몸을 뒤로 젖히는 순간 60m 아래로 추락하여 현장에서 즉사했습니다. 경험 많은 등반자임에도 불구하고 하강 줄을 잘 못 골랐던 것입니다. 평소 자기확보줄을 풀기 전에 하강로프에 매달려 보는 습관을 가졌더라면 잘못된 것을 금방 알고 사고가 나지 않았을 것입니다.

하강은 쉽고 안전한 것이 아닙니다. 평소에 습관적으로 잘 해 오던 동작도 하강 시에 깜빡 잊어버리고 실수를 하는 수가 있습니다. 해야 할 짓은 안 하고 안 해야 할 짓을 합니다. 큰일 납니다. 갑자기 강풍이 불거나 날씨가 너무 더우면 판단이 흐려질 수도 있습니다. 항상 긴장상태를 유지하고 주의력을 놓치지 않아야 합니다. 안전 수칙을 철저히 지키는 습관을 가져야 합니다."

여기까지 설명한 표충의 강사는 하강 시 주의해야 할 사항을 스크린에 띄워 놓고 다시 하나하나 읽어 주고는 오후 강의를 마쳤다.

* *

하강 안전 수칙

〈하강 전〉

- 확보물은 반드시 2개 설치

- 긴 하강은 로프 2줄 사용

- 로프 길이가 충분한지 확인

- 안전벨트 조임 확인

- 하강기가 꺼꾸로 장착되지 않았는지 확인

- 카라비너 잠금 확인

- 하강기의 위쪽이나 아래쪽에 2중 안전장치(프루지크
  매듭, 션트 등)

- 하강 직전 로프에 매달려 보기

〈하강 중〉

- 1번 하강자는 가장 경험이 많은 사람

- 불필요한 점프를 하지 말고 천천히 하강

- 오버행이나 장애물에서 신중히 대처

- 로프가 크랙이나 바위에 끼는 것을 방지

- 로프가 꼬이지 않게 주의

〈하강 후〉

- "하강완료!" 하면서 로프를 흔들어 위에 있는 다음
  하강자에게 알림

- 로프 끝 옭매듭하기

　- 다음 하강자를 위해서 로프를 잡고 있다가 추락하면
　　로프를 당겨 제동을 해 줌

* *

　몇몇 학생은 하강안전 수칙을 머릿속에 새겨 넣으려고 한동안 강의실을 떠나지 않았다. 평소에 잘하던 것이라도 순간적으로 놓치고 지나가면 큰 사고로 이어질 수 있다고 하니 더욱 신경이 쓰였다. 특히 하강 전 점검해야 할 안전 수칙이 무엇보다도 중요한 것 같았다.

　'거, 참! 〈하강직전 로프에 매달려 보기〉는 절대 잊어버리지 않고 꼭 해야 할 것 같군! 특히 나이 든 사람은 뭐든지 잘 잊어버리고 실수하는 경우가 많은데 하강 전 수칙을 하나라도 놓치면 그대로 가는 것 아냐? 어이 무서워.'

　허천수는 〈하강직전 로프에 매달려 보기〉만 두 번 세 번 뇌에 각인시키면서 저녁식사를 하러 나갔다.

　"허 선생님 자제분은 등산 안 하세요? 저와 나이가 비슷할 것 같은데…"

　표충의 강사가 따라 오면서 묻는다.

　"우리 애들은 직장이 바빠서 등산할 시간이 안 돼요. 일요일에는 제 새끼들과 놀기 바쁘고…"

　'그렇지, 젊은 사람이 휴일에 만사 제쳐놓고 산에 온다는 것은 쉽지 않지. 등산에 흠뻑 빠져 있기 전에는 아무나 할 수 있는 일이 아니니까 … 표충의 강사는 특별한 재능과 열정이 있는 사람이야. 등산학교 강사를 할 정도이니!'

허천수는 표충의 강사가 보통사람이 아니라는 생각이 들었다.

저녁 시간에는 하강기술과 하강안전을 주제로 한 영화가 상영되었다. 학생들은 홀가분한 마음으로 부담 없이 느긋한 시간을 보냈다. 영화 속 트레이너의 멋진 모습과 하강 동작은 통쾌하고 안정적이었다. 시간 가는 줄 모르고 재미있게 영화를 감상하다 보니 하강 사고에 대한 생각은 까마득히 잊어버리고 생각조차 나지 않았다.

이튿날 햇살은 반짝이고 산에는 진달래가 활짝 피었다.

백운대 연습장에는 70여 명의 바위사랑 꾼들이 여기저기 바위 밑에서 웅성거리고 있다. 3주 차 현장실습은 본격적인 바위타기 실습이다. 각 조별로 바꾸어 가면서 바윗길을 하나씩 맡아 슬랩과 크랙을 오르는 연습을 한다. 지금까지 강의실에서 배운 모든 기술을 다 실습해 볼 수는 없지만, 슬랩과 크랙의 기본이 되는 동작을 하루 종일 연습하고 익히는 과정이다.

"이런 바위를 뭐라고 하는지 아세요?"

서지태 강사가 학생들을 돌아보며 묻는다.

"책바위?"

허천수가 알기로는 책바위이다. 책을 펼쳐 놓은 것 같이 양쪽에 바위 면이 있고 가운데에는 크랙이 있다. 두 발과 두 손을 번갈아 가면서 양쪽 바위 면을 짚고 한 발씩 오르게 되어 있다.

"예? 책바위요? 책을 펴 놓은 것 같이 생겼다고 해서 흔히들 책바위라고 부르는데 산악용어로는 '디에드르(Dièdre)'라고 합니다."

서지태 강사는 말을 마치자마자 날렵한 동작으로 크랙에 캠을 박고 퀵드로를 걸어 확보를 하면서 올라간다. 밑에서는 조장 채식주가 빌레이를 봐주었다. 서지태 강사는 디에드르 끝 지점에 있는 P톤에 줄을 걸고 하강하면서 걸어 놓은 캠과 퀵드로를 회수하였다. 대신 어려운 곳에는 초크를 칠해서 손발을 디딜 곳을 표시해 주었다. 초크(Chalk)는 송진을 주원료로 해서 만든 하얀 가루인데 모든 클라이머들이 조그마한 통에 넣어 뒷 허리에 차고 등반을 하다가 수시로 손을 넣어 손에 묻히고 바위를 잡는다. 그렇게 하면 손에 밴 땀이 제거되고 바위를 잡는 마찰력이 한결 높아지는 것이다.

이제 채식주가 2번으로 오를 차례다. 하네스의 허리벨트와 양다리 연결벨트를 하나로 묶었다. 되감기 8자매듭으로 묶었으니 풀어질 염려가 없다. 두 발을 땅에서 떼고 줄에 매달려 본 다음 천천히 바위를 오르기 시작한다. 허천수가 채식주의 빌레이를 봐주었다.

채식주는 무리 없이 잘도 올라간다. 어느새 꼭짓점에 올라가서 "완료!"하고 외친다. 허천수가 줄을 풀어 주면서 하강시켰다.

허천수의 차례이다.

보기에는 쉬워 보였는데 막상 바위에 붙어 보니 생각대로 잘 되지 않는 모양이다. 채식주는 쉽게 올랐는데 허천수는 몹시 어려워한다. 경사가 거의 90°로 급한데다 손발 디딜 곳이 마땅치 않았다. 초크로 표시해 놓은 곳을 잡으려고 해도 쉽게 잡히지 않았다. 결국 꼭짓점까지 올라가지 못하고 하강하였다.

"보기는 쉬워도 뜻대로 잘 안되지요? 처음에는 다 그런 겁니다. 조금 쉬었다가 나중에 다시 한번 시도해 보세요."

서지태 강사가 위로하였다.

마침내 1조 8명의 학생들이 디에드르 크랙 연습을 2회씩 하고 옆자리로 옮겨 슬랩 연습을 한 번씩 하였다. 땀 냄새와 바위 냄새가 섞여 분간

할 수 없을 때쯤에는 모두들 바위에 대한 두려움이 거의 사라지고 바위와 하나가 되었다.

해는 정해진 대로 어김없이 서쪽으로 기울고, 아름답고 찬란한 봄날 하루가 서서히 막을 내린다. 1조가 하산을 서두르고 다른 조들도 분주하게 움직였다.

6. 거벽과 빙벽

4주째 토요일이다.

"여러분, 안녕하십니까? 거벽, 빙벽 같은 특수등반 강의를 맡은 장대봉입니다. 그동안 바위에 관한 이론 공부와 실습을 잘 하셨지요? 보통 암벽등반은 그 정도 기초만 잘 해도 됩니다.

지난주 암벽기술의 핵심 강의를 하신 표충의 강사는 우리나라에서 손꼽는 클라이머로서 여러분들이 학교를 졸업하고 실전에 들어가서 고난도의 어려운 등반을 하실 때 기술적으로 풀리지 않는 크럭스(Crux 가장 어렵고 힘든 지점)를 만나서 지도를 받고자 하시면 언제든지 초청하여 지도를 받을 수 있을 것입니다. 국내에서 아무리 어려운 바위라도 오를 수 있는 실력자이니까요.

오늘은 일반 암벽이 아닌, 거벽이나 빙벽, 고산등반 그리고 인공암장, 스포츠클라이밍 등에 대해서 대강 알아보는 시간을 갖겠습니다. '완전히 알아보는 것'이 아닌, 말 그대로 '대강'입니다. 꼭 이런 특수등반을 하고 싶은 꿈을 가진 분이 아니라도 모두들 기본적으로 알아 두는 것이 좋을 것입니다. 저도 이런 분야의 고수는 아닙니다. 물론 여러분들 중에는 거벽, 빙벽을 숙달하고 요세미티 같은 최고의 암벽을 등반하는 클라이머들이 나올 것입니다. 우리 등산학교에서 뛰어난 선수들이 많이 나왔으면 합니다."

장대봉 강사는 5조 담임 강사이다. 히말라야의 에베레스트, K2 그리고 최근에는 칸첸중가봉을 등반한 40대 후반의 노련한 산악인이다.

"바위는 위치와 모양이 참으로 다양합니다. 크기와 암질이 다 다릅니다. 손으로 만지거나 잡아 보거나 매달려 보면 어떤 바위인지 알 수 있습니다. 돌처럼 딱딱하거나… 인절미처럼 부드럽거나 모래처럼 퍼석퍼석할 수도 있습니다. 왜 웃으세요? 그렇지요! … 돌이니 돌처럼 딱딱할 수밖에… 당연하지요."

젊은 강사는 빙긋이 웃으면서 부드럽게 넘어간다.

"우리가 보통 등반하는 바위는 웬만한 사람이면 누구나 오를 수 있는 바위들입니다. 그러나 요세미티 같은 거벽은 다릅니다. 거벽등반은 특수 장비와 특수 기술이 필요하기 때문입니다. 경사도가 거의 90°이고 손발 디딜 곳이 없는 고난도의 외형, 1,000m에 가까운 높이, 하루에 등반을 끝내지 못하고 며칠씩 바위에 잠자리를 만들고 자야 하는 곳, 심한 바람과 날씨 변화를 이겨내야 하는 곳이 바로 거벽(Big Wall)입니다.

요세미티 조디악 루트의 경우 전체 989m 16피치, 1피치 간격이 평균 60m이고 하루에 3피치밖에 등반할 수 없으니 전체 5일이 걸립니다. 바위에 포타렛지를 설치하고 4번을 자야 합니다. 5일간의 먹을 물과 음식, 그리고 대·소변 심지어는 침 한 방울도 함부로 버리지 못하고 용기에 담아 운반하면서 올라가야 하는 곳입니다.

1900년대 후반에 들어서면서 사람들은 보다 큰 위험과 곤란을 극복하고 남들이 경험하지 못한 성취감을 맛보기 위하여 암벽등반을 하게 되고… 그것도 모자라 거벽등반으로 활동 영역을 넓혀 나가게 되었는데… 그러다 보니 저절로 여러 가지 많은 장비를 사용하지 않을 수 없게 되었지요. 종전에 손과 발만으로 오르던 자유등반으로 끝나지 않고 장비를 사용하는 인공등반이 생기게 된 것입니다. 인공등반이 점차 확대되면서 자연의 바위를 크게 손상하게 되자 1970년대에는 클린 클라이밍(Clean Climbing) 운동이 일어나 10여 년 후부터는 인공등반이 주춤하고 자유등반이 큰 흐름을 이루었습니다. 그러자 종전에는 인공등반으로 오르던 바위도 기술이 발달하여 자유등반으로 오를 수 있게 되었지요. 오늘날은 자유등반과 인공등반이 적당히 보조를 맞추면서 서로 부족한 부분을 보완하면서 발전하고 있습니다.

물론 자유등반과 인공등반을 딱 부러지게 구분하여 설명하는 것은 쉽지 않습니다. 장비를 사용한다고 무조건 인공등반이라고 할 수 없지요. 자유등반에서도 추락을 방지하기 위해서 확보물을 사용합니다. 그러나 자유등반에서 사용하는 확보물은 단지 추락을 방지하기 위한 것이지만, 인공등반에서 사용하는 확보물은 추락 방지뿐만 아니라 등반을 쉽게 하기 위해서 사용하는 등반 보조수단이기 때문에 인공등반이라고 합니다. 다시 말해서 같은 확보물이라도 추락 방지용으로 사용하면 자유등반이 되고, 등반 도구로 사용하면 인공등반이 되는 것입니다.

자유등반과 인공등반이 나란히 발전을 거듭하면서 등산장비도 발달하여 확보물에 의한 안전이 더욱 보장되고 그에 따라 자유등반의 일부는 스포츠 경기로 발전하여 스포츠 클라이밍 분야가 추가되었습니다.

이와 같이 암벽등반은 자유등반과 인공등반에 더하여 스포츠 클라이밍까지 자리매김하게 되었는데 그 중 인공등반은 거벽등반에서 꼭 필요한 방식이 되었지요. 거벽에서는 많은 장비가 필요합니다. 장비 없이 자유등반으로는 안 됩니다.

이런 거벽등반에 필요한 장비는 어떤 것이 있으며 어떻게 운반하고 어떻게 사용할까요?

일반 등반에서 필요한 장비를 빼고 거벽에서만 추가로 필요한 장비를 체크해 보겠습니다. 우선 중요한 것을 대강 꼽아 보면 포타렛지, 허공의자, 홀백, 홀링용 로프, 도르래, 주마, 주마스텝, 해머 등이 있습니다.

먼저 포타렛지(Portaledges)를 봅시다. 포타렛지는 수직 암벽에 매달려 잠을 잘 수 있는 허공용 침대입니다. 무게와 부피가 크기 때문에 등반하려는 암벽의 환경에 맞게 잘 골라야 합니다. 1인용과 2인용이 있습니다. 2인용은 암벽에서 균형을 유지할 수 있게 머리를 서로 반대쪽으로 엇갈리게 해서 눕습니다.

허공의자는 확보지점에 설치하는 의자입니다. 장시간 등반으로 안전벨트에 묶여 있는 허리가 견디기 어려울 때 허리와 다리를 펴고 쉴 수 있도록 합니다. 극도로 피곤할 때 쉬지 못하면 등반을 계속할 수 없는 것은 물론이고 병을 얻거나 사고를 당할 수도 있습니다.

홀백(Haul Bag)은 많은 물품을 담는 주머니이고 홀링용 로프는 이를 끌어 올리는 로프입니다. 홀백은 무거운 물과 식량, 장비를 담아 거친 바위 면을 비비면서 끌어 올려야 하므로 찢기고 상하지 않도록 튼튼하고 매끄러운 천으로 되어 있어야 하는데, 요사이는 홀백 대신 플라스틱 통을 사용하기도 합니다. 홀링용 로프 역시 일반 등반용 로프보다 굵고 튼튼해야 하므로 따로 준비해야 합니다.

거벽에서 최소한 2명이 선·후등으로 번갈아 가며 등반할 때 5일간 사용하는 물품의 무게는 100㎏ 이상이 됩니다. 이를 홀백에 담아 끌어 올리는데, 도르래를 사용하면 무게를 훨씬 줄일 수 있습니다. 끌어올린 다음에는 주마로 제동하여 묶어 놓습니다.

주마(Jumar)는 일반 등반에서도 사용하는 장비인데 일종의 등강기라고 보면 됩니다. 줄에 걸고 매달리면 떨어지지 않고 위로 밀어 올리면 부드럽게 올라가도록 되어 있습니다. 등반할 때에는 줄 하나에 왼손용과 오른손용 주마 2개를 걸어 하나씩 잡고 왼손 오른손 번갈아 밀면서 올라갑니다. 주마에는 발을 디딜 수 있도록 주마 스텝(Jumar Step)을 걸어 놓습니다. 오버행에서는 로프 2줄에 주마 하나씩을 걸고 가면 더 편하게 올라갈 수도 있습니다.

거벽등반에서 주마는 필수적입니다. 팀 전원이 시간을 절약해야 하기 때문에 후등자는 거의 주마를 사용해서 올라갑니다. 또 선등자가 깔아 놓은 확보물을 회수하면서 올라가야 하므로 주마를 사용하지 않을 수 없습니다. 따라서 후등자는 주마 사용 기술을 능숙하게 구사할 줄 알아야 합니다. 특히 확보물을 옆으로 건너가는 트래버스(Tension Traverses)나 시계추같이 흔들어 건너뛰는 펜듈럼(Pendulum)에서는 고도의 주마 사용 기술이 필요합니다. 이와 같이 주마와 주마스텝은 거벽에서 빼놓을 수 없는 중요한 장비이므로 미리 잘 점검하고 사용법을 숙달해 두어야 합니다.

해머(Hammer)는 피톤이나 볼트 같은 확보물을 박거나 회수할 때 사용하는 망치입니다. 무겁기 때문에 자칫하면 떨어트릴 염려가 있으므로 슬링으로 연결하여 허리벨트에 묶어 놓습니다.

이상 거벽에 필요한 중요 장비를 대강 살펴보았습니다.

어떻습니까? 거벽등반은 등반 자체도 어렵지만 장비 준비와 운반, 관리가 만만치 않지요? 그 어느 것 하나도 소홀히 해서는 안 됩니다."

장대봉 강사는 주마 사용법을 특히 강조하고 다음 강의를 이어 나갔다.

"자, 이제 장비가 갖추어졌으니 클라이머들이 거벽 인공등반을 어떻게 하는지 보겠습니다.

선등자는 장비를 가지런히 정리하여 이중 장비걸이에 걸고 제일 나중에 해머를 겁니다. 장비는 양쪽으로 균형이 맞게 무게를 나누고 손쉽게 뽑아 쓸 수 있도록 배치합니다. 각자 자기 등산 습관에 맞게 배치하면 됩니다.

준비가 끝났으면 바위에 붙어서 될 수 있는 대로 높은 곳을 보면서 확보물 설치 장소를 정하고 확보물을 설치합니다. 확보물은 바위의 형편에 알맞게 종류와 크기를 잘 골라야 합니다.

그런 다음 카라비너를 걸고 줄사다리가 연결된 데이지체인(Daisy Chain: 중간 중간에 고리를 만들어 놓은 줄)을 겁니다. 줄사다리에 올라서서 안전성을 확인한 다음 위로 오릅니다.

확보물 가깝게 오르면 피피훅(Fifi Hook)을 데이지체인에 걸어 자기확보를 합니다. 피피훅은 카라비너보다 빠르고 쉽게 몸을 확보물에 고정시키고 뺄수 있게 만든 도구인데 개폐장치가 없는 일종의 갈고리라고 보면 됩니다.

몸이 확보가 되었으면 퀵드로 하나를 확보물에 걸고 로프를 통과시킵니다. 로프가 퀵드로를 통과하면 몸이 추락해도 안전합니다. 밑에서 후등자가 빌레이를 봐주기 때문에 걱정할 것 없습니다.

두 번째 확보물을 설치합니다. 전과 같이 줄사다리를 걸고 피피훅을 회수한 다음 몸을 옮깁니다. 밑에 있는 1번 줄사다리를 회수하고 2번 줄사다리를 오릅니다.

이와 같은 동작을 반복하면서 조금씩 위로 올라가면 수직 암벽도 안전하게 오를 수 있습니다.

한 피치가 끝나면 후등자가 주마링으로 올라 올 수 있도록 장치를 하고 짐을 홀링할 준비를 합니다. 후등자는 홀백이 잘 올라갈 수 있도록 도와주고 홀백이 다 올라가면 주마링으로 등반하면서 선등자가 깔아 놓은 확보물을 회수합니다. 후등자가 다 올라오면 선등자는 선등을 교대하기 위하여 장비를 넘겨주고 후등자가 되어 선등자 빌레이를 봐줍니다. 선등자가 설치하는 확보점은 하나가 아니고 4곳으로 분산하여 설치하는 것이 좋습니다. 자기 확보용, 짐을 끌어 올리는 홀링용, 후등자 주마링용, 로프사리기용 등 4곳을 설치하는데 그렇게 하면 고정점이 받는 힘을 분산시키고 등반의 행동 폭을 넓히는 효과가 있습니다."

"장 강사님, 한 가지 질문이 있는데요?"

"아이, 깜짝이야! 간 떨어지겠네."

1조 조장 채식주가 갑자기 큰 소리를 지르니 강의실이 크게 흔들리고 뒤에서 졸고 있던 마당세가 눈을 번쩍 뜬다.

"예, 말씀하세요."

"다름이 아니고… 거벽에서도 보통 암벽에서처럼 5.10a… 10b 같은 난이도를 사용하나요?"

"아닙니다. 인공등반의 등급체계는 별도로 정해져 있습니다. 세계적으로 미국의 표기법을 따르는데 Aid의 A에 아라비아 숫자를 붙여 난이도를 나타냅니다. A0, A1 같이… 또한 A 대신 C로 나타내기도 하는데 C는 Clean의 약자로, 해머를 사용하지 않아도 되는 확보물, 즉 캠이나 너트만으로 등반이 가능한 곳을 말합니다.

인공등반의 등급은 A0에서부터 A5까지 있는데 A2에서부터는 각 등급에 '+' 또는 '−'를 붙여 더 자세히 표현하기도 합니다. A1+, A3− 이런 식으로… 재미있지요?"

'재미있기는?… 말만 들어도 벌벌 떨리는데… 가장 쉬운 A0만 해도 수십m 수직 허공에서 못 하나 박아 놓고, 흔들흔들하는 줄사다리를 타고 올라가는 것인데? 상상만 해도 무서워… 나는 못 하겠어…'

허천수는 속으로 생각하면서 앞으로도 거벽등반은 하지 않겠다고 다짐하였다.

"거벽에 관해서는 이쯤 해 두고 빙벽으로 가보겠습니다."

장대봉 강사는 히말라야의 고봉 등반가일 뿐만 아니라 빙벽에서도 손꼽는 고수이다. 알프스 3대 북벽의 하나인 아이거북벽과 설악산의 대승폭을 등반하였다. 1950~60년대에 개척된 알프스의 아이거, 마터호른, 그랑드 조라스 등 3대 북벽은 인간이 경험할 수 있는 가장 어려운 등반으로 유명한데 이 중 하나를 등반한 것이다. 이 3봉우리는 북벽, 동계, 단독등반일 경우 더욱 어렵다고 알려져 있다.

"빙벽은 아시다시피 얼음 바위입니다. 사람이 알프스나 히말라야 같은 고산등반을 하기 위해서는 눈과 얼음, 그리고 산소가 희박한 대기를 극복해야 합니다.

고산등반에서 눈과 얼음의 세계에 들어서면 맨 먼저 빙하를 만나게 됩니다. 그다음에는 크레바스와 세락이 많은 아이스폴을 지나 설원을 만납니다. 마지막 정상 부근에는 빙벽이 기다리고 있습니다. 이렇게 3 관문을 통과해야 정상에 발을 디딜 수 있습니다. 모두 피켈과 크램폰이 필수 장비입니다.

손과 발을 눈이나 얼음에 직접 닿지 않도록 피켈은 손에, 크램폰은 발에 착용하고 등반합니다. 손과 발을 냉기로부터 보호하고 마찰력을 얻어야 등반이 가능하기 때문입니다.

피켈(Pickel)은 여러 가지 모양이 있고 종류도 다양하지만 장소와 사면의 각도에 따라 알맞은 피켈을 골라 사용해야 합니다. 기본적으로 샤프트, 헤드, 블레이드, 피크, 톱니, 스파이크, 손목걸이 등으로 구성되어 있는데 그 중 스파이크와 피크… 그리고 블레이드는 직접 얼음을 찍고 걸고 깎는 역할을 하는 끝부분이므로 아주 중요합니다. 스파이크로 찍어서 피켈을 눈이나 얼음에 고정시키기도 하고 피크로 바위나 얼음에 걸어서 몸을 당겨 올리기도 하고 블레이드로 얼음을 깎아서 확보지점을 만들기도 합니다. 이들 세 꼭짓점은 항상 최상의 상태를 유지할 수 있도록 갈고 닦아 두어야 합니다.

크램폰(Crampon)은 1908년 영국의 오스카 에켄 슈타인(Oscar Ecken Stein)이 처음 개발한 것으로 독일어로는 아이젠(Eisen)이라고 하는데 우리나라에서는 '아이젠'으로 알려져 있고 '크램폰'이라고 하면 잘 모릅니다.

등반 용어가 혼란스럽습니다. '로프'만 하더라도 어떤 이는 영어로 로프(Rope)라고 하고 어떤 이는 독일어로 자일(Seil)이라고 합니다. 암벽에서는 '자일'이라는 용어를 많이 씁니다.

크램폰은 처음에는 10개의 바닥 발톱(Flat Point)으로 개발되었는데 2개의 앞발톱(Front Point)을 추가하여 12발톱을 가지게 되었습니다. 12발톱

크램폰은 1932년 로랑 그리벨(Raurent Grivel)이 개발하여 빙벽등반의 새로운 장을 열었는데 특히 급경사를 오르는 데 큰 역할을 합니다.”

빙벽에 필요한 최소한의 장비 소개가 끝났다.

“자~, 이제 모든 장비를 갖추고 설빙(雪氷)의 세계로 들어갑니다.

제일 먼저 빙하를 만나게 되는데 빙하(Glacier)는 눈 위에 다시 눈이 쌓이는 과정이 반복되면서 깊이 묻혀 있는 눈들이 얼음으로 변한 것입니다. 오랜 세월을 지나면서 거대하게 쌓인 눈과 얼음은 그 무게로 인하여 산 아래로 서서히 미끄러져 내려옵니다. 산 위쪽에는 새로운 눈이 쌓여 설원이 되고 설원 밑에 얼음이 깔리면 빙하지대가 됩니다. 빙하지대는 위쪽에서 새로 생기고 아래쪽에서 그만큼 녹아 없어집니다. 온대성 빙하의 경우 1년에 100m 정도 흘러내리는데 설원에 내린 눈이 빙하가 되었다가 녹아서 물이 되는 데는 약 100년이 걸립니다. 아주 추운 극지방에서는 더욱 느리기 때문에 1,000년이 걸린다고 합니다.

빙하가 흘러내려 오다가 녹기 시작하면 크레바스(Crevasses)가 생깁니다. 온대성 빙하의 경우 크레바스는 깊이가 대개 30m 이하이므로 추락하였을 때 구조가 불가능한 것은 아닙니다. 크레바스를 발견하면 우회하거나 건너뛰면 됩니다. 그러나 크레바스를 다리처럼 연결해 놓은 스노 브리지(Snow Bridge)가 있으면 밑에 크레바스가 있는 줄을 모르고 지나가다가 추락할 수도 있으니 특히 주의해야 합니다.

빙하는 절벽이나 급경사를 만나면 크레바스뿐만 아니라 빙탑을 만듭니다. 이 빙탑을 세락(Serac)이라고 하는데 세락은 무너져 얼음사태를 일으킵니다. 이와 같은 세락 붕괴는 눈사태와 마찬가지로 빙하 등반에서 가장 무서운 위험 요소입니다. 이와 같이 크고 작은 크레바스와 세락들이 뒤섞여 있는 지대를 아이스폴(Icefall)지대라고 합니다.

빙하지대를 통과할 때 만나는 또 다른 위험은 화이트아웃(Whiteout) 현상입니다. 구름 사이에서 굴절한 빛이 구름을 흰색으로 만들어 눈(雪)에서 반사되는 광선과 비슷하게 되면서 온 세상이 희게 보입니다. 원근을 구별할 수 없게 되고 어떤 형태도 분간할 수 없는 흰색의 세계가 됩니다. 아주 가까운 거리에 있는 지형도 구별할 수 없고 방향감각을 잃어버립니다. 이럴 때 함부로 움직였다가는 위험에 빠지므로 시계(視界)가 열릴 때까지 움직이지 말고 기다려야 합니다.

빙하를 지나면 거대한 설원이 펼쳐집니다. 일반적으로 빙하 지대보다 경사가 심합니다. 만년설이 쌓여 있습니다. 겉으로 보기에는 만년설이지만 실제로는 매일 내리는 눈입니다. 눈이 쌓여서 다져지면 빙하가 되어 서서히 흘러내립니다.

설상등반을 하다가 미끄러져 추락하면 어떻게 해야 할까요?

눈에 피켈의 스파이크를 꽂아 제동을 시켜야 합니다. 한 손으로 피켈의 헤드 부분을 잡고 다른 한 손으로는 설 사면에 가깝게 샤프트를 잡아 체중을 싣습니다. 자기확보(Self Belay)라고 하지요.

설사면에서 아차! 하는 순간에 피켈을 놓치면 큰일 납니다. 수 십m, 아니 수 백m를 미끄러져 내려갈 수 있습니다. 피켈을 놓치지 않도록 손목 고리를 손목에 걸어야 함은 물론이고 슬링으로 미리 안전벨트에 연결해 놓으면 더욱 완전합니다.

추락할 때 자기확보에 실패하여 계속 미끄러져 내려가면 어떻게 되지요? 이때는 활락정지(Self-Arrest) 기술을 써서 제동해야 합니다. 신속하게 피크를 설사면에 꽂고 한 손으로 헤드 부분을 잡고 다른 한 손으로 샤프트의 끝을 잡습니다. 양어깨는 바닥에 밀착시키고 등은 구부려서 배가 사면에서 떨어지게 하고 두 발을 벌려서 크램폰을 살짝 들어야 합니다. 급히 미끄러져 내려갈 때 크램폰이 돌이나 딱딱한 얼음에 걸리면 몸이 뒤집어져서 피켈 제동이 안 되기 때문입니다. 피켈로 제동이 되면 크램폰을 찍어 안정자세를 취합니다. 활락정지는 신속성이 성패를 좌우합니다. 정지가 불가능한 속도에 이르기 전에 이 기술을 사용해야지 추락에 가속도가 붙어 정지할 수 없는 상태가 되면 어떤 기술도 소용없습니다.

설원을 지나면 빙벽을 만납니다. 가파른 바위가 얼음으로 덮여 있습니다.

피켈을 얼음에 찍고 몸을 끌어올리기 위해서는 스윙(Swing)기술을 사용합니다. 스윙을 할 때에는 목표지점을 잘 찾아 단 한 번에 정확하게 찍어야 합니다. 난이도와 빙질과 자기의 기술 수준에 따라 어떤 동작으로 어느 정도의 깊이로 찍을까를 결정합니다. 피켈을 찍지 않고 걷기만 해도 되는 곳이 있는데 고드름이 많은 수빙폭포는 구멍과 틈새가 많아 걸기 좋습니다. 역곡선형 피켈은 걸고 당길수록 얼음 속으로 깊이 들어가기 때문에 걸기만 해도 안전합니다. 크램폰의 프론트 포인트와 피켈의 피크가 서로 번갈아 지지력을 유지하면서 올라가는데 어느 한쪽이 불안하면 그쪽을 먼저 뽑아 다음 동작으로 재빨리 연결해야 합니다.

크램폰을 얼음에 킥킹(Kicking)하는 요령은 프론트 포인트를 얼음면의 상하좌우에 직각이 되게 찍는 것이 관건입니다. 어느 한쪽으로 기울어지면 그만큼 불안합니다. 암벽등반에서와 마찬가지로 빙벽등반에서도 체중의 80%는 발에 실어주어야 하는데 킥킹이 잘못되면 몸 전체의 균형이 깨집니다.

빙벽에서는 확보물(Ice Piton)을 어떻게 설치할까요?

확보물을 설치할 장소는 얼음이 단단하게 결빙된 곳이라야 합니다.

푸석푸석한 얼음이 있으면 딱딱한 얼음이 나올 때까지 깎아 냅니다. 강도가 높은 청빙이면 최상이지요. 암벽에서와 마찬가지로 크럭스가 시작되기 전에 설치하는데 발 딛기 좋은 데 서서 편한 자세로 설치합니다.

확보물을 설치하는 방법은 단단히 박아 놓은 피켈에 먼저 자기 확보줄을 걸고 매달려서 설치하는 방법과 매달리지 않고 자유등반 방식으로 서서 설치하는 방법이 있습니다. 매달리지 않고 설치하는 방법이 깨끗하고 좋습니다.

자유등반 방식은 발을 편안하게 디딜 수 있는 곳에서 양쪽 피켈을 튼튼하게 박아 놓고 한 손만 피켈에 의지한 채 다른 한 손으로 확보물을 설치합니다. 이때 확보물은 스크루가 좋습니다. 스크루는 나사로 된 막대기인데 머리 부분에 행거가 있습니다. 행거에 피켈의 피크를 꽂고 돌리면서 박습니다. 시계방향으로 돌리면 들어가고 반대로 돌리면 나옵니다. 성능이 좋은 스크루는 맨손으로 돌리는 것만으로도 설치와 회수가 가능하지요. 행거는 로프를 걸어 몸을 확보하는 것이 원래의 목적입니다.

매달려서 설치해야 할 때에는 튼튼하게 박아 놓은 손도구 두 곳에 자기확보를 하고 두 손으로 확보물을 설치합니다."

여기까지 설명한 장대봉 강사는 시선을 돌려 강의실을 한 바퀴 휙 둘러보더니 1조 조장 채식주가 앉은 자리에서 시선을 멈추었다. 그가 역시 빙벽의 난이도를 물을 것 같아서 미리 설명해 주어야겠다고 생각한 것이다.

"여러분, 빙벽에서는 난이도가 정해져 있지 않고 다 똑같다고 생각하세요? 아닙니다. 빙벽도 암벽에서와 마찬가지로 등급체계가 있어요.

한국에서는 미국식 등급을 사용하는데 WI 1부터 7까지 있습니다. WI 는 Water Ice의 약자입니다.

WI 5는 빙폭의 평균 각도가 80° 이상이고 크램폰의 앞발톱으로 찍으면서 올라가야 하는 곳인데 우리나라에서 클라이머들이 즐겨 찾는 강촌의 구곡폭포가 여기에 해당합니다.

최고 등급인 WI 7은 수직 형태의 얼음이 매우 얇고 스크루를 박아도 불안한 곳입니다. 그 이상의 등급은 없습니다."

"설악산 대승폭포는 얼마나 돼요?"

역시 난이도에 관심이 많은 채식주가 묻는다.

"글쎄요? 보통 WI 6이라고 보면 맞을 겁니다. 주로 얼음 기둥으로 되어 있어요. 어렵기로 말하면 빙질이 좋지 않은 소승폭포가 WI 6~7로 한 수 위이지만, 클라이머들에게 가장 인기가 있는 곳은 국내 최대의 빙폭인 토왕성폭포입니다. 줄여서 '토왕폭'이라고 하지요. WI 5입니다."

이제 장대봉 강사의 거벽과 빙벽 강의를 끝으로 K등산학교의 4주 차 강의가 끝났다.

첫 주의 등산 일반에 관한 기초지식을 시작으로 등산 식량, 등산 용품, 독도법, 슬랩 등반, 크랙, 거벽 등반, 마지막으로 빙벽 등반에 이르기까지 핵심 이론에 관한 강의가 끝난 것이다.

날씨가 흐리고 비가 올 것 같다.

오늘은 종합적으로 암벽등반을 실습하는 날이다. 슬랩과 크랙에 오르고 내리기를 한두 번씩 해 보고 암벽등반의 기초를 다지는 것이 목적이다. 아직까지 바위에 대한 두려움이 가시지 않고 바위 앞에 서면 다리가 떨리는 학생이 있다.

"저렇게 해서 졸업등반 때 인수봉에 올라갈 수 있겠나?"

이병천 교장이 마당세를 보고 하는 말이다.

마당세는 바위타기가 서툴지는 않았는데 오늘은 어쩐 일인지 별로 어렵지 않은 슬랩 턱을 오르지 못하고 자꾸 미끄러져 내려 땀만 뻘뻘 흘리고 있다. 두 번 세 번… 네 번 만에 턱을 넘었다.

"슬랩에서 발 디딜 곳을 잘 찾지 못하면 헛고생만 합니다. 저기를 보세요! 바위 면은 자세히 보면 볼록 나온 데가 있고 약간 들어간 데가 있지요? 또 바위에는 작은 돌기(突起)가 많아요. 작은 돌기라도 적당한 위치에 있는 것을 빨리 찾아 손가락 끝으로 눌러 잡고 발로는 볼록 나온 바위 면을 딛고 과감하게 일어서면 어려운 슬랩도 돌파할 수 있어요. 그러면서 발 디딤이 불안하면 재빨리 다음 동작으로 옮겨야 해요. 미끄러지는 것이 두려워서 망설이고 애매한 태도를 취하면 계속 미끄러지기만 하고 올라서지 못해요. 많은 연습을 해서 몸에 익혀야 합니다."

이병천 교장이 슬랩 등반의 핵심을 찍어서 설명해 주었다.

빗방울이 떨어진다.

"비가 많이 오면 안 되는데…"

이병천 교장이 하늘을 보면서 걱정스럽게 한마디 한다.

"비가 와도 연습을 합니까? 저는 우의도 안 가지고 왔는데…"

채식주가 걱정을 보탠다.

"비가 심하게 오면 연습을 중단하고 하산합니다. 나중에 상황 봐 가면서 결정할 거요. 약간 오는 비는 우의를 입고 계속 진행합니다. 학교에서 준비한 비닐 우의가 몇 장 있으니 걱정하지 말고 연습이나 열심히 하세요!"

다행히 비가 조금 오는 듯하더니 심하게 내리지는 않고 이내 그쳤다.

허천수가 컴퓨터를 열심히 보고 있다.

졸업등반 때 오를 인수봉을 검색하는 중이다. 인수봉에 등반 루터가 몇 개나 있는지, 난이도가 얼마인지 알고 싶었다.

"할아버지! 저 컴퓨터 좀 쓰면 안 돼요?"

"뭔데? 급하게 컴퓨터 쓸 일이 생겼나?"

"학교 숙제가 있는데 아직 못했어요. 한 30분이면 돼요."

중학교에 다니는 손자 녀석이 컴퓨터를 사용하겠다고 할아버지의 양보를 구한다. 오랜만에 아버지와 함께 온 손자가 자기 집에서 숙제를 못 했으니 여기 잠시 와 있는 동안 컴퓨터를 보면서 숙제를 해야겠다는 것이다.

"예끼 녀석! 숙제는 집에서 넉넉한 시간을 가지고 차분하게 해야지, 여기 와서 급하게 하면 되나? 야튼, 천천히 잘 해봐! 시간은 얼마든지 줄테니…"

할아버지가 양보를 안 할 수가 없었다.

손자가 가고 난 다음, 허천수는 느긋하게 인터넷을 한참 뒤진 결과 인수봉에는 70개가 넘는 바윗길이 있는 것을 알았다. 인수봉 하나에 이렇게 많은 길이 있다니… 이 길 하나하나를 많은 사람들이 밟았을 것 아닌가? 그렇다면 이제까지 얼마나 많은 사람들이 인수봉에 올랐을까? 허천수는 인수봉을 단 한 번만이라도 올라가 보는 것이 생애 최대의 소망인데 그 인수봉을 이미 헤아릴 수 없이 많은 사람들이 올랐다고 생각하니 허탈한 마음을 떨쳐 버릴 수가 없었다. 또한 인수봉의 최고 난이도는 5.13b라고 하는데 이것 또한 어느 정도 어려운 난이도인지 도저히 짐작이 가지 않아 거대한 인수봉을 바라보는 자기는 너무나 작은 존재임을 실감하였다.

등산학교의 수업도 끝자락으로 접어들었다.

5주째는 산악사고의 예방과 저체온증에 대해서 알아보고 산에서 흔히 발생하는 염좌와 쥐, 벌, 뱀, 독충 등으로 인한 피해와 대처방법을 배우는 한편 심폐소생술을 직접 해 보고 산악영화도 1편 감상한다. 암벽실습은 노적봉 멀티 피치 등반을 하도록 짜여 있다.

"여러분, 안녕하십니까? 지난 4주 동안 여러분은 일반 산행을 비롯하여 암벽과 빙벽에 관한 기초지식을 충분히 습득하였으리라고 믿습니다. 오늘은 산에서 일어나는 각종 사고에 대해서 알아보는 시간을 갖도록 하겠습니다."

여형재 강사가 운을 뗀다.

"산은 우리에게 즐거움과 건강을 주는 반면에 위험과 … 경우에 따라서는 생명을 요구하기도 합니다. 아무리 기술이 뛰어나도 큰 사고를 당하면 모두가 허사입니다. 생명을 잃은 세계 최고의 등반가보다 살아 있는 최하의 초보자가 낫습니다.

여러분은 그동안 산의 즐거움만을 배웠습니다. 어떻게 하면 더 멋진 산행을 할 수 있을까? 더 높은 기술을 습득할 수 있을까? 이런 데만 신경을 썼습니다. 이제는 보험을 들어야 합니다. 어떻게 하면 사고를 당하지 않을까? 불의의 사고를 당했을 때 피해를 최소화하려면 어떻게 해야 할까? 다시 말해서 산악 안전교육으로 무장을 하는 것입니다."

'그렇지, 사고를 당해서 죽으면 아무것도 아니야! 안전교육으로 정신

무장을 단단히 해야지!'

허천수는 절실히 느꼈다.

"산악사고는 예방하는 것이 상책입니다. 모든 사고가 그러하듯이 산악사고도 불시에 일어납니다. 쉬운 곳에서, 방심하는 동안, 무의식중에 사고를 당하는 것이 대부분입니다. 위험을 미리 알고 있으면 사고는 없습니다. 평소에 등산 지식과 경험을 넓혀 각종 위험을 사전에 감지하는 능력을 길러야 합니다. 또한 산행에 앞서 날씨, 자연환경, 산행 거리, 소요 시간, 난이도 등을 종합하여 여유 있는 계획을 짜고 철저한 준비를 해야 합니다. 특히 암벽이나 빙벽등반에서 막상 꼭 필요한 장비가 빠지고 불필요한 장비가 배낭에 들어가는 일이 없도록 해야 합니다. 배낭이 무겁기만 하고 장비가 허술하면 안전 등반을 보장하기 어렵습니다.

산에서는 수많은 종류의 사고가 발생하기 때문에 산악사고를 한 두 마디로 설명할 수 없습니다. 가벼운 찰과상에서부터 추락과 사망으로 이어지는 최악의 사고가 있습니다. 오늘 이 자리에서는 흔히 있는 골절사고를 제외하고 그 외에 어떤 사고들이 있는가를 알아보고 그에 대한 대처 방법을 공부하겠습니다."

"먼저 저체온증에 대해서 알아봅니다.

산에서는 습기가 많고 바람이 불어 실제 온도보다 체감온도가 낮습니다. 처음에는 체감온도는 낮아도 몸에 이상을 느낄만한 증세가 나타나지 않아 그냥 지나갑니다. 그러다가 자신도 모르는 사이에 서서히 체온을 빼앗기고 1시간도 되기 전에 이상을 느낄만한 증상이 나타납니다. 체온이 35℃ 이하로 떨어지면 저체온증 상태로 들어갑니다.

체온 35℃는 신체의 어느 부위에서 재는 체온일까요? 입이나 겨드랑이에서 재는 것은 불확실하고 변화가 크므로 직장(直腸)에서 재는 것이 정상입니다. 직장체온이 기준체온이라는 말입니다. 그러나 산에서 체온을 잰다고 바지를 벗는 바보는 없겠지요? 아니 직장뿐만 아니라 어느 부위에서도 체온을 잴 수는 없습니다. 몸의 상태를 보고 판단하는 길 뿐입니다.

저체온증에 걸리면 한기가 들고, 맥박이 빨라지고, 혈압은 오르고, 신체기능이 떨어지는 것과 동시에 판단력도 떨어지고 건망증 현상이 나타납니다. 말을 제대로 할 수 없고, 걸을 때 비틀거립니다.

32℃ 이하가 되면 온몸의 근육이 굳어집니다. 극도로 피로해지고 기억이 상실됩니다. 맥박이 느리고 부정맥이 나타납니다.

28℃ 이하가 되면 신체의 반사 기능이 없어지고 호흡이 곤란하며 폐출혈, 저혈압 및 혼수상태에 이르고 끝내는 사망합니다.

저체온증은 추운 날씨에서만 일어나는 것이 아닙니다. 한여름이라도 우중산행 중 급격히 체온을 빼앗기면 저체온증에 걸릴 수 있습니다.

저체온증이 생긴 환자를 구하기 위해서는 어떻게 해야 할까요?

먼저 젖은 의복을 제거하고 마른 의류나 담요 등으로 감싸주어야 합니다. 그런 다음 환자의 움직임을 최소화하면서 이동시킵니다. 따뜻한 물을 먹여 내부의 열을 올려 주고 난로 등을 피워 외부로부터 열을 공급해 줍니다. 부정맥이 생기면 생명이 위험할 수 있는데 이런 부정맥은 체온이 오르면 특별한 치료 없이도 저절로 회복이 됩니다. 환자의 의식이 없으면 호흡과 맥박을 체크해 봅니다. 호흡이 없으면 즉시 심폐소생술을 실시해야 합니다.

심폐소생술은 나중에 여러분이 직접 실습해 보도록 하겠습니다.

다음은 일반 등산객이 산에서 흔히 당하는 염좌(捻挫)와 '쥐'에 대해서 알아봅니다.

염좌는 갑작스러운 충격을 받아 인대가 늘어난 것인데 주로 '발 삐임'을 말합니다. '발을 접질렸다'고도 합니다.

발을 삐면 당황하지 말고 침착하게 삔 발을 심장보다 높게 해서 부어오르지 않게 합니다. 그런 다음 가능하면 찬 수건으로 냉찜질을 해 주세요. 발을 삐면 걸을 수가 없지만 어쩔 수 없이 자기 스스로 걸어야 하는 상황이라면 압박붕대로 감아 고정시킨 다음 움직여야 합니다. 산행 시작 전에 발목과 무릎 준비운동을 충분히 해서 부상을 예방하는 것이 상책입니다.

쥐는 근육이 수축되어 딱딱해지고 기능을 잃은 상태로서 흔히 '쥐가 났다'고 하는 것입니다. 발에 쥐가 나기도 하지만 쥐는 주로 종아리에 납니다.

발에 쥐가 나면 발가락 하나가 위로 들리면서 발 앞부분 전체가 뻣뻣해집니다. 이럴 때는 다리를 편안하게 쉬면서 발을 주물러 주면 쉽게 정상으로 돌아옵니다.

종아리에 쥐가 나면 근육이 딱딱해지고 아픕니다. 쉽게 풀리지 않습니다. 환자를 편한 자세로 눕힌 다음 쥐가 난 다리를 직각으로 들고 발목을 꺾어 종아리 인대를 늘려 주면 쥐가 서서히 풀어집니다. 이때 부드럽게 종아리를 주물러 주면서 발바닥 한복판에 있는 용천혈(湧泉穴)이나 종아리 복판 승산혈(承山穴) 또는 무릎 바깥쪽의 양릉천혈(陽陵泉穴)을 지압해 주면 더 빨리 효과를 볼 수 있습니다. 홀로 산행을 하다가 쥐가 나서 남의 도움을 받을 수 없을 때에는 어렵지만 서 있는 자세에서 몸을 앞으로 구부려 발목을 꺾고 종아리를 당겼다가 늘렸다가 하면 쥐가 조금씩 풀어집니다.

쥐가 났을 때 아스피린 한 알을 먹으면 바로 쥐가 풀린다는 말도 있습니다. 그러나 의사의 처방 없이 산에서 함부로 이 방법을 쓰는 것은 위험합니다. 위장이 약한 사람은 위출혈을 일으키기도 하고 다른 병이 있는 사람은 병을 크게 악화시킬 수 있습니다."

"......?......"

"벌에 쏘였을 때에는 어떻게 하는 것이 좋을까요?

산에 있는 말벌이나 땅벌은 맹독을 가지고 있어서 한 번 쏘이면 매우 아프고, 심하면 생명을 잃을 수도 있습니다. 장수말벌은 꿀벌의 300배나 되는 독을 가지고 있다고 합니다.

벌은 건드리지 않으면 쏘지 않습니다. 혹시 얼굴 근처에 벌이 나타나서 빙빙 도는 것은 향기로운 화장품 냄새를 맡고 오는 경우가 많습니다. 가만히 있으면 물러갑니다. 산에서 벌이 사람을 공격하는 경우는 사람이 벌집에 접근하거나 스틱이나 발로 벌집을 찍었을 때입니다. 나무에 매달린 벌집은 금방 발견되지만 돌 틈이나 풀숲에 있는 벌집은 안 보이기 때문에 사람이나 짐승이 자기도 모르는 사이에 건드릴 수가 있습니다. 한번 공격해 오는 벌은 끝까지 따라옵니다. 다른 벌들도 흥분하여 떼를 지어 몰려오므로 공격을 벗어나기 어렵습니다. 말 그대로 벌떼처럼 몰려옵니다. 벌떼처럼…?

벌떼의 공격을 받았을 때 손이나 수건을 휘저어 벌떼를 쫓으려고 하면 벌들은 더욱 흥분하므로 상황을 악화시킬 뿐입니다. 벌에게 항복하는 자세를 취해야 합니다. 수건이나 옷을 뒤집어쓰고 엎드리거나 낮은 자세로 조금씩 앞으로 나가서 위기를 벗어나는 것입니다.

말벌에 쏘이면 벌에 약한 사람은 알레르기 반응을 일으켜 두드러기가 생기고 현기증이 돌며 호흡이 거칠어집니다. 심하면 30분 이내에 절명할 수도 있습니다. 빠른 시간 내에 병원에 가서 치료를 받아야 합니다.

병원에 가기 전이라도 우선 급한 대로 물로 씻고 냉찜질을 하면 좋습니다. 식초나 레몬주스가 있으면 바르고 미리 준비해 둔 항히스타민제 연고를 발라 독이 퍼지는 것을 방지합니다.

벌 쏘임을 사전에 방지하려면 우선 정해진 등산로를 벗어나지 않아야 합니다. 사람이 잘 다니지 않는 샛길에는 벌집이 있어 위험합니다. 다음으로는 단 냄새 나는 식품은 휴대하지 말고 꼭 필요하면 배낭 깊숙이 넣어 벌이 냄새를 맡지 못 하게 합니다. 얼굴에 진한 화장을 하면 벌이 향기를 맡고 따라옵니다. 벌이 싫어하는 암모니아수나 모기약을 옷에 뿌려 놓으면 벌이 접근하는 것을 막아 주기는 하지만 냄새가 오래가지 않습니다.

뱀도 무섭습니다.

머리가 삼각형이고 목이 가늘며 이빨이 긴 뱀은 대부분 독사입니다. 물리면 두 개의 이빨 자국이 남습니다.

독사에 물리면 땀이 나고 침을 많이 흘립니다. 독이 많이 퍼지면 앞이 잘 안 보이고 토하기도 하고 숨이 거칠어집니다.

움직이면 독이 더욱 퍼지므로 가급적 움직이지 않게 하고 상처 부위를 물로 씻은 다음 위쪽 10㎝쯤을 손수건 등으로 묶어 줍니다. 독이 퍼지지 않도록 상처 부위를 심장보다 낮게 유지하고 찬 물수건으로 감싸서 식혀 주면서 안정을 취하게 합니다. 나중에 의사가 치료할 때 도움이 되도록 뱀 사진을 찍어 두는 것은 아주 현명한 방법입니다.

뱀물림 피해를 줄이기 위해서는 역시 지정된 등산로를 벗어나지 말아야 하며 튼튼한 등산화를 신고 긴바지를 입어야 합니다. 여름에 아쿠아 샌들을 신고 반바지 차림으로 산행하는 것은 몸을 무방비상태로 뱀에게 맡기는 꼴이 됩니다.

이 외에도 모기, 지네, 독버섯 등으로 인한 피해가 있습니다. 이 모든 피해는 사전에 방지하는 것이 좋겠지만 그렇지 못한 경우에는 사후에라도 신속하게, 효과적으로 대처해야 합니다.

이상으로 각종 산악사고에 대해서 대강 알아보았습니다만 이것으로 충분하지는 않습니다. 등산과 산악 사고에 관한 책들이 시중에 많이 나와 있으니 사전 예방과 응급처치 방법을 잘 알아 두는 것이 좋습니다.

이제 잠시 쉬었다가 다음 시간에는 심폐소생술을 직접 실습해 보겠습니다."

10분 휴식을 마치고 제2교시가 시작되었다.

"모두들 조용히 자리에 앉아 주세요!"

강단 앞쪽에 실습도구가 준비되어 있다. 매트 위에 사람의 상체 인형 5개가 나란히 누워 있다. 실물과 같이 만들어진 인형은 크기와 모양이 성인 남자 그대로인데, 모두 죽은 듯이 눈을 감고 있다.

"산에서 사고를 당하여 위급하게 되었을 때 주위에서 누군가가 바로 구해 주지 않으면 생명을 잃게 됩니다. 여러분이 이런 위급한 상황을 보았을 때는 의사가 아니라도 즉시 응급처치를 해 주어야 합니다. 주어진 시간은 5분입니다. 5분 내에 하지 않으면 그 사람은 죽습니다.

여럿이 집단 사고를 당한 현장이라면 가장 위급한 환자가 누구인가를 먼저 파악해야 합니다. 의식이 있는지, 숨을 쉬는지, 맥박이 뛰는지를 보고 판단합니다.

이름을 불러 보거나 뭐든지 물어보고… 대답을 하지 못하면 의식이 없는 것입니다. 코나 입에 손을 대 보거나 귀를 가까이 대고 숨을 쉬는지 봅니다. 가슴이 움직이는지도 봅니다. 숨을 쉬지 않으면 맥박을 짚어 봅니다. 환자의 손목을 짚어 보고 맥이 잡히지 않으면 목 주위의 경동맥이나 대퇴부 안쪽 동맥을 짚어 봅니다. 그래도 맥이 잡히지 않으면 심장이 멎은 것입니다.

환자가 숨을 몰아쉬거나 숨소리가 들리지 않은 때에는 바로 인공호흡을 시켜 줍니다. 인공호흡을 시킬 때에는 먼저 숨통을 열어주어야 합니다. 처음에는 천천히 2번 공기를 불어 넣고, 그다음에는 5초 간격으로 서너 번 불어 넣어주는 것입니다.

맥박이 잡힐 때는 인공호흡만 하고 맥박이 잡히지 않으면 심장 마사지를 함께 해 주어야 합니다. 심장이 멎은 다음이라도 5분 안에 심장마사지를 하면 소생할 수 있습니다. 심폐소생술이지요.

환자의 머리를 뒤로 젖히고 턱을 들어 올려 숨통을 열어 준 다음 인공호흡을 2번 시켜 주고 심장 마사지를 15회 해 줍니다. 인공호흡은 환자의 가슴이 조금 불룩해지도록 공기를 힘껏 불어 넣고 심장 마사지는 1회에 0.6초… 1분에 100회 속도로 가슴을 힘껏 눌러 주는 것입니다. 다음에는 인공호흡을 2회, 심장 마사지를 30회, 이것을 계속 반복합니다. 심장이 1분에 50회 이상 뛰거나 스스로 숨을 쉴 때까지 계속합니다.

자! 이제 각 조별로 한 사람씩 나와서 직접 해 보세요. 인형이 5개밖에 없으니 처음에는 1조부터 5조까지 한 사람씩 연습하고 다음에는 6, 7, 8조 순으로 합니다. 자기 차례가 아닌 사람은 옆에서 보면서 익힙니다.”

여형재 강사는 학생 모두가 한 번씩 연습해 보도록 순번을 정해 주고 잘못된 동작을 일일이 바로잡아 주었다.

"강사님! 저건 뭣입니까?"

채식주가 자기 차례가 되어 나와서 탁자 위에 있는 빨간 박스를 보고 묻는다.

"아, 이건 제세동기(除細動器)라는 것인데요… 자동 심장충격기입니다. 심정지가 되어 있는 사람에게 전기충격을 주어 심장이 정상적인 리듬으로 움직이게 하는 도구입니다. 심장에 세동이 있는 경우 세동을 제거하고 일정 리듬을 회복시켜 주지요. 일반인도 쉽게 사용할 수 있도록 패드를 피부에 붙여 주기만 하면 됩니다. 평소에 일반인들은 관심이 없어 잘 모르지만, 사람이 많이 모이는 공공장소에는 반드시 비치하도록 법률로 정해져 있어요. 공공보건의료기관, 구급차, 항공기, 공항, 철도객차, 20톤 이상의 선박, 다중이용시설 이런데 말입니다.

사용방법은 아주 간단해요. 전원을 켜면 어디 어디에 패드를 부착하라고 음성으로 안내합니다. 패드의 각 표면에 부착 위치가 그려져 있어 누구나 정확하게 붙일 수 있어요. 그다음은 안내하는 대로 따라 하면 됩니다.

산에 가지고 다닐 수는 없지만, 여러분은 응급처치 방법을 배웠으니 제세동기가 비치되어 있는 장소에서 응급환자가 발생하면 누구보다도 빨리 조치하여 사람을 살릴 수 있을 것입니다."

여형재 강사는 제세동기를 꺼내어 학생들에게 보여 주고 사용방법을 간단히 소개하였다.

"호흡은 반드시 코에 불어 넣어야 합니까?"

"아닙니다. 어디라고 정해진 것은 없습니다. 환자의 코를 막고 입에 불어 넣어도 되고 반대로 입을 막고 코에 불어 넣어도 됩니다.”

심폐소생술에 관한 실습이 끝났다. 죽은 사람을 살려내는 하느님의 능력을 잠시 빌려 쓰는 것이라고 생각하면서 모두 엄숙하고 진지하게 실습에 임하였다.

저녁 시간에는 2시간에 걸쳐서 산악사고에 관한 영화가 상영되었다.

아이거 북벽에서 일어난 실화이다. 등반가 2인이 막상 어려운 곳에서는 모든 난관을 극복하였는데 마지막 하산 도중에 1사람이 사고를 당하였다. 사고자는 수직 암벽에 로프를 걸고 하강하는데 오버행에서 줄이 모자랐다. 다시 올라가려고 온갖 수단을 동원하였지만 오르지 못하고 결국 탈진하여 허공에 대롱대롱 매달린 채 목숨을 잃는 것이다. 산악구조대도 1년이 지난 후에야 시체를 수습할 수 있었다고 한다.

학생들은 주인공들의 무서운 용기와 투지, 열정과 운명에 감동을 받으면서 숨소리 하나 없이 영화를 감상하였다.

4월의 마지막 주일 일요일. 5주 차 실습시간이다.

산은 짙은 녹색으로 변하고 연분홍 진달래가 여기저기 보기 좋게 피어 있다. 하늘은 조개구름을 주워 담으며 코발트색을 칠하여 아름다운 배경을 만들어 주고 있다. 한 폭의 그림이다.

아침부터 날씨가 덥다.

K등산학교 학생들은 모두가 하나같이 마음이 설레고 약간 흥분하여 출발 준비에 여념이 없다.

지금까지는 백운대 암장에서 단편적으로 실습을 하였지만, 오늘은 종합해서 멀티피치를 시스템 등반으로 오르기 때문에 모두들 처음 경험하게 되는 것이다. 비교적 코스가 짧은 노적봉이다. 다음 주 인수봉 졸업

등반을 위한 예행연습이기도 하다.

허천수는 배낭에 하네스, 암벽화, 헬멧 등 기본 장비를 비롯하여 잠금 카라비너가 달린 자기확보줄, 빌레이 장비, 등강기, 하강기, 퀵드로, 웨빙, 슬링을 각각 필요한 개수대로 골라 넣고, 물, 도시락, 과일, 초콜릿, 과자 등 먹거리를 넉넉하게 준비하여 차곡차곡 챙겨 넣었다. 무게가 묵직하고 장난이 아니다. 6㎏ 이상 되겠다고 생각하며 짊어지고 일어서니 어깨를 짓누른다. 이걸 지고 하루 종일 움직일 수 있을까? 지난주까지 백운대 암장에서 실습할 때는 한 장소에 배낭을 풀어 놓고 교대로 연습을 하기 때문에 쉬는 시간이 많았지만, 오늘은 쉬는 시간 없이 계속 바위를 타고 이동하면서 하산 완료할 때까지 이 무게를 감당해야 하지 않은가? 허천수는 걱정이 앞섰다. 젊었을 때에야 별것 아니지만 70대에서는 다르다. 2인당 1동씩 주어져 있는 로프는 채식주 조장이 허천수와 짝이 되어 늘 가지고 다니므로 걱정할 필요가 없었다. 그렇지 않았다면 3~4㎏ 되는 60m 로프를 더 얹어 가야 하므로 허천수는 등반을 포기하는 수밖에 없었을 것이다.

얼마 가지 않아서 벌써 땀이 줄줄 흐른다.

하루가 다르게 기온이 오르고 있다.

도선사를 지나 용암문에 오르기 전 중간쯤에서 앞서간 학생들 10여 명이 쉬고 있다.

"천수 형님! 좀 쉬었다 가세요!"

2조 조장 임경식이다. 둘째 주 백운대 암장에서 처음으로 바위에 오르던 날, 70대의 허천수가 과연 바위에 제대로 올랐을까? 하면서 호기심 반, 걱정 반으로 물어보던 임경식이다. 이번 학기 등산학교 학생들 중에서 가장 인정스럽고 붙임성이 있을 뿐만 아니라 리더십도 강하다. 그러니 저절로 자기 반의 학생들은 물론 전체 학생들 사이에 인기가 높다.

"아, 조금 전에 밑에서 쉬다가 와서 괜찮아요. 모두들 어찌나 빨리 달리는지 따라가기 힘들구면…"

허천수는 쉬지 않고 천천히 일행 앞을 지나갔다.

"등산 자켓을 벗어요!"

누군가 뒤에서 큰소리로 내지른다. 명령조다.

이름도 모르는 다른 조 담임 강사인데 강의실에서는 거의 본 적이 없는 사람이다. 자기 딴에는 허천수를 생각해서 '더우니 두터운 상의를 벗고 가라'는 뜻으로 권하는 것인지 모르지만 듣는 사람 입장에서는 매우 불쾌하다. 나이도 20~30살 아래인데 말투가 거칠고 괘씸하다.

'어르신, 너무 더워 보이는데 등산 재킷은 벗으시지요!' 했으면 오죽 좋을까? 허천수는 힐끗 돌아보고 한마디 해 주려다가 꾹 참고 그냥 지나갔다.

용암문을 지나 산허리를 돌고 노적봉에서 뻗어 내리는 능선 마루에 올라섰다. 여기서부터는 내리막길이다.

"자, 우리는 여기서 쉬었다가 갑니다. 앞에 있는 내리막길은 아주 가파르니 조심해야 합니다."

여형재 강사가 1조 학생들을 멈춰 세웠다. 여러 조의 학생들이 뒤섞여 있다.

조금 쉬고 있는데 또 뒤에서 누군가 소리친다.

"저 앞에 두 사람은 먼저 출발해!"

학생들 중에서 가장 나이 많은 허천수와 학생장 배순식을 보고 하는 말이다. 자기가 담당한 조의 학생들도 아니다. 나이가 많으니 남보다 느릴 것이고 남보다 먼저 출발해야 다른 사람들과 보조가 맞을 것이라고 생각한 모양이다. 그 둘이 얼마나 피곤한지, 얼마나 쉬었는지는 알 바 없이 자기 생각대로 내뱉고 있다.

허천수가 돌아보니 아까 쉼터에서 등산 재킷을 벗으라고 소리치던 그 녀석이다.

'얘가 등산학교 강사면 눈에 보이는 것이 없나? 나이도 어린 것이 학생들을 모두 자기 부하인 줄 아는 모양이지… 여기가 군대야?'

허천수는 속으로 생각하다가 마침내 감정이 폭발하였다.

"이봐! 자네 이 등산학교 강사야? 몇 살이나 먹었어? 눈에 보이는 것이 없냐? 누구한테나 명령조로 말을 놔서 하는 거 어디서 배웠어! 우리가 나이 좀 들었다고 쓰레기 취급하는 거야? 뭐야?"

모두들 눈이 휘둥그레지고 분위기 갑자기 살벌해졌다. 허천수에게 시선이 집중되었다. 눈을 돌려 강사 M을 본다. M은 '돼지코'라는 별명이 붙은 강사이다. 콧구멍이 하늘로 보고 있어 흡사 암벽장비 '돼지코'를 연상케 하는 데서 학생들 사이에 저절로 붙여진 별명이다. 하강기로 널리 애용되고 있는 B사의 'ATC'는 돼지코 같이 생겼다고 하여 산악인들이 부르기 쉽게 '돼지코'라고 하는 것이다.

M이 멈칫하였다. 자기가 무심코 하는 말이 남에게 비수가 되어 꽂힐 줄을 몰랐던 것이다. 나이가 조금 많다고 보행속도가 크게 느린 것도 아니다. 수십 년 등산 경력이 있는데 그까짓 배낭 무게가 좀 있다고 해도 엄청나게 차이가 나지 않는데 말이다.

"아, 허 선배님! 배 학생장님! 죄송합니다. 저희 강사진을 대표해서 제가 사과드리겠습니다. 두 분의 입장도 모르고 M강사가 함부로 말을 했습니다. 결례(缺禮)를 한 것입니다. 전체 학생들이 같은 시간에 암벽 출발점에 도착하도록 하는 데만 신경을 쓴 것 같습니다. 널리 양해해 주시기 바랍니다. M강사는 두 분 선배님께 정중하게 사과해요!"

여형재 강사가 대신 사과하면서 냉각된 분위기를 재빨리 되돌려 놓는다. 역시 노련한 대표강사다.

"죄송합니다. 저의 말이 결례가 될 줄은 전혀 몰랐습니다. 저는 평소에 젊은 사람들끼리 하는 말로 했을 뿐인데… 그게 명령조인 줄을 몰랐어요. 더구나 연장자이신 어르신들 앞에서… 정말 죄송합니다."

M강사의 사과로 전체 분위기는 그런대로 되돌려졌지만 허천수는 즐겁던 마음이 사라지고 께름칙한 앙금이 계속 남게 되었다.

가파른 내리막길이다. 정규 등산로가 아니고 암벽꾼들만 다니는 토끼길이다. 한참 내려가서 노적봉을 오른쪽 어깨에 올려놓고 몇 굽이 돌았다. 학생들은 각 조별로 담임 강사를 따라 각각 다른 출발점에 도착하여 장비를 착용하고 등반 준비를 하였다. 허천수의 1조는 노적봉을 끝까지 돌아가서 멈추었다.

등반 출발점!

건너편으로 멀리 원효봉과 염초봉이 보인다. 허천수는 그렇게 등산을 오래 했어도 이곳은 처음이다. 일반 등산로가 아니기 때문이다.

학생들은 배낭을 풀고 장비를 착용하였다.

오전 9시경.

해는 중천에 떠 있고 약간의 바람기가 있으나 덥다.

먼저 하네스를 착용하고 자기확보줄과 퀵드로, 등강기, 하강기, 그리그리, 슬링 등 장비를 하네스에 걸고, 신발은 암벽화로 바꾸어 신은 다음, 헬멧을 쓰니 전투에 나서는 군인같이 완전무장이 되었다. 신고 온 등산화를 비닐봉지로 싸서 배낭에 넣고 등산모자와 스틱도 접어 넣었다. 배낭 무게가 확 줄어 날아갈 듯이 배낭이 가벼워졌다. 암벽장비는 똑같은 무게인데도 배낭에 지고 있을 때와 몸에 착용하고 있을 때가 완전히 다르다. 몸에 착용하면 무게를 느끼지 못하고 무거운 줄을 모른다.

서지태 강사가 로프의 한 끝을 몸에 걸고 로프를 깔면서 가파른 잡목 길을 오른다. 여형재 강사는 학생들에게 오르는 순번을 정해 주고 제일 뒤에서 후미를 봐주었다. 학생들이 자기 확보줄을 로프에 걸고 한 사람씩 출발한다.

허천수는 제일 끝 8번이다. 여형재 강사가 직접 보면서 지도해 주기 위해서 바로 자기 앞에 세우고 학생 중에서 실력이 나은 채식주를 7번으로 세워 앞뒤로 든든하게 보호해 준 것이다. 30m쯤 오르니 바위가 앞을 막고 있다. 이제부터는 바위에 붙어서 본격 등반을 해야 한다. 7번 채식주가 1핏치 끝에 올라가서 후등자 빌레이를 봐주니 안심하고 오르기만 하면 된다. 허천수는 중간 8자매듭을 만들어 배꼽카라비너에 걸고 "출발?" 하였다.

20m 위에서 "대기!"하는 소리가 들린다. 사람은 보이지 않는다. 채식주가 아직 빌레이 준비를 하지 않은 모양이다. 2~3분 후에 "출발!" 신호가 떨어졌다.

허천수가 오른다. 두 손을 펴서 바위를 잡고 한발을 올려 일어서려고 하니 바로 미끄러진다. 다른 발로 바꾸어해도 안 된다. 두 번 세 번, 계속 미끄러진다.

'야! 이거 처음부터 큰일이네!'

허천수는 겁이 덜컥 났다.

"왼쪽 발 조금 위에 까만 돌기가 하나 있지요? 그걸 딛고 오른발은 그 오른쪽 위 약간 파인 곳을 딛으세요. 그러면 다음 왼발은 위쪽으로 딛기가 좋은 곳이 있어요. 재빨리 해야 합니다. 천천히 하면 미끄러집니다. 처음 시작을 잘하면 다음부터는 그리 어렵지 않습니다."

여형재 강사가 알려 주는 대로 해 보았다. 과연 그대로 하니… 된다! 그 넓은 바위 위에 첫발 디딜 포인트는 딱 한 곳, 아주 작은 돌기였다. 그곳이 아니면 다른 곳은 아무리 많아도 소용없다. 그것도 왼발이 아니면 안 된다. 오른발을 먼저 디디면 다음 왼발 디딜 곳이 없다.

'암벽 등반은 이런 것이구나! 이런 방법을 찾는 것이 기술이구나!' 허천수는 속으로 계산하였다. 그러면서 골프공을 생각했다.

그 넓은 하늘에 작은 공이 날아간다. 좌우 방향과 높이가 정해져 있다. 날아가는 길이 있다. 명주실같이 가늘다. 1㎜를 벗어나도 멀리 가면 수십 m가 벌어진다. 날아가는 속도는 빨라도 안 되고 느려도 안 된다. 이 모두가 정확했을 때 멀리 있는 작은 홀컵에 홀인원(hole in one)으로 들어가는 것이다. 골퍼(golfer)의 기술이다.

비행기가 날아간다. 멀리서 보면 골프공과 같다. 수천 ㎞를 정확하게 날아서 목적지 활주로에 안착한다. 모든 것이 정해진 대로 제대로 되었을 때 홀인원을 하는 것이다. 조종사의 기술이다.

"휴~"

허천수는 어렵게 1피치를 오르고 크게 안도의 숨을 내쉬었다.

"수고하셨습니다!"

채식주가 위로한다.

허천수는 바로 자기확보줄을 꺼내어 확보점에 걸고 "완료!"하였다. 1피치가 완료된 것이다.

"빌레이 해제!"

채식주는 빌레이를 해제하고 자기확보줄에 사려 놓았던 로프를 허천수의 자기확보줄로 옮겨 주었다.

허천수는 한숨 돌리고 쉬면서 천천히 후등자 빌레이 준비를 하였다. 그 사이 6번은 2피치를 향하여 출발하고 7번 채식주가 6번의 로프를 꼬이지 않게 풀어주는 한편, 허천수의 후등자 빌레이 준비에 잘못이 없는지를 봐주었다.

마지막으로 여형재 강사가 1피치를 가볍게 올라와서 자기확보를 하고 "완료!"하였다.

1조 전원이 1피치 등반을 완료한 것이다.

이어서 2피치와 3피치를 통과하고 3피치 완료점에 도착하였다. 렛지(Ledge, 작은 테라스)가 있고 쌍 볼트가 설치되어 있다. 계속 등반이 어려우면 여기서 하강해서 탈출할 수도 있다.

"힘들면 그만하고 내려가요!"

마당세가 불쑥 튀어나왔다. 마당세는 5번으로 먼저 올라가서 대기하고 있던 중이었다. 그가 건설현장에서 막일하는 노가다인 줄은 알지만, 암벽등반 실력도 별것 아니라고 생각하고 있는데 마치 암벽고수가 후배 초보자에게 대하는 태도로 한방 지른다. 등산학교에서 이제 겨우 얼굴을 알아볼 정도로, 서로 함부로 대할 사이가 아님에도 불구하고 나이 든 어른에게 무례하기 짝이 없는 말투로 명령한다. 허천수는 '이 자식도 돌았나? 아까 돼지코처럼…' 한마디 해 주고 싶었지만 여기가 로프에 몸을 의지하고 있는 암벽이 아닌가? 성질을 내어 싸울 곳이 아니다. 허천수는 못 들은 체하고 꾹 참았다. 무엇보다도 안전등반이 우선이기 때문이다.

이후 4피치부터는 약간 쉬워졌다. 언더 크랙이 있고 경사가 완만한 곳이 많았다. 오르고 확보하고 후등자 빌레이 보기를 반복하면서 정상까지 멀티 피치 시스템 등반을 계속하였다.

오후 4시경. 노적봉 정상에 도착하였다. 6피치 완료점이다.

속칭 '나폴레옹 모자바위'라는 바위가 노적봉 대머리 위에 의젓하게 놓여 있다. 옆에서 보면 긴 3각형으로 보이는 바위는 흡사 나폴레옹의 모자 같다. 노적봉 서봉이다. 동쪽 맞은편에는 노적봉 동봉이 이쪽을 보고 있다. 동봉은 대머리가 아니고 몇 개의 바위를 이고 있는 잡목 숲으로 된 봉우리이다. 암벽루트가 아니고 장비 없이도 오를 수 있지만 일반 등산객이 접근하기는 어렵고 위험하므로 평소에 출입이 금지되어 있다.

허천수는 동봉에는 두어 번 올랐어도 서봉은 처음이다. 동봉에서 서봉을 보면서 언젠가는 꼭 한번 올라가 봐야겠다고 생각하던 곳이다. 오늘에야 오르게 되니 가슴이 벅차고 아름다운 흥분이 온몸을 달구고 있다. 다른 학생들도 모두 마찬가지다. 사방을 둘러보고 경치를 감상하고 사진을 찍느라고 바쁘다.

"자! 여러분 수고들 하셨습니다. 모두 이쪽으로 모이세요. 단체 사진을 찍겠습니다. 저~기… 허천수님은 이쪽 앞에 앉으세요!"

서지태 강사가 사진 현장을 지휘한다. 가장 나이 많은 허천수와 여형재 강사를 앞줄 가운데 앉게 하고 나머지 학생들은 두 줄로 간격을 맞추어 앉고 서게 하였다. 서지태 강사는 카메라를 자동으로 장치해 놓고 재빨리 뒷줄 빈자리에 가서 섰다.

"모두들, 한 손을 들고 '파이팅!' 합니다!"

"화이팅!"

"찰칵!"

타이머가 깜박이고 학생들이 싱글벙글 웃으며 흩어졌다.

2개의 큰 바위 사이로 멀리 백운대가 보인다.

채식주가 올라가서 다리를 벌리고 서서 두 손으로 V자를 그리면서 사진을 찍어 달라고 한다. 백운대가 가랑이 밑에 있는 모습이라 이곳이 아니면 찍을 수 없는 장면이다.

어렵게 올라 온 서봉 정상에서 즐길 수 있는 시간은 길지 않았다. 멀리 의상봉능선 쪽으로 해가 기울고 있었기 때문이다.

학생들은 서둘러 장비를 해제하여 배낭에 넣고 하산 준비를 하였다. 나폴레옹 모자바위 반대쪽으로 3~4m 하강 줄을 잡고 내려서서 몇 발자국 가면 동봉으로 가는 일반 등산로와 만난다.

허천수는 무릎이 약간 아프지만 서봉과 동봉 사이 길게 벋은 너덜겅을 달래가며 가파른 계곡 길을 내려갔다. 숲길을 만나고 만경대 아래 산허리를 돌아 용암문을 지났다.

햇빛을 받은 나뭇잎이 반짝이고 바위틈에서 노랑제비꽃들이 방긋 웃으며 인사한다.

"조심해서 내려가세요!"

7. 인수봉

K등산학교의 마지막 수업일. 6주 차 토요일이다. 비가 온다.

입교식을 한 것이 엊그제 같은데 금방 한 달이 지나고 5월이 되었다. 오늘은 강의가 없다. 강의 대신 학교생활을 마무리하는 필기시험을 치르고 동문 선배 수료생들이 나와서 각 산악회별로 활동 상황을 소개해 주는 시간을 갖는다. 학생들이 등산학교를 졸업하고 각자 뿔뿔이 흩어지는 것이 아니라 바로 동문 산악회로 진입하여 본격 등반을 하도록 길을 안내해 주는 것이다. 짧은 시간이지만 학교와 동문회를 연결하는 가교인 셈이다. 저녁 식사 후에는 인수봉 야영장으로 이동하여 비박을 하도록 되어 있다.

필기시험은 단답형으로 50문제가 출제되었다. 1문제당 1분씩 50분, 100점이 만점이다. 등산의 역사, 보행법 등에서 시작하여 암벽등반의 일반적인 기술, 산악사고와 응급처치법에 이르기까지 일반등산과 암벽등반 전체를 광범위하게 다루고 있다.

학생들은 30분이 지나자 한두 사람씩 일어서서 답안지를 제출하고 나가기 시작한다. '이까짓 시험은 중요하지 않아! 이거 잘해서 뭘 해? 대강 해치우고 말지…' 젊은 학생들은 이런 심정이었을까? 아니면 정말 뛰어난 실력으로 문제가 너무 쉬웠던 것일까? 허천수는 놀랐다.

'와! 벌써 다 풀었어? 그 짧은 시간에 다 풀고 나가다니… 젊은 사람들은 역시 머리가 빨라 …' 허천수는 종료시간까지 시간을 꽉 채우고 50문제를 겨우 풀었다. 1문제씩 차분히 확실하게 답을 찾아 나갔다.

10분 휴식 시간이 지나고 다시 강의실에 모였다.

이병천 교장이 시험성적을 발표하고 강평을 한다.

"시험결과를 발표하겠습니다. 이번 졸업시험은 비교적으로 다른 기(期)에 비해서 평균점수가 약간 높은 편입니다. 64명 전체 학생의 평균점수는 76점입니다. 그러나 점수가 높은 것 못지않게 아주 특이한 점이 있습니다. 다른 기에서는 일반적으로 젊은 학생이 1등을 하는데 이번 기에서는 제일 고령인 학생이 1등을 하셨습니다. 1등은 허천수 98점, 2등은 배순식 94점, 연장자순으로 1·2등을 하였습니다. 우리 K등산학교 역사상 처음 있는 일이며, 앞으로도 이런 일은 거의 없을 것입니다. 우리 모두 본받아야 할 일입니다. 축하드립니다!

시험은 모든 시험이 그러하듯이 성실히 최선을 다해야 합니다. 쉽다고 그냥 빨리 해치우면 그 결과는 뻔합니다. 어느 시험이나 중요하지 않은 시험은 없습니다. 앞으로 여러분이 마주하게 되는 암벽등반도 하나하나가 시험입니다. 최선을 다하지 않으면 실패합니다. 이 점 깊이 명심하시기 바랍니다."

말이 끝나기 무섭게 옆자리에 앉은 배순식이 벌떡 일어나 악수를 청한다.

"형님! 축하드립니다!"

"학생장님도… 2등 축하합니다!"

허천수도 축하해 주었다.

"축하합니다!"

"축하합니다!"

"우리 형님 최고다!"

박수가 쏟아지고 축하 분위기가 절정을 이루었다.

잠시 흥분과 축하로 출렁이던 강의실이 금방 조용해지고 이어서 동문 산악회를 소개하는 시간이 되었다.

먼저 W산악회장 박대평이 단상에 올라섰다. 입교식 때 동문회장이라고 하면서 참석했던 그 사람이 W산악회 회장이었던 것이다.

"여러분, 안녕하십니까? 반갑습니다. 먼저 어려운 K등산학교 정규반 수련을 마치고 이제 본격적인 암벽등반을 시작하게 되는 여러분에게 축하의 박수를 보내며… 우리 W산악회를 소개하겠습니다.

아시다시피 우리 K등산학교 동문들은 기별로 크고 작은 산악회를 조직하여 바위를 즐기고 있지만, 그 중에서도 W산악회가 제일 회원이 많고 활발합니다. 우리 산악회는 기수에 관계 없이 여러 기의 동문들이 참여하여 선후배 간 유대가 긴밀하고 기량이 제일 높습니다. 세계적 클라이머인 Y님도 우리 산악회 출신이며 지금도 틈나는 대로 같이 등반을 하고 있습니다. 여러분이 우리 회에 가입하시면 많은 도움이 될 것입니다. 에~, 그러면… 우리 산악회 활동을 동영상으로 보여 드리겠습니다. L형! 동영상 …"

이어서 동영상이 스크린에 떴다. 국내외 암벽과 빙벽을 등반한 생생한 기록이 화면 가득하다. 최근 몇 년 동안은 컬러 동영상이지만 그 전에는 보통 컬러사진이다. 더욱 오래된 기록은 흑백사진으로 형체가 희미한 것도 있다. 역시 전통 있는 산악회의 등반 활동을 볼 수 있어 학생들은 좋아하면서 은근히 놀랐다.

이번에는 U산악회, V산악회 등이 소개되었다. 모두 한두 가지 특색을 자랑하는 산악회들이다. 오랜 세월을 지나는 동안 K등산학교의 졸업생들이 소모임으로 조직한 산악회들이 수없이 많았지만 새로 생겼다가 없어지기를 반복하면서 지금은 대여섯 개의 산악회가 왕성하게 활동하는 중이다.

학생들은 느긋하게 저녁 식사를 마치고 숙소로 돌아와서 인수봉 아래 야영장소로 출발하기 위해서 짐을 꾸리기 시작했다. 이제 비도 그치고 내일은 날씨가 좋아 인수봉 등반이 제대로 되겠다.

"형님, 반갑습니다. 졸업을 축하드리고… 형님이 저희 산악회에 가입하시기를 바랍니다. 저희는 우리 등산학교 동문회에서 가장 연장자이신 형님을 모시고 함께 바위를 즐기고 싶습니다."

50대 초반 건장한 체격의 W산악회장 박대평이 1조 숙소로 와서 허천수를 보고 자기 산악회 가입을 권유한다.

"아, 박 회장님! 반가워요. 아까 동영상 잘 봤습니다. 모두들 대단하던데요! … 나 같은 사람이 따라갈 수 있겠어요? 너무 어려운 곳을? 생각이야 굴뚝같지만 맘대로 안 될 것 같아요. 괜히 옆 사람들 폐만 끼치고… 좀 쉬었다가 천천히 생각해 보고 가입하지요…"

"예. 알겠습니다. 처음에는 망설여질 것입니다. 그렇지만 무조건 암장에 와서 구경만 하고 있어도 차차 익숙해지고 쉬운 곳부터 조금씩 연습을 할 수 있으니 안심하고 오세요! 다른 사람들도 다 마찬가지입니다. 등산학교 나왔다고 금방 잘할 수는 없으니까요… 여하튼 나중에라도 꼭 저희 산악회로 오시기 바랍니다."

박대평은 체격이 우람하고 거칠어 보이지만 속으로는 매우 겸손하고 친절한 사람이었다. 허천수는 이왕 바위타기를 할 바에는 W산악회에 가입하는 것이 좋겠다고 생각하며 짐 꾸리기를 마쳤다.

학생들이 거의 모두 짐을 꾸려 출발을 기다리고 있는데 인솔하는 담임 강사들이 나타나지 않는다.

무료한 시간이 한참 지난 후에야 여형재 강사가 나타났다.

"오늘 인수봉 야영은 취소되었습니다."

어? 이게 무슨 날벼락이야! 학생들은 눈이 휘둥그레졌다.

"왜요?"

일제히 입을 모았다.

"지금 공단 측에서 전화가 왔는데 오늘 밤 북한산 야영은 전부 금지되었답니다. 낮에 비가 와서 계곡에 물이 많이 불었고 낙석 위험이 있다는 것입니다. 다른 암벽팀이 야영 신청을 했는데 비를 핑계로 야영 허락을 해 주지 않으니 그들의 항의가 들어 왔다고 해요. 'K등산학교는 야영을 해도 되고 우리는 안 되는 이유가 뭐냐?'라고. 공단 측에서는 별수 없이 전체 안전을 위해서 등산학교 야영도 금지해버린 것입니다. 사정이 그러니 양해해 달라고 하는데 어쩌겠어요. 공단과 싸울 수도 없고… 결국 우리가 참는 수밖에 없게 되었어요."

"에~이, 참!"

학생들은 실망하여 모두 한마디씩 하면서 꾸렸던 짐을 풀기 시작했다.

물론 산에서는 안전이 제일이다. 그러나 그 정도의 적은 비 때문에 입산금지라니 … 공단 관계자들의 과잉 대응이 아닌가? 허천수를 빼고는 모두들 무거운 짐을 지고 3㎞의 가파른 산길을 야간등산하고 산속에서 하룻밤 자는 것을 즐거워하는 분위기였는데, 허천수는 아쉽지만 한편으로는 오히려 잘 됐다고 생각하며 혼자 중얼거렸다.

"아, 잘 됐다. 하룻밤 쌩고생 하지않아도 되겠군!"

허천수는 비박장비가 허술하고 5월이지만 새벽에는 춥기 때문에 밖에서 자는 것이 쉽지 않을 것 같아 속으로 은근히 걱정하고 있던 참이었다. 그뿐만 아니라 평소보다 훨씬 무거운 배낭을 지고 산길을 오르는 것도 큰 걱정거리였다.

"잘되기는 뭐가 잘돼?"

허천수의 말이 떨어지기가 무섭게 저쪽에서 얼핏 들은 마당세가 받아치고 나왔다. 멀리서 귀도 밝다.

"모두가 안 좋아하는데, 저만 좋아하네!"

당돌한 마당세가 더 큰 소리로 계속 훅을 날리고 있다.

허천수가 돌아보며 눈살을 찌푸린다.

나이로 봐도 스무 살 이상 아래인 놈이 버릇없기는 물론이고 말을 탕탕 놓아서 하며 아주 시비조로 덤빈다. 한두 마디 더 오고 가면 주먹다짐이 벌어지겠다.

'세상에 별놈 다 있군. 저 녀석 혹시 깡패인가? 교육기간 내내 못된 짓을 하더니 졸업 때까지… 구제 불능이구먼… 참아야지. 젊었을 때 같으면 쫓아가서 귓방망이를 한 대 갈겨 주었을 것이지만 이 나이에 그런 일로 흥분할 것이 아니야. 본 것도 못 본 척, 들은 것도 못 들은 척해야 할 나이가 아닌가? 젊은 녀석은 손해 볼 것이 없어! 밑져봤자 본전이지. 나이 들어 작은 일에 흥분하면 나만 손해야! 건강을 해친단 말야. 참자!'

허천수는 속으로 생각하면서 꾹 참았다. 꽤나 망설이던 끝에 어렵게 입교한 등산학교가 아닌가? 웬만한 일에는 바로 뛰어들지 않고 한참 생각하는 습관이 몸에 배어 마당세의 말은 일부러 못 들은 체하였다.

"오늘은 야영을 못하고 여기서 저녁 시간을 보내게 되었으니 각자 충분한 휴식을 취하고 일찍 취침하세요. 그 대신 내일은 5시에 기상하여 6시에 아침 식사를 하고 바로 출발하여 8시부터 등반을 합니다."

여형재 강사가 스케줄을 발표하였다.

다음날 일요일 새벽.

밖은 아직 깜깜한데 각 방마다 벌써 불이 켜져 있다. 누구는 화장실에 가고 누구는 잠자리를 정리하고… 세수하고 선탠 화장품을 바르고 소리 없이 움직인다.

이내 날이 밝아 밖에 나오니 아름답고 부드러운 연두색 자태를 자랑하던 산은 이제 어른이 되어 짙은 녹색으로 옷을 갈아입고 뻗쳐오르는 힘을 보란 듯이 굵은 선을 긋고 있다. 하루가 다르게 숲이 우거진 것이다.

학생들이 힘차게 산을 오른다.

새 소리가 들리는가 하면 다람쥐가 바위틈에서 신기한 듯이 이쪽을 보다가 눈 깜짝하는 사이에 사라지고 없다.

허천수는 오래전에 발표한 자작시를 속으로 낭송하면서 힘든 산길을 오른다.

『   다람쥐의 시간

등산길 쉼터에서 마주친 다람쥐가

한순간 눈 맞추고

홱 돌아서 사라진다.

네 짧은

일생으로는

그 시간도 길겠지.　　　』

하룻재에서 숨을 돌리고 물 한잔을 마시니 인수봉이 아침햇살을 받고 웃으며 K등산학교 학생들을 맞이한다.

『　　　　　산정(山精)

나뭇잎 찰랑대고

새소리 낭랑하다.

꽃들이 힘을 합쳐

돌, 물소리 돌돌 말아

산 아래

강을 만들고

비단 벌을 펼친다.　　　　　　』

조별로 담임 강사들의 인솔하에 각각 다른 바윗길을 잡아 인수봉을 오르는데 1조는 '고독의 길'로 오른다. 이 길은 인수봉 동쪽 바위 지역과 북쪽 숲 지역을 갈라놓는 경계를 이루고 있다. 따라서 바위 구간과 숲길 구간이 번갈아 반복되면서 정상까지 간다. 어프로치(approach 암장까지 가는 일반 산길)도 길다. 숲길을 지나 인수봉 뿌리에 도착하니 왼쪽 높은 곳 바위 중턱에 등반하다가 쉬는 오아시스 쉼터가 보인다. 산허리를 돌아 키 낮은 숲을 지나 조금 더 가서 '고독의 길' 출발점에 자리를 잡고 배낭을 풀었다.

　허천수는 하네스를 착용하고 자기확보줄, 하강기, 하강장갑, 빌레이 장비, 등강기, 퀵드로, 슬링, 초크 백 등을 걸었다. 암벽화를 신고 헬멧도 썼다. 재밍장갑을 끼고 고글(색안경)까지 쓰니 딴사람이 되었다. 등산화와 등산 모자를 배낭에 넣어 지고 허리띠를 졸라매었다. 그러고 보니 허리띠 3개가 겹쳐있다. 제일 아래에 등산바지 허리띠가 있고 그 위에 하네스, 그 위에 배낭허리띠가 있다. 가슴띠도 매었다. 완전무장이다.

　지난주 노적봉 등반 때와 같이 서지태 강사가 선등을 하면서 줄을 깔고, 여형재 강사가 후미를 맡았다.

　학생들의 준비가 다 된 것을 보고 서지태 강사가 바위 앞에 서서 "출발?" 한다.

　세컨(2번) 지명도가 "출발!" 하였다.

　지명도(池明道)는 1조의 막내 8번으로 30대 청년이다. 동대문시장에 있는 등산 장비점에서 일하는데 자기 사장이 암벽 등산가라고 자랑한다. 지명도는 일을 하다 보니 모르는 것이 많고 암벽등반을 직접 체험해 보고 싶어서 늦었지만 등산학교에 오게 되었다고 한다. 나이도 제일 어리고 암벽 관련 직업인이라 등반 실력이 금방 늘어 서지태 강사가 눈여겨보았다가 세컨으로 발탁한 것이다. 허천수는 지난주 노적봉 때는 생각할 여유가 없어서 누가 세컨인 줄 모르고 알 생각도 하지 않았는데, 이제 보니 그날도 지명도가 세컨이었던 것이다.

　8자매듭으로 연결된 줄들이 슬슬 풀려나간다. 3번, 4번 … 7번 채식주, 8번 허천수 차례가 되었다.

　노적봉에서와 같이 첫발 올리는 바위가 까다롭다. 3m쯤 되는 높이인데 거의 수직이다. 허천수는 왼발 오른발, 왼손 오른손 번갈아 가면서 잡아 보지만 쉽지 않다.

"왼발을 수직 크랙에 넣고 오른발을 약간 돌출된 바위 면에 올리세요. 그다음 두 손으로 갈라진 바위를 잡고 오른발로 힘껏 일어서세요! 미끄러지더라도 확보가 되어 있으니 걱정 말고 용감하게 일어서면 됩니다."

여형재 강사가 지도해 주었다.

두 번째 어려움이 기다리고 있다. 6~7m쯤 되는 구간인데 왼쪽은 넓은 침니로 되어 있고 오른쪽은 슬랩이다. 채식주는 슬랩 쪽을 택해서 올라갔다. 허천수는 침니 쪽이 쉬울 것 같아 침니로 들어섰다. 침니라고 해도 아래쪽은 아주 넓고 위쪽도 두 팔을 벌릴 수 있는 정도로 넓어 걸리(Gully: 물이 마른 협곡)라고 해야 할 정도이다. 몸을 움직이는 데는 지장이 없지만 어렵기는 마찬가지다. 발 디딜 데가 마땅치 않다. 왼발 오른발 여기저기 디뎌 보고 온갖 동작을 다 동원한 다음에야 간신히 통과할 수 있었다.

2피치는 수직벽이지만 홀드가 좋아 어렵지 않게 통과하고 숲길을 지나 3피치에 왔다.

3피치는 경사 70°쯤 되는 바위벽인데 C자 모양의 언더 크랙으로 되어 있다. 바닥은 제법 넓은 쉼터이다. 먼저 올라온 5, 6, 7번이 쉬면서 앞사람이 오르는 것을 보고 있다. 허천수는 배낭을 내려놓고 물을 마시면서 초콜릿 한 알씩을 나누어 주었다. 이 구간에서는 단번에 오르지 못하고 미끄러져 추락하는 사람이 3명이나 나왔다. 5번 마당세는 슬립을 2번 먹고 땀을 뻘뻘 흘리며 얼굴이 빨개졌다.

아래 2피치 쪽에서 이병천 교장이 올라왔다. 작은 어택(attack)배낭 하나 메고 확보도 빌레이도 없이 단독 자유등반으로 올라 온 것이다. 난이도가 낮은 이 코스는 그가 수십 번 올라 온 코스로, 그에게는 식은 죽 먹기다. 학생들이 어려워하는 C크랙에 다가서서 한 발을 올려 바위를 문질러 보더니 몸을 좌우로 흔들어 자세를 잡으면서 거침없이 올라간다.

"와! 저런 속도로 올라가면 여기서 정상까지 1시간도 안 걸리겠는데?"

학생들은 입을 다물지 못했다. 이병천 교장이 젊은 시절 국내 최고 수준의 클라이머인 줄은 알지만 그가 등반하는 실력을 직접 보기는 처음이었다.

이번에는 2장의 바위가 책을 펴 놓은 것 같이 세워져 있는 곳에 왔다. 디에드르(Dièdre)이다. 왼쪽 면은 경사가 80도쯤 되는 바위벽이고 오른쪽 면은 60도쯤 되는 슬랩이다. 바위가 겹치는 면에 발이 들어 갈 수 있는 크랙이 있어 다행이다. 왼발은 크랙에 넣고 오른발은 슬랩을 디디면서 조금씩 올라가면 한두 군데 까다로운 곳이 있기는 하지만 전체적으로는 비교적 어렵지 않게 올라 갈 수 있다.

"이 디에드르는 보기보다 쉽습니다. 허 선배님! 거기는 약간 미끄러우니 조심하세요. 오른발을 조금 더 위로 디디세요!"

위에서 빌레이를 봐주는 채식주가 발 디딜 곳을 계속 알려 주어 허천수는 어렵지 않게 디에드르를 통과하였다.

이제 귀바위 밑이다.

귀바위는 먼 곳에서 보면 인수봉의 귀처럼 보인다고 해서 '귀바위'라는 이름이 붙여졌다. 옛날에는 인수봉을 부아악(負兒岳)이라고도 했다는데 마치 인수봉이 애기를 업고 있는 것 같고 이 귀바위가 애기처럼 보였던 것이다.

어젯밤 W산악회 동영상에서 본 바위다. 바로 밑에서 보면 30m쯤 되는 수직 벼랑 위에 삼각형의 큰 지붕이 불쑥 나와 있는 모습이다. 추녀 끝에 고드름이 달린 것처럼 바위 끝에 사람이 대롱대롱 매달려서 한 팔 간격으로 조금씩 이동하고 있었다. 허천수는 '저렇게 어려운 곳에도 사람이 갈 수 있다니 사람의 능력이란 끝이 없구나!' 하면서 감탄하던 바위이다. 그 바위를 이렇게 직접 보게 될 줄은 전혀 몰랐다. 가까이 가니 더욱 웅장하고 위엄 있게 보였다.

학생들은 귀바위 밑 수직 벼랑을 타고 오른다. 마치 콘크리트 블록처럼 생긴 바위기둥들이 많아 발 디딜 곳은 좋았는데 발을 헛디뎌 미끄러지면 추락이다. 위에서 빌레이를 봐주지 않으면 수 십m 낭떠러지로 떨어지게 된다.

로프가 귀바위 옆 굴을 통과한다. 굴 위에서 채식주가 빌레이를 봐주고 있어 안심이다. 허천수가 어렵사리 굴을 통과한 다음 위에서 내려다보니 마치 깊은 우물 안을 보는 것 같은데, 바닥은 하얀 바위로 되어 있어 햇빛을 받아 환하다. 안으로 두레박줄이 내려져 있고 줄을 몸에 걸고 성냥개비 같은 사람이 올라오고 있다. 여형재 강사다. 여형재 강사는 이병천 교장같이 이런 곳에서는 줄 없이 자유등반을 할 수도 있지만 교육 중이니 철저하게 교과서대로 하는 것이다.

귀바위를 지나 '영자크랙' 밑에 여럿이 옹기종기 모여 있다.

두 바위 틈새에 커다란 침니가 입을 벌리고 있고 침니를 오르면 렛지(작은 테라스)가 있다. 그 위 오른쪽이 영자크랙이다. 침니에서는 일단 까다로운 오른쪽 바위 옆면을 4~5m쯤 올라가야 한다. 첫발을 딛고 두 번째 발 디디는 곳이 미끄러워 몇 번을 시도한 끝에 간신히 올랐다. 끝부분은 왼발을 뻗어 반대쪽 바위의 돌출부를 딛고 올라서면 된다. 렛지에는 두어 명이 쉴 수 있는 공간이 있다. 먼저 온 서양사람 한 사람이 엷은 미소를 지으며 이쪽을 보고 있다. 코가 크고 눈이 움푹 들어가고 피부가 하얀 백인이다. 나이는 20대 초반으로 보인다.

"아니, 웬 외국 사람이 여기 혼자 와 있어? 헬로!"

허천수가 불러보았다.

"안녕하세요?"

"어~? 한국말을 하네? 누구세요? 어느 나라 사람이요?"

허천수는 호기심이 발동하였다.

"예, 저는 미국 사람인데 공군 조종사로 한국에 와 있어요."

한국말이 유창하다.

"바위를 잘 타는 모양인데 일행도 없이 혼자서 여기까지 왔어요?"

"예, 대학 다닐 때 산악회 팀 리더로 제법 이름을 날렸어요. 요세미티 조디악 루터를 등반한 적도 있지요."

'와~! 대단하다. 보통사람이 아니네! 요세미티라면 한국에서 최고라고 뽐내는 클라이머들이 겨우 등반하는 곳인데… 그러니 이런 데를 장비 없이 혼자서 올라왔지…'

허천수와 채식주는 놀랐다.

"에? 요세미티라고 했어요? 요세미티라면 아무나 가는 데가 아닌데? 여기 인수봉은 누워서 떡 먹겠네… 아무튼 반가워요!"

채식주가 큰 관심을 보였다.

"고맙습니다."

과자를 나누어 먹으며 대화를 나누다 보니 세 사람은 나이 차이가 심했지만 전부터 알고 지낸 친구 같았다. 잠시 긴장을 풀고 기분 좋은 시간을 즐겼다.

미 공군 대위는 올가을에 귀국하는 모양이다.

"한국에 있는 동안 근무 잘하세요! 그리고… 귀국하면 더욱 열심히 바위를 타고 세계적인 클라이머가 되어 크게 이름을 날리세요. 멀리서 박수를 치고 축하해 드릴게요."

"고맙습니다. 어르신도 건강하세요!"

"안녕!"

"안녕, 굿바이!"

허천수는 이 시간이 오랫동안 추억에 남을 것 같았다.

"어이, 빨리 와!"

결국 그 못된 마당세가 위에서 재촉하는 말이 바람을 타고 내려왔다.

채식주가 먼저 영자크랙을 올라가서 빌레이를 봐주고 허천수가 크랙에 발을 올렸다. 손발이 들어가지 않는 가느다란 벙어리 크랙이 있고 거의 수직으로 된 바위이다. 그 중간에 둥글고 작은 홈이 몇 개 있어 발 디딜 곳이라고는 거기뿐인데 그마저도 미끄러워 딛고 올라서는 것이 쉽지 않았다. 간신히 두어 발 딛고 서지태 강사가 남겨 놓은 퀵드로를 잡았다. 도저히 자기 힘으로 올라 올 수 없는 학생만 잡고 올라오라고 설치해 놓은 퀵드로이다. 그다음에는 급한 슬랩이 이어지는데 왼쪽 바위틈으로 손을 넣어 레이 백(Lay Back)으로 오르면 된다.

허천수가 영자크랙을 다 올라가서 뒤를 보니 수직으로 된 크랙은 보이지 않고 건너편에 귀바위 지붕이 눈 아래로 둥글게 보인다.

"선배님은 그냥 올라가세요! 제가 여형재 강사님 빌레이를 봐 드릴게요."

허천수가 크게 한숨 돌리고 빌레이 준비를 하려는데 채식주가 대신 빌레이를 봐주겠다고 한다. 채식주의 호의가 고마웠다. 여기가 마지막 빌레이를 보는 곳이기 때문에 여기서부터는 확보를 하지 않고 정상까지 갈 수 있다. 채식주는 허천수가 마지막까지 빌레이를 보도록 하는 대신 자기가 그대로 빌레이를 계속하는 것이 좋겠다고 생각한 모양이다. 허천수도 혼자서 올라가지 않고 바닥에 앉아 쉬면서 여형재 강사가 올라오기를 기다렸다. 세 사람이 같이 정상에 도착하고 싶었던 것이다.

숲길을 조금 올라가면 작은 슬랩이 나온다.

참기름바위라고 하는데 이름만큼 미끄럽지는 않다. 거리가 짧고 경사가 세지 않아 어느 정도 바위에 익숙한 사람은 확보 없이 그냥 오를 수도 있다. 서지태 강사가 고정 로프를 설치해 놓고 학생들이 어려우면 등강기로 오르라고 한 구간이다.

참기름바위를 지나 숲길을 조금 더 가니 인수봉 정상바위가 보인다.

시간은 오후 1시. 아침 8시에 시작하여 여기까지 5시간 걸렸다.

"어서 오세요! 힘드셨지요?"

선등을 한 서지태 강사와 세컨 지명도가 인사를 한다.

"인수봉 첫 등정을 축하합니다!"

단독으로 먼저 올라온 이병천 교장이 특히 반가워한다. 64명 학생 중 가장 연장자인 허천수가 무사히 등정한 것이 교장으로서는 반갑고 등산학교 역사에 남을 일이어서 더욱 반가웠던 것이다.

"고맙습니다. 교장 선생님은 우리보다 1시간이나 빨리 오셨지요? 대단하십니다."

교장선생은 일찍 와서 다른 길로 올라온 학생들과 같이 있다가 모두 먼저 내려보내고 마지막 올라온 1조를 기다리고 있었던 것이다.

"허천수 님, 인수봉을 처음 오르신 소감이 어떻습니까? 누구든지 처음 오면 감격해서 말도 잘 안 하고 경건한 마음으로 경치만 보는데 허천수님도 그렇습니까?"

"아, 그렇다마다요. 저는 남보다 특히 더 감격스럽습니다. 이 나이에 인수봉을 오르다니… 그동안 얼마나 오고 싶었던지… 말로는 설명할 수 없을 정도로…"

그렇다. 감격에 휩싸여 말을 더 잇지 못하고 지난날을 회상한다.

허천수는 백운대를 바라보면서 깊은 생각에 잠겼다. 저 백운대에서 여기까지 직선거리로는 불과 260m. 그사이에 깊은 골짜기가 있고 그 골짜기를 건너는데 10년 넘는 세월이 걸렸으니… 10년 아니라 100년이 걸려도 건널 수만 있으면 좋겠다고 생각하던 곳인데….

허천수는 숙연해졌다.

10여 년 전 환갑을 지나고 저 건너편 백운대에 올랐을 때 이쪽을 보면서 얼마나 나이를 탓하고 헛되이 지나간 세월을 원망했던가? 죽기 전에 이곳 인수봉을 단 한 번이라도 오르고 죽으면 원이 없겠다고 하던 곳이 아닌가?

"열 살만 젊었어도 저길 올라가 보는 건데…"

"열 살만 젊었어도…"

"열 살만…"

그때 중얼거리던 말이 생생하게 되살아났다. 그렇게도 바라던 날이 오늘이고 그곳이 바로 여기가 아닌가?

다시 한번 백운대를 응시하면서 이쪽에서는 처음 보는 백운대를 머리에 깊이 새겨 두고 싶었다. 오늘의 이 감격 또한 영원히 간직하고 싶었다.

"허천수 님, 나랑 기념사진 한 장 남깁시다. 이쪽을 보고 서세요!"

문득 뒤에서 교장선생의 목소리가 들린다. 허천수는 정신이 번쩍 들어 뒤를 보고 돌아섰다. 이병천 교장은 백운대를 배경으로 하여 앵글을 잡은 다음 카메라를 채식주에게 넘겨주고 허천수 옆에 가서 나란히 섰다. 카메라를 보면서 한 손을 들어 V자를 그리는 두 사람은 키가 비슷했다. 나이는 교장선생이 2살 위이다. 허천수는 헬멧을 쓰고 등강기, 하강기, 빌레이 장비, 퀵드로, 웨빙 등을 허리에 주렁주렁 달고 있는데 교장선생은 보통 등산 모자에 암벽화를 신고 허리에는 하강기 하나만 달랑 차고 있다. 홀로 자유등반을 했기 때문에 다른 장비는 필요 없고 하강 장비만 필요했던 것이다.

인수봉 위에는 정상바위가 따로 있다.

노적봉이 '나폴레옹 모자바위'를 머리에 얹어 놓고 있듯이 인수봉도 머리에 상투를 틀고 있다. 노적봉의 나폴레옹 모자바위는 그냥 얹혀 있는데, 인수봉의 상투는 고인돌 같이 받히는 돌이 있고 그 밑에서 장정 네댓 명이 비를 피할 수 있는 공간도 있다. 암벽꾼들 사이에서는 '고인돌'로 통한다. 이 고인돌 꼭대기에 사람이 올라갈 수도 있다.

허천수는 암벽화를 벗고 일반 등산화로 갈아 신어 발을 편하게 한 다음 정상바위를 한 바퀴 돌면서 사진을 찍고 경치를 감상하였다.

백운대 좌측으로 만경대가 울퉁불퉁 솟아 있고 그 왼쪽으로 서울 시가지가 허옇게 드러누워 있다. 파란 하늘에 돛단배처럼 드문드문 흰 구름이 떠 있는가 하면 멀리 지평선 위에는 구름이 양떼처럼 깔려 있다. 장관이다! 백운대에서도 보던 경치이지만 어렵게 올라 온 인수봉에서 보는 경치는 또 다르다.

인수봉 북면에는 사기막골을 배경으로 한 떼의 암벽 팀이 인수릿지를 기어 올라오고 있다. 하얀 바위에 콩을 박아 놓은 것 같다.

멀리 지평선에는 임진강과 개성 송악산이 있다. 송악산 아래에는 우리와 다른 세계에서 우리와 다른 생활을 하는 사람들이 어렵게 살고 있을 것이다. 그들도 송악산에 올라가서 이쪽을 바라보면서 우리 생각을 할 여유가 있을까? 허천수는 잠시 우울한 생각에 잠겨 있다가 이내 떨쳐버리고 그들이 행복하게 살기를 바라면서 돌아섰다.

"자! 여러분 모두 이쪽으로 오세요. 단체사진을 찍겠습니다."

서지태 강사가 학생들을 정상바위 밑에 모이라고 하면서 카메라 앵글을 잡고 있다.

교장선생, 허천수, 여형재 강사 순으로 가운데 자리를 잡고 학생들과 서지태 강사가 둘러섰다.

"찰칵!"

자동 셔터가 터지고 모두들 흩어졌다.

"2시에 하강합니다."

서지태 강사가 하강시간을 정해 준다.

학생들은 가지고 온 도시락을 먹으면서 꿀 같은 휴식시간을 마음껏 즐겼다. 인수봉 정상에서의 귀중한 1시간이 금방 지나갔다.

2시 10분 전. 학생들이 배낭을 정리하고 하강 준비를 하는 동안 저 아래에는 서지태 강사와 지명도가 로프 1동씩을 어깨에 메고 벌써 하강 지점으로 내려가고 있다.

하강 지점.

P톤이 여러 개 박혀 있다. 여기에 60m 로프를 2동 걸고 수직으로 하강하는 것이다. 조금 밑에는 오버행이 있지만 2줄로 하강하기 때문에

안전하다.

서지태 강사가 로프를 설치한 후 먼저 하강하고, 여형재 강사와 교장선생이 남아서 학생들의 하강을 일일이 봐주고 학생들이 다 내려가고 나면 마지막으로 로프를 정리한 후 내려가게 되어 있다.

지명도부터 시작하여 학생들이 하강을 한다. 7번 채식주가 내려가고 8번 허천수 차례가 왔다.

암벽등반 중 가장 위험이 크고 가장 정신을 차려야 하는 하강 순간이다. 지금까지 경험해 보지 못한 60m 하강! 허천수는 큰 숨을 내 쉬어 긴장을 풀고 마음을 차분하게 가라앉혔다.

자기확보줄을 P톤 체인에 걸어 확보를 한 다음 강의실에서 배운 대로 하강 절차를 취한다.

로프를 당겨 밟고 돼지코 하강기에 로프 2줄을 끼운 다음 배꼽카라비너에 걸었다. 가는 슬링으로 하강기 위쪽 로프에 프루지크 매듭을 하여 2중으로 안전장치를 하였다.

하강 준비가 완벽한지 테스트하기 위해서 로프를 자기확보줄보다 짧게 당겨 놓고 로프에 체중을 실어 본다. 왼손(감지손)으로 프루지크 매듭을 감싸 잡고 오른손(제동손)으로 하강기 아래쪽 로프를 단단히 잡아 엉덩이에 붙인 다음 몸을 뒤로 젖혀 로프에 매달렸다. 로프 장착에 이상이 없다. 이제 오른손을 놓았다. 하강기에 물린 로프가 조금 미끄러지더니 바로 제동이 되었다. 프루지크 매듭이 로프를 꽉 잡아 제동을 해 준 것이다.

'됐다! 혹시 하강을 하다가 나도 모르는 사이에 두 손을 놓는 일이 있어도 죽지는 않겠다.' 허천수는 안심이 되었다.

하강장갑을 꺼내어 두 손에 끼고 로프를 당겨 자기확보줄보다 짧게 한

다음, 자기확보줄을 풀어 허리에 찼다. 이제 하강이다.

"하강?"

여형재 강사를 보면서 '이제 하강준비가 다 되었으니 하강해도 되겠어요? 하강 준비에 잘못은 없어요?'하고 묻는 것이다.

"잠깐! 자기확보줄이 처져 있는데 짧게 하여 허리에 단단히 거세요!"

"예. 알겠습니다."

"하강!"

허천수는 몸을 뒤로 젖히고 로프에 매달려서 한발 한발 뒤를 보면서 내려간다. 조금 내려가니 위쪽에 있던 사람이 안 보이고 둥근 바위 턱에 걸린 로프만 보인다. 그것도 잠시… 바로 발 디딜 데가 없이 몸이 공중에 뜬다. 오버행 구간이다. 몸이 대롱대롱 달려서 내려간다. 오른손으로 로프를 쥐었다 놓았다 하면서 속도를 조절하는 한편 왼손으로 프루지크 매듭을 감싸 잡고 자세를 똑바로 유지했다. 왼손을 놓치면 몸이 거꾸로 뒤집힐 수도 있다. 오른손을 놓으면 추락이다. 그러나 추락하더라도 잠시 미끄러진 다음 바로 프루지크 매듭이 잡아 주게 되어 있어 안심이지만 그래도 안 놓치는 것만 못하다.

오버행을 지나자 발이 바위에 닿아 천천히 딛고 내려간다. 마침내 60m 하강이 끝나고 바닥에 내려섰다. 위를 보니 아득한 하늘에 로프가 걸려 있다. 허천수는 한 번 앉았다가 일어선 다음 하강기와 프루지크 매듭을 로프에서 풀었다. 하강으로 늘어난 동적 로프는 원상태로 줄어들지 않으면 하강기를 빼낼 수가 없기 때문에 로프를 늘리기 위해서 앉았다가 일어선 것이다.

"하강 완료!"

로프를 흔들면서 여형재 강사에게 큰 소리로 무사히 하강했다고 알린다.

이어서 교장선생이 내려오고 한참 후에 여형재 강사가 내려 왔다. 여형재 강사는 내려오기 전에 두 하강 로프를 풀어 한 줄을 P톤에 통과시켜 다른 한 줄과 연결한 다음 하강을 했다. 이 작업은 간단하지만 아무도 봐줄 사람이 없기 때문에 조금이라도 실수가 있으면 바로 죽음으로 이어진다. 그래서 초보자는 말자(끝번 등반자)가 될 수 없고 노련한 사람이 맡아서 끝 정리를 하는 것이다. 여형재 강사가 하강한 후에 밑에서 한 줄을 당기니 로프 2동이 후루루룩 내려온다.

마침내 1조 전원이 무사히 하강을 완료했다.

각자 헬멧, 암벽화, 하네스, 기타 각종 장비를 벗어서 배낭에 정리하여 넣고 발걸음도 가볍게 휘파람을 불며 하산하였다. 모두들 일생에 기억할만한 멋진 하루를 장식한 것이다.

허천수는 아직 흥분이 가라앉지 않았다.

'죽기 전에 인수봉 한번 올라가 보는 것이 소원이었는데 오늘 올라갔으니 꿈만 같네… 여든 살에도 올라갈 수 있을까? 그때까지 건강을 유지하고 산에 다닐 수 있다면…'

또 다른 욕심이 슬그머니 고개를 들고 나온다. 인수봉에서 팔순 잔치를?

8. 용아장성

    허천수는 생전에는 오르지 못할 것 같던 인수봉을 오르고 나니 백운대를 처음 올랐을 때가 생각났다.

    '20여 년 전 그때 백운대를 오르는 것은 지금 인수봉 오르는 것만큼이나 어려웠지… 먹고 살기 어려운 시절이라 대다수의 일반인들은 등산을 모르고 지낼 때였으니… 등산 인구도 적고, 등산용품도 변변치 못하고, 특히 초보자들은 비싼 등산화 대신 일반 운동화나 농구화를 신고 산에 다니는 것이 보통이었어… 백운대 길은 등산로도 제대로 정비되어 있지 않은 자연 그대로의 돌부리 급경사 길이었지… 위문(衛門)에서부터는 외줄을 타고 위험하게 올라야 하는 바윗길이라 보통사람들은 올라갈 생각도 못 하고… 그러니 정상까지 가는 사람은 거의 없고 대부분 위문까지 가서 하산하거나 거기까지도 못 가는 사람은 약수암이나 백운산장까지만 갔다가, 왔던 길로 내려가는 것이 보통이었어… 정상 정복을 하는 데는 엄청난 에너지를 소비하고 위험을 각오해야 했지… 그 당시는 나 같이 여러 해 등산을 한 사람도 백운대에 올라갈 엄두를 못 내고 있다가 한참 후에야 첫 등정을 하게 되었으니… 백운대를 처음 오르던 날… 그래, 겨울이었어! 지금도 기억이 생생하네… 산성입구 쪽보다 오르기 쉬운 우이동 쪽에서 시작해서… 백운대는… 아! 정말! … 감격이었어! …'

"어? 이게 뭐야!"

허천수는 백운대에 처음 올랐던 날을 회상하면서 인터넷을 여기저기 뒤지다가 최성철의 댓글을 보았다.

"허형, 참으로 대단하오이다. 인수봉을 올랐다니. 그것도 최고령(?)으로 말야. 나도 꼭 올라보고 싶었는데 이를 실천하지 못하고 마는구려. 인수봉을 바라볼 적마다 허형 생각을 해야 되겠어. 정말 장하오. 허형 Fighting !"

허천수는 회원 가입한 인터넷 사이트 여러 곳에 인수봉 등반 사진과 기록을 올렸는데 그 중 N관광 산악부 홈페이지에 올린 글에 최성철이 댓글을 달아 놓은 것이다.

최성철은 30여 년 전 허천수와 같은 직장에 근무하던 동갑내기 친구이다. 그때는 근무하는 부서가 달라 서로 깊이 알지 못하다가 퇴직 후에 산에서 우연히 만나 그로부터 20여 년간 산행을 같이 해 온 가장 가까운 산(山) 친구가 되었다. 그는 직장에서 정년을 채우지 못하고 중도 퇴직하였는데 무슨 사연이 있었는지 허천수는 자세한 내막은 몰랐다. 최성철이 퇴직 후 서로 연락이 없다가 몇 년 후 허천수도 퇴직을 하였으니 더욱 거리가 멀어져 서로 까마득하게 잊고 있었던 것이다.

인연이란 묘한 것이다.

허천수는 어느 날 북한산에서 생각지도 않은 최성철을 만났다.

"저, 실례지만… 아니, 이게 누구야! 최성철 아냐?"

허천수는 그때 일보산악회 회원들과 북한산 보국문에 올라 점심을 먹으려고 마땅한 자리를 찾던 중이었다. 최성철의 뒷모습을 보고 어디서 본 것 같다는 생각이 들어 '혹시나?' 하고 가까이 가서 보았다. 얼굴도 거의 잊어버릴 뻔한 때였다.

"아니, 허천수… 와! 여기서 만나다니… 반갑다!"

그는 산을 좋아해서 매주 토요일 아니면 일요일에 만사 제쳐 놓고 홀로 등산을 하는데, 주로 북한산을 찾는다고 하였다.

"그동안 뭐 하고 살았어? 서로 연락도 없고… 그때 왜 퇴직했지? 아무런 잘못도 없었는데?"

최성철은 잠시 쉬는 동안 자기가 지나온 사정을 대강 털어놓았다.

"그때 얘기하면 참 어처구니가 없지.… 마누라가 통 큰 짓을 하다가 엄청난 빚을 져서 내가 직장을 포기하고 퇴직금을 받아 갚기로 하였어.… 실은 주식에 손을 대어 한동안 수입을 짭짤하게 보다가 점점 규모가 커져서 제법 큰 돈을 만지게 되었는데… 그러다가 어느 날 갑자기 증권시장이 벼락을 맞아 주식가격이 폭락하는 바람에 큰 빚을 지고 집까지 날리게 되었어.… 우선 내가 살기 위해서 이혼을 해야 할 처지가 되었지만 차마 이혼할 수는 없잖아? 퇴직금을 받아 정리하기로 한 거야. 우리는 한동안 길거리 옷 장사도 하고 화장품 행상도 하고… 혹독한 대가를 치렀어.… 생고생을 하다가 지금은 M유통회사에 취직을 해서 월급도 받고 마누라는 우유대리점을 하며 그런대로 먹고 살아."

그러면서 자기 자랑과 아내 자랑을 빼놓지 않았다.

"나는 국민학교 때부터 공부를 조금 잘해서 중학교 졸업 때는 도지사상도 받고 대학 졸업 때는 많은 여학생들의 관심을 끌었지.… 그때 마누라는 제법 예뻤는데 결혼 후에 알고 보니 외모와는 달리 성격이 남성적이라 보통 사람이 하지 않는 일을 자주 해서 깜짝깜짝 놀라게 했어.… 나는 내성적인 성격이라 늘 조마조마했지만 어쩌겠어? 그러다가 결국 구렁텅이에 빠진 거지.… 그 좋은 직장까지 버리게 되고… 어휴~"

최성철은 50대 초반 한참 일 잘하고 승진할 나이에 퇴직을 하게 된 것을 못내 아쉬워하며 허천수에게 속사정을 털어놓고 위안을 삼는다. 허천수는 이야기를 듣고 보니 그의 입장이 딱하고 이해할 만하여 뒤늦게 동정하며 그를 다시 보게 되었다.

그 후 그들은 시내에서 여러 번 만나고 점점 친해져서 산행도 같이하였다. 옛날 직장친구가 아닌 새로운 산 친구로 다시 태어난 것이다. 그뿐만 아니라 서울을 벗어나 지방 등산으로 발을 넓혀 나갔다.

허천수는 서울 시내 산을 등산할 때에는 주로 일보산악회 회원들과 같이 가지만 지방산을 찾을 때는 반드시 최성철과 같이 갔다. N관광 산악부 회원이 되어 설악산, 지리산 등 국내 명산을 거의 다 가 보았다.

N관광(주)은 국내 관광산업이 초기 단계일 때부터 시작하여 중견회사로 발돋움한 이름 있는 회사이다. 산악부를 개설하여 매주 토·일요일에 무박으로 지방 산행을 주선하며 회보를 통하여 산악회 회원을 모집하고 관광 안내 월간지도 발행하였다. 지방 등산을 하는 데 매우 편리하도록 짜인 산행 모임이다.

관광산업은 초기단계이고 등산 인구도 많지 않기 때문에 개별적으로 지방 산행을 하는 것은 매우 어렵고 힘들었다. 그러다 보니 등산버스나 등산객이 한곳에 모이는 것이 필요했다. 서울 한복판 시외버스 터미널이기도 한 동대문시장 근처가 휴일 등산 출발점으로는 안성맞춤이었다. 산악회 관광버스들이 10여 대 주차하여 산행 목적지를 써 붙여 놓고 호객을 한다. 지방 등산을 하고 싶은 사람은 누구든지 아침 일찍 동대문에 가면 자기가 원하는 산으로 갈 수 있다. 어느 한 산악회에 소속되어 있지 않아도 된다. 가고 싶은 산 이름이 적힌 버스에 그냥 타기만 하면 된다. 버스는 각 산악회 총무가 계약한 버스이지만 항상 정원 미달이기 때문에 예약 없이도 바로 탈 수 있다. 일반인이 시외버스를 타고 지방 여행하는 것과 다를 바 없다. 그러다가 나중에 고정 회원제가 되면서 한곳에 집중하던 산악회도 지역별, 연령별, 직장별 등으로 이름을 바꾸고 각각 편리한 장소에서 출발하게 되어 동대문 집결 시스템은 해체되었다.

N관광 산악부는 일반 산악회와 달리 관광회사가 직접 운영하는 산악회이기 때문에 동대문에서 출발하지 않고 단독으로 광화문에서 출발하였다.

최성철과 같이 등산을 3년 넘게 한 어느 날, 설악산 용아장성에 간다는 공지가 떴다. '용아장성?' 말은 많이 들었어도 너무나 어려운 코스라 갈 수 있을까 망설이다가 허천수는 전화통을 들었다.

"어이 최형! 용아장성 한번 가 볼까? 되게 어렵다는데…"

"그래? 우리가 갈 수 있을까?"

"좀 어렵기는 해도 우리도 이제는 갈 수 있을 거야. 까짓거 한 번 붙어 보지…. 어려우면 얼마나 어렵겠어…"

최성철은 그의 고향 친구 유명도에게 전화를 걸어 같이 가자고 했다.

유명도는 조경 사업을 하는 중소기업 사장인데 허천수가 화곡동 단독 주택에 살 때 정원 공사를 해 준 일이 있어 초면은 아니다. 그때는 그가 최성철과 아는 사이인 줄 몰랐는데 최근에야 그의 고향친구라는 것을 알게 되어 셋이서 산행을 같이한 적이 있다.

그는 자동차를 좋아해서 남보다 빨리 운전을 배우고 손수 운전을 하였다. 버스나 택시기사가 아니면 일반인은 운전을 하지 않던 시절인데 그는 운전에 재미를 붙여 취미생활의 일부로 삼았다. 장거리 지방 여행도 시외버스를 이용하지 않고 자기 차로 직접 운전하고 다녔다. 주위에 있는 친구들이 부러워하였다.

용아장성이라면 정말 고도의 등산 실력이 있는 사람만이 넘볼 수 있는 최 난코스이다. 뾰족뾰족한 침봉을 열 개쯤 넘어야 하는데 칼날 같은 능선 좌우로는 천 길 절벽이다. 일단 오르기 시작하면 도중에 탈출할 길이 없다.

N관광 산악부 L대장은 노련한 산꾼이다. 평소에도 친절하지만 용아장성 등반에서는 특히 회원들의 안전을 생각해서 희생적으로 돌봐 주었다. 극히 어려운 지점에서는 한 사람씩 통과하도록 손을 잡아 주고 겁먹지 않고 침착하게 움직이도록 하였다.

"총무님, 총무님도 용아장성이 처음이요?"

가장 어렵다는 개구멍바위를 통과하고 나서 허천수가 로즈마리에게 묻는다.

로즈마리는 L대장을 도와 총무 일을 봐주는 여자 회원이다. 보통보다 작은 체격이지만 매우 단단하게 생겼고 얼굴은 예쁘장한데 등산을 많이 해서 그런지 약간 검다. 여자가 산악회 총무를 하려면 첫째로 집을 비우고 매주 산행을 할 수 있는 가정적인 환경이 있어야 하고 둘째는 체력이 좋아야 한다. 어려운 산행도 남보다 거뜬히 해낼 수 있어야 하기 때문이다.

"저는 전에 한 번 와 봤고 오늘이 두 번째예요. 봉정암까지 가려면 아직 많이 남았는데… 용아장성을 완주하려면 지구력이 필요해요. 허 선생님도 지구력이 있어 보이는데요?"

50대 후반의 허천수도 약간 늦었지만 등산하는 데는 지장이 없는 나이였다. 오랜 산행으로 단련된 몸이라 여간 빡센 장거리 산행을 해도 지치지 않아 걱정할 필요가 없다.

L대장의 능숙한 리딩으로 회원들은 12시쯤 용아장성 등산 종점인 봉정암에 무사히 도착하였다. 봉정암은 한국에서 두 번째로 높은 곳에 있는 절인데 해발 1,244m라고 한다. 첫 번째는 해발 1,400m 지리산 법계사이다. 봉정암 뒤로는 보기만 해도 무서운 우람한 바위들이 하늘 높이 병풍처럼 둘러싸고 있다. 금방 무너져 봉정암을 덮칠 것 같다. 봉정암에서는 점심때 도착한 산꾼들에게 간단한 밥을 제공해 주고 늦게 도착한 사람에게는 잠자리도 제공해 준다. 워낙 어려운 곳에 있는 절이므로 산행에 지쳐있는 산꾼들에게는 오아시스 같은 곳이었다. 각자 준비해 온 도시락을 나누어 먹고 모자라는 사람은 봉정암 쌀밥을 한 술 더 얹었다.

봉정암에서부터는 하산 길이다. 하산하지 않고 더 오르면 소청봉을 지나 중청, 대청봉으로 오를 수도 있고 소청봉에서 회운각대피소로 내려가서 천불동계곡으로 하산할 수도 있다. L대장 팀은 더 오르지 않고 구곡담계곡으로 하산하였다. 하산 길의 계곡은 3구간으로 나누어져 있는데, 봉정암에서 수렴동대피소까지의 상단부는 구곡담계곡이라 하고 거기서 백담사까지의 중간 부분은 수렴동계곡이라 한다. 백담사 아래 용대리까지는 백담계곡이다. 백담계곡은 하얀 바위가 깔려 있고 이름 그대로 바위 사이사이로 백(百) 개의 담(潭=소, 못)이 있다. 경사가 거의 없는 내(川)이고 경치가 아름다워 많은 관광객이 찾는 곳이다. 도로가 있어 접근하기도 쉽다.

허천수 일행이 아침에 왔던 수렴동대피소와 백담사를 지나 용대리에 도착하니 딱 저녁 식사 시간이 되었다. 밤부터 장장 16시간을 걸었다.

용대리는 산에서 내려온 등산객들로 시끌벅적하다. 주차장과 음식점들만 보인다.

"부렁! 부렁!"

주차장에는 벌써 서울로 떠나는 버스가 시동을 걸고 있다.

몇몇 산악회들은 먼저 내려와서 느긋하게 식사를 마치고 출발하는 중이다.

L대장은 각자 흩어져 입맛대로 식사를 하고 1시간 안에 버스를 타라고 하였다.

"식사는 뭘로 할까? 한식? 중식? 밥은 내가 사께… 오늘 용아장성, 내가 오자고 했으니… 무사히 마친 기념으로…"

허천수가 먼저 저녁을 사겠다고 하였다.

"아니야, 내가 사야지! 두 친구 사이에 내가 있잖아!"

최성철이 자기가 사겠다고 한다.

"무슨 소리야! 산행 팀에 제일 늦게 온 막내가 사야지!"

유명도가 빠질 리 없다. 오너드라이버 사업가인데 체면상 가만히 있을 수가 없었다.

식당에서 서로 자기가 계산을 하겠다고 옥신각신하는 나라는 한국밖에 없다. 심지어는 고성을 돋우고 싸우는 것 같아 주위를 놀라게 하는 경우도 있다. 외국 사람들이 보고 이상하게 생각하는 한편 부러워하는 장면이다. 그들은 누구든지 남보다 한 푼도 더 내고 싶지는 않고 자기 몫을 자기가 계산하는 사람들이기 때문이다. 계산이 정확하고 공정하다. 다툴 일이 없다. 그러나 너무 사무적이다. 딱딱하다. 양보심이 없다. 인간미가 없다.

"그러지 말고 우선 먹고 보자! 나는 한식이 좋아! 한우 전문 고깃집이 어때?"

허천수는 소고기국밥을 좋아한다. 기름기 없는 단백질로 근육을 튼튼하게 하기 때문이다.

"한우도 좋지만 여기는 황태가 유명한 동네야! 겨울에는 황태 덕장이 있고 황태로 말하면 전국에서 가장 유명한 곳이야! '황태~'하면 용대리지…. 황태는 사시사철 먹어도 좋아! 저기 보이는 황태 해장국집으로 가자!"

그 말이 맞다. 최성철이 앞장서고 허천수와 유명도가 두말없이 따른다.

한창 저녁 식사 시간이라 넓은 식당에 많은 등산객들이 꽉꽉 들어차 있다. 왼쪽 반은 신발을 벗고 올라가서 먹는 앉은뱅이 식탁이 놓여 있다.

먼지투성이인 등산화를 벗었다. 장장 열댓 시간 꽁꽁 묶여 있던 발이 해방을 맞았다. 허천수는 식탁 밑으로 다리를 쭉 뻗고 앉으니 살 것 같다.

황태해장국과 시원한 막걸리를 마시고 푹 쉬었다. 피로가 확 풀린다.

식사가 거의 끝나갈 때 허천수가 자리에서 일어섰다.

화장실에 가면서 친구들 몰래 계산대에서 밥값을 지불하였다.

"야! 허천수, 이건 반칙이야! 남 몰래 계산을 하다니…"

"여하튼 밥 잘 먹었네, 고마워!"

식사를 마치고 서로 자기가 계산을 하려고 나가다가 이미 계산이 끝난 것을 알고 최성철과 유명도가 한마디씩 하였다. 미안하면서도 고마웠다.

"뭘 그까짓 거 갖고 그래? 나중에 서울 가서 한잔 사면되지…"

허천수는 기분이 좋았다.

N관광 버스는 밤 12시를 넘기고 월요일 1시경에야 광화문에 도착하였다. 도중에 대다수의 회원들은 각자 집 가까운 데서 내리고 허천수와 예닐곱 명만이 끝까지 왔다. 시내버스도 끊기고, 할 수 없이 심야 할증료까지 붙은 택시를 타고 집에 가서 4시간 자고 8시에 출근하였다.

고생이야 좀 했지만 뿌듯하고 자랑스러운 용아장성 산행!

5년 전 백운대를 처음 올랐을 때 이후 최대의 감격!

허천수는 앞으로 용아장성 산행은 다시는 없을 것 같았다. 일생에 단한 번 하늘이 내려 주신 기회라고 생각했다.

지금까지의 수많은 산행 중 가장 힘들었던 용아장성 산행을 마치고 흥분이 가라앉은 며칠 후 허천수는 산행기를 써서 N관광 월간지에 올렸다.

같이 갔던 친구들이 읽고 아주 좋아하였다.

****

용아장성(龍牙長城)

허 천 수

산에 매력을 느끼고 등산을 자주 하는 사람이라면 한 번쯤 지리산 천왕봉, 한라산 백록담, 또는 설악산 대청봉에 올라가 보고 자랑한다. 이런 곳들은 전문 산악인이 아닌 일반인으로서는 선뜻 나서기 어려운 곳이다. 더욱 어려운 코스로는 설악산의 공룡능선이나 용아장성이 있는데, 용아장성은 아름다운 설악산의 '절경 중 절경'으로, 보통 산행에서 보는 경치와는 비교도 할 수 없는 암릉미와 신비스러움을 간직하고 있으며 산행의 장쾌함은 글로 표현하기 어려운 곳이다. 산행에는 최소한 14시간 이상 소요되는 코스로 너무나 힘이 들어 차일피일 미루다가 세월만 보내기 일쑤이다.

용아장성은 설악산 수렴동대피소에서 시작하여 봉정암에 이르는 능선으로서 직선거리는 3.5㎞에 불과하다. 일단 능선에 올라서면 끝까지 가야지 중간에서 내려가는 길이 전혀 없다. 이름 그대로 용의 이빨 같은 침봉들이 밀집한 바위 능선인데 지금은 등산로가 개척되어 있어 경험 있는 안내자가 두어 군데 자일을 내려주면 일반인도 산행은 가능하지만 위험한 곳이 많아 공식적으로는 산행이 금지되고 있다.

용아장성을 종주하려면 보통 이상의 지구력이 있어야 한다. 물론 수렴동대피소에서 일박하고 능선을 타면 조금은 수월하겠지만 그것도 쉬운 일은 아니다. 설악산 어느 방향에서 진입하더라도 용아장성 기점까지 가는 데 최소한 3시간이 걸리므로 체력안배를 잘해야 한다.

19xx.6.15.(토) 오후 9시 드디어 오랫동안 망설였던 용아장성 산행길에 용기를 내어 나섰다.

6.16.(일) 02:30분 잔뜩 찌푸린 날씨에 별 하나 보이지 않는 깜깜한 설악산의 밤하늘, 그 아래 고요히 잠든 용대리 마을에 산악회 버스가 한 대 도착하고 사람들의 웅성거림이 시작되었다. 여기에서 백담사까지 1시간 20분, 다시 백담사에서 1시간 30분 걸려 05:20분에 수렴동대피소에 도착하였다. 백담사를 조금 지나서부터 내리기 시

작한 비가 마침내 폭우로 변해 산행 중단 여부를 일단 수렴동대피소에 가서 의논하기로 하였는데, 다행히 대피소에 도착하니 비가 약간 멎어 산행은 강행하기로 결정되었다.

수렴동대피소 뒤편 급경사 언덕으로 달라붙어 오르기 시작하여 약 15분 동안 경사 50도 정도의 산길을 뚫고 단숨에 옥녀봉 능선까지 올라섰다. 꼭 사다리를 딛고 담벼락에 올라가는 기분이다. 이어서 조금 후에 첫째 관문인 4~5m의 암벽이 나타나는데 자일 없이도 간신히 오를 수 있지만 시간이 2~3분 걸린다.

대개 어려운 암봉들 옆에는 우회로가 있어서 돌아가면 되지만 어떤 곳은 우회로라고 해서 그리 쉬운 것도 아니다. 오히려 시간만 더 걸리고 위험하고 길을 잃을 우려까지 안고 있다. 좀 어렵더라도 길이 나 있는 암봉에 찰싹 달라붙어 침착하고 정확하게 동작하는 것이 좋겠다. 아무리 험한 암봉이라도 등산로가 개척되어 있으면 손잡을 곳, 발 디딜 곳이 어디엔가 있기 마련이다. 아래나 옆을 보면 안된다. 수십m 되는 암벽들이 쉴 새 없이 나타난다. 조금 멀리 맞은편 산이나 골짜기를 보면 현기증이 날 정도이다.

고도가 점점 높아지면서 개구멍바위에 도착하였다. 자일에 매달려 2m 정도의 바위를 오른 후 실낱같은 벼랑길을 5~6m쯤 가서 두 손으로 슬링을 잡고 납작 기어서 오른쪽으로 크게 돌고 그대로 다시 2m를 바위 틈새로 더 올라가야만 통과하는 곳이다. 등산로를 10㎝만 벗어나도 수십m 낭떠러지로 떨어지는 곳이다. 한 사람씩 통과해야 하므로 시간이 많이 걸렸다.

이후는 거의 자일을 쓰지 않고 침봉으로 올라섰다가 한없이 내려갔다가 하는 산행을 몇 번이고 반복하였다. 평지는 없고 대부분 손발로 기어가다시피 해야 하는 곳이다.

　어느 곳에서 보나 주변의 경치는 그저 그만이다. 금강산이 좋다고 하나 이보다 더 좋을까? 어렵게 와서야 볼 수 있는 경치이기에 더욱 소중하고 감상하는 쾌감은 이루 형용할 수 없다.

봉정암이 자리 잡은 침봉이 보이는 곳에 왔다. 손에 잡힐 듯이 보이지만 거리는 좀 먼 것 같고 봉정암은 시야에 들어오지 아니한 채 멀리 중청봉 하늘 금이 보인다. 어느 침봉의 우회로를 돌아 돌담을 넘듯 날카로운 바위능선을 하나 넘어가니 까마득한 높이의 돌무덤 골짜기로 사람들이 기어오르고, 그 오른쪽으로 약간 고개를 돌려 시선이 닿은 곳에는 더 높은 침봉 위에 한 마리의 학이 선계(仙界)에서 내려와 하늘을 향해 목을 쭉 빼고 길게 한마디 뽑는 듯한 모습의 바위가 보인다. 혼자서 학바위라 이름 짓고 잠시 생각에 잠겼다.

학바위

내설악 깊은 골에

큰 손님 하나 있어

맞추어 빚은 곡선

빈 하늘에 걸어 놓고

외로운 천년사연을

전해주듯 하는데…

가늘고 하얀 목이

약하게 보이지만

울음은 우레 같아

큰 북으로 가슴 치니

선계에

보내는 소식

어느 땐들 멈추랴.

    돌무덤 골짜기를 올라 30여 분 능선타기를 한 후 오른쪽으로 암봉을 돌아 성벽 같은 암릉에 올라서니 발아래 30m 낭떠러지가 기다리고 있다. 자일을 타고 내려가야 하는 곳이다. 발 디딜 곳은 있지만 거의 90도 수직 절벽이므로 자기 체중을 싣고 매달릴 만한 팔 힘이 필요하다. 개구멍바위 만큼이나 어려운 곳이다. 되돌아설 수도 없다. 호흡을 조절하고 침착한 동작으로 간신히 내려섰다.

    숲속 길을 지나 마지막 30m 정도의 암벽을 다시 오르니 눈 아래 사리탑이 보이고 사리탑에서 봉정암 건물이 나무 사이로 내려다보인다. 여기까지 용아장성 3.5㎞를 통과하는데 6시간 40분이 걸렸다. (보행기록 12,500보)

    하산 길은 쉬는 시간을 약간 여유 있게 가지면서 구곡담계곡 쪽을 택했는데 용대리 주차장까지 6시간 30분이 걸려 오후 6:50분에 도착하였다. 오전 2:30분 용대리 출발 이후 총 산행 시간 16시간 20분(보행기록62,500보)을 기록하고 오래전부터의 꿈이었던 용아장성 산행을 무사히 마쳤다.

* 참고

교통편: N관광 산악부

－ 서울출발: 19xx.6.15(토) 오후 9:00시

－ 서울도착: 19xx.6.17(월) 오전 1:00시

****

9. 산성마을

허천수가 등산을 시작한 것은 40대 초반이었지만 오랫동안 혼자 혹은 직장 동료들과 드문드문 산행을 하였을 뿐 백운대같이 높고 어려운 봉우리는 끝까지 오르지 못하고 약수암까지만 겨우 오르다가 하산하는 것이 보통이었다.

약수암은 백운대 암봉의 서쪽 뿌리에 위치한 작은 암자였는데 약수암을 지나고부터는 왼쪽으로 거대한 바위를 끼고 백운대 정상까지 이어지는 가파른 길을 올라가야 한다.

허천수가 약수암에 처음 올랐을 때는 높은 벼랑에 제비집같이 작은 집이 달랑 한 채 있었다. 그 뒤쪽 축대 위에는 넓은 공터가 있고 주춧돌만 몇 개 보이는데 본채가 있었던 모양이다. 그 옛날 약수암은 어떤 모습이었는지, 언제부터 있던 암자인지는 아무도 모른다. 아래쪽 축대에 남아 있는 건물은 불안하지만 등산객들에게는 급할 때 목을 축이고 갈 수 있는 소중한 샘이 있는 곳이었다.

그 후 어느 해인가 아래쪽 건물마저 없어졌다. 샘은 마르고 잡초가 무성하게 자라 있어 많은 등산객들의 마음을 아프게 하였다. 소문에는 불이 나서 타버렸다고 한다.

백운대를 처음 오르던 날.

우이동 마을에는 낡은 기와집과 슬레이트 지붕들이 보인다.

신문에는 지난해 노벨평화상을 받은 소련의 고르바초프 대통령에 관한 이야기가 실렸고 많은 사람들의 시선을 끌었다. 1990년 12월 10일 스웨덴의 스톡홀름에서 노벨상 시상식이 있었는데 평화상만은 노르웨이의 오슬로에서 시상하였던 것이다.

아침에는 눈도 개고 하늘이 파랗다. 구름 한 점 없이 일 년 중 가장 아름다운 코발트색 하늘이다. 백운대 정상에서 이 아름다운 하늘을 보면 더욱 기념이 될 것 같은 생각이 들어 허천수는 잔잔한 흥분을 느끼면서 우이동 버스 종점에 내렸다.

"어~이, 허천수, 굿모닝! 그동안 잘 있었나?"

"아, 재신이! 나보다 일찍 왔네? … 어젯밤 눈이 제법 온 모양이지? 온 천지가 하얘졌어!"

우이동 버스 종점에서 허천수와 이재신이 반갑게 인사한다. 이재신은 허천수와 동갑이고 국민학교(1995년 초등학교로 개칭) 동기 동창이다.

지난해 봄부터 시작한 고향 선후배들의 모임인 일보산악회 회원들이기도 하다. 일보산악회의 회원은 겨우 7명인데 모두 50대 초·중반의 나이이다. 허천수와 이재신이 제일 어리고 이재신은 총무를 맡았다.

그들은 매월 첫째 주 토요일에 모여 등산을 하는데 서울 시내 산만 다닌다. 북한산, 도봉산, 사패산, 수락산, 불암산, 관악산, 삼성산, 청계산… 서울을 둘러싸고 있는 산들만 해도 갈 곳이 많다. 이 산들이 모두 지방에 있는 어느 산보다 아름다운 명산들이다. 코스도 수없이 많아 누구든지 자기 체력이나 실력에 맞는 코스를 잡아 갈 수 있다. 일 년 내내 다녀도 싫지 않다.

평소에 일보산악회는 쉬운 코스를 골라 놀며 쉬며 5시간 이내 등산을 하지만 마침내 서울에서 제일 높고 어려운 봉우리인 백운대에 오르는 날이 왔다. 산성입구에서 약수암을 거쳐 백운대로 오르는 코스는 너무 가파르고 어려워서 피하고 그 대신 반대쪽 우이동에서 백운산장을 거쳐 오르기로 한 것이다.

회원들이 다 모였다.

"자, 인제 출발합니다!"

이재신 총무가 앞서고 허천수가 바로 뒤를 따랐다.

"이 바, 천수야! 노벨은 스웨덴 사람인데 평화상은 우째 노르웨이에서 주노?"

한참 동안 묵묵히 걸어가던 이재신이 갑자기 뒤를 돌아보며 묻는다. 이재신은 그동안 노벨상에 대해서 관심이 많았는데 허천수가 아침 신문을 들고 있는 것을 보고 생각이 났던 것이다.

그들은 평소에 여러 사람이 있는 장소에서는 서울 표준어를 사용하지만, 자기들만 있을 때에는 어릴 때 하던 습관대로 자연스럽게 사투리를 쓴다. 정겹다.

"그래! 나도 첨에는 데게 궁금하게 생각했어… 이상하다? 이상하다? 그랬는데… 나중에 책방에 가서 다른 책을 보다가 우여니 알게 댔는데… 노벨(Alfred Bernhard Nobel)은 죽기 전에 유언장을 써 났던 모양이더라. 6개 부문에 상을 주라고 하면서… 각 부문에서 수상자를 뽑고 시상하는 주관기관까지 정해 났어. 물리학, 화학, 경제학상은 스톡홀름에 있는 왕립 과학아카데미에서 하고… 의학상은 카롤린스카 의학연구소에서 하고… 문학상은 스웨덴 아카데미가 하고… 평화상은 스웨

덴이 아닌 이웃나라 노르웨이 국회가 정해 주는 노벨상위원회가 수상자를 뽑아 상을 주라고 했어.

평화상만은 다른 나라에서 주라고 한 이유를 알 수 없지만 아마 평화상에 대해서는 사람마다 의견 차이가 커서 수상자를 정하기가 에럽기 때문이었을 끼라… 사람들은 노벨이 고민고민하다가 공정성과 신뢰도를 높이기 위해서 자기 나라가 아닌 이웃 나라 노르웨이 국회에서 하도록 권한을 주었을 거라고 생각해… 우얬던 작년 노벨평화상은 소련 대통령 미카일 고르바초프(Mikhail Gorbachev)가 타 묵었어…"

허천수는 오래전부터 노벨상에 대해서 공부를 했던 모양이다. 말 나온 김에 고르바초프에 대한 이야기도 풀어 놓았다.

"니도 알다시피 고르바초프는 1985년에 집권했는데… 그때부터 시장경제를 도입해서 경제를 활성화시키고 70년 동안 해 묵은 무시무시한 공산당 1당 독재체제를 끝나게 했지… 개혁 개방 정책을 써서 소비에트 연방을 해체해삐리고 독립국가연합(CIS)과 러시아연방으로 재편성시킨 거 알지? 그리고 한국이나 사우디아라비아 같은 자유진영에 있는 나라들 하고 국교를 열어 자유세계랑 가까워졌잖아 … 이처럼 피한 방울 안 흘리고 민주 혁명을 이끌어 냉전을 끝나게 하고 세계 역사를 평화무드로 바꾼 공이 커서 노벨평화상을 받게 된 거야 … 충분히 받을 만하지…."

"아! 그렇겠네. 니는 아는 것도 많다!"

노벨 평화상에 대해서 궁금증을 풀게 된 이재신이 허천수를 치켜올렸다. 속이 시원했다.

도선사 주차장까지는 포장도로를 따라간다. 도로가 좁아서 등산객들은 길 한가운데로 가다가 차가 오면 길옆으로 피해 주어야 한다. 눈이 쌓여 있고 제법 추웠다.

이마에는 벌써 땀이 흐르고 등이 축축하다.

"여기 좀 시었다 가자!"

허천수와 이재신보다 2살 위인 성준서가 길가에 있는 의자에 털썩 앉는다. 의자가 몇 개 놓여 있는 쉼터이다.

성준서는 이재신의 고향 선배이지만 재신이 누나의 딸과 결혼하여 재신이가 처외삼촌이 되었다. 그들은 어릴 때 한동네에 살면서 흉허물 없는 친구로 자랐다. 어릴 때에는 이재신이 '준서야!'하고 부르다가 어른이 되고서는 '성 서방!'하고 부른다. 성준서는 어릴 때 '재신아!' 하고 부르다가 어른이 된 다음에는 보통 때에는 '외삼촌!' 또는 '아재(아저씨)!'하고 부르다가 화가 나면 '재신아!' 해버린다.

"성 서방은 어젯밤, 늦게까지 야근하고 아침 일찍 나온다고 힘들었겠어! 요새도 일이 그렇게 바쁘나?"

"외삼촌은 항상 자기 맘대로 시간을 낼 수 있지만 직장에 댕기는 월급재이는 우에서 시키는 대로 해야지… 별수 없어. 요새 농산물 수입이 늘어서…"

성준서가 다니는 회사는 동남아에서 값싼 농산물을 수입하여 식품가공회사에 납품하는 것이 주 업무이다.

"저거 무슨 뜻이고?『자비무적』『방생도량』?"

이재신은 앞에 있는 돌기둥에 쓰인 글을 잘 이해하지 못하고 의아해하였다. 돌기둥이 도로 양쪽으로 하나씩 세워져 있는데 한글로 쓰여 있지만 뜻을 잘 모르겠다. 허천수는 올라온 쪽으로 다시 내려가서 돌기둥 뒷면을 보니『慈悲無敵』『放生道場』이라고 한자로 쓰여 있다.

"글세…"

2년 선배인 성준서도 금방 알지 못하고 잠깐 머릿속을 정리하였다.

"방생은 불교에서 사람에게 잡힌 생물을 놓아주는 것을 말하고, 도량은 불교에서 부처나 보살이 도를 얻으려고 수행하는 장소를 말하지… '道場'은 일반인들이 '도장'이라고 읽지만 틀린 말이야. '도량'이라고 읽어야 돼! '방생도량'은 방생을 몸소 실천하는 수도원이라고 보믄 데겠지…'자비무적'은 '생명을 소중이 여기고 자비를 베풀라'는 부처님의 가르침을 전하는 거 아이겠나?"

허천수와 이재신은 고개를 끄덕끄덕하면서 옛날 학교 선배이자 공부 잘하는 성준서를 생각해 내었다.

뜨거운 물 한 잔씩을 마시고 조금 더 올라가니 다시 돌기둥이 도로 양쪽으로 세워져 있는데 이번에는 『萬物一切』『天地同根』이라고 쓰여 있다.

"하늘과 땅이 천지 차이인데 동근이라꼬?"

이번에는 허천수가 한마디 하였다.

"하늘과 땅도 엄청난 차이가 있는 거 같지만 알고 보만 한 뿌리에서 나온 것이니… 결국 '만물은 하나'라고 하는 것은 불교사상을 추리고 추려서 한마디로 표현한 거 아이겠어?"

성준서의 해석이 맞을 것 같기도 하였다.

도선사 주차장은 한가운데에 큰 부처가 좌대 높이 앉아 있고 그 오른쪽이 주차 공간이다. 왼편에 2층 건물이 하나 있고 도선사 천왕문으로 가는 길이 보인다. 부처를 돌아가면 뒤쪽에 공원 매표소가 있는데 거기서부터가 등산길이다.

산에 들어가려면 입장료를 내야 한다. 입장료는 시내버스표 1장 값보다 조금 비싸기 때문에 어떤 사람들은 이 돈을 아끼기 위해서 약간 돌아서 개구멍으로 들어가기도 한다. 단 1원도 아껴야 하는 어렵게 살던 시절이니 있을 수 있는 일이다.

돌이 울퉁불퉁 제멋대로 깔려있는 보행길을 한참 오르다가 깔딱고개를 넘어간다. 경사가 완만한 '하룻재'로 돌아서 가도 되지만 많은 등산객들은 어렵지만 깔딱고개를 넘는다. 경사가 심하기 때문에 숨이 깔딱 넘어간다고 해서 깔딱고개라고 부른다.

"아이구 숨차!"

깔딱고개를 넘고 나니 허천수는 별천지에 온 것 같았다.

지금까지는 눈이 약간 쌓여 있는 양지쪽 비탈은 나무와 숲이 잘 보이는 산길이었는데 깔딱고개를 넘은 후에는 사물을 구별할 수 없을 정도로 온 천지가 하얗다.

하룻재 쪽으로 돌아서 왔다면 인수산장을 볼 수 있었을 것인데 여기는 인수산장을 지난 곳이다. 두터운 이불을 둘러쓰고 눈만 빼꼼히 내어놓은 바위들이 작은 돌들과 어우러져 조심스럽게 속삭이는 협곡이 하늘 높이 위문까지 이어져 있다.

하얀 눈이 덮여 있는 계곡과 코발트색 하늘은 일보산악회가 일찍이 경험하지 못한 세상이다. 여기서부터는 사람이 사는 세상이 아니라 신선들이 사는 곳이다.

"아!"

모두들 눈을 크게 뜨고 입을 벌린 다음 할 말을 잊었다.

싸늘한 하늘 아래 깊은 바닷속 같은 정적이 흐른다.

자신의 존재도 잊어버리고 이름도 없다. 오직 자연만 있다.

"…… 퐁! …… "

어디선가 물 한 방울 떨어지는 소리가 난다. 꿈속인가?

일행은 소리 나지 않게 조용히… 조심스레 한발 한발 옮긴다. 근엄한 신선들이 어디선가 보고 있는 것 같다.

『
설산선경(雪山仙境)

어디 있어요? 나와 보세요!
흰 머리 흰 눈썹에 흰 수염만 보이고
눈도 코도 귀도 없다.
소름끼치게 고요한 정적(靜寂)이 주인이다.

어디선가 근엄한 표정으로
내려다보는 이가 있다.
설산을 지키는 주인인가? 신령님인가?

뽀드득!
눈 밟는 소리도 너무 크다.
신령님 잠 깨울라.
가만 가만 발을 들고 걸어라!
발자국도 남기지 마라!
』

허천수가 다음 날 이곳을 생각하며 쓴 시이다. 등단한 지 2년밖에 되지 않은 날이지만 시집 1권을 이미 출간한 다음이었다.

일행의 머리 위에 급경사 바윗길이 놓여 있다. 왼쪽은 낭떠러지, 오른쪽은 바위벽이다. 쇠줄을 잡고 오를 수가 있지만 미끄러져 떨어지면 크게 부상을 입을 수도 있다. 어느 신선의 긴 수염 같은 하얀 바윗길을 한 줄로 올라가는 7명은 마치 질서 있게 줄지어 날아가는 기러기들 같다. 앞 사람과 세 걸음씩 정확하게 간격을 유지하고 있어 더욱 보기 좋았다.

기러기 줄은 한동안 완만한 등산로와 호흡을 맞추다가 다시 힘든 쇠줄 구간을 오른다.

"야, 회장! 도대체 얼마를 더 가야 하노? 아무리 가도 끝이 없네… 젠~장!"

평소에 말이 많고 사소한 일에도 불평을 늘어놓는 문장수가 조용할 리가 없다. 문장수는 모 제약회사에 근무하다가 부정이 탄로 나서 목이 잘리고 비싼 외제 약품을 비밀리에 수입해서 일반 약국에 넘기는 브로커이다. 박태현에게 시비조로 말을 건다. 지금까지 등산을 해도 이렇게 어려운 곳은 처음이기 때문에 마치 회장인 박태현의 잘못이라도 있는 것처럼 불만을 터트린다. 박태현은 7명 중에서 등산 실력이 가장 위이고 다른 산악회에서도 리딩을 하는 사람이다. 문장수와 박태현은 성준서와 동갑이고 허천수의 2년 선배들이다.

"와? 힘드나? 나도 힘들기는 마찬가지다. … 모르기는 해도 아마 저 우에 백운산장이 있고 거기서부터는 더 어려울 끼다. … 백운산장에서 밥을 묵고 푹 시었다 가자!"

"뭐? 더 에럽다고? 누가 이런 데를 가자고 했어? 어떤 놈이고? … 저 혼자나 갔다 올 일이지…"

문장수는 자기도 가자고 해 놓고 이제 와서 남의 탓을 한다. 어이가 없다.

쇠줄을 지나고 가파른 돌계단을 힘들게 오르고 나면 백운산장이 일행을 반갑게 맞이한다.

백운산장은 백운대의 산 증인인 이해문이 1924년부터 기거하던 암굴이었는데, 60년이 훨씬 지나 지금은 튼튼한 2층 석조 건물로 지어져 많은 등산객들의 휴식처가 되고 있다. 1936년 베를린 올림픽에서 마라톤 우승을 했던 손기정 선수의 친필 현판이 걸려 있다.

노천 의자에는 등산객들이 물과 음식을 먹으며 휴식을 즐기고 있다. 우이동 쪽에서 올라오면 거의 점심때가 되기 때문에 대부분의 등산객들은 여기서 점심을 먹는다. 외벽에는 현판과 나란히 큰 시계가 걸려 있고 시곗바늘은 12시를 가리키고 있다.

"이보세요! 줄을 서세요!"

우물가에서 등산객 한 사람이 문장수를 보고 점잖게 한마디 한다.

백운산장에는 항상 물이 찰랑찰랑하게 고여 있는 큰 우물이 하나 있는데 두레박을 한 길쯤 내려서 물을 퍼 올리게 되어 있다. 등산객들이 물을 보충하는 오아시스 같은 곳이다. 두레박은 하나뿐이기 때문에 줄을 서서 차례를 기다려야 한다.

'이 높은 곳에 저렇게 깊은 우물이 있다니… 정말 신기하다!'

허천수는 작은 옹달샘 약수터는 많이 보았지만 산에서 이렇게 큰 우물을 보기는 처음이다.

한겨울이지만 버너에 불을 피워 코펠에 라면을 끓이기 위해서 등산객들은 많은 물이 필요하다. 각자 보온병에 물을 담아 오지만 그것만으로는 부족하고 식어서 여럿이 먹을 라면을 끓이려면 더 많은 물이 필요했다.

우물에는 한 사람이 물을 긷고 그 뒤에 두어 사람이 차례를 기다리고 있는데 모두 젊은 사람들이다. 문장수는 당연히 뒤에 줄을 서서 순서를 기다려야 하지만 이를 무시하고 물 긷는 사람 옆에 가서 두레박을 낚아채려 하고 있다.

"뭐라꼬? 줄이 있어? 아무나 먼저 물을 뜨면 되지.…"

문장수는 평소에 나이가 아래인 사람한테는 그냥 말을 놓아서 하는 습관이 있어 여기서도 말을 놓아서 하였다.

"에? 뭐 이런 사람이 있어! 줄 안 보여요? 말도 함부로 놓고… 당신 뭐야?"

그중 약간 나이 들어 보이는 사람이 소리를 버럭 지른다.

문장수가 다시 보니 체격이 우람하고 가슴이 딱 벌어져 한눈에 보아도 보통 사람이 아님을 알 수 있다.

"뭐기는… 나이 든 사람한테 양보 좀 하믄 안 되나?"

"이 자식이! … 계속 말을 놔서 하네? 나이 몇 살이나 더 먹었다고? 혼 좀 나야겠어.…"

어깨로 확 밀면서 두 손가락으로 코를 잡고 흔든다. 힘이 예사롭지 않다. 한마디 더 하면 주먹이 날아 올 것 같이 분위기가 험악해지고 근처에 있던 사람들이 우르르 몰려와서 둘러싼다.

성준서가 쫓아 왔다.

"야, 문장수! 조용히 해! 여기 사람 많은 데서 왜 이래?…"

팔을 잡아끌고 의자 쪽으로 갔다. 어깨를 눌러 의자에 앉혀 놓고 문장수의 물병을 빼앗아 들고 우물로 간다.

"아, 미안합니다. 저 친구가 철이 없어서… 제가 대신 사과 합니다!"

성준서가 허리를 굽혀 정중하게 사과를 한 다음 줄을 서서 기다린 후에 물을 길어 왔다.

재치 있는 성준서 덕에 위기를 모면한 문장수는 속으로 고맙다고 생각하면서도 겉으로는 구겨진 체면을 바로 세워야 했다.

"짜~식, 말리지 안앴으믄 그냥 안 두는 건데…"

누가 봐도 말이 안 되는 소리다. 그 사람과 문장수는 어느 모로 보아도 비교가 안 되기 때문이다.

"야, 문장수! 잘난 체하지 말고 니는 문이나 잘 팔아! 아무 데서나 날뛰지 말고… 그러다가 언젠가는 큰코다쳐!"

박태현이 농담 반 진담 반으로 타이른다.

"하 하 하 하"

친구들은 웃음이 터졌다. 그런데도 문장수는 화를 내지 않았다. 어릴 때부터 '문 장수'로 놀림감이 되며 자랐기 때문에 그 정도의 농담에는 이골이 나서 아무렇지도 않다.

주위에 있는 등산객들은 그의 이름이 '문장수'인 줄은 모르고 직업이 문을 파는 사람일 거라고만 알기 때문에 문장수의 친구들이 왜 웃는지를 모르고 그냥 쳐다보기만 하였다.

일보산악회는 백운산장에 쉬면서 한바탕 이야깃거리를 만들어 놓고 다시 험한 길을 오르기 시작하였다. 또 쇠줄이다.

위문에 도착해서는 오른쪽으로 꺾어 성벽을 끼고 백운대 바윗길로 진입한다. 첫 돌계단을 오르고 나면 얼굴바위가 보인다. 대머리 영감의 머리통같이 커다란 바위인데 코가 뭉툭하고 눈은 서쪽 하늘을 보고 있다.

얼굴바위 뒤로 돌면 더욱 가파른 쇠줄 구간이 나온다. 하늘 높이 백운대 정상이 보이는데 쇠줄이 꼬불꼬불 따라오라고 한다. 쇠줄의 끝부분은 오른쪽으로 꺾이면서 6~7m쯤 되는 수직 직벽이다. 줄을 잡고 매달려서 젖 먹던 힘까지 총동원하여 팔 힘으로 올라야 한다.

"아이구, 나는 못 하겠어!"

결국 문장수의 비명이 터졌다. 누구에게나 어려운 곳이지만 특히 배가 불룩 나온 문장수에게는 바로 지옥이다.

"발 디딜 데를 잘 바! 발만 잘 디디믄 팔심이 훨씬 적게 들어…! 오른발을 조금 더 위로 올리고… 그래, 거기다!"

박태현이 먼저 올라가서 지도해 주고 성준서가 밑에서 발을 받쳐 주어 간신히 올랐다. 역시 죽마고우들이다.

"휴~"

정신이 아득하다. 문장수는 지옥에서 살아 나온 기분이었다.

백운대 바윗길 중에서 가장 어려운 곳을 지났으니 이제는 잠시 편안하게 갈 수 있다. 왼쪽은 바위벽이고 오른쪽은 발아래 천 길 낭떠러지이지만 쇠 난간이 있어 안전하다. 조심조심 쇠 난간을 잡고 가면 큰 달걀을 세워 놓은 것 같은 인수봉이 정면으로 보이고 인수봉의 허리쯤에는 백운산장의 지붕이 성냥갑같이 놓여 있다.

깎아 놓은 밤톨처럼 하얀 인수봉을 오른쪽으로 내려다보면서 왼쪽으로 꺾어 가파른 쇠줄구간을 오르면 백운대 정상이 손에 잡힐 듯이 다가와서 다시 보인다.

조금 숨을 돌려 몇 발자국 걸은 다음 마지막으로 왼쪽 쇠줄을 잡고 한 가닥 남은 힘을 쏟아부으면 마침내 태극기가 꽂힌 정상바위에 몸을 올려놓게 된다.

쇠줄이 몇 번이었던가? 허천수는 꼬불꼬불 많이 오른 것밖에 생각이 나지 않았다.

"와~ 정상이다!"

836m.

여기를 오르려고 얼마나 힘을 썼던가? 평지에서부터 말이 800m이지 그냥 800m가 아니다. 보기만 해도 겁나는 바위! … 쇠줄을 잡고 오르고 또 오르고 몇 번이나 했던가? 오래전부터 올라보고 싶었던 이곳 백운대! 모두들 감개무량하였다.

동쪽에는 인수봉, 남쪽에는 만경대가 얌전하게 이쪽을 우러러보고 있다. 이곳 백운대는 3형제 중 맏형이다. 옛날 사람들은 이 3형제를 3각산이라고 하였다.

둘째인 인수봉은 성질이 까다로워서 일반 등산객의 접근을 허용하지 않는다. 누구나 인수봉은 사람이 올라갈 수 없는 곳으로 알기 때문에 감히 올라갈 생각은 하지 않고 그저 보고 감상하는 것으로 만족하고 있다. 백운대에서 내려다보는 것만으로도 큰 행복이다. 누구나 할 수 있는 일이 아니다. 오늘도 백운대에는 몇 사람이 있지만, 인수봉에는 개미 새끼 하나 보이지 않는다.

구름 한 점 없는 코발트색 파란 하늘! 눈을 이고 앉은 암봉들!

인수봉과 만경대 사이 끝없이 펼쳐진 서울시가지와 사방으로 내려다보이는 경치는 말로 표현할 수 없이 시원하고 장쾌하다.

『   백운대

흰 구름 서렸다고 이름이 백운댄가?
오르기 어려워도 와서 보니 천국이네.
이쯤에 한 숨 돌리고 물 한 모금 마시자.

밑에서 아등바등 가랑이 찢어져도

위에는 인자하신 호호백발 할아버지

아껴둔 천년 영약(靈藥)을 선뜻 내어 주신다.　　　　　♩

『설산선경(雪山仙境)』과 함께 허천수가 지은 자작시의 초고(草稿)이다.

그는 언제나 시상이 떠오르면 즉석에서 핵심적인 단어 한두 개를 메모를 해 두었다가 나중에 살을 붙여 퇴고(推敲)를 거듭하고 더 이상 고칠 데가 없으면 출판사에 송고하여 작품을 발표한다. 보통 한 작품을 완성하는 데는 1주일 정도 걸리지만 경우에 따라서는 몇 개월이 걸리기도 하였다. 마음에 들지 않을 때는 그냥 덮어두고 푹 숙성시켰다가 몇 번이고 다시 꺼내어 갈고 다듬기 때문이다. 그러니 그의 시작 노트에는 항상 미완성 작품이 몇 편 있는데, 세상에 나와 발표되기를 기다리며 서서히 자라고 있다.

허천수는 백운대 제목의 시만큼은 명작을 남기고 싶었다. 수없이 갈고 다듬었는데도 백운대에서 받은 감명을 만족하게 표현할 수 없다. 띄어쓰기 1자, 감탄부호나 점 하나까지 붙였다가 지우고 지웠다가 붙이고…읽고 또 읽고 더 이상 손댈 데가 없을 때까지 몇 년이 걸릴지 허천수 자신도 모르는 미완성 작품이다.

"내려갈 때는 뒤로 돌아서서 쇠줄을 단디 잡고 발 디딜 데를 잘 찾아 디디야 된다.… 자~, 이렇게…"

박태현이 먼저 내려가면서 친구들에게 요령을 알려 주었다.

모두들 무사히 위문에 내려섰다.

여기서부터 약수암까지는 험한 바위와 돌이 가득 찬 급경사 길이다.

몸을 의지할 쇠줄도 없다. 엉덩이를 땅에 붙이고 앉아서 두 손으로 바위를 짚으며 내려서야 하는 곳이 많다.

일행은 약수암에서 얼음같이 차가운 물을 한 모금씩 마시고 2시간 만에 간신히 산성마을에 도착하였다.

회원들 몸은 하나같이 늘어져 탈진상태였지만 기분은 더없이 좋았다.

산성마을은 계곡을 따라 60여 가구가 살고 있는 자연부락이다. 행정구역상으로는 북한동(北漢洞)이라고 하지만 산꾼들은 그냥 산성마을이라고 한다. 30분을 가야 하는 긴 계곡에 기와집, 슬레이트집 그리고 양철집이 제멋대로 흩어져 있다. 몇 년 전까지만 해도 초가집이 있던 산골마을이다. 약간 넓은 곳에는 대여섯 가구가 지붕을 맞대고 비비면서 붙어 있고 좁은 곳에는 한두 채씩 떨어져 있다. 논밭이 있는 제일 아래쪽 마을은 아주 넓어서 20~30채가 여유 있게 자리 잡고 있다.

동네 복판 조금 높은 곳에 커다란 고목이 두 그루 있다. 잔가지는 앙상하지만 둥치는 굵어서 어른이 안아야 손가락이 닿는다. 왼쪽 나무는 C자 모양이고 오른쪽 나무는 역 C자 모양으로 마주 보고 있다. 잎은 다 떨어지고 나무들 사이로 원효봉이 보이는데 마치 원효봉을 두 손으로 감싸 받들고 있는 듯한 모습이다.

주민들은 주로 농사를 지어 어렵게 살고 있지만 그럴 형편도 안 되는 사람은 등산객을 상대로 음식이나 막걸리를 팔아 생계를 유지하고 있다.

"야, 허천수! 네가 막걸리 한 잔 사라!"

문장수가 명령조로 말한다.

허천수는 기분이 상했다. 그러지 않아도 '여기서 막걸리 한잔하고 가면 좋겠다.'고 생각하면서 자기가 한턱내려고 하던 중인데 건방진 문장수가 앞질러 명령조로 강요하니 생각이 확 달라졌다.

"싫어!"

"머? 와 싫어?"

"형이 뭔데 명령이고? … 내 한 잔 살라고 했는데 명령하는 거 싫어서 오늘은 못 사겠어…"

"자, 자, 그러지 말고… 내가 한 잔 사께! 이리 따라와!"

성준서가 나섰다. 언제나 사건이 터지면 재치 있게 수습하는 성준서이다.

일행이 성준서를 따라 허름한 막걸리 주점으로 우르르 들어갔다. 파전과 빈대떡을 시켜 놓고 게걸 차게 막걸리를 마셔댄다. 서로 주거니 받거니 하면서 각자 두어 사발씩 마시고 나니 피로가 싹 풀리고 완전히 딴 세상이 되었다.

"재신이 니는 우째 사람이 그렇노?"

술기운이 돈 문장수가 이재신에게 시비를 건다.

"머? 내가 어쨌다고… 응?"

이재신은 머리를 번쩍 들어 마주 앉은 문장수의 얼굴에 가까이 대고 조용하게 말한다. 이재신의 남보다 큰 머리통이 커다란 항아리같이 문장수의 면전에 클로즈업되었다. 문장수는 움찔하였다.

"내 지난번에… 구치소에 있을 때 면회 한 번 안 오고…"

문장수는 몇 달 전에 약사법 위반으로 구속되어 구치소 신세를 진 일이 있다. 그의 직업이 외국 약품을 국제우편으로 받아 비밀리에 약국에 넘기는 일이었으니 경찰에 불려가는 경우가 한두 번이 아니었다. 경찰관들과 잘 아는 사이라 문제가 생겨도 전혀 걱정하지 않는다. 돈만 주면 금방 풀려난다. 국제 우체국 직원들과도 잘 통한다. 거래처 약국들과도 친하다. 모두가 서로 눈감아 주고 도와주고 먹고사는 세상이니 돈만 있으면 안 되는 일이 없다. 오히려 불법이 정상인 세상이다. 누구나 할 것 없이 정직하고 고지식하게 원리 원칙대로만 하면 못산다. 크고 작은 비리가 판치고, 어쩌다 탄로 나서 잡혀가더라도 부끄러울 것이 없다. '재수 없이 걸렸구나!'하는 정도이다. 사회적으로 문제가 커지면 구치소까지 가서 재판을 받게 된다. 신문기자들이 알고 덤비면 일이 커진다. 돈도 많이 들어간다. 대개는 아주 큰 사건 아니면 벌금형으로 사건이 마무리된다.

"면회 갈라고 했는데 며칠 안 돼서 풀려 나왔잖아? … 그때는 내 일도 바빠서 일찍 가지는 못했지만…"

"야, 문장수, 그만둬! 무슨 큰 자랑거리라고…"

박태현이 뜯어말렸다.

성준서가 술값을 내고 일행이 막걸릿집에서 나왔다.

"우리 불광동 가서 한 잔 더 하자!"

박태현이 분위기를 새롭게 하려고 '2차' 가자고 하였다. 모두들 찬성이다. 남자들 모임은 술 한 잔 들어가면 그냥 끝나지 않고 2차, 3차 가는 것이 보통이다. 불광동은 통일로 쪽에서는 가장 큰 동네인데, 상설시장이 있고 유흥 음식점들이 많다. 문장수의 집이 있는 동네이다.

넓은 맥주홀에 들어섰다.

"야, 웨이터! 여기 맥주 가져 와!"

문장수가 물을 만난 고기처럼 자기 동네 자기 세상이다.

"사장님 오셨어요? 안주는 무엇으로 올릴까요?"

"그것도 몰라? 늘 하던 대로 치킨하고 땅콩! 아, 아, 그리고… 오늘은 야채도 한 사라 가져 와!"

'야채'는 여러 가지 수입 채소에 멋을 부리고 솜씨를 자랑하며 만든 비싼 안주이다. 재료도 비싸지만 만드는 데는 남다른 손재주와 기술이 필요하다. 각종 채소에 칼집을 내어 여러 가지 형상을 연출한 하나의 조각 작품이다. 넓은 쟁반의 중앙에 왕관을 만들어 높이 올려놓고 주위에 학, 거북, 사슴 등 십장생을 드문드문 박아 놓았다. 먹고 배 채우기보다는 보고 즐기라는 요리이다. 주위 사람들에게 보란 듯이 돈 자랑하고 장식하는데 그 이상 좋은 안주가 없다. 문장수는 큰 부자인 듯이, 술값을 자기가 낼 것처럼, 으스대며 호기 있게 가장 비싼 안주를 시켰다.

"예, 예, 알겠습니다."

종업원이 허리를 굽신거리고 저쪽으로 간다.

『　용두산아!… 용두산아!… 너만은 변치 마~ㄹ자.

한발 올려 맹세하고… 두발 디뎌 언약하던…

한 계단… 두 계단… 일백 구십 사 계 다~ㄴ에…

사랑 심어 다져놓은 그 사람은 어디 가고 나만 홀로 쓸쓸히도…

그 시절 모~ㄴ 잊어~

아~ ~ ~ 몬 잊어~ 우~ㄴ다…　　　』

문장수가 간이 무대에 올라가서 '용두산 엘레지'를 구성지게 불러댄다. 노래 솜씨가 보통이 아니다. 박자와 음정이 정확하고 고저장단(高低長短)이 빈틈없다. 평소에 거래처 사장들을 접대하느라고 술집을 많이 드나들었다는 증거이기도 하지만 타고난 음악 소질도 무시할 수 없이 한몫을 하였다.

피아노 반주를 치는 밴드마스터가 머리를 들어 쳐다본다. 미소를 띠고 고개를 끄덕이며 인사를 한다. 지금까지 노래를 신청한 사람 중에서 이처럼 잘하는 사람은 본 적이 없다는 눈치이다. 가수가 노래를 잘하면 반주자도 기분이 좋고 반주하는 보람이 있다. 예로부터 '1고수(敲手) 2명창(名唱)'이라고 하였다. 고수가 스승이다. 반주를 잘 쳐야 노래가 빛이 난다. 반주자가 한 수 위인 것이다.

노래가 끝나자 홀에 있는 많은 사람들이 큰 박수를 치고 흥이 나서 '재창! 재창!'하면서 맥주를 죽 죽 들이킨다.

문장수가 '안개 낀 장충단 공원'을 한 곡 더 하고 무대에서 내려오면서 안주머니에 손을 넣어 지갑을 꺼냈다. 큰돈을 집어 밴드마스터에게 주면서 거드름을 피운다.

주거니 받거니 떠들며 술을 마시느라고 시간 가는 줄을 몰랐다. 10시가 넘었다. 빈 맥주병 여남은 개가 테이블에 쌓였다.

"인자 고만 묵고 집에 가자!"

남보다 술이 약한 이재신이 아까부터 일어서고 싶었지만 참다가 결국 한마디 하였다. 총무가 되어 술자리 분위기를 깰 수가 없어서 지금까지 '집에 가자'고 하지 못 했던 것이다.

손목시계를 보면서 웨이터를 부른다.

"이봐요, 웨이터!"

"예, 부르셨습니까?"

"여기 계산서 가져와요!"

계산서를 보니 술값이 만만치 않다.

"에, 에~? 이…"

"그래, 오늘은 우리 일보산악회가 처음으로 백운대를 오른 날이고 기분 좋게 놀았으니 인자 집에 가야지… 총무! 술값 얼마 나왔어?"

박태현 회장이 마무리를 한다.

"술값 쎄게 나왔는데… 2십만 원… 2만 원씩 내고 모자라는 거는 모아 났던 회비에서 내야 되겠어…"

각자 돈을 냈다.

문장수가 머뭇거린다. 아까 밴드마스터에게 큰돈을 털어 주고 잔돈만 조금 남았던 것이다.

"야, 허천수! 미안하지만… 2만 원만 빌려줘! 다음 등산 때 주께!"

허천수에게 막걸리 한 잔 내라고 강요하던 문장수이다. 허천수는 눈을 크게 뜨고 문장수를 똑바로 보면서 잠시 생각했다.

'앞뒤 생각 없이 돈 자랑하고 거드름 피울 때는 언제이고, 이제 와서 거지 짓을 해? 챙피한 줄도 모르고… 애걸하는 꼴이 가소롭다. 선배이기는 하지만 주제넘고 한편으로는 불쌍하다. 저러니 공짜로 멕여주고 재워주는 국립호텔(구치소)까지 갔다 왔지… 저 친구에게 돈을 빌려주어도 괜찮을까? 설마 떼어먹지는 않겠지? 하루 이틀 볼 것도 아니고…'

결국 허천수가 돈을 빌려주어 문장수는 술값을 치를 수 있었다.

10. C암장

허천수는 인수봉 졸업등반 이후에 K등산학교 출신들과는 거의 만나지 않았다. 나이 차이가 20년씩이나 되어 서로 말과 행동이 조심스럽고 분위기가 자연스럽지 못할 것이라는 생각이 들었기 때문이다. 그뿐만 아니라 혹시나 자신의 등반 실력이 모자라 젊은 사람들한테 폐를 끼칠 것 아닌가 싶기도 하고, 한 편 주책없이 따라다니다가 눈총을 받으면 그 얼마나 창피스러운 것인가 하는 염려도 있었다. 만난 지 얼마 되지 않아 깊은 정이 들지도 않았다. 그보다는 처음으로 바위를 딛게 해 주고 얼굴들도 익은 비바산악회가 좋았다. 비바산악회는 오래전부터 워킹팀에서 등산을 같이했고 암벽팀도 연령층이 50~60대이기 때문에 더욱 마음이 편했다.

K등산학교를 졸업한 지도 1년이 넘었다.

그동안 동기생들은 거의 매주 만나 등반을 하였지만 허천수가 참여한 것은 이번이 처음이다. 등반이 목적이 아니라 피서 겸 젊은 등산학교 친구들을 만나보고 싶었던 것이다.

몹시 더운 여름 일요일.

뜨겁고 어려운 멀티피치 등반을 하지 않고 시원한 그늘에서 연습등반을 하면서 하루를 보낼 수 있는 C암장이다.

C암장은 족두리봉 남측 면에 있는데 오래전에 K등산학교 선배 졸업생들이 개척한 암장이다. 불광역에서 구기터널 쪽으로 가다가 왼쪽 족두리봉으로 계곡을 따라 오르면 암장이 보인다.

오늘은 2조 조장 임경식이 주관하여 연습등반을 하게 되었다.

계곡에 들어서기 전, 동네 편의점에 들러서 각자 필요한 물품을 샀다. 시간이 없어서 아침밥을 먹지 않고 나온 회원들은 빵과 우유로 때우고 김밥을 넉넉하게 준비하였다.

"영식아, 이건 네가 가져가!"

김선미가 초등학교 1학년인 아들을 데리고 왔다. 김선미는 2주 차 교육 때 실내암장에서 스포츠클라이밍 솜씨를 능숙하게 보여 주던 3조 조장이다. 파주출판도시에 있는 어느 출판사에 근무하는데 일요일에 아이 혼자 집에 둘 수 없어 바위 타는 구경도 시킬 겸 데리고 나온 것이다. 편의점에서 2리터짜리 생수병을 사서 아들이 진 배낭에 꾹 눌러 넣는다.

"저런!"

허천수는 놀랐다. '저 작은 배낭에 어른들도 무거워하는 2리터짜리 생수병을 넣고, 어린아이더러 지고 가라고 하다니!'

아이는 휘청하면서도 즐거운 듯이, 싫다는 말 한마디 아니하고 달랑달랑 흔들며 잘도 간다. 엄마가 데리고 나와 준 것만으로도 좋은 모양이다.

모두들 장비를 착용하고 바로 등반을 시작하였다.

강형설, 김기사 두 사람이 선등을 하여 2곳에 줄을 깔았다. 강형설은 등산학교 동기생들을 모아 인터넷 카페를 조직하고 회장을 맡은 사람이다. 체격도 좋은 미남형에다 친화력이 있어 학생들 사이에 인기가 높았다. 김기사는 작은 트럭운송회사를 경영하는 사장인데 등산학교에 오기 전부터 암벽등반을 하던 클라이머였다. 카라비너, 슬링, 스포츠테이프 같은 소품들을 항상 여유 있게 가지고 다니면서 초보자들에게 아낌없이 나누어 주어 처음 만난 사람들도 좋아하였다.

"여보세요! 아, 아, 그래 이제 들리네… 계곡을 따라 주~ㄱ 올라오다가 왼쪽 개울 건너 위쪽을 보면 암장이 보여!"

임경식이 핸드폰으로 채식주와 통화를 한다. 1조 조장을 하던 채식주가 지각을 해서 뒤늦게 혼자 길을 찾아오는 모양이다.

"어이, 모두들 잘 있었어? 늦게 와서 미안해! 허 선생님, 그동안 잘 계셨어요?"

채식주가 도착하였다.

'거 참, 용케도 금방 잘 찾아오네! 나 같으면 혼자 못 찾아오고… 오더라도 시간이 한참 걸렸을 것인데…'

허천수는 속으로 시간을 계산하면서 감탄하였다.

"허 선배님, 이 줄 한번 잡아 보시죠!"

강형설이 자기가 깔아 놓은 로프를 주면서 올라가 보라고 한다. 20m쯤 되는 B코스 슬랩이다. 난이도가 중급 정도인데 모두들 여기에서 연습한다.

허천수가 되감기 8자매듭을 만들어 배꼽카라비너에 걸고 강형설을 보면서 "출발?" 한다.

"출발!"

강형설이 빌레이를 보면서 발 디딜 곳을 세세하게 알려 주었다.

생각보다 어렵지는 않았다.

허천수는 자신의 등반 실력이 남보다 크게 뒤지지 않는 것을 확인하니 기분이 좋았다.

모두들 번갈아 가며 여러 코스를 오르락내리락 하였다.

"누가 내 빌레이 좀 봐줘요!"

정천호가 줄을 잡고 등반 준비를 하면서 누구든지 빌레이를 봐주기를 청한다.

"내가 봐줄까?"

허천수가 나섰다.

"저는… 체중이 무거워요."

정천호는 허천수가 빌레이를 봐주려고 하니 약간 걱정스러운 모양이다. 체중이 큰 차이가 나는 데다가 나이 차이도 크니 안심할 수가 없었던 것이다.

바위에서는 자기가 등반하는 것 못지않게 믿을 수 있는 빌레이어를 만나야 한다. 자기의 생명이 빌레이에 달려 있기 때문이다. 등반자는 빌레이어를 믿고 자기 몸을 맡기는 것이므로 조금이라도 께름칙하면 등반할수가 없다. 따라서 바위 타는 사람은 모두가 자신의 등반 실력도 길러야하지만 남의 빌레이를 봐주는 실력도 길러야 한다.

허천수는 자기의 빌레이 연습만 생각하다가 정천호의 불안한 심정을 미처 헤아리지 못하였다.

'아, 이래서 나이 차이가 많으면 함께 어울리기 어렵겠구나! 괜히 폐만 끼치게 되면 안 되지…'

허천수는 K등산학교 팀과 바위타기를 하는 것은 앞으로도 자제해야
겠다고 다짐했다.

"자, 모두들 이리 와요. 점심 먹어야지…"

때마침 저쪽에서 임경식이 큰 소리로 회원들을 부른다. 팀의 맏형인
임경식이 넓은 곳에 돗자리를 펴 놓고 얼음물과 도시락을 꺼냈다. 잘게
썰어서 냉동실에 얼려 놓았던 수박도 1박스 풀어 놓았다.

점심때가 훨씬 지났지만 모두들 등반에 열중하느라고 배고픈 줄을 몰
랐는데 임경식이 부르는 소리를 듣고 갑자기 배가 고파졌다.

"어? 점심시간이야? 그래, 밥을 먹어야지… 가요!"

마침 잘 됐다. 허천수는 빌레이를 볼 필요가 없게 되었다.

"그럽시다."

정천호도 기다렸다는 듯이 얼른 로프를 풀고 저쪽으로 갔다.

"저 위쪽이 까다롭겠어."

점심을 먹고 A코스에서 김선미가 루트를 탐색한다. 김 기사가 줄을
깔아 놓은 곳이다.

선등자는 퀵드로와 볼트를 최대한 이용하면서 줄을 깔지만 후등자는
오로지 자기 손발로만 올라야 하기 때문에 먼저 루트를 탐색해서 잘 봐
두어야 한다. 선등자라도 후등으로 오를 때에는 자기 손발로만 오르기
때문에 어렵기는 마찬가지다.

"까다롭기는… 선미가 까다로우면 우리들 중에 아무도 거기 오를 사
람 없어… 내가 빌레이 봐줄 테니까 한번 올라가 봐!"

채식주는 이 암장에서 가장 난이도가 높은 A코스에 도전해 보라고 김
선미를 부추긴다. 실은 자기가 해 보고 싶었던 것인데 자신이 없으니

먼저 올라가 보라고 하는 것이다. 김선미가 성공하면 자기가 올라가려는 속셈이다.

채식주가 빌레이를 보고 김선미가 날렵하게 슬랩을 오른다. 거침이 없다.

"앗, 추락!"

갑자기 김선미가 소리쳤다.

상단부 크럭스(crux: 가장 어려운 지점)를 통과하지 못하고 추락한 것이다.

'철컥!'

큰 소리는 나지 않았지만 채식주가 장착하고 있는 그리그리(p사 제품의 빌레이 장비)가 순간적으로 로프를 꽉 물었다. 김선미는 2m쯤 추락하고 제동이 되어 다친 데는 없고, 오히려 채식주가 놀라 가슴이 '철렁!'하였다. 김선미는 추락연습을 몇 번 해 봤기 때문에 추락을 겁내지 않고 침착하게 대처할 수 있었다.

추락연습은 특별한 기술을 배우는 것이 아니다. 말 그대로 슬랩이나 낭떠러지에서 일부러 떨어져 보는 것이다. 담력을 기르고 제동이 잘 되는지 확인하기 위함이다.

채식주는 추락 없이 톱까지 잘 올라갔다. 김선미가 추락한 곳에서는 최대한 집중력을 발휘하여 풋홀드와 핸드홀드를 잘 찾아내었다. 성공이다. 채식주가 성공하는 것을 보고 다른 회원들도 한 번씩 A코스에 도전했지만 끝까지 오르지 못하고 모두 중도 하강하였다. 그날 완등한 사람은 김선미와 채식주 뿐이었다.

"엄마, 집에 가자!"

영식이가 지루한 모양이다. 점심을 먹고 하품을 하면서 집에 가자고 한다. 처음에는 무서운 바위 구경도 하고 어른들이 곰 같이 바위에 기어오르는 것을 보니 신기하고 재미있었는데 이제 더 이상 볼 것도 없고 졸리기만 한 것이다.

"그래, 그러잖아도 집에 갈 생각이었어. 시장도 보고 김치도 담가야 하고…"

김선미는 회원들에게 작별인사를 하고 먼저 하산하였다.

K등산학교 팀은 한여름 더운 날씨에 피서 겸 C암장 연습등반을 잘 마치고 불광동 먹자골목 음식점에서 즐거운 뒤풀이 시간을 가졌다.

"법성포 스님, 법어 한 말씀 하시지요!"

임경식이 4조 조장이었던 이광효를 보고 유익한 불교 이야기를 하나 해 달라고 청한다. 나이가 일곱 살이나 아래이기 때문에 평소에는 '이광효!' 또는 '광효야!'하고 부르다가 오늘은 일부러 예의 바른 척하면서 점잖게 말한다. 이광효는 스님은 아니지만 불교에 해박한 지식을 갖고 있어 친구들 간에 스님으로 통한다. 그의 고향이 영광 법성포였기 때문에 법성포 스님이라는 별명이 붙었다.

그가 자랑하는 법성포는 '영광굴비'로 유명한 고장이다.

조기는 연평도가 유명하지만 연평도 조기는 산란기의 조기이고 맛으로는 영광굴비가 제일이다. 제주도 남쪽 먼바다에서 겨울을 보낸 조기 떼가 연평도로 북상하면서 법성포 앞 칠산 바다를 지날 때쯤이면 알이 차고 맛이 좋은 산란 직전의 조기가 된다. 그때가 4~5월, 계절로는 곡우 때 잡은 조기를 제일로 친다. 소금에 절인 조기를 토굴 속에 3일간 넣어 두었다가 꺼내어 열흘쯤 해풍에 말리면 천하 일미 영광굴비가 된다. 법성포는 그 영광굴비의 모항이기 때문에 이광효가 고향 자랑을 할 만

하고 자랑을 할 때마다 조금씩 들은 토막상식으로 친구들은 모두 굴비에 대한 확실한 지식을 갖게 되었다.

"에~ 갑자기 뭘 말해야 할지 모르겠는데… 그래! … 오늘은 혜능(慧能) 선사에 대해서 얘기해 볼까요?"

이광효는 혜능 선사를 좋아한다.

"모두들 달마(達磨) 선사는 잘 알지요? 남인도 향지국(香至國)의 왕자였는데 서기 520년경 중국으로 갔어요. 중국 북위(北魏) 때 낙양 동쪽에 있는 숭산(嵩山) 소림사에서 9년간 면벽좌선(面壁坐禪)을 하고 중국 선종(禪宗)의 창시자가 되었는데 '사람의 마음은 본래 깨끗하다'는 것이 선사상의 핵심입니다.

달마를 시조로 하여 발전한 선종은 5조 홍인에서 혜능의 남종선과 신수의 북종선으로 갈리게 되는데 남종선이 주류를 이루어 혜능을 6조라고 하지요. 두 종파는 어떻게 다른가 하면… 단적으로 말해서 남종선은 '생활의 선'이고, 북종선은 '사색의 선'이라고 합니다. 북종선은 자기 자신을 바르게 하기 위해서 전통적인 불교 개념 및 경전, 수행법을 중시하면서 점차 깨달음을 얻는 '점오(漸悟)'의 방법으로 수행하는데 반하여, 남종선은 어렵고 복잡한 수행법을 배척하고 즉각적인 깨달음, 곧 '돈오(頓悟)'를 주장합니다. 즉 모든 사람에게 불성이 있으며 사람의 본성은 원래 순수하기 때문에 바로 깨달음을 얻을 수 있다고 하는 것입니다. 그래서 남종선은 많은 사람들의 호응을 얻게 되어 동아시아 선불교의 대표적 계통으로 발전해 왔지요.

우리나라의 조계종도 '누구나 부처의 성품을 가지고 있다'고 하는 6조 혜능의 남종선을 면면히 이어받아 온 것입니다. 서기 821년 당나라에서 귀국한 도의국사가 설법하기 시작하였는데, 조계종이라는 명칭은 혜능 선사가 설법을 하던 지명 조계(曹溪)에서 유래되었다고 해요. 조계사도 있고 조계산도 있지요. 서울 조계사는 조계종의 총본부이고 조계산은 전남에 있는 유명한 산인 거 알지요? 우리 다음에 기회 있으면 조계산 등산 한번 갑시다.”

역시 이광효는 스님 아닌 스님이다. 임경식은 달마로부터 시작해서 대한불교 조계종까지 이렇게 간략하게 잘 설명해 주는 사람 처음 보았다. 가는 데마다 배가 불룩한 달마상이 있고 눈이 부리부리한 초상화가 있는 것을 보고 '도대체 달마가 누구이길래 이처럼 유명한가? 그가 무엇을 했길래 이처럼 존경을 받는가?' 늘 궁금했는데 오늘 의문이 풀렸다.

허천수도 수십 년간 산에 다니면서 전국의 유명한 사찰은 안 가본 데가 없는데 어디서나 『대한불교 조계종 ○○사』라고 쓰인 간판을 보고 늘 이상하게 생각했다. 모든 절이 조계종이면 굳이 조계종이라는 글을 간판에 쓸 필요가 있는가? 조계종 외에 다른 종도 있는가? 조계종은 어떤 것이며, 어디서 유래되었고 그 근본 사상은 어떤 것인가? 오늘 이광효의 설명을 들으니 조계종에 대해서 조금 알 것 같다.

“이광효 스님, 고마워요! 내 수십 년간 산에 다니면서 유명한 절은 다 가 보고 불교에 대한 상식도 어느 정도 가지고 있지만 오늘같이 가닥을 잡아 명쾌하게 알게 해 준 사람은 처음 봤어요. 역시 스님이라고 해도 손색이 없겠어요. 자! 내 곡차 한잔 받으세요!”

허천수는 잔이 철철 넘치도록 막걸리를 따라 주었다. 스님한테는 막걸리가 술이 아니라 곡차(穀茶)이다.

“그러고 보니 광효가 좋아하는 혜능 선사는 우리나라 불교의 큰 줄기인 조계종의 원조이시네? 수행하는 사람들이 《육조단경(六祖壇經)》이라는 경을 많이 읽는데 그게 남종선(南宗禪)의 근본이 되는 선서(禪書)인가?"

채식주도 불교에 관심이 많았던 모양이다.

"맞아요. 《육조단경》은 부처님의 경이 아니라 6조의 어록인데 해박한 사상을 간결한 문장으로 잘 정리하고 있어 우리나라뿐만 아니라 중국과 일본에서도 널리 애송되고 있어요. 어록이지만 경과 같은 대우를 받고 있지요."

"조계종 본부는 서울에 있는데 조계산은 어째서 서울 근처에 안 있고 멀리 전남 순천에 가 있을까? 재작년 조계산 등산 갈 때 이상하게 생각했지. 조계산은 서쪽 송광사에서 시작해서 산을 넘어가면 동쪽 끝에 선암사가 있지요? 둘 다 유명한 절이라… 절이 유명해서 조계산이라는 이름을 얻은 것인가?"

허천수는 조계산 이름도 궁금했다.

"그런 건 아닙니다. 선암사는 조계종이 아니고 태고종입니다. 통일신라 말기에 도선이 창건하고 고려 말 공민왕 때 보우국사가 창종한 태고종의 총림이지요. 봄에는 매화, 가을에는 단풍으로 유명한 관광명소입니다. 조계산 이름과는 상관없어요.

조계산 이름은 《육조단경》을 종지로 삼은 고려 때의 지눌(知訥)이라는 고승이 송광사에 머물렀는데, 그가 조계산이라고 한 것입니다.

결론적으로 말하면, 조계종 이름은 신라 말부터 사용했고, 조계산 이름은 고려 후기부터 사용하기 시작했다고 보면 맞을 겁니다."

"오늘 불교 공부 제대로 하는군!"

채식주가 다시 송광사에 대해서 묻는다.

"송광사는 승보종찰이라고 하던데 그게 무슨 말인가?"

"그건 내가 알지…"

임경식이 바로 받아서 얘기한다.

"우리나라에는 3대 사찰이 있는데 양산 통도사, 합천 해인사, 순천 송광사 이 3곳이 3대 사찰이야,

통도사는 부처님의 진신사리를 모셔둔 곳이라고 해서 불보종찰이라고 하고, 해인사는 부처님의 가르침을 수록한 팔만대장경이 있어서 법보종찰이라고 하고, 송광사는 많은 고승을 배출한 절이라 승보종찰이라고 하지.… 지눌 스님 이후에 송광사에서 공부한 스님은 16명이나 국사(國師)가 되었다는데… 이처럼 송광사는 불교 최고의 교육기관 역할을 하였기 때문에 승보종찰이라고 한다네.…

3대 사찰은 모두 조계종인데 불(佛)·법(法)·승(僧) 3대 보물을 상징하는 절들이야.… 일반인들도 3대 사찰을 아는 사람이 많아.… 누구든지 상식적으로 알아 둘만 하지.…"

"3대 사찰이 모두 조계종이면 다른 종은 없는 거나 마찬가지네?"

채식주는 궁금증이 더욱 커졌다.

"아니야! 조계종과 같이 참선(參禪)으로 깨달음을 얻으려고 하는 선종에는 천태종도 있고 다른 종들도 많아.… 단양 구인사(救仁寺)는 천태종의 총본산인데 어마어마하게 큰 절이야.… 소백산 국망봉에서 단양 영춘면 쪽으로 내려가다 보면 50여 채의 건물이 온 골짜기를 덮고 있는데 그게 구인사야. 5~6만 명이 동시에 머무를 수 있다고 해.… 서울에서 구인사까지 직행버스도 있다는데 우리나라에 단일 절로는 그보다 큰 절이 없을걸? …"

임경식도 나이에 걸맞게 산행을 오래 해서 절(寺)을 많이 알고 있다.

"구례 화엄사는 무슨 종이야? 그 절도 유명한데… 물론 화엄종이겠지? 지리산 화대 종주를 할 때 처음 시작하는 등산로 입구에 있는 절 말

이야.…

친구들, 화대종주 알지? 구례 화엄사에서 시작해서 산청 대원사까지, 표준 등산거리 42.7㎞, 지리산 등산 중 가장 긴 코스지…"

임경식은 화대종주를 해 본 모양이다. 산에 다니는 사람은 화대종주를 했다고 하면 큰 자랑거리가 된다. 초보자들은 화대종주가 있는지도 모른다. 엄청난 체력이 필요한 종주코스이기 때문에 여간 산행경력이 있는 산꾼도 화대종주를 해 본 사람은 많지 않다.

"화엄사라고 무조건 화엄종이 아니어요. 구례 화엄사는 조계종입니다. 선종(禪宗)이라는 말입니다. 화엄종은 교종(敎宗)의 대표적인 종파인데 불경 연구를 주로 하기 때문에 많지는 않아요. 불교의 종파는 시대에 따라서 명칭과 내용이 자주 바뀌어서 아주 복잡하고 한 갈래로 파악하는 것이 쉽지 않습니다.

불교를 크게 보면 소승불교와 대승불교가 있는데 소승불교는 스스로의 깨우침을 목표로 하는 종파로 스리랑카, 태국 등 남방불교이고… 대승불교는 많은 사람을 구제하는 중생 제도(衆生 濟度)가 목표인 중국, 한국, 일본 등 북방불교입니다.

대승불교는 다시 교종과 선종으로 나눌 수 있는데, 기독교로 치면 가톨릭과 개신교 같은 것입니다.

우리나라의 불교는 대부분이 선종 계통에 속합니다. 그래서 달마상이 많고 가는 데마다 달마를 볼 수 있지요."

이광효가 더 자세히 설명해 주어 친구들이 모두 기분이 좋았다.

"자, 이제 그만하고 집에 가자! 10시가 넘었어. … 마누라한테 잘못 보이면 내일 아침밥 못 얻어먹어. …"

절 이야기를 하다 보니 식사하는데 2시간이 금방 지나갔다. 맥주병과

소주병이 여기저기 뒹굴고 있다.

　임경식이 술잔을 비우고 남은 부추 전 한 점을 우물우물 씹으며 배낭을 지고 일어선다.

11. 선인봉을 넘어 만장봉으로

도봉산에는 단풍이 아름답다.

붉은색과 노란색 단풍이 진초록 소나무 숲과 어울려 환상적인 장면을 연출하면서 뾰족뾰족한 바위 봉우리들을 머리에 이고 있다. 바위들은 저마다 적당한 위치에서 햇빛을 받아 빛나고 투명한 콤포스 블루(compose blue) 색을 띠고 있어 반짝이는 유리알 같다. 게다가 파란 하늘과 흰 구름이 배경을 깔아 주어 도봉산을 더욱 돋보이게 한다. 한 폭의 아름다운 그림이다.

허천수는 새벽부터 바쁘다.

오늘은 거의 1년 반이나 만나지 못하였던 비바산악회 팀과 함께 도봉산 바위를 타는 날이다. 그동안 허천수는 다른 등산학교를 하나 더 나오고 그들과 어울리다 보니 비바산악회와는 거리가 멀어졌는데, 며칠 전에 우연히 비바산악회 인터넷 카페에 들러 보고 오늘 등반을 결정하였다. 선인봉 '남측십자로길'로 정상까지 간다는 공지가 있어 이 길은 처음 가는 길이라 마음이 당기고 오랜만에 친구들도 만나보고 싶어서 댓글을 달아 참가 신청을 한 것이다.

도봉산에는 수많은 암봉이 있는데 그중에서 제일 높은 봉우리는 자운봉(紫雲峰: 740m)이다. 그 아래 만장봉(萬丈峰: 718m)과 선인봉(仙人峰: 708m)이 3형제 같이 한 줄로 내려오고 자운봉 옆에는 신선대가 자운봉과 키 재기를 하고 있지만 조금 낮다. 신선대는 누구나 갈 수 있어 항상 등산객들로 붐비는 사실상의 도봉산 정상이다. 다른 3형제 암봉은 일반 등산객의 접근을 엄격하게 금하고 암벽등반을 하는 클라이머들에게만 출입증을 내어 주고 있는 별천지이다.

그중에서도 막내인 선인봉은 키는 작아도 바위 면이 가장 넓어 수십 개의 바윗길이 개척되어 있다. 자운봉과 만장봉은 한두 줄의 바윗길밖에 없어 비교적으로 한적하지만 선인봉은 항상 찾는 사람이 많아 바위꾼들 사이에서 '도봉산' 하면 거의 '선인봉'을 말한다. 선인봉은 북한산 인수봉과 더불어 암벽꾼들의 사랑을 받는 멀티피치의 성지이다.

허천수는 지난 4년 동안에 등산학교를 두 군데나 나왔고 바위를 즐길 수 있는 암벽 팀도 몇 개 생겼다. 인수봉, 노적봉, 도봉산의 여러 코스도 맛보았고 수락, 불암, 삼성산에 흩어져 있는 암장 연습도 많이 했으니 바위에 다소 자신이 붙었다. 그동안 도봉산 암벽도 여러 번 했지만 오늘 가는 '남측십자로길'은 처음이기 때문에 호기심과 기대가 크다.

이 길은 슬랩과 크랙은 물론, 펜듈럼과 침니도 경험할 수 있어 다른 길과는 또 다른 맛이 있는 코스로 알려져 있다.

8시 정각.

비바산악회 암벽팀이 도봉산 안내소 앞에 모였다. 남자회원 4명, 여자회원 3명. 서로 인사를 나누고 악수를 한다.

향산마루, 대호, 성운산 등 60대 친구들은 안 보이고 서정아, 영초롱 두 사람만 낯익은 얼굴이다.

"어머! 허 선생님, 반갑습니다! 그동안 어떻게 지내셨어요? 건강하시지요?"

옛날 그림친구 최만복 화백의 딸 영초롱이 펄쩍펄쩍 뛰면서 반가워한다.

"아, 최양! 그동안 잘 있었어? 암벽도 많이 하고? 애기들 잘 크겠지? 큰 애가 금년에 몇 살인가?"

오랜만에 만났으니 허천수도 반가웠다. 영초롱은 아버지를 닮아서 웃는 모습이 최화백과 같다. 오래전에 작고한 최화백이 살아 온 듯이 금방 머리에 떠오른다.

"열여덟 살 고3인데 내년에 대학에 가요."

"그래? 벌써 애기들 다 자랐겠네. 엄마는 산에만 열심히 다니면 되겠어."

"애가 좋은 대학에 가야 할 텐데 걱정이에요. 허 선생님은 작년에 S등산학교도 나오셨다면서요? 그 연세에 등산학교를 2개나 나오셨다니… '나이는 숫자에 불과하다'는 말이 딱 맞아요. 이제 암벽등반에서 고수가 되셨겠어요."

"고수는 무슨… 이 나이에… 젊을 때부터 수십 년간 바위를 탄 클라이머들도 많은데…"

허천수가 S등산학교까지 나왔다는 것을 영초롱이 아는 것을 보니 비바산악회에서는 늘 허천수의 소식을 챙기고 있었던 모양이다.

오늘 등반은 한백대장이 주관한다. 그는 팀에서 젊은 축에 드는 40대 후반이지만 노련한 클라이머이다. 2주 전에 인터넷 카페에 공지를 올리고 오늘의 대장이 되어 선등을 하는 것이다.

오랫동안 팀을 리딩하던 선돌대장은 지난봄 비바산악회를 떠났다고 한다. 회원들에게 인기가 있는 점을 악용하여 회원들로부터 돈을 빌려 쓰고 갚지 않아 말썽이 생겼는데 한두 번은 그냥 지나갔지만 여러 번 계속되자 모두들 그를 싫어하고 차차 회원 수가 줄어 결국 암벽팀이 해체되는 지경에 이르렀던 것이다.

두어 달 공백 기간을 가진 다음 회원들은 의견을 모아 한백대장을 초청하였다. 그동안 몇 차례 등반을 같이했다는데 허천수는 처음이다. 그는 말이 없고 약간 무뚝뚝한 성격으로 나이 탓도 있지만 선돌대장보다는 사교적이지 않아 회원들과 친밀감이 덜 한 것 같다.

"그 로프는 앞으로 가져오지 말아요. 도봉산에서는 필요 없으니까 …"

한백대장이 수박사보고 하는 말이다.

"?"

허천수는 의아했다.

자기보다 나이도 많은 사람이 애써 가지고 온 로프를 퇴짜 놓는 것도 모자라 말투가 매우 거칠다.

수박사는 50대 초반의 나이로 영등포에 있는 입시학원에서 수학을 가르치는 강사이다. 입시학원이라면 고3생들로서는 안 가 본 학생이 없고 거기서 수학 선생이라면 하늘같이 우러러보이는 사람 아닌가? 학생들에게는 국어, 영어, 수학 3과목이 제일 어렵고 그 3과목만 잘하면 어지간한 대학쯤이야 겁날 것 없지 않은가? 그런 수학을 가르치는 선생님이 비바산악회에 있는 것이다. 수박사라는 닉네임도 수학 선생이라는 뜻으로 회원들이 붙여 준 이름이다.

그는 암벽 경험이 몇 년 되었다고 한다. 암벽은 일찍 배웠지만 직장 일이 바빠서 오랫동안 묵혀 두었다가 비바산악회에는 지난여름부터 나오기 시작했다고 한다. 오늘은 로프가 많으면 좋을 것 같아서 40m짜리 로프 1동을 특별히 가지고 왔는데 한백대장이 좋아하기는커녕 핀잔을 주어 기분이 상했다.

비바산악회에는 회비로 구입한 60m 공용 로프가 3동 있다. 회원들이 번갈아 가면서 집에 가지고 갔다가 다음 산행 때 가지고 나온다. 따로 개인로프를 가지고 올 필요도 없고 더욱이 40m짜리 짧은 로프는 필요가 없었던 것이다. 그러나 필요가 없다고 말을 함부로 하는 것은 큰 실례가 아닌가? "다음에는 가지고 오지 않아도 됩니다." 했더라면 훨씬 듣기가 좋았을 것이다.

"그 배낭 꼭 중국 사람들 보따리장사 등짐 같네요."

한백대장은 허천수와 인사를 나누고 초면인데도 불구하고 생각나는 대로 하고 싶은 말을 거침없이 한다. 나이가 서른 살이나 많은데도 예의는 개한테 주어버린 모양이다.

그런데 말은 맞다. 허천수가 지고 있는 배낭은 K등산학교에서 졸업 선물로 준 배낭인데 배가 홀쭉하고 처져서 볼품이 없다. 겉으로 보기에는 싸구려 노숙자 배낭 같다. 그러나 무겁고 부피가 큰 암벽장비를 수납하기에 알맞도록 고안된 고급 배낭이다. 중형배낭이지만 초대형 배낭이나 다를 바 없이 많은 물품을 넣고 걸 수 있다.

안으로는 하네스, 암벽화, 퀵드로 기타 암벽장비와 음식, 의류 등을 수납하기 좋게 만들어져 있고 바깥으로는 헬멧, 로프, 물병, 스틱은 물론 천막, 침낭, 매트, 돗자리 등 비박장비까지 걸고 묶기 좋게 되어 있다. 불필요한 장식품은 하나도 없고 완전 실용적으로만 되어 있어 가볍고 튼튼하다. 검고 질긴 천으로 만들었기 때문에 때를 타지 않고 바위에 비벼도 좀처럼 구멍이 나지 않는다. 안과 밖을 꽉 채워야 제대로 모양이

나오는데 최소한의 장비와 음식을 넣은 허천수의 배낭은 반밖에 못 채웠으니 홀쭉하고 볼품없는 것이 당연하다.

만월암 갈림길에서부터는 급경사 길이다. 석굴암 쪽으로 계단이 이어지고 끊어지기를 반복한다. 계단 길을 다 지나서 바위꾼들만 다니는 실낱같은 토끼 길을 더듬어 올라간다. 약간 여유 공간이 있는 '남측십자로길' 출발점에 도착하였다. 모두들 배낭을 풀고 물 한 모금씩 마신 다음 등반 준비를 하였다.

5분도 안 되어 일행의 모습이 확 바뀌었다. 전투태세에 돌입한 완전무장 군대 같다. 헬멧에 암벽화, 허리에 각종 장비를 차고 어떤 사람은 시퍼런 색안경을 쓰고 있다. 조금 전까지 땀 흘리며 힘들어하던 회원들의 나약한 모습은 간데없고 한판 붙어 보겠다는 각오로 나선 돌격 부대같이 동작이 빠르고 힘이 넘친다. 로프를 멘 선두는 탱크같이 성큼성큼 첫 번째 바위를 넘는다.

첫 번째 바위를 넘고 약간 위험한 크랙을 지나면 7~8명이 쉴 수 있는 쉼터가 있다. 쉼터라고 해도 편히 쉴 수 있는 평지가 아니다. 날카로운 바위들 사이에 여기저기 불편하게 앉아서 잠시 쉴 수 있을 뿐이다. 여기서부터 본격적으로 멀티피치 등반이 시작된다. 앞에는 거대한 바위벽이 2개 비스듬히 마주 보고 있고 그 앞에 있는 작은 바위를 오른쪽으로 돌면 확 트인 공간이 펼쳐진다. 산 아래가 멀리까지 보이고 발밑은 천길 절벽이다. 거기에 마치 거대한 석관(石棺) 같은 바위가 저쪽 허공으로 삐죽이 나가 있다.

"관바위다!"

누군가가 먼저 보고 한마디 하였다.

"관바위가 아니라 요즘은 '타이타닉 바위'라고 해요."

영초롱이 수정해 준다.

허천수는 말로만 듣던 관바위를 처음 보았다.

누가 이름을 붙였는지 모르지만 흡사 영화에 나오는 타이타닉호가 침몰하는 장면 같기도 하다.

타이타닉호는 당시 최대의 대서양 횡단 여객선이지만 건조된 후 첫 항해에서 침몰하였다. 1912년 4월 영국의 사우샘프턴에서 출항해서 미국 뉴욕으로 항해하던 중 북대서양의 빙산에 충돌하여 탑승자 2,200여 명 중 1,500명이 희생된 큰 사고였다. 그 배에는 선주, 배의 설계자, 저명한 부호들과 귀족이 타고 있었다.

인명피해도 큰 사고였지만 그보다도 2시간 반에 걸쳐 서서히 침몰하면서 남긴 감동적인 이야기들로 더 유명하다. 사고 후 오랜 시간에 걸쳐 낱낱이 밝혀진 비극의 현장은 죽음 앞에 선 인간의 심정과 행동을 그대로 보여주고 있다. 아비규환의 현장에는 본능적이고 동물적인 행동으로 가득 차 있지만 용감하고 지혜롭고 인간미 넘치는 장면도 많았다.

죽음을 초월한 이야기들은 어떤 종교보다 성스럽고 고귀하다. 그래서 더욱 유명해지고 너무나 감동적인 드라마였기에 영화로 제작되어 전 세계에 알려진 것이다.

사고 당시 제1의 영웅은 단연 에드워드 존 스미스 선장이다. 그는 구명보트에 탈 수 있었지만 끝까지 남아서 선원들을 지휘하고, 승객들을 탈출시키며, 주어진 임무를 완수한 후 장렬히 배와 운명을 같이하였다. 생사를 초월한 선장이 되어 위대한 이름을 영원히 세상에 남긴 것이다.

선장뿐만 아니라 기관장, 기관사, 화부, 전기수리공, 기타 선원들도 침몰하기 2분 전까지 각자의 위치에서 고군분투한 영웅들이다.

2등항해사는 선장에게 여자와 어린이를 구명보트에 먼저 태울 것을 건의했고, 배의 설계자 토마스 앤드류스는 흡연실에서 구명조끼를 벗은 채 그림을 보면서 태연히 최후를 맞았다.

악단은 침착하게 찬송가를 끝까지 연주했고, 1등실 선객들은 카드 게임을 계속했다. 저명한 언론인 한 사람은 조용히 독서를 했다. 죽음을 두려워하지 않은 초인들이다.

어느 신부는 성직자의 양심으로 구명보트 승선을 거절하고 많은 사람들과 함께 미사를 드리면서 최후를 맞았다.

백만장자인 철강업자, 백작부인, 백화점 소유자의 부인 등 상류층 사람들의 아름다운 이야기도 세상 사람들을 감동시키고 있다.

한편, 구명보트를 먼저 타기 위해서 이성을 잃은 승객들이 필사적으로 다툼을 벌이는 장면과 질서유지를 위해서 권총까지 쏘아 가면서 분투하는 선원들의 모습도 충격적이다.

배의 선주인 브루스 이스메이는 몰래 구명보트에 숨어 타서 목숨은 구했지만 비겁한 이름을 영원히 세상에 남겼다. 그러나 무조건 비겁하다고 욕할 것이 아니다.

인간은 죽음 앞에서 자기가 살기 위해서 수단·방법을 가리지 않는 동물적인 본능이 있다. 체면과 명예와 예절도 중요하지만 본능보다는 가볍다. 극한 상황에서 누구도 거역할 수 없는 것이 '본능'이라는 것을 모르고 함부로 남을 비난해서는 안 될 것이다.

'인간에게 죽음이란 무엇인가?'

허천수는 타이타닉 바위를 보면서 평소에 의문을 가지고 깊이 생각해 오던 죽음에 대해서 순간적으로 결론이 스치고 지나가는 것을 느꼈다.

'저 바위는 관바위가 맞아! 저 관 안에 들어가면 인간도 영혼도 사후세계도 없는 하나의 물체가 되고 말아. 그것도 수백억 년 지나면 미세한 분자나 원자가 되고 그다음에는 무엇이 될지 아무도 몰라. 모든 종교나 기도나 명예도 다 살아 있을 때의 이야기에 불과한 거야. 죽고 나면 명예도, 가족도, 자기의 이름도… 없어! 자기가 살아 있는지 죽었는지도 몰라! 화가나 음악가나 시인이나, 누구 할 것 없이 아무리 명작을 남겨도 죽고 나면 자기와는 상관없는 일이야! 명작도 자기가 살아 있을 때 자기 생활의 일부일 뿐이지!

그렇다. 인수봉 60m 하강지점에서 처음이자 마지막 딱 한 번 실수로 죽은 사람이 있지… 1초 전에 "하강!"하면서 몸을 뒤로 젖히는 순간 추락하여 한마디 변명할 시간도 없이 이 세상과 인연이 끊어지고 말았다는 거야. 그가 지금 무슨 생각을 하고 있겠어?

사람의 죽음은 모기나 파리의 죽음과 다를 바 없지… 파리채로 딱 때리는 순간 파리의 목숨은 끝나고… 사후세계는 없어. 우리도 오늘 이 순간이 있을 뿐이야!'

허천수가 눈을 돌려 1피치 루트를 쳐다본다.

높은 바위벽을 보니 2년 전에 작고한 최성철이 생각났다.

'가장 친한 친구 최성철이 그렇게 허무하게 가다니!… 정말 애석한 일이야.…

북한산 보국문에서 만나 새로이 산 친구가 되어 20여 년간 산행을 같이하면서 지칠 줄 모르고 잘 가던 친구가 … 지금까지 단 한 번 뿐인 용아장성 산행에도 같이 갔고 … 전국의 수없는 산을 함께 다니던 친구였는데.… 발병한 지 6개월도 안 돼서 숨을 거두었으니.… 직장암 말기 진단을 받고 수술까지 받아 당분간 괜찮을 줄 알았는데 … 기운이 없다는 전화를 남긴 지 열흘도 안 되어서 청천벽력 같이 부고가 날라 올 줄이야… 영안실 높은 제단 위에 얹혀 있는 영정사진을 보고 '자네가 왜 거기에 올라가 있어?' 속으로 놀라고 충격을 받았지.… 지금 저 앞에 있는 관바위를 보고 높은 1피치 루트를 바라보니 그날이 생각나는군.… 많은 추억을 남기고 떠나간 친구였어.…'

허천수는 죽음에 대한 생각을 떨쳐버리고 일어섰다.

한백대장이 선등을 하는 동안 서정아가 세컨이 되어 빌레이를 봐주었다.

첫 피치는 슬랩이다. 수직 벽을 끼고 오르다가 왼쪽으로 꺾어 바위 위에 올라서면 1피치 끝 확보점이 있다. 여기까지는 어렵지 않다. 약간 넓은 곳이다. 여러 사람이 올라와서 차례를 기다리고 있다. 2피치는 날등을 타고 오르는 슬랩이다. 약간 어렵다.

2피치 끝에 한백대장이 고정로프를 설치한 다음 서정아를 보고 3피치로 펜듈럼(Pendulum)하라고 지시하였다.

서정아는 고정로프 한 자락을 자기의 배꼽카라비너에 묶어 확보하고, 그네 타듯이 몸을 날려 맞은편 바위로 건너갔다. 제비처럼 매끈하고 날렵하다.

허천수의 차례이다.

한백대장은 빌레이를 보던 로프를 고정시켜 2중 확보를 해주었다. 허천수는 서정아가 하는 대로 했는데 건너가지 못하고 되돌아왔다. 몸이 무거워서인가? 펜듈럼이 처음이라 요령이 부족해서인가? 한 뼘 모자라 바위를 잡지 못하고 실패한 것이다. 조금 뒤로 물러나서 호흡을 가다듬고 다시 시도하였다. 빠른 걸음으로 바위를 박차고 나갔다. 이번에는 맞은편 돌출부를 잡았다. 성공이다. 그네 탈 때 앞으로 끝까지 나가 허공에 높이 뜬 기분이었다.

펜듈럼을 통과한 허천수는 자기 확보를 하고 카메라를 꺼내어 사진을 몇 장 찍었다. 펜듈럼 건너편 오른쪽 바위벽에는 한백대장이 4번 후등자의 빌레이를 봐주는 모습이 보이고 그 한참 아래 날등 밑으로 세 사람이 조그맣게 보인다. 마치 고개를 들고 위를 보면서 먹이를 기다리는 아기 새들 같다.

펜듈럼 구간을 통과하면 바로 위는 침니(Chimney) 구간이다.

한백대장이 펜듈럼을 건너와서 침니 선등을 한다. 너덧 길 되는 두 개의 수직 벽 사이에 몸을 끼워 넣고 올라가야 한다. 한백대장은 등을 한쪽 바위에 대고 두 손과 두 발로 앞뒤 바위를 번갈아 밀면서 올라간다. 수직이지만 등을 밀착시켜 밀기 때문에 떨어지지는 않지만 상당한 기술이 필요할 것 같다.

대장이 올라가서 후등자의 배낭을 먼저 로프에 걸어 올리고 빌레이를 봐준다. 배낭을 멘 채로 침니를 오를 수 없기 때문이다.

침니를 수직으로 올라간 다음 왼쪽으로 10여m 가면 침니 구간이 끝나고 '측면길'과 만난다. 허천수와 대원들이 무사히 침니를 통과하고 여기까지 왔다. 십자로 교차지점이다.

발밑에는 '측면길' 협곡이 급경사를 이루며 무섭게 파여 있고 위로는 탁 트인 하늘이 보인다.

측면길은 남측십자로길 반대쪽에 있는데 슬랩은 없고 크랙과 걸리

(Gully: 물이 마른 협곡)로만 되어 있다. 집채만 한 바위들이 협곡을 꽉 메우고 있다.

이 길은 허천수의 작품『육아(育兒)』가 세상에 나오도록 한 알자리이며 묻혀 있던 도봉산의 아름다운 시적 세계를 만인에게 보여 주게 한 길이기도 하다.

『　　　　　　　육아(育兒)

도봉산 천길 절벽 비좁은 바위틈에
참매가 새끼 치고 지극정성 보살핀다.
오늘은
아기 먹이를
어디에서 구할까.

창공에 가물가물 점찍은 표창(鏢槍) 하나
큰 원을 그리다가 숲 속으로 내리꽂아
부싯돌 번쩍하더니
저녁거리 채간다.　　　　　　　　　　　　』

지난 봄 S등산학교 동문들과 이 측면길을 오를 때 중간쯤에 매 둥지가 있고 하늘 높이 매가 날고 있었다.

그날은 마침 어린이날 공휴일이었다. 한참 봄이 무르익어 하늘은 파랗고 산은 짙은 초록색으로 힘이 넘쳐나는 것 같았다. 바위는 적당히 말라 있고 암벽화가 착착 들어붙어 운동하기 좋았다.

전국의 유원지가 상춘객들로 붐비는데 산에는 등산객들로, 이름 있는 암장은 바위꾼들로, 어디를 가나 빈자리가 없었다.

S등산학교는 허천수가 두 번째 다닌 등산학교이다.

처음 다닌 K등산학교는 시설이 좋을 뿐만 아니라 유명한 강사들이 있고 깊이 있는 이론 강의를 중요시하고 있어 젊은 사람들에게 인기가 있다. 물론 초보자들도 입교할 수 있지만 그래도 약간의 바위 경험이 있거나 더 수준 높은 등반을 원하는 사람들이 찾는 학교이다. 강사들 중에는 국내 최고 수준의 산악인도 있어 경우에 따라서는 세계적인 클라이머를 배출할 수 있는 조건까지 갖추고 있는 셈이다.

이와는 대조적으로 S등산학교는 이론 강의보다 실습 위주로 교육을 하고 있어 초보자나 다소 연령이 높은 사람들이 선호하는 학교이다. 때문에 졸업 후 동문들과 팀을 구성하고 어울림에 있어서는 K등산학교보다 좋은 점이 많다. 뛰어난 자질을 타고난 세계적인 클라이머가 아닌 다음에야 일반인에게는 등산학교 수업 못지않게 졸업 후의 지속적인 등반 활동이 더욱 중요하다. 동문들과 유대가 끊어지면 계속 등반이 어렵고 여러 가지 조건이 맞는 바위 친구를 만나기는 어렵기 때문이다. 졸업만 하고 바위타기를 하지 않으면 시간과 돈을 들여 등산학교를 졸업한 보람이 없다.

S등산학교는 허천수에게 안성맞춤이었다. 강사진이 모두 노련하고 친절할 뿐만 아니라 동문들도 평균 나이가 많고 친근감이 있어 가족적인 분위기였다.

허천수가 3피치를 정신없이 오르던 중 저쪽 바위를 보니 마치 하얀 페인트를 쏟아 놓은 것같이 많은 점들이 있어 '저게 뭔가? 누가 이런 곳에 페인트를 가져와서 흘려 놨어?' 하고 이상하게 생각하였는데, 그때 느닷없이 헬멧에 '딱!' 소리가 나서 작은 돌이 떨어진 줄로 알고 위를 쳐다보았지만 돌이 떨어진 것 같지는 않고 별 이상이 없었다.

한참 후 십자로 교차지점인 이곳에서 동문이자 선등 대장인 고경환을 보니 얼굴에 손톱으로 할퀸 것 같은 상처가 있다.

"아니, 경환씨, 얼굴이 왜 그래? 피가 났는데?"

"아까 저 아래 매 둥지를 지날 때 매가 와서 얼굴을 스치고 지나갔는데… 내 얼굴에 피가 보여요?"

"아, 거기 매 둥지가 있었어? 그러고 보니 나도 매의 공격을 받은 모양이네. 헬멧에 '딱!' 소리가 나서 이상하게 생각했지.…"

그제야 허천수는 헬멧에 소리가 난 것은 돌이 떨어진 것이 아니고 매가 공격한 것이며, 바위의 흰색은 매 똥이라는 것을 알게 되어 모든 의문이 풀렸다.

매는 천적이 없고 사람의 접근이 어려운 암봉 중턱에 둥지를 틀고 새끼를 쳐서 극도로 경계하고 있던 중이었다. 멀리서 날고 있다가 사람들이 접근하니 화살같이 내리꽂아 머리를 공격한 것이다. 대장은 매가 얼굴을 스치면서 지나갔기 때문에 매를 보았는데 허천수는 헬멧을 쪼이기만 해서 매를 보지 못하였다.

"피가 났지만 흐를 정도는 아니니까 괜찮겠어. 그런데 그 매는 무슨 매야? 송골매?"

"아니 송골매는 아닌 거 같아요. 송골매는 해안이나 섬 절벽에 사는데 사람이 길들여서 사냥하는 데 쓰지요. 이런데 있을 리가 없어요. 여기 사는 매는 아마 우리나라 토종 '참매'일 것입니다."

고경환이 미처 대답도 하기 전에 옆에 있던 임태영이 설명을 한다. 모두들 참매로 생각이 굳어졌다.

임태영은 허천수보다 12살 아래 띠동갑이다. S등산학교에 처음 입교하는 날 입교식에 축하차 참석한 선배 동문 중 한 사람이다. 지금까지 졸업생 중에서 나이가 많은 사람은 임태영과 동갑인 두 사람 더 있는데, 그들로부터 아래는 모두 50대 이하이므로 그 3명이 동문회 어른 노릇을 하고 있었다.

"형님, 반갑습니다. S등산학교 입교를 축하드립니다."

허천수가 입교하는 것을 알고 어떤 사람인지 궁금하여 3인방이 모두 참석하여 환영을 해 준 일이 있었다.

"예, 고마워요. 모두들 암벽에 대 선배님들이시네요! 잘 부탁해요. 나이 많은 왕초보라고 따돌리지 말고…"

"암요, 그럴 리가 있겠습니까? 형님은 왕초보가 아니잖아요. K등산학교를 나오신 것도 우리는 알고 있어요."

그들은 12살 위 띠동갑이 입교하는 것을 S등산학교 역사상 처음이자 큰 자랑이라고 하였다.

"모두들 조심하세요. 여기는 추락하기 쉬운 곳입니다."

십자로 교차지점인 이곳은 남측십자로길에서 가장 어려운 크럭스이다. 한백대장이 미리 주의를 준다.

여기서 정상에 가는 길은 둘이다. 크랙을 타고 직상하면 선인봉 정상까지 바로 갈 수 있고. 십자로 오른쪽 슬랩으로 가면 호랑이굴을 지나 정상에 오를 수 있다.

호랑이굴로 가기 위해서는 홈통을 뛰어넘어야 한다. 그래서 여기를

'뜀바위'라고도 하는 모양이다.

왼손으로 바위 돌출부를 잡고 오른손을 뻗어 위를 잡는다. 동시에 풋홀드(foothold)를 정확하게 찾아 딛고 올라서야 한다. 실패하면 추락이다. 아래는 큰 홈통이 입을 벌리고 있어 부상을 입는다.

한백대장이 선등하여 서정아를 건너게 해 주고 서정아가 3번 허천수의 빌레이를 봐주었다.

"앗, 추라아~악!"

결국 허천수는 추락을 맛보았다. 3m 아래로 떨어졌지만 확보가 잘되어 있어 오이같이 대롱대롱 매달려 있을 뿐, 다치지는 않았다. 땅에 발을 딛고 잠시 충격을 진정시킨 후 떨어진 바위를 다시 보았다. 오른손 홀드가 밑에서는 보이지 않아 대강 어림잡고 뛰었던 것이 실책이었다.

"오른손은 여기를 잡아야 해요."

서정아가 위에서 보고 정확한 홀드의 위치를 알려 주었다. 다시 시도하여 간신히 홈통을 건너 바위 위로 올라섰다.

이어서 수박사도 추락하고 영초롱은 다행히 추락을 면했다.

바위에 올라서면 그다음에는 슬랩이다.

이 슬랩은 위로 올라가는 슬랩이 아니다. 한백대장이 옆으로 깔아 놓은 고정로프에 자기확보줄을 걸고 게걸음으로 핸드 트래버스, 오른쪽 옆으로 10m쯤 가면 제법 큰 나무 아래 쉴만한 자리가 있다.

대원들은 간단하게 물과 과자를 조금씩 먹고 약간의 휴식을 취한 다음 다시 위를 향하여 출발하였다.

여기서부터 정상까지 경사는 심하지만 어려운 곳은 없다. 중간에 큰 굴을 지나는데 누군가가 '호랑이굴'이라고 한다. 수직으로 굴을 뚫고 올라서면 큰 바위 지붕 위로 나온다.

이제는 로프가 필요 없다. 빌레이와 자기 확보도 없다. 약간 경사진 바위와 홈통길이 길게 이어지고 마침내 정상에 도착하였다.

"휴~~~"

허천수는 크게 숨을 한번 내 쉬고 사방을 둘러보았다.

정상은 넓다. 멍석을 깔아 놓은 것 같은 넓은 바위 저쪽에 큰 소나무가 있고 그 뒤로 빌딩같이 높은 만장봉 끝 바위가 우람하다. 만장봉 뒤왼쪽은 신선대, 뜀바위, 칼바위 암봉들이 진을 치고 멀리 우이암, 상장능선, 백운대까지 능선이 겹겹으로 달리고 있다. 오른쪽으로는 포대능선 한 자락과 망월사 주변이 조금 보이고 의정부 시가지가 강물처럼 하얗게 뻗쳐 있다. 돌아서면 나머지 3면은 완전히 허공이다. 파란 하늘 아래 서울시가지가 끝없이 펼쳐져 있고 산과 강이 지평선을 이룬다. 앞에는 멍석이 2장 더 깔려 있다. 저쪽 멍석 끝은 하강지점이다.

대원들은 이리저리 흩어져서 사진 찍느라고 정신이 없다. 각자 멋있는 모습으로 많은 사진을 카메라에 담아 어지간히 만족해지자 모두 한자리에 모였다.

이제 멍석바위에 둘러앉아 식사를 할 시간이다. 한백대장은 원형으로 줄을 치고 회원들이 자기확보줄을 걸게 하였다. 식사 중에 혹시 자기도 모르는 사이에 움직이다가 바위 끝에서 추락하는 일이 없도록 확보를 한 것이다.

"자, 이제 푹 쉬었고 시간도 넉넉하니 내킨 김에 만장봉까지 갑니다. 어때요?"

"아, 좋지요!"

"만장봉을요?"

"오늘 우리는 복 받았네! 만장봉까지 가 보게 되었으니…"

한백대장의 말에 모두들 찬성하며 좋아하였다.

만장봉은 선인봉과는 달리 오르는 길이 많지 않다. 보통은 '낭만길'로 오르는데 바위로만 되어 있지 않고 간간이 흙길이 있는 리지(ridge)길이다. 최고 난이도가 5.8이므로 비교적 쉽다. 만월암 쪽에서 시작하여 크랙, 침니, 슬랩을 번갈아 가며 경험하다가 상단부 정상 근처에서 이곳 선인봉에서 가는 길을 맞이한다. 그다음에는 수직 크랙과 슬랩으로 이어지는데 제일 어려운 구간이다.

한백대장은 만장봉 가는 길에 수박사가 세컨을 보게 하고 오른쪽 아래로 내려선 다음 바위를 돌아 침니로 오른다. 침니는 수직으로 되어 있고 홀드가 마땅치 않아 오르기가 어렵다.

"최대한 래더(Ladder: 줄사다리) 위쪽을 딛고 올라서세요!"

먼저 침니를 오른 서정아가 허천수를 보고 요령을 일러 준다.

한백대장은 대원들이 딛고 올라설 수 있도록 래더를 깔아 주었는데 대원들은 래더를 이용해도 침니를 올라서는 것이 쉽지 않았다. 수직 침니는 중간쯤 올라서야 래더를 잡을 수 있고, 잡더라도 바위를 딛고 두어 걸음 더 올라야 발을 걸 수 있는데, 바위에는 발 디딜 데가 마땅치 않아 난감하다.

'래더를 깔아 주어도 이렇게 오르기 어려운데 래더 없이 이런 데를 선등하는 사람은 바위에 타고난 소질이 있는 특별한 사람이야.'

허천수는 한백대장을 다시 보게 되고 속으로 부러워하였다.

침니를 오르고 나면 약간 넓은 테라스(Terrace)가 있고 오른쪽에서 올라 온 '낭만길'과 만난다. 회원들은 잠시 숨을 돌리고 물 한 모금씩 마신 후 수직 벽에 다가섰다.

여기는 '낭만길 직벽'으로 알려져 있는데 왼쪽에 크랙 아닌 직벽, 가운데는 크랙 직벽, 오른쪽에는 날등, 이렇게 3갈래로 오를 수 있다. 보통 사람들은 비교적 쉬운 크랙 직벽으로 오른다.

크랙이 쉽다고는 하지만 역시 직벽이다. 몇 년 전 비 오는 날에 이름 있는 등반가가 떨어진 곳이기도 하다. 비교적으로 홀드가 좋지만, 비에 젖으면 미끄럽기는 마찬가지. 선등으로 7~8m 올라 캠을 설치하고 확보를 한 후 다시 5~6m를 오르다가 순간적인 실수로 미끄러져 10여 m를 추락하여 거꾸로 처박힌 곳이다. 그는 잠시 의식을 잃었다가 깨어났지만 오른팔에 골절상을 입었다. 목이 부러지지 않은 것이 천만다행이다. 이 위치에서는 되돌아 하산할 수도 없다. 달리 도리 없이 정상으로 올라가서 하강하는 것이 최선의 방법이다. 119를 부를 수도 있지만 그는 워낙 단련된 몸이라 부상을 무릅쓰고 정상까지 올랐고 바로 하강하여 병원으로 직행하였다고 전해진다. 그 몇 시간 동안 얼마나 고통스러웠을까?

직벽을 오르고 나면 약간의 슬랩이 있고 슬랩을 넘으면 정상이다. 만장봉에도 정상부에는 멍석을 깔아 놓은 듯이 넓고 평평한 곳이 있다. 그보다 조금 높은 곳에 건너뛰어야 하는 바위 3개가 정상을 이루고 있는데 그중 왼쪽 뾰족한 바위는 말 잔등같이 생겨 호기심 많은 클라이머들이 올라가서 승마자세로 앉아 사진을 찍는다. 자칫 잘못하여 실족하면 바로 천당으로 가는 곳이다.

"허 선생님, 여기 한 장 찍어 주세요!"

서정아가 어느새 승마바위에 올라가서 앉아 있다.

"아니, 어쩌려고? 조심해요…"

허천수는 사진을 찍어 주고 아래를 보니 아찔하다.

서정아가 하는 것을 보고 영초롱과 수박사도 차례로 올라가서 사진을 찍었다.

　허천수도 용기를 내어 따라 해 보았다.

　저 아래 멀리 조금 전에 올라온 직벽이 보이고 그 위의 확보점에서 후속 팀의 선등자가 빌레이 보는 장면이 눈에 들어온다. 험난한 바위뿐인 별천지에서 마음대로 바위를 주무르며 재주를 부리는 곡예사 같다.

　뒤로 돌아서면 만장봉보다 조금 높은 곳에 자운봉과 신선대가 있다. 자운봉 정상은 장비를 갖춘 사람만 오를 수 있고 그 왼쪽에 있는 신선대는 누구든지 오를 수 있다. 일반 등산객들에게는 신선대가 사실상의 도봉산 정상이다. 많은 사람들이 성냥개비 같이 몰려서 이쪽을 보고 손을 흔들고 있다. 마치 북한산에서 인수봉에 올라 백운대를 보는 것과 같은 장면이다.

　허천수와 모든 대원들이 손을 흔들어 답례하였다.

　신선대 왼쪽으로 도봉산의 주능선이 아래로 내려가고 그 끝자락에 쇠뿔같이 끝이 꼬부랑한 우이암이 하얗게 보인다. 더 멀리 하늘과 닿은 곳은 백운대를 정점으로 하여 만경대와 문수봉, 비봉능선으로 북한산 줄기가 춤을 추며 내려가고 있다. 이곳에서가 아니면 볼 수 없는 멋진 경치이다.

　이제 도봉산의 가을 해가 서쪽으로 많이 기울었다.

　비바산악회 한백대장팀의 바위꾼들은 만장봉 정상을 마음껏 즐기고 하강할 시간이 되었다.

　"오늘은 선인봉 정상이 목적지였는데 만장봉까지 왔으니 120% 목표 달성을 한 셈이네요."

　좀처럼 웃지 않고 딱딱한 인상을 주는 한백대장이 미소를 지으며 만족한 표정을 짓는다.

"대장님, 고마워요. 여기까지 무사히 데리고 와 줘서… 저는 만장봉이 처음인데 정말 멋진 곳이네요. 만장봉 첫 등정은 영원한 추억이 될 것 같아요."

제일 어린 영초롱이 가장 좋아하였다.

"자, 이제 안전하게 두 줄로 2회 하강을 합니다. 순서는 지금까지 하던 대로입니다. 다만 세컨 서정아님이 말자를 보고 줄을 회수할 수 있도록 마지막 마무리를 하고 내려옵니다."

정상에서 자운봉 쪽으로 조금 내려가면 바위 끝에 P톤이 2개 박혀 있다.

한백대장이 능숙한 솜씨로 P톤에 하강로프를 설치하고 천천히 하강을 시작하였다.

하강은 2회로 나누어 25m에서 한번 쉬고 다시 25m를 내려간다. 만장봉과 자운봉 사이 잘록이로 내려서면 오늘의 등반이 끝난다.

"까악! 까악!"

까마귀 2마리가 하늘에서 돌고 있다. 평소 인적이 드문 곳에 암벽꾼들이 있으니 저들끼리 경계신호를 주고받는 것인가? 아니면 혹시 선인봉 측면길 매 둥지같이 저들의 새끼가 근처에 있는 것일까?

대원들은 암벽 장비를 풀어서 배낭에 넣고 일반 등산차림으로 하산 준비를 하였다. 허천수는 하루 종일 발을 세게 조이고 있던 암벽화를 벗고 편안한 등산화로 바꾸어 신으니 날아갈 듯이 몸이 가볍고 새 힘이 솟는 것 같았다.

가파른 바위 너덜경을 지나 신선대에서 내려오는 등산로 큰길을 만났다. 한참 하산할 시간이라 등산로가 조용하지 않다. 대원들은 각자 흩어져 일반등산객들 속에 섞여서 하산하였다.

허천수가 공원입구에 도착하니 한백대장과 수박사가 먼저 내려와서 기다리고 있다.

주위는 벌써 야간 등이 켜져 있고 화장실은 만원이다.

12. 볼트따기

호암산에 있는 G암장은 초보자들이 바위타기 기량을 높이기에 아주 좋은 곳이다.

규모는 크지 않지만 슬랩과 크랙 연습을 할 수 있고 무엇보다도 다른 암장에서 볼 수 없는 볼트따기 코스가 있어서 재미를 더해 준다.

이 암장은 S등산학교 출신 박사진 선생이 후배들을 위해서 거의 두 달에 한 번씩 고정적으로 이용하는 암장이다.

그는 60대 중반의 나이이지만 탄탄한 체력과 오랜 암벽등반의 경험과 기량을 갖추고 있어서 후배들에게 늘 존경의 대상이 되고 있다. 더욱이 그는 무도협회 회장까지 역임한 무술 고단자이기도 하다.

처음 그를 대하는 사람은 그를 무어라 불러야 할지 망설인다. 일반 멀티피치 등반에서는 선등하는 대장이니 박사진 대장님이라고 하는 것이 맞겠지만 G암장에서는 등반 이론과 기술을 가르치고 있으니 강사님 또는 선생님이라고 부르는 것이 옳겠다. 박사진 선생님? 박 선생? 박사 선생? 사진 선생? 형님? 선배님? 부르는 사람의 나이에 따라 또는 친소 관계에 따라 어떤 호칭이라도 괜찮겠지만 여하튼 다른 사람들보다는 호칭이 많고 혼란스러운 것이 사실이다.

그가 실습 강의를 하는 날은 S등산학교 출신들로 가득 차서 마치 암장 전체를 전세 낸 것 같다.

G암장은 어프로치(암장까지 가는 일반 산길)가 쉬워서 더욱 좋다.

평지 길을 걸어 끝나는 곳에서부터 계단길이 번갈아 나타나는데 2번 지나서 3번째 계단 길을 오르기 전에 오른쪽으로 꺾어 희미한 길을 따라간다. 마치 고라니들만 다니는 길인 듯하여 사람의 발길을 찾기 어렵다. 10분도 안 되어 암장이 보인다. 규모가 작지만 따뜻한 양지쪽과 시원한 그늘이 있어 봄, 여름, 가을 3철은 암벽도 즐기고 휴식하기 좋은 별천지이다.

"박사대장, 나 오늘 좀 늦겠으니 대원들 데리고 먼저 출발해요."

허천수는 모임시간보다 늦게 간다고 박사진에게 전화를 걸었다. 평소 G암장 등반은 서울대 버스 정류장 시계탑 아래에 8시까지 집합하여 인원 점검을 하고 출발하는 것이 상례였다.

허천수가 박사진을 처음 만났을 때는 '박선생'이라고 부르다가 여러 번 등반을 같이 하고는 '박사대장'이라고 한다. 이름과 성을 두 자로 줄여서 부르기 좋고 암벽에 넓은 지식을 가지고 있는 박사라는 의미로 허천수가 부르기에는 잘 어울리는 호칭이다. 박사진도 허천수가 그렇게 불러 주면 어쩐지 어깨가 으쓱해지고 기분이 좋았다.

허천수는 작년에 G암장에 한번 가 봤기 때문에 암장에 가는 길을 안다.

어제는 백두대간 대야산 구간을 다녀와서 밤늦게 잠자리에 들었는데 아침에 자고 나니 7시가 넘었다. 빡센 산행을 하고 이틀 연속 산에 가는 것은 약간 무리이지만 오늘은 여유 있는 암장 등반이고 집에서 천천히 나서도 되기 때문에 참가 신청을 해 놓은 것이었다.

허천수는 10시가 넘어서 암장에 도착하였다.

8월 초 몹시 더운 날이라 가만히 있어도 등에는 땀이 흐른다.

"형님, 어서 오세요. 충! 성!"

박사진이 반갑게 인사를 하면서 힘차게 거수경례를 한다.

그는 해병대 장교 출신이다. 시인이자 화가인 허천수가 등산학교 동문이 된 것을 크게 반가워하면서 자기가 강철 같은 해병대 출신임을 늘 자랑하였다. 만나는 사람마다 군대 이야기만 나오면 어디서 복무했느냐고 물어보고, 해병대 출신이라면 바로 기수와 군번을 따지고 선후배를 파악하는 습관이 있다. 나이를 불문하고 자기보다 계급이 높은 장교를 만나면 현역에 있을 때와 다름없이 깍듯이 예를 갖추고 후배를 만나면 '후배님!' 하면서 친근하게 대해 준다.

"여~ 박사 대장, 그동안 잘 있었어? 여전히 힘차 보이네…"

회원들은 벌써 매듭법 실습을 마치고 1피치 슬랩 아래에 서 있다.

"어서 오세요. 허 선배님!"

도봉산 측면길을 선등했던 고경환 대장도 와 있다. 회원들은 대부분 S등산학교 최근 졸업생들이지만 기수로 선배인 김재주, 강금희 등 동문들도 보인다.

'오늘 이 G암장을 완전히 마스터 해야지…'

허천수는 하네스를 착용하고 암벽화를 신으면서 속으로 생각하였다. 지난번 왔을 때 다양한 형태가 잘 갖추어진 이 암장을 보고 '여기서 완전 숙달되면 북한산이나 도봉산의 웬만한 바윗길은 겁내지 않고 갈 수 있겠다.'고 생각했던 곳 아닌가? 특히 3피치 볼트따기를 잘하면 다른 어느 암벽에서도 자신 있게 해낼 수 있을 것 같았다.

1피치 슬랩은 그리 어렵지 않다.

처음만 약간 어렵다. 거의 수직으로 서 있는 슬랩을 바짝 붙어서 3m 정도 올라야 한다. 박사진이 발 딛는 곳을 흰색 초크로 표시를 해 놓았지만 처음 온 사람은 미끄러져 오르기가 쉽지 않다. 허천수는 이번에는 어렵지 않게 올랐다. 왼발 오른발 유연하게, 마치 도마뱀같이 몸을 흔들면서, 오른손 홀드를 멋지게 잡고 옆으로 길게 벋은 횡크랙에 올라섰다. 여기서부터는 완만한 슬랩이다.

1피치 끝부분은 바위가 약간 앞으로 튀어나와 있다. 손 홀드를 잘 찾아 잡고 당기면 쉽게 오를 수 있다.

"형님, 수고하셨습니다. 여기에 1차 확보를 하고, 이 체인에 2중 확보를 한 다음, 거기에 빌레이 준비를 하세요!"

박사진이 1피치 종료점에 서서 대원들이 오르는 것을 보면서 한 사람 한 사람 지도해 준다. 여러 사람이 쉴 수 있는 테라스(Terrace: 선반처럼 좁게 튀어나온 부분)이다.

후등자 빌레이를 보던 강금희가 빌레이를 해제한 후 옆으로 물러서고 그 자리에 허천수가 섰다. 강금희는 S등산학교 1기 앞 수료자인데 여자 대원 중에서는 가장 노련한 사람이다.

허천수는 먼저 자기확보줄로 1차 확보를 하고, 뒷줄을 당겨 클로버히치 매듭을 만들어 퀵드로의 한쪽 끝에 걸고 다른 한쪽을 체인에 걸어 2중 확보를 하였다.

이와 같은 2중 확보는 언제나 해야 하는 것은 아니지만 1차 확보가 완벽하지 않고 불안한 특수한 상황에서 2중으로 확보하는 방법이므로 꼭 알아 두어야 한다.

허천수는 능숙한 손놀림으로 2중 확보를 한 다음 후등자빌레이 준비를 하였다.

이어서 후등자인 신참회원 Q가 올라오자 1·2차 확보와 빌레이 장비를 해제하고 자기가 섰던 자리를 비워주었다. Q가 자기확보를 하고 빌레이 준비를 하는 것을 보고 허천수는 두 번째 슬랩을 오르기 시작하였다.

여기도 첫 부분이 어렵다.

수직 바위에 바짝 붙어서 오른쪽 바위 턱으로 최대한 이동한 다음, 왼발은 올려 딛고 오른손을 뻗으면 간신히 손 홀드를 잡을 수 있다. 홀드는 작은 바위 구멍인데 일단 손에 잡히면 팔 힘으로 당기면서 왼손으로 바위를 짚고 몸을 올려야 한다. 이 크럭스를 통과하면 이후 슬랩은 어렵지 않다.

2피치 끝에 오르면 1피치에서 보다 더 넓은 테라스가 나온다. 왼쪽에는 3피치로 오르는 볼트 구간이 있고 오른쪽에는 옆으로 넓게 가지를 친 소나무가 한 그루 있다. 그 중간에 볼트 따기 연습 바위벽이 있다.

뒤로 돌아서면 발아래 수십m 암장 낭떠러지와 진초록 계곡이 싱그럽게 펼쳐져 있고 멀리 관악산이 느긋하게 퍼질러 앉아서 이쪽 호암산과 삼성산을 지켜보고 있다. 관악산 정상부는 2쪽으로 나누어져 있는데 약간 높은 왼쪽 부분에는 기상대 철탑이 있고, 오른쪽 부분에는 방송사 철탑들이 있다. 왼쪽 기상대 바늘 같은 철탑은 대장인 양 혼자 하늘을 찌르며 서 있고 오른쪽 방송사 바늘들은 서로 다투어 키 재기를 하고 있다. 정상부 좌우로 산마루 금들이 일렁일렁 흔들며 길게 내려간다. 전에 왔을 때에는 날씨가 흐려서인지 미처 보지 못하였는데 오늘 보니 장관이다.

"자, 여기를 보세요!"

경치 감상에 흠뻑 빠져 한동안 자기를 잃고 있던 허천수는 박사진의 말소리에 흠칫 놀라 뒤로 돌아섰다. 박사진이 바위벽에 걸어 놓은 퀵드로를 잡고 서서 볼트따기 시범을 보이려고 한다.

"지금부터 각자 수준에 맞게 볼트따기 연습을 충분히 하고 올라갑니다. 오늘 처음 온 동문들은 잘 보세요. 이렇게 퀵드로를 두 손으로 잡고 왼발, 오른발, 왼발 순으로 하나! 둘! 셋! 하면서… 셋에서 올라섭니다."

박사진은 시범을 한번 보여주고 바로 저쪽 볼트따기 구간으로 가서 선등을 하면서 줄을 깔고 있다.

연습바위는 거의 수직에 가까운 경사인데 눈보다 높은 곳에 볼트가 박혀 있고 거기에 퀵드로가 하나 걸려 있다. 볼트따기는 퀵드로를 잡고 볼트를 따듯이 잡아당기면서 볼트 위에 올라서는 기술이다. 하나! 둘! 셋! 좌우 어느 쪽 발을 먼저 시작해도 좋다. 양쪽 모두 쉽게 올라설 수 있도록 연습해야 한다. 동작이 빠르고 정확하지 않으면 균형을 잃고 떨어진다. 두 손으로 퀵드로를 잡은 채 한 발을 볼트에 올려놓고 어깨를 바위에 찰싹 붙여 옆으로 앉은 자세가 되면 일단 성공이다.

다음 동작은 바깥쪽 손으로 퀵드로를 잡은 채 일어서면서 몸을 돌려 안쪽 손으로 바위를 더듬어 위쪽 퀵드로를 잡는 것이다. 균형을 유지하면서 바위 면으로 몸을 돌려 일어서야 한다. 수직 벽면에 세로로 칼날같이 박혀 있는 볼트를 얇은 암벽화로 딛고 일어서는 것이 쉽지 않다. 자칫하면 균형을 잃고 떨어진다. 퀵드로를 꽉 잡고 있어야 한다. 될 수 있는 대로 빨리 일어서면서 위쪽 퀵드로를 잡아야 안전하다. 연습바위에서는 위쪽 퀵드로가 없고 대신 바위 홀드를 잡도록 되어있다. 실전에서는 무릎을 펴고 일어서서 위쪽 퀵드로가 잡히면 아래쪽 퀵드로를 놓는다. 이어서 다음 볼트를 따고 또 따고 계속 올라간다.

허천수는 세 번을 되풀이했는데도 볼트따기가 만족스럽지 않았다. 그런데 후배 Q는 오늘이 처음이지만 잘도 해낸다. 암벽등반에 소질이 있는 것 같다.

볼트따기 구간의 볼트는 5개이다.

"몇 번째 볼트가 제일 어려워요?"

Q가 약간 근심스런 표정으로 묻는다.

"2번하고 4번 볼트가 어려워… 그중에서도 4번이 제일 어렵지…"

허천수는 자기 나름대로 생각하지만 사람에 따라서 느끼는 감각은 다소 차이가 있기 마련이다.

1번 볼트는 볼트따기를 하지 않아도 올라설 수 있는 경사도이다.

허천수가 볼트따기를 하지 않고 볼트 위로 오르려고 한다.

"형님, 아무리 쉬워도 볼트따기로 오르세요!"

피치 종료점에서 빌레이를 봐주는 박사진이 지시를 한다. 잘못된 태도를 교정해 주는 것이다. 볼트따기를 하도록 되어 있는 곳에서 다른 방법으로 쉽게 오르는 것은 반칙이기 때문이다.

2번 볼트는 쉽지 않다. 볼트따기를 해도 초보자는 단번에 성공하기 어렵다.

허천수는 퀵드로를 두 손으로 잡고 최대한 주의를 기울여 왼발, 오른발, 왼발 순으로 '하나, 둘, 셋!' 해서 왼발을 볼트 위에 올려놓았다. 다행이다.

이제는 일어서면서 위 3번 볼트의 퀵드로를 잡아야 한다. 일어서다가 균형을 잃으면 그대로 추락이다. 몸을 돌려 바위 면에 찰싹 붙어서 3번 볼트의 퀵드로를 간신히 잡았다.

3번은 어렵지 않았다.

가장 어려운 4번 볼트이다.

최대한 정신을 집중하여 왼발, 오른발, 왼발 순으로, 매뉴얼대로 하였는데 볼트에 올라서지 못하고 떨어져 제자리로 돌아왔다. 경사가 너무 심하였던 것인가? 두 손으로 퀵드로를 힘껏 잡고 있었으니 추락은 면했지만 정신이 번쩍 든다.

다시 자세를 바로잡고 이번에는 오른발, 왼발, 오른발 순으로 했다. 성공이다.

평소 오른손잡이라서 그런지, 오른발을 볼트에 올리는 것이 쉽고 안정감이 있다.

5번 볼트는 약간 어렵지만 할만하다.

이제는 더 이상 볼트따기는 없고 슬랩을 두어 길 올라서면 3피치 종점 정상에 서게 된다. 이 마지막 슬랩도 약간 어렵다.

"왼손을 뻗어서 까만 돌기를 잡으세요! 그걸 못 잡으면 올라설 수 없어요."

박사진이 말하는 까만 돌기가 안 보인다. 오른손을 최대한 위로 뻗고 왼발을 약간 왼쪽으로 옮겨 딛고 보니 조금 보이지만 거리가 멀다. '저걸 어떻게 잡아?' 두 발과 두 손을 이리저리 옮겨 보고 온갖 동작을 다 취해 본 끝에 간신히 돌기를 잡고 올라섰다.

"수고하셨습니다. 이제 저 위로 올라가서 푹 쉬세요."

위에는 평평한 바위가 있고 소나무 숲으로 이어져 있다.

"허 선배님, 도봉산 은석암에서 볼트따기 해 보셨어요?"

먼저 올라 온 김재주가 얼음물을 마시면서 허천수에게 묻는다. 김재주는 카메라를 항상 목에 걸고 다니는 사진작가이다. 암장에서는 배낭에 넣고 다닌다.

"도봉산 은석암? 그래, 오래전에 한 번 해 봤는데, 그때는 어떻게 했는지도 몰라 … 여기 G암장보다는 쉬웠던 것 같은데… 자네는 물론 해 봤겠지? 자네 실력이라면 충분히 선등했을 거야…"

"예, 그래요. 여기보다는 쉽지만 거기는 볼트가 10개가 넘어서 제법 힘들었어요. 선등을 했지만 빌레이 보는 친구가 초보자여서… 좀 불안했지요. 아시다시피 거기는 전문 암벽 등반하는 곳이 아니고 도보로 바윗길을 가다가 볼트따기 연습을 하는 곳이라… 최소한의 암벽장비만 있으면 되잖아요? 일행이 암벽 초보자이거나 무경험자들이었어요. 전문 클라이머들이야 그런 곳에서 하루를 보낼 이유가 없잖아요?"

그렇다. 도봉산 냉골이라면 말 그대로 한 여름에 더위를 식히기 위해서 찾는 곳이다. 다른 계곡보다 시원하다. 옆에는 냉골리지가 있다. 녹야선원 쪽으로 오르기 시작해서 물레방아 약수터를 지나 왼쪽으로 냉골리지에 올라서면 숲길과 바윗길이 번갈아 가며 이어지고 번데기바위, 덧장바위, 공룡발자국바위 등 저마다 특색이 있는 여러 개의 바위들을 지나게 되며 제일 위에 은석암(바위)이 있다. 멀리서 보면 은석암(암자) 위쪽에 커다란 바위들로 이루어져 있는 미륵봉이 있고 그중 제일 위에 있는 큰 바위가 은석암(바위)이다. 암자인 은석암과 구별하기 위해서 '은석바위'라고 부르는 사람도 있다. 은석바위에는 볼트가 설치되어 있어서 초보자들이 냉골에 피서하러 왔다가 재미있는 바위 오르기도 하고 볼트따기 연습까지 할 수 있어서 아는 사람은 자주 찾는 곳이다.

"그러고 보니 그 말이 맞겠네. 그때는 볼트따기가 처음이었는데도 그리 어렵지 않게 올라갔지, 선등 대장도 젊은 사람이었는데… 대원들도 여자들이 많았고… 가을 단풍 때라 덥지도 않아 볼트따기가 아주 좋았어…"

그게 벌써 4년 전 일이다. 허천수는 세월이 빠르다는 것을 다시 한번 실감하면서 아래를 내려다보았다.

박사진이 열심히 빌레이를 보면서 회원들을 지도하고 있다.

"선배님, 이쪽으로 와 보세요. 볼트따기 사진 찍기 좋은 곳이 있어요."

김재주가 카메라를 꺼내 들고 작은 소나무 아래로 내려선다. 소나무 밑에 불쑥 나온 바위를 내려서니 암장 벼랑에 약간 넓은 곳이 있다. 왼쪽으로 볼트 따는 모습을 아주 가까이서 볼 수 있다.

등산학교 후배들이 열심히 볼트따기 하는 장면이 마치 스크린을 보는 것 같다.

"여기서 보니 암장 경사가 보통이 아니네! … 저러니 볼트 따기가 어려울 수밖에…"

허천수는 중얼거리며 5개 볼트의 위치를 확인하고 있다. 김재주는 땀을 뻘뻘 흘리고 있는 후배들의 동작 하나하나를 세밀하게 카메라에 담았다.

"자, 모두들 이쪽으로 모이세요! 단체 사진을 찍고 하강을 시작합니다."

박사진이 큰 소리로 회원들을 부른다.

이제 마지막 대원이 올라왔으니 장소를 정리하고 하강 강의와 실습을 하려는 것이다.

여자회원이 7명이고 전체 16명이나 된다. 사진을 찍으려면 다닥다닥

붙어야 한다.

"장소가 좁으니 최대한 붙어 앉으세요. 이럴 때 여자회원을 껴안아 보세요. 성희롱에 걸리지 않아요!"

"하하하하"

"정말?"

지금까지 어려운 등반으로 긴장했던 분위가가 확 풀리고 모처럼 G암장 꼭대기에 웃음꽃이 피었다.

이제 가장 주의가 필요한 하강실습 시간이다.

박사진은 하강안전법을 상세히 설명한 다음 로프 2동을 연결한 후 퀵드로를 이용하여 2개의 P톤에 걸고 1동씩 아래로 던져 내렸다.

"이렇게 로프 한쪽 끝을 잡고 멀리 던집니다. 그러면 우선 반동만 아래로 내려가지요… 그런 다음에 로프가 잘 내려간 것을 확인하고 잡았던 한쪽 끝을 놓아 나머지 반동을 내립니다. 만약 문제가 생기면 로프를 원 상태대로 끌어 올린 다음 다시 던집니다. 이런 방법으로 내리지 않으면 로프가 나무에 걸리거나 바위에 끼었을 때 회수하기도 힘들고 하강할 수도 없게 됩니다. 로프는 반드시 이렇게 반씩 나누어서 내려야 안전합니다."

허천수는 그동안 몰랐던 등반지식 1점을 추가했다.

마침내 차례를 기다리던 회원들이 한 사람씩 2줄 하강으로 전부 내려가고, 무덥던 한여름의 볼트따기 암장은 정적 속으로 서서히 잠겨 들어갔다.

시계탑 근처에 있는 뒤풀이 음식점은 오늘따라 손님이 북적거리고 시끄럽다. 멀리 지방에서 온 일반 등산팀이 먼저 하산하여 좌석의 대부분을 점령하고 있어 박사진 대장의 암벽 팀은 문간 쪽에 자리를 잡고 앉았다.

시원한 막걸리와 맥주를 마음 놓고 들이키면서 제각기 오늘의 볼트따기 무용담을 털어놓으며 자랑하기에 여념이 없다.

"박사 대장, 한 가지 물어볼 게 있는데…"

모두들 음식을 게걸스럽게 먹고 뒤풀이 분위기가 절정을 이루었을 때 허천수가 무어라고 말을 꺼낸다.

"예, 형님. 뭔데요?"

"무도협회 무술 말이야. 무술 잘하는 고수는 종이 한 장으로 나무젓가락을 쳐서 부러트린다는데 그게 정말인가?"

"그럼요. 무술의 한계는 끝이 없어요. 그 정도는 저도 할 수 있어요."

"에? 농담이겠지… 박사 대장이 고수인 줄은 알지만 그 정도는 아니겠지…. 언제 기회 있으면 시범을 한번 보여 주겠나?"

"정… 원하신다면 이 자리에서도 할 수 있어요."

박사진이 정색을 하면서 식당 사장을 부른다.

"사장님, 죄송하지만 여기 컴퓨터용 A4용지 몇 장 갖다주세요."

"예, 알겠습니다."

식당 주인은 안방으로 들어가더니 바로 종이 박스를 들고나온다. 회원들이 빙 둘러서고 저쪽 지방에서 온 등산객들도 몇 명이 와서 본다.

"자, 형님. 이 나무젓가락을 두 손으로 잡고 있으세요."

"꽉 잡아야 하나?"

"아니, 그냥 보통대로 잡으면 됩니다."

"눈은? 어디를 보고?"

"제 눈을 보세요!"

박사진이 호흡을 가다듬고 종이를 칼날같이 세워 나무젓가락을 내리쳤다.

"앗!"

어디를 잡고 어떻게 쳤는지 알 수가 없다. 나무젓가락이 두 동강 나서 땅에 떨어진다.

짝! 짝! 짝! 짝!

박수가 터지고 모두들 눈이 둥그렇게 커졌다.

"와~, 우리 선생님 최고다!"

"멋져요!"

"정말! 젓가락이 부러지네요… 놀랐습니다."

저마다 한마디씩 하였다. 말로만 듣던 무술을 직접 보고 확인한 것이다.

13. 독야청청 소나무

    도봉산역에서 보면 멀리 북한산에서 시작해서 도봉산으로 달려오는 산줄기가 서쪽 하늘을 장식하고 있다. 오전 햇살을 받아 선명하고 아름답다. 정면에는 거대한 침봉들이 하얗게 병풍처럼 펼쳐져 가깝게 보이는데 그중에서도 가장 넓은 바위 봉우리가 먼저 눈에 들어온다. 선인봉이다. 그 오른쪽으로 키가 큰 만장봉이 있고 제일 높은 자운봉은 거리가 멀어 오히려 낮게 보인다. 자운봉 앞 오른쪽으로 연기봉이 작지만 키 재기에 참여하고 있다. 바위 봉우리 4형제가 웅장하고 아름다운 자태를 자랑하는 경연장이다. 이어서 어둡고 깊은 Y계곡을 지나 포대능선이 북쪽으로 사라지고 앞에는 검푸른 다락능선의 지능선이 암봉들의 아랫도리를 부드럽게 가려 주고 있다.

    선인봉의 넓은 바위 면은 도봉산의 얼굴이며 가장 먼저 눈에 들어오는 도봉산의 간판이다. 선두에 서서 다른 바위들을 이끌고 오는 모습이 당당하다. 얼굴의 아래쪽에는 바위 한복판에 커다란 소나무가 한 그루 있는데 도봉산역에서는 너무 멀어 잘 보이지 않는다. 도봉산을 오르다 보면 가파른 선인봉의 중턱에 있는 이 소나무를 보게 된다. 특히 다락능선을 오르다가 왼쪽으로 고개를 돌리면 가장 멋지게 볼 수 있다.

　다락능선은 도봉산의 아름다운 산악미를 즐기며 감상하기에 아주 좋은 능선이다. 전망이 좋을 뿐만 아니라 줄을 잡고 올라야 하는 바위가 많아 빡센 운동을 할 수 있고 넓고 좋은 쉼터도 여러 군데 있어 산행 코스로는 최상의 조건을 갖추고 있는 셈이다. 따라서 시인이자 화가인 허천수와 많은 사진작가들이 높은 점수를 주어 사시사철 즐겨 찾는다.

　다락능선은 크게 상, 중, 하 세 마디로 나누어 볼 수 있는데 하단부는 쇠줄을 잡고 올라야 하는 곳이 다섯 군데나 있다. 다섯 번째 마지막 쇠줄을 잡고 오른 후 조금 더 가면 은석암 쪽에서 올라오는 지능선이 합류한다. 여기서부터 시작되는 중간 마디는 완만한 능선길이다. 정상부 암봉들을 가까이서 볼 수 있는 전망바위까지 가면 바로 상단부가 시작된다. 상단부는 짧지만 가파르다. 쇠줄과 철계단이 많아 전신의 근육을 총동원해서 힘들게 올라야 한다. 이 상단부를 마저 오르면 '포대 정상에서 바라본 도봉산'이라는 안내판이 반갑게 맞이한다. 철탑이 있어서 멀리서 보아도 금방 알 수 있는 포대능선의 정상이면서 다락능선의 정상이기도 하다.

　다락능선을 타기 위해서는 전철 1호선 망월사역에서 시작하는 것이 정석이다. 포장도로를 따라 20분쯤 가면 북한산국립공원 안내판과 화장실이 있는 주차장 광장이 나오는데 여기서 오른쪽으로 가면 망월사와 원효사 쪽으로 등산을 하게 되고 왼쪽으로 가면 심원사를 거쳐 다락능선에 진입한다.

　심원사 쪽 가파른 포장길을 숨차게 오르면 찻길이 끝나는 지점에서 심원사 마당이 보인다. 여기 앉아 목탁 소리 들으며 땀을 닦고 물 한 모금 마시면 다시 힘이 솟는다. 오른쪽 등산로를 따라 계속 가쁜 숨을 몰아쉬며 땅만 보고 가노라면 머리 위에서 끝이 뾰족한 동굴이 문을 열고 기다린다. 세워 놓은 마름모꼴이다. 동굴 안 저쪽으로 하얀 하늘이 사람을 반기며 동굴 속으로 들어오라고 손짓한다. 동굴을 통과하면 바로 앞은 절벽이고 오른쪽은 첫 번째 쇠줄 구간이다. 쇠줄을 잡지 않으면 오를 수 없다. 발 딛는 곳을 잘 골라 딛고 쇠줄을 잡아당기면서 오른 다음 오른쪽 위를 보면 괴상한 바위 하나가 하늘을 찌르고 있다. 코뿔소의 뿔 같기도 하고 머리를 내민 거북이 같기도 하지만 정해진 이름은 없다.

2번째 쇠줄은 약간 쉽다.

3번째 쇠줄은 더 쉽다.

4번째 쇠줄을 잡고 오르면 길이 헷갈린다. 오른쪽 바위 밑을 내려다보면 갈 수가 없고, 왼쪽 낮은 바위를 오르면 희미한 길이 있기는 한데 조금 가면 바로 절벽이라 여기도 갈 수가 없다. 난감하다. 뒤를 돌아 가운데 부분 좁은 바위 틈새를 뚫고 나가야 하는데 처음 온 사람에게는 길이 잘 안 보인다.

어렵게 길을 찾아 바위를 내려서서 조금 가면 다섯 번째 쇠줄이 나온다. 줄을 잡고 올라가서 다시 왼쪽으로 디딤돌 같은 바위들을 딛고 가파르게 몇 발자국 오르면 전망이 탁 트인다. 멍석 한 장 넓이의 바위 꼭짓점인데 다락능선 하단부에서는 가장 좋은 쉼터이다. 바위에 주저앉아 배낭을 풀어 물을 마시고 과일을 한 알 먹고 나면 눈이 뜨이고 멋진 경치가 펼쳐진다.

지나온 쇠줄구간 바위들이 능선 따라 앞다투어 올라오고 멀리 맞은편에서는 수락산의 긴 산줄기가 이쪽을 보고 손짓한다. 수락산 오른쪽 산

자락 너머에는 불암산 줄기가 까마득하게 이어 가다가 한강 쪽으로 사라진다.

수락산과 이곳 도봉산 사이에는 시가지가 하얀 강을 이루며 도도히 흐르고 있다. 호수 같은 의정부에 고여 있다가 전철 1호선을 따라 도봉산 좁은 구간을 지나 바다같이 넓은 서울로 흘러 들어간다.

한편 사패산 터널을 빠져나온 외곽 순환도로는 하얀 강을 건너 수락산 터널 속으로 사라진다. 도봉산과 수락산을 이어 놓은 큰 다리이다.

망월사역이 어디인가? 몇몇 사람은 눈을 비비면서 찾아보다가 쉼터에서 내려선다. 다시 가파른 등산로를 기어오르면 갑자기 많은 등산객을 만나게 된다. 도봉산역에서 하차하여 은석암 쪽으로 올라온 사람들이다. 망월사역에서 올라온 다락능선의 본줄기는 비교적 한적한데 도봉산역 쪽에서 올라 온 지능선은 항상 붐빈다. 많은 사람들이 지능선을 본능선인줄 알고 있다. 허천수도 오랫동안 지능선으로만 다니고 본 능선이 있는 줄을 몰랐는데 그림 선배 P화백과 같이 이 본능선을 오른 후부터 다락능선을 제대로 알게 되었다.

"이 능선은 또 다른 아기자기한 맛이 있지."

그는 허천수보다 두 살 위인데 젊을 때 등산을 많이 하였지만 나이 들어서는 허리 통증으로 거의 등산을 하지 못하다가 어느 날 우연히 허천수와 약속을 하고 산행을 함께 하게 되었다.

"아니, 또 다른 맛이 아니라 이게 다락능선보다 더 좋은데요?"

허천수는 지금까지 다니던 지능선을 다락능선이라고 알고 있었다.

"이게 다락능선인데 다락능선이 또 있어요?"

"저쪽에서 올라오는 길이 다락능선 아닌가요?"

"저건 지능선이고 우리가 올라 온 이 길이 진짜 다락능선이지요."

허천수가 지도를 펴 보니 과연 이 길이 쪽 곧은 능선이고 저쪽에서 오는 길은 여기서 갈라져 나간 가지가 분명하다.

'다락능선안전쉼터'라는 안내판이 세워져 있고 주변에 많은 사람들이 앉아서 음료수를 마시고 있다.

쉼터에는 몸 전체를 비춰 볼 수 있는 커다란 거울이 있고 옆에는 각자 안전을 점검해 보라는 글이 있다.

****

*사망사고 1위 심장돌연사 / 자기진단 체크리스트:
  - 호흡곤란
  - 가슴 통증, 맥박 불규칙
  - 안면 창백, 어지럼증, 두통, 구토 증상

*안전산행 체크리스트:
  - 계절에 맞는 복장인가?
  - 배낭 무게가 적당한가?
  - 어지럽거나 식은땀이 나지 않는가?
  - 호흡이 가쁘거나 가슴이 답답하지 아니한가?

****

이제부터는 다락능선 중간마디 완만한 능선길이다.

쉼터를 지나 조금 오르면 포대능선을 한눈에 볼 수 있는 전망바위가 있는데 멀리 맞은편 산 중턱 높은 곳에 망월사가 보인다. 망월사를 배경으로 사진을 찍으려고 사람들이 줄을 서 있다.

이어서 두 개의 바위가 서로 의지하며 서 있는 틈새 바위굴을 통과하고, 경사가 완만한 산길을 한참 가면 정상부 암봉들을 가까이서 볼 수 있는 또 다른 전망바위에 도착한다. 다락능선 중간마디가 끝나는 지점이다.

누구든지 도봉산에서 제일 아름다운 경치를 보고 싶으면 여기까지 와야 한다.

고개를 꺾어 위를 보면 포대정상 철탑이 보이고 그대로 왼쪽으로 몸을 돌리면서 동영상 앵글을 맞춰 나가면 Y계곡을 건너 자운봉, 만장봉, 선인봉이 파노라마가 되어 펼쳐진다. 암릉미가 뛰어난 도봉산의 심장부이다.

그중 가장 멋진 장면은 왼쪽 선인봉이다.

뾰족뾰족한 침봉들이 높이를 다투며 내려오다가 선인봉에서 천 길 낭떠러지로 곤두박질친다.

선인봉 낭떠러지 중턱에 소나무가 한 그루 있다. 도봉산역에서 보면 넓은 바위 면에, 있는 듯 없는 듯 보이는 그 소나무이다. 여기서는 깎아지른 바위벽에 붙어 하늘을 배경으로 하고 있어 윤곽이 뚜렷하다. 속세를 초월하여 독야청청(獨也靑靑) 홀로 서 있는 경이로운 소나무!

누구나 감탄을 금치 못한다.

'저 소나무에 사람이 갈 수 있을까?'

'저 소나무는 하늘이 내려 준 보물이야!'

'저 소나무 그늘에서 점심을 먹고 한숨 푹 잤으면 좋겠다!'

보통 사람들이 넘볼 수 없는 꿈같은 이야기이다. 각자는 머릿속에 온갖 상상의 나래를 펼치면서 경치를 감상한다.

　이와 같이 일반 등산객들에게는 거리를 두고 쌀쌀한 소나무도 암벽등반을 하는 바위꾼들에게는 매우 친절하고 정답다. 어려운 '박쥐길'의 가운데 서서 반갑게 손짓하며 맞이하기 때문이다.

　'박쥐길'은 난이도 5.10a급으로 선인봉의 수십 개 바윗길 중에서도 가장 인기 있는 길이다. 석굴암 바로 위에서 시작하여 선인봉 남면을 S자로 뽑아 올리고 있다. 전체 5피치로 되어 있고 중간에 소나무를 지나 넓은 테라스에 오른다. 더 올라갈 수도 있지만 보통은 테라스에서 휴식을 취한 다음 하강한다.

　암벽등반을 시작한 지 몇 해가 지난 어느 봄날, 허천수는 다시 '박쥐길'을 찾았다. 3번째이다.

　"아이, 힘들어! 여기까지 오는 데 힘 다 빠지네!…"

　석굴암 아래 쉼터 작은 바위에 털썩 걸터앉으면서 허천수가 중얼거린다. 얼굴이 빨갛고 이마에 땀이 줄줄 흘러내린다.

　"오빠, 땀이 많이 났네요? 찬물을 좀 마시세요!"

　조영희가 500밀리 생수 한 병을 건너 주면서 힘을 내라고 한다. 냉장고에서 반쯤 얼려서 가지고 온 물이라 한 모금 마시니 속이 시원하고 정신이 번쩍 든다.

　조영희는 50대 후반의 중학교 국어 교사이다. 예쁘장하고 상냥한 모습과는 달리 바위에서는 겁이 없고 아무리 어려운 곳이라도 남보다 먼저 선뜻 나선다. 북한산 만경대 리지 등반 때 처음 만났는데 허천수보다 S등산학교 2기 선배이다. 시를 많이 읽고 쓰기도 하여 시 등단을 준비하는 중이었다. 처음 만났을 때에는 시인인 허천수를 선생님이라고 불렀다. 허천수는 나이 차이가 스무 살이나 나지만 껄끄럽게 '선생님'이라 부르지 말고 그냥 '오빠'라고 부르라 하였다. 젊은 여자가 오빠라고 불러 주면 어쩐지 한결 젊어지는 느낌이 들어 싫지 않았다. 그렇지 않아도 산에서는, 특히 생사를 같이하는 암벽 팀에서는, 몇 번 만나 얼굴이 익으면 서로 어렵지 않게 형님, 동생, 오빠, 누나 하면서 부르는 사람이 많은데 친밀감이 있고 자연스러워 옆에서 보기에도 좋다. 조영희는 처음에는 민망스러워서 오빠라고 부를 수가 없었지만 여러 번 만나다 보니 언제부터인가 자연스럽게 오빠라고 부르게 되었다.

허천수는 생수를 몇 모금 마시고 병을 건네주었다.

"그냥 가지세요. 어차피 오늘은 많은 물이 필요할 테니까요. 저는 여러 병 가지고 와서 넉넉해요."

여기까지 힘들게 가지고 와서 병 채로 넘겨주는 조영희가 고마웠다. 등산로를 벗어나서 조금만 가면 약수터가 있지만 냉장고에 얼린 물보다는 차가울 리가 없고 거기까지 갔다 오면 다른 사람들이 모두 올라가 버리고 혼자 외톨이가 되니 그럴 수도 없다. 시간도 절약할 수 있으니 이 얼음물 한 병은 안성맞춤 소중한 감로수이다.

"힘들게 가져와서 병 채로 그냥 주는 거야? 고마워요, 잘 마실게…"

1피치 출발점에 섰다.

왼쪽에 '표범길' 1피치가 수직으로 보인다. 표범길은 박쥐길보다 어렵기 때문에 박쥐길을 올라 본 사람이 자신이 붙으면 도전한다. 테라스에서 박쥐길과 만난 다음 다시 헤어져서 인공구간을 지나 6피치까지 간다. 박쥐길과 같이 테라스에서 휴식을 취한 다음 더 올라가지 않고 하강하는 것이 보통이다. 표범길은 난이도가 5.10c, 인공 A1급인데 처음 시작하는 1피치가 5.10c로 제일 어렵다.

허천수는 박쥐길도 1피치가 제일 어렵다고 생각한다. 어쩐지 올 때마다 1피치에서 남보다 많은 고생을 했기 때문이다. 바위는 똑같은 바위라도 남보다 쉽게 오르는 사람이 있는가 하면 남보다 어려워 쩔쩔매는 구간이 있다. 난이도를 보면 쉬운 것 같은데 요령을 모르면 어렵다. 박쥐길 1피치는 난이도가 5.8밖에 되지 않지만 그런 곳이다. 왼발을 날등 삐쭉 나온 칼날을 디뎌야 하는데 그걸 모르면 매우 어렵다. 알아도 칼날을 딛는 것이 쉽지 않다. 오른쪽 슬랩으로 기어오르다가 왼발을 내밀어 딛어야 하는데 가랑이가 짧으면 발이 닿지 않는다. 조금 더 오르면 겨우 닿을 수 있는 곳이다.

"거, 꽤 어려워 보이는데요?"

최근 S등산학교를 나온 초보 M이 걱정스럽게 쳐다본다.

"남들은 쉽다고 하는데 나는 제일 어려운 곳이야. 저기 삐쭉 나온 칼날을 왼발로 딛어야 하는데 그게 어려워."

허천수가 요령을 알려 준다.

"선배님이 먼저 시범을 보여 주세요. 저도 따라 할께요."

허천수가 바위에 붙었다. 이번에도 바로 오르지 못하고 1차 실패하여 추락한 다음 2차로 겨우 칼날을 딛고 올라섰다.

'이번에도 어렵기는 마찬가지야.'

속으로 다시 확인하고는 날등을 탄다. 힘은 들지만 날등은 어렵지 않았다. 이마에 땀이 흘러내린다.

"수고하셨어요!"

1피치 종료점에서 먼저 올라 온 조영희가 위로를 한다.

확보를 하고 빌레이 준비를 하였다.

2피치는 왼쪽으로 종잇장을 포개놓은 것 같은 바위를 잡고 오른 다음 박쥐 날개 밑으로 들어간다. '박쥐 날개'는 누가 언제부터 부르기 시작한 이름인지 모르지만 마치 박쥐가 날개를 편 것 같은 모양으로 되어 있어, 박쥐길의 특색을 잘 나타내는, 박쥐길의 간판역할을 하는 곳이다. 오버 행 밑에 크랙이 오른쪽 옆으로 쭈~ㄱ 뻗어 있다. 난이도는 5.8밖에 되지 않지만 선등자가 설치해 놓은 퀵드로를 통과해야 하는 어려움이 있다. 발을 잘 골라 딛고 자세를 안정시킨 다음 한 손으로 퀵드로를 잡고 다른 한 손으로 몸자(몸에 묶은 로프)의 매듭이 퀵드로를 건너도록 해야 한다. 퀵드로 통과는 어느 등반에서나 흔히 있는 것인데 상하 수직으로 통과할 때는 어렵지 않지만, 이곳 박쥐 길에서처럼 좌에서 우로 통과할 때에는 어렵다. 로프의 흐름을 잘못 읽으면 줄이 꼬여서 오도 가도 못한다. 이와 같이 설치된 퀵드로는 안전성은 있지만 숙달된 사람이 아니면 통과가 어렵기 때문에 어떤 선등자는 퀵드로 설치를 생략하고 오버 행 위에서 바로 후등자 빌레이를 보기도 한다.

허천수는 이곳에서 한번 추락한 적이 있다. 바위를 잡지 못했거나 손에 힘이 없어서가 아니다. 안정된 자세를 취하고 박쥐 날개 밑으로 진입하려는 순간 느닷없이 추락을 당하였다. '온달'이란 닉네임을 가진 후배가 퀵드로 설치 없이 오버행 위에서 후등자 빌레이를 보다가 큰 실수를 한 것이다. 그는 초보이지만 바위 타기를 좋아하고 체력이 좋아 겉으로는 든든하게 보였다. 박쥐날개 위 확보점에서 빌레이를 보면서 경험 부족으로 로프를 그냥 잡아당기기만 하였기 때문에 허천수가 추락을 당한 것이다. 밑에는 오버행이라 로프를 위에서 잡아당기면 밑에 있는 등반 자는 바위에서 이탈하게 되어 있다. 아무리 바위 잘 타는 사람도 이렇게 당기면 떨어질 수밖에 없는 것이다. 허천수는 3m쯤 추락한 다음 간신히 바위를 딛고 오버행 오른쪽 끝으로 올라갔다.

흔히 초보자들은 위에서 빌레이를 보는 사람이 로프를 세게 당겨 주면 쉽게 오를 수 있다고 생각하고 그렇게 해 주기를 바란다. 또한 자기가 후등자 빌레이를 볼 때에도 로프를 팽팽하게 당겨 주면 후등자가 쉽게 올라 올 것이라 생각하고 두레박처럼 끌어 올리는 경우가 많다. 절대 로프를 팽팽하게 당기면 안 된다. 로프는 추락하는 경우에만 작동하도록 10~20㎝ 느슨하게 여유를 두어야 후등자가 자유롭게 등반할 수 있기 때문이다. 특히 오버행 위에서 힘껏 당기는 것은 빌레이를 봐주는 것이 아니라 강제로 추락시키는 것이다.

박쥐 날개 오른쪽 끝에서는 두 손으로 바위를 잡고 올라서야 한다. 맨틀링 기술이다. 약간 힘이 들지만 올라서고 나면 짜릿한 통쾌감을 느낀다.

다시 1피치를 힘겹게 올라 소나무가 있는 곳에서 크게 한숨 돌리고 시원한 물을 한 모금 마시면 온 세상이 내 것이다. 다락능선 전망바위에서 자주 보던 그 소나무 밑에 온 것이다.

일반 등산객들은 꿈에서나 가까이 볼 수 있는 소나무!

위아래 양옆 어느 쪽으로 보아도 수십m 바위 절벽뿐!

소나무는 서너 명이 쉴 수 있는 그늘을 만들어 주고 있다. 언제 어디서 작은 솔 씨가 날아와서, 싹을 틔워 이렇게 크게 자랐는지? 비와 바람뿐인 이곳에서 무엇을 먹고사는지? 딱딱한 바위에 무슨 영양분이 있는지? 이 소나무 뿌리는 어디까지 내려갔는지? 아무리 보아도 궁금하고 신기하기만 하다.

허천수는 땀을 닦으며 시의 세계로 들어갔다.

『   독야청청(獨也靑靑) 소나무

선인봉 천인절벽

외로운 하늘아래

속세를 멀리 떠나 명상하는 푸른 스님

흰 구름

흘러가다가

그를 보고 멈춘다.

먼 나라 꿈에서나 가보는 보금자리

땀 흘린 바위 꾼을 다정하게 안아 주고

석굴암

목탁소리는

눈 감으면 들린다.   』

14. 티롤리안 브리지

북한산 산성입구 버스정류장에 장꾼들같이 많은 사람이 하차하여 길을 메우고 있다.

여기에 오는 버스는 2개 노선이 있는데 하나는 서울역에서 출발하여 지하철 불광역과 구파발역을 지나오는 서울버스이고 다른 하나는 불광역에서 출발하여 오는 경기도버스이다. 승객은 북한산을 등산하려고 오는 사람이 대부분이기 때문에 지하철 3호선을 타고 와서 구파발역에서 환승하는 사람이 가장 많다. 구파발역에서는 토·일·공휴일에는 물론 평일에도 한창 붐비는 아침 시간이면 버스를 타기 위해서 길게 줄을 서 있고 타기가 어려워 한두 대 놓치기 일쑤이다. 이 사정을 잘 아는 등산객은 미리 불광역에 내려 환승하기도 한다. 북한산 밑을 훑으며 지나가는 이 노선에는 북한산 구간에만 정류장이 10여 군데 있는데, 그중에서도 산성입구 정류장에서 가장 많은 사람이 내린다. 여기에서 대다수가 내리면 이후에는 버스가 거의 빈 상태로 가는 경우가 많다.

초여름 즐거운 토요일이다.

북한산에는 근래에 보기 드문 등산 인파가 몰려와서 산성입구 드넓은 도로와 주차장 그리고 상점들은 아침부터 분주하다. 기온이 많이 올라움직이면 금방 땀이 난다.

9시 정각.

모임 장소인 정자 쉼터에는 S등산학교 동문들과 리지 등반을 배우러 처음 온 신청자들이 자리를 꽉 메우고 있다. 어림잡아 30여 명쯤 되겠다. 정자가 있고 넓은 나무 그늘과 간이 의자들이 있어서 여러 산악회가 모임을 할 수 있는 장소인데, 이 시간에는 S등산학교팀이 점령하고 있어 다른 산악회는 들어 설 자리가 없다.

"여러분, 안녕하세요? 반갑습니다."

S등산학교 대표강사 윤재식이 만면에 웃음을 띠고 회원들을 반기면서 인사한다. 윤재식은 60대 중반의 노련한 클라이머로 20대 초반 혈기 왕성한 시절에는 권투에 열중하여 웰터급 국가 대표선수로 올림픽에 출전까지 한 이름 있는 선수였다. 30대 들어 등산으로 운동을 바꾸어 암벽과 빙벽에서 기량을 높이고 크고 작은 대회에 출전하여 전문 산악인으로 활약하였다. 그의 뛰어난 체력은 누구에게나 선망의 대상이기도 하였다. 그러나 행운만이 있는 것이 아니었다. 어느 날 건강진단에서 청천벽력같이 위암 진단을 받아 일상생활이 올 스톱 되는 위기를 맞았다. 위를 1/3 떼어내고 사경을 벗어난 지도 이제 10년이 넘었다. 체력은 전만 못하지만 아직까지 그의 빙벽 기술은 웬만한 클라이머도 따라갈 수 없는 위치에 있다. 언제나 침착하고 낙천적인 성격 때문인지 몰라도 모진 악운이 그를 비껴가고 있는 형상이다.

"저는 대표강사 윤재식입니다. 오늘의 염초릿지 등반 스케줄을 말씀드리겠습니다.

오늘 처음 온 회원도 많고 서로 얼굴을 모르는 기존 회원들도 있으니 먼저 각자 자기소개와 인사를 해 주세요! 인사가 끝나면 준비운동을 하고 9시 30분에 출발하여 북문에서 장비를 착용하고 본격적으로 등반을 시작합니다. 염초 1 · 2 · 3봉을 지나 파랑새봉 아래 쉼터에서 점심을 먹고 휴식을 취한 다음 말바위를 지나 백운대에 오릅니다. 백운대에서 단체 기념사진을 찍고 위문을 거쳐 여기 산성입구까지 하산하면 4시쯤 될 겁니다. 하산하면 바로 뿔뿔이 헤어지지 말고 저 위 탐방안내소 근처에 있는 S식당에 모여 주세요. 뒤풀이 식사를 하면서 각자 등반경험과 소감을 발표하는 시간을 갖도록 하겠습니다. 릿지 등반을 처음 하시는 분은 다른 사람의 이야기를 들으면 많은 참고가 될 것입니다.

자~, 그러면 왼쪽부터 자기소개를 해 주세요!"

윤재식 대표는 '리지'를 '릿지'라고 강하게 발음하였다. 일반적으로 바위능선을 '암릉' 또는 '리지(ridge)'라고 하지만 산에서는 '릿지'라고 강하게 발음하는 사람이 더 많다.

염초리지는 북한산 6대 리지 중에서 코스가 가장 길다. 단거리 멀티피치나 암장에서 고난도의 등반을 즐기는 것도 좋지만 여유 있게 긴 암릉을 걸으면서 즐기는 사람도 많은데, 오늘 온 기존회원들 중에는 박사진 선생과 고경환 대장도 있고, 김재주, 강금희, 조영희 등 허천수와 여러 번 등반을 같이 해 온 동문들이 많이 보인다.

"여러분, 반갑습니다. 저는 S등산학교 출신으로 호암산에 있는 G암장에서 볼트따기를 지도하는 박사진입니다. 오늘 처음 오신 분은 릿지 등반을 배우고 등산학교 정규반을 수료하세요. 그런 다음 기량을 더 높이고 싶으면 G암장에 오세요. 친절하게 지도해 드리겠습니다."

박사진 선생의 자기소개를 시작으로 동문들과 처음 참가한 회원들의 인사가 10분 동안 계속되었다.

"예. 좋습니다. 보시다시피 동문회원들이 10여 명 됩니다. 동문들은 일반 회원들의 사이사이에 끼어서 친절하게 후배들을 도와주시고, 처음 온 회원들은 선배들이 지도하는 대로 잘 따라 주세요. 인원이 많으니 질서를 지켜 모두들 사고 없는 즐거운 하루가 되기를 바랍니다.… 자~, 그러면 준비운동을 하겠습니다. 간격을 벌려 체조 대형으로 서 주세요!"

윤재식 대표는 5분간의 준비운동을 진행하였다. 팔운동, 다리운동, 허리운동은 기본이고 무릎돌리기와 발목돌리기를 특히 강조하였다. 무릎과 발목은 등산 중 가장 사고가 나기 쉬운 부위이기 때문이다.

일반 등산에서 사고라면 크게는 돌연사 작게는 발목 삐임(捻挫)과 '쥐'인데 발목 삐임이나 '쥐'는 사전에 준비운동을 충분히 하면 예방할 수 있는 것이다.

체조가 끝난 다음 윤재식 대표는 로프, 하네스, 헬멧, 하강기 등 대여 장비를 실은 차를 직접 운전하여 찻길이 닿는 보리사 앞까지 가고 회원들은 각자 배낭을 지고 계곡 길을 걸어서 올라갔다.

보리사 앞에 모여서 장비가 없는 초보 회원들에게 필요한 장비를 나누어 주고 본격 등산을 시작하였다.

얼마 가지 않아 왼쪽 깊숙한 계곡에 큰 나무들 사이로 하얀 바위가 보인다. 한 번 두 번, 급경사를 이루며 아래로 곤두박질치고 있다.

개연폭포이다.

북한산에는 크고 작은 폭포가 많이 있지만, 그중에서도 이름 있는 폭포는 4개인데 동쪽 아카데미하우스에서 대동문으로 오르는 길에 구천폭포가 있고 남쪽에는 정릉계곡 입구에 청수폭포, 평창계곡에 동령폭포가 있다. 서쪽에 있는 이 개연폭포는 2단 폭포인데 산성입구 쪽으로 흐른다.

　S등산학교 리지 팀은 원효봉 갈림길을 따라 왼쪽으로 접어들어 시원한 물가에 자리를 잡고 휴식을 취하였다. 각자 배낭에서 물, 과자, 초콜릿 등을 꺼내어 옆 사람들과 나누어 먹는데 허천수는 잘게 썬 오이를 박스째로 내어놓고 원하는 사람은 한 토막씩 집어 가도록 하였다. 오이는 산행 중 갈증을 해소하고 피로를 푸는데 아주 좋은 먹거리로 알려져 있다.

　"물이 모자라는 사람은 이리 따라오세요."

　고경환 대장은 사람이 없는 제일 위쪽 물가로 가서 휴대용 정수기를 꺼냈다. 정수기의 호스 끝을 개울물에 담그고 고무공을 버럭버럭 눌러 펌프질하니 금방 물이 한 병 찬다.

　"야~, 그거… 좋은 장비네요. 그런 게 있었어요?"

　누군가 옆에서 감탄을 한다.

　"그렇게 정수한 물을 마음 놓고 먹어도 되나요?"

　모두들 휴대용 정수기가 있는 줄도 몰랐고 더구나 오늘 산에서 처음 보았기 때문에 놀라는 한편 호기심이 생겼다.

　"모두들, 이 물건 처음 본 모양인데… 무거운 물을 많이 지고 다닐 수 없는 장거리 산행 때 필요하고 특히 물이 많이 먹히는 더운 날 계곡 산행을 할 때에는 아주 제격이지요. 물론 이 물은 절대 안심하고 먹을 수 있어요. 이 정수기는 미군들도 야전용으로 사용하는 ㅇ회사의 제품입니다."

　"그거 어디서 팔아요?"

　"동대문에 있는 Y상사에 가면 살 수 있어요. 거기는 윤재식 대표강사님의 사촌 형이 운영하는 대형 등산용품점입니다."

"자~, 이제 출발합니다."

고경환 대장의 말이 끝나기 전에 저쪽에서 윤재식 대표가 출발을 알린다.

여기서부터 북문까지는 가파른 산길인데 오늘 산행 중에서 가장 재미없고 힘 드는 구간이다. 땀을 뻘뻘 흘리며 지루하게 20분쯤 오르면 북문에 도착한다.

북문에서 왼쪽으로 가면 원효봉에 올랐다가 산성입구로 하산하는 길이고 오른쪽으로 가면 염초리지이다.

"안녕하세요? 선배님, 오랜만입니다."

공원관리공단 직원이 윤재식 대표를 보고 인사를 한다.

"아, 김 군! 오늘 여기 당번인가?"

두 사람은 서로 잘 아는 사이인 모양이다.

북한산에는 관리공단 직원이 상주하면서 암벽진입을 통제하는 초소가 세 군데 있다. 향로봉 등산길 상단부에서 암벽으로 오르는 시작점에 하나 있고, 백운대를 오를 때 누구나 보게 되는 위문에도 있는데 왼쪽 만경대리지로 가는 등산객을 통제하는 초소이다. 여기 북문에 있는 초소는 염초리지 진입을 통제하는 곳이다.

이 3곳은 암벽등반을 제대로 배우지 못한 등산객이 멋모르고 또는 객기를 부려 들어갔다가 사고를 당하는 극히 위험한 곳이기 때문에 직원이 상주하면서 진입을 통제하고 있다.

'추락위험지역 출입제한'이라는 안내판이 눈길을 끈다.

이곳을 진입하기 위해서는 단독 산행은 안 되고 최소 2인 이상이라야 하며 헬멧과 안전벨트를 착용하고 자일과 하강기를 휴대하고 이들 장비를 능숙하게 다룰 수 있어야 한다고 쓰여 있다.

회원들이 배낭을 풀어 하네스를 착용하고 헬멧을 쓴다. 신발도 리지화로 바꾸어 신고 스틱을 접어서 배낭에 넣었다.

"거 하네스 다리걸이가 느슨하게 풀어져 있는데⋯ 단단히 조여야겠어. 헬멧 턱끈도 더 조이고⋯"

허천수는 오늘 처음 온 젊은 회원을 보고 장비 착용이 잘못되었다고 지적해 주었다.

일행이 성곽을 따라 오르다가 바위 슬랩이 시작되는 곳에 이르니 원효봉이 벌써 한참 저 아래로 내려다보인다.

윤재식 대표는 나무에 로프를 걸고 하강연습을 지도하였다.

"동문 회원들은 고경환 대장이 리딩하여 먼저 올라가고 오늘 처음 온 회원들은 하강 연습을 할 것이니 이쪽으로 오세요."

하강을 한 번도 해 보지 아니한 왕초보가 10여 명이나 된다.

"먼저 이와 같이 로프를 접어 8자하강기의 큰 구멍으로 통과시키고 작은 구멍을 하네스의 배꼽 카라비너에 장착합니다. 그런 다음 이렇게 하강 자세를 취하고⋯ 제동손을 쥐었다 폈다 하면서 속도를 조절하고 천천히 내려가는데 눈은 발을 보면서 디딜 곳을 잘 찾아야 해요. 바위에 겁먹지 말고 침착하게⋯ 제동손은 로프를 잘 잡고⋯ 절대 놓치면 안 돼요."

초보 회원들을 도와주기 위해서 기존 회원들이 몇 명 남고 허천수 일행은 고경환 대장을 따라 먼저 올라갔다.

염초1봉 오르기 전 직벽 밑에 섰다. 직벽 위에는 언제 보아도 인상적인 소나무가 한 그루 있다.

"까악! 까악!"

소나무 위에서 까마귀가 낯선 사람들이 왔다고 경계경보를 날린다.

직벽으로 오르는 사람도 있지만, 직벽은 고도의 기술이 필요한 구간이다. 고경환 팀은 일반 팀이 이용하는 사선 크랙을 따라 오른다. 오른쪽은 바위벽이고 왼쪽은 낭떠러지이다.

허천수는 대원들의 중간쯤에 끼어서 올라갔다. 툭 튀어나온 바위가 머리를 내 밀고 있다. 퀵드로를 통과한 다음 두 손으로 바위를 잡아당기면서 올라서야 하는데 자세가 잡히지 않아 왼쪽 벼랑으로 한 발을 딛고 레이 백 자세로 올랐다.

직벽 위 소나무가 있는 곳에 도착하여 한숨 돌리고 밑을 내려다보니 후배들이 긴 줄을 이루며 엎드려 올라오고 있다. 마치 개미들이 한 줄로 꼬물꼬물 올라오는 것처럼 보였다.

염초 1봉은 별로 이렇다 할 특징이 없는 평범한 바위이다.

염초 1봉에 오르면 염초 2봉이 바로 앞에 보인다. 크고 날카로운 바위이다.

2봉 바위 밑에서 여러 명이 대기 상태로 차례를 기다리며 줄을 서 있다. 2봉은 바위에 올랐다가 바로 반대쪽으로 하강 로프를 타고 한 사람씩 내려가야 하기 때문에 여러 사람이 설 자리가 없고 통과하는 데 많은 시간이 걸린다.

2봉을 내려서 뒤를 돌아보면 마치 책을 펴 놓은 것 같이 2장의 바위가 마주 보고 있다. 속칭 '책바위'라고 하는 디에드르(Dièdre)이다.

"이쪽으로도 오세요!"

고경환 대장이 왼쪽 절벽 쪽에 확보줄을 깔아 놓고 일부는 그쪽으로 오라고 한다. 허천수는 자기확보줄을 걸고 바위에 찰싹 붙어서 게걸음으로 조심조심 왼쪽으로 바위를 돌았다. 아찔하다. 확보 없이 가다가 떨어지면 이 세상과 작별이다.

염초 3봉은 몸을 비틀어 바위틈에 끼어넣고 뱀같이 기어오르는 곳이다. 약간 어렵지만 짧기 때문에 할 만하다.

재미있고 스릴 만점인 염초 3개 봉우리를 다 넘었다.

무너진 성곽이 있는 능선 안부(鞍部)를 지나 소나무와 바위가 적당히 어우러져 있는 쉼터에서 배낭을 풀어 놓고 고경환 팀은 먼저 식사를 하였다.

허천수는 왼쪽 높이 파랑새봉을 보면서 재작년에 파랑새봉 리지를 탈 때 건너던 바윗길을 눈으로 더듬어 본다.

'저 바위를 돌 때가 제일 어려웠지… 지금 여기서 보니 그다지 어려워 보이지 않는데?'

바위는 시간과 분위기에 따라서 쉽기도 하고 어렵기도 하다. 여기 그늘에서 음식을 먹으면서 느긋하게 보니 쉬울 수밖에.

"이거 하나씩 드세요!"

조영희가 삶은 계란 한 봉지를 내어놓는다. 많은 사람이 있는 데서 대여섯 개 되는 계란은 '코끼리 비스킷'이지만 무겁게 지고 온 음식을 풀어 놓는 성의가 고맙다.

이어서 후미 윤재식 대표가 초보회원들을 인솔하여 올라왔다. 초보자들 하강 연습으로 뒤처진 후 처음으로 전원이 한 자리에 모였다.

"여기서부터 오늘 처음 온 회원들은 선배 회원들의 사이사이에 한 사람씩 끼어서 등반합니다. 미끄러워 오르기 어려운 '참기름바위'도 있고 수직 크랙도 있고 위험한 '말바위'도 있으니 각자 안전에 특히 주의해야 합니다. 선배 회원들은 후배들을 한 사람씩 잘 지도해 주세요."

식사가 끝나고 이제부터는 윤재식 대표가 선두에서 리드한다.

허천수는 중간쯤에서 힘들어하는 회원들을 도와주면서 말바위 앞에 있는 수직바위에 도착하였다.

"저 바위에 올라서면 말바위가 보이지요. 지금 사람이 오르는 저 크랙은 힘드는데, 왼쪽 슬링을 걸어 놓은 쪽으로 오르면 조금 쉬워요. … 초보자는 왼쪽으로 오르세요. 슬링을 잡고 올라서서 왼손을 뻗어 바위 끝에 있는 홀드를 찾아 잡으면 오를 수 있어요."

허천수는 친절하게 설명하면서 후배들을 지도하였다.

어려운 수직바위를 오르고 말바위 앞에 섰다.

"말바위가 어디 있어요? 말(馬)이 안 보이는데요?"

"말바위는 바위가 말 같이 생겼다는 것이 아니고… 말 잔등을 오르듯이 어렵게 기어서 올라야 한다는 뜻이래요."

초보자가 묻고 누군가 기존회원이 아는 체 답한다. 말바위를 제대로 아는 사람이 없이 이 근처에 오면 여기를 그냥 말바위라고 하는 것이다. 그만큼 접근하기 어려운 곳으로만 알려져 있다.

"그렇지 않아요. 실제 말 모양이 보입니다. 영락없이 말입니다. 잘 찾아보세요."

허천수가 단언한다.

"아무리 봐도 말 모양이 없는데요?"

"일부러 우리를 놀려 주려고 하는 거 아니예요?"

여럿이 한마디씩 한다.

"자, 여기 서서 저 앞 바위를 보세요. 왼쪽으로 향하고 있는 커다란 말의 머리가 보이지요? 여러 바위 조각들이 모여서 하나의 말을 그려내고 있어요. 이 자리에 한 번 서 보세요!"

정확한 지점에 서야 말도 정확하게 보인다. 다른 곳에서는 아무리 봐도 말이 없다. 보는 각도가 맞아야 한다. 햇빛이 비치는 각도까지 맞으면 더욱 좋다. 날씨도 좋아야 한다. 흐린 날에는 흐릿하게 보이기 때문에 찾기가 어렵다. 청명한 날 오후 해가 적당하게 기울어진 시간이면 가장 선명하게 볼 수 있다. 한 폭의 멋진 말 그림이다.

허천수도 처음에는 말이 상상으로나 있는 것으로 생각하였지만 여러 번 이곳을 찾다 보니 어느 날 찍은 사진 속에 말 모양이 있는 것을 우연히 발견하였다. 그 후 현장에 올 때마다 여기저기 서 보고 말 모양이 보이는 정확한 위치를 찾아내었다.

"아, 정말 말이 있네…"

기존 회원들도 감탄하면서 좋아하였다.

말의 목덜미를 타고 귀 쪽으로 오른 후 다시 발 딛기 어려운 작은 바위를 하나 더 오르면 말바위 꼭짓점에 서게 된다. 인수봉이 보이고 앞과 좌, 우, 3면은 절벽이다.

"어? 저게 뭐야?"

허천수는 눈이 둥그레졌다. 말바위 꼭짓점에서 건너편 바위 꼭짓점까지 로프가 걸려 있고 그걸 타고 한 사람이 거꾸로 매달려 가고 있다.

말로만 듣던 티롤리안 브리지(Tyrolean Bridge)가 아닌가!

윤재식 대표가 2줄 하강을 하고 건너가서 설치해 놓은 것이다.

침봉과 침봉 사이 협곡이나 급류가 흐르는 계곡을 건널 때 가장 노련한 사람이 로프를 몸에 묶고 먼저 건너가서 나무나 바위에 로프를 고정시키고 다른 사람들은 그 로프를 타고 공중에 매달려 건너는 것이다.

티롤리안 브리지는 티롤리안 트래버스(Tyrolean Traverse)라고도 하는데, 오스트리아 티롤지방 사람들이 계곡을 건널 때 이용하는 방식이라고도 하고 이탈리아 남 티롤의 산 이름에서 유래되었다고도 한다.

로프는 3줄로 되어 있다. 2줄은 '브리지 로프'인데 한 줄이 끊어져도 다른 한 줄이 확보를 해 주도록 되어 있고, 나머지 1줄은 등반자가 힘이 빠져 자기 힘으로 갈 수 없을 때 건너편에서 당겨 주기 위한 보조로프이다. 로프는 중간 부분이 체중에 의해 늘어지므로 당기는 데 힘이 많이 들어간다. 도착지점에 가까워지면 급경사로 당겨 올려야 한다. 이때 팔 힘이 약한 사람은 다른 사람의 도움이 필요한 경우가 많다. 산악이 아닌 일상생활에서도 조난자를 구조하거나 물건을 매달아 이동시킬 때 이 보조로프는 꼭 필요한 장치이다.

허천수 앞에서 조영희가 브리지를 건너고 있다. 중간쯤에서부터는 팔 힘이 모자라는지 속도가 아주 느리다.

"영희 씨, 힘내세요! 다 왔어요."

건너편에서 윤재식 대표가 보조로프를 당겨주고 있다.

허천수는 조영희가 하는 동작을 자세히 보면서 나름대로 요령을 익혔다.

허천수의 차례가 왔다.

배꼽카라비너를 브리지 로프에 걸고 보조로프에 클로버히치매듭을 하여 자기확보줄을 걸었다. 한발 내려서서 로프를 잡은 채 몸을 젖혀 하늘을 보고 누운 자세로 매달렸다. 두 손을 번갈아 가며 로프를 당긴다. 흔히 바위꾼들 사이에서 '통닭'이라고 하는 자세이다. 영락없이 통닭구이가 되어 줄을 타고 있으니 허천수는 저절로 웃음이 나왔다.

팔 힘으로 줄을 당기는 것은 평소 아침마다 턱걸이 운동을 해서 팔힘이 좋은 허천수에게는 별로 어려운 일이 아니었다. 계곡을 건너 끝까지 가서, 뒤로 돌아 바위를 딛고 위로 올라섰다.

허천수는 자기확보를 하고 사진을 찍기 시작하였다. 이 희귀한 장면들을 될 수 있는 대로 많이 기록으로 남기고 싶었던 것이다.

허천수 다음에는 조진욱이 건너오고 있다. 그는 거의 다 와서 누운 자세 그대로 바위를 잡으려고 애를 쓰지만 거리가 멀고 바위가 잡히지 않아 땀을 뻘뻘 흘리며 고생만 한다.

"그대로는 안 돼요. 몸을 뒤로 돌려 바위 쪽을 보고 발을 내밀어 봐요. 발 디딜 곳이 있어요."

허천수는 보조로프를 당겨 조진욱을 바위에 바짝 붙인 다음 자기가 했던 방법대로 하라고 알려 주었다.

건너편보다 이쪽 도착지점 바위는 거의 수직이고 올라서기가 쉽지 않았던 것이다.

나중에 알았지만 조진욱은 60대 나이의 현직 판사이다. 오늘 처음 온 왕초보인데 바위에 익숙한 사람도 겁을 내는 티롤리안 브리지를 왕초보가 마주치게 되었으니 수월할 리가 없다.

"어휴~ 떨어져 죽는 줄 알았어요."

조진욱이 정신을 가다듬으면서 안도의 숨을 쉬고 있다.

"나도 암벽을 몇 년 했지만 티롤리안 브릿지는 처음이네요."

허천수가 위로해 주었다.

"서울 근교에는 티롤리안 브릿지를 타는 곳이 여러 군데 있어요. 도봉산 오봉의 2봉과 3봉 사이가 유명하고, 양주 불곡산 악어릿지도 좋아요. 북한산에서는 여기 염초릿지와 저 건너편 숨은벽릿지에서도 할 수 있고… 가장 쉽게 접근할 수 있는 곳은 서대문구 안산이지요. 지하철 3호선 무악재역에 내려서 조금만 올라가면 되는 암장입니다."

고경환 대장은 구조 경험이 많아 티롤리안 브리지를 탈만 한 곳을 잘 아는 모양이다.

    백운대 정상이다.

    S등산학교 리지 팀은 인수봉을 배경으로 단체 기념사진을 찍고 장비를 해제하여 일반 등산차림으로 변신하였다.

    가파른 계곡을 1시간 반쯤 내려가서 뒤풀이 식당에 모였다.

    "여러분, 빠진 사람 없지요? 오늘은 날씨도 좋고 아무런 사고 없이 성공적으로 염초릿지 등반을 하게 되어 축하합니다. 처음 온 회원들도 많으니 오늘 산행이 어땠는지 각자 소감을 발표해 주세요."

    윤재식 대표가 마무리 행사를 진행한다.

    "티롤리안 브릿지가 특히 인상적이었어요. 겁도 났지만 아주 재미있었어요."

    "티롤리안 브리지를 깔아 주신 윤 대표님께 감사드립니다."

    "티롤리안 브릿지는 처음인데 아주 스릴 만점이었어요."

    온통 티롤리안 브리지에 대한 이야기로 꽃을 피웠다.

    "저는 처음 온 사람인데 오늘 죽는 줄 알았어요. 특히 끝부분에서 팔힘도 빠지고 천근만근 무거운 몸을 도저히 바위에 올려놓을 수 없었어요. 마침 허천수 선배님이 보조로프를 당겨주시고… 요령을 일러주셔서 간신히 위기를 벗어나기는 했는데… 정말 혼났어요."

    조진욱이 고생한 이야기를 생생하게 늘어놓았다.

    "처음 보는 얼굴인데 누구시죠?"

    볼트따기 강사 박사진 선생이 묻는다.

    "예, 저는 조진욱이라고 하는데 아침에 제대로 인사를 드리지 못했습니다. N지방법원 부장판사입니다. 멋도 모르고 암벽을 좀 배워볼까 하고 따라나섰는데 암벽등반이 이렇게 무서운 줄 몰랐어요. 다시는 못할 것 같습니다."

"아, 현직 판사님이시군요. 업무에 바쁘실 텐데 등산에 시간을 낼 수 있었어요?"

"예, 내년에 정년인데 조금 한가한 자리로 옮겨 앉았고, 더구나 정년 퇴직을 하면 멋진 취미생활을 해야 하는데 '뭘 할까?' 여러모로 생각한 끝에 등산이 제일 좋을 것 같아서 2년 전부터 등산을 하게 되었습니다. 그런데 암벽등반은 처음인데 정말 위험하네요. 잘못 실수해서 떨어져 죽으면 누가 동정이나 하겠어요?"

"암벽하다가 죽을 일은 거의 없어요. 또 즐겁게 살다가 죽으면 어때요? 죄를 짓고 감옥에서 죽는 사람도 있고… 식물인간이 되어 의식을 잃고 병원에서 죽는 사람도 있는데…"

"그렇네요. 사람 사는 것이 별거 아니지요. 아무리 돈 많고 세상을 호령하던 사람이라도 식물인간이 되어 산소호흡기로 숨을 쉬고 의식이 없이 병원에 누워 있으면 뭐해요. 평범하게 탈 없이 사는 것이 제일이지요… 박 선생님 같은 분이 세상에서 제일 행복한 사람입니다."

화제가 아주 재미있게 전개되고 있다. 박사진 선생은 평소 자기가 생각해 오던 인생철학을 털어놓았다.

"사람으로 태어나서 한평생 행복하게 살면 좋겠지만, 그렇지 못한 사람도 많고 잘 나가다가도 어려운 시절을 만나 고생하는 사람이 많습니다. 감옥에 있거나 병원에 누워 있거나 불행한 것은 말할 것도 없지만 불행한 그 시간도 그 사람의 삶입니다. 그가 타고난 생의 일부분이지요. 누가 언제 그렇게 될지는 아무도 몰라요.

내 주변에도 병이 들어 육체는 망가지고 정신이 희미해져 사리 분별을 못 하는 친척도 있고 선배도 있어요.

뇌 기능을 상실한 식물인간이 되어 병원에 누워 있거나 치매로 사람을 알아보지 못하는 사람도 엄연히 살아 있는 '사람'입니다. 갓 태어난 아기와 같이 남이 도와주지 않으면 자기 힘으로 살아갈 능력이 없을 뿐입니다."

박사진 선생의 이야기는 상식적으로 다 아는 사실이지만 흥미 있고 들을 만하였다.

"사람은 젖먹이일 때에는 아무것도 모르고 살다가 차차 눈, 코, 귀가 열리고 철이 들어 사물을 분별할 줄 알게 되고 성인이 되어 완전한 사람이 됩니다. 오랜 세월 인생의 황금기를 지나면 누구나 늙어서 육체적으로나 정신적으로 쇠락해지지요. 이도 빠지고, 귀도 먹고, 의식도 잃고… 가지고 있던 능력을 하나씩 반납하고 세상을 떠나는 것인데 우리는 죽는 것을 너무 두려워할 필요가 없습니다. 늙어서 죽으나 암벽에서 떨어져 죽으나 죽는 것은 매한가지이니까 … 죽음을 생각하지 말고 하늘에 순응하면서… 열심히, 하루하루를 즐겁게 살면 됩니다. 각자 타고 난 명대로…"

죽을 고비를 몇 번 넘긴 해병대 장교 출신 박사진 선생의 이야기를 듣고 모두들 머리를 끄덕이면서 그냥 평범하면서도 의미 깊은 말이라고만 생각하였다.

그런데 허천수는 달랐다. 늙으면 가지고 있던 능력을 하나씩 반납하고 세상을 떠난다는 말에 충격을 받고 깊은 수렁으로 빠져들어 갔다. 젊은 회원들은 아무렇지도 않게 가볍게 들은 말이지만, 허천수는 크게 받아들였다.

'노후차량은 폐차장으로 보내야 하나?'

허탈해지면서 왠지 모르게 슬프고 침울해졌다.

사실인즉 이 10년 사이에 예기치 않은 실수로 사고를 당한 적이 여러 번 있었다. 늙어 가면서 운동신경이 무뎌지고, 주의력이 약해지고, 팔다리에 민첩성이 떨어지는 증거라고 생각하였다.

'그게 벌써 10년이 다 되어 가는구나! 불암산에서 조심하지 않고 달리다가 계단에서 굴러떨어진 것을 생각하면 지금도 아찔하네. 왼팔이 부러져 큰 수술을 하고 8개월이나 고생하지 않았던가. 생각조차 하기 싫은 큰 사고였어…

그뿐인가. 발을 헛디뎌 앞으로 쓰러지고 팔다리에 멍이 들어 한두 주일씩 고생한 것은 몇 번이던가?

작년에는 백두대간 눈길에서 하산하다가 미끄러져 발목 부상을 입어 깁스를 하고 목발 신세를 지면서 4개월간 집 밖에 나가지 못하였지… 등산은커녕 모든 활동이 중지되고…

사고를 당하는 횟수도 점점 잦아져 언제 다시 크게 다칠지 알 수가 없네. 특히 암벽등반에서 사고를 당하면? … 생각할수록 불안하다. 앞으로는 더욱 조심해야지… 그런데 조심한다고 해결될 문제가 아닌 것 같다. 암벽등반은 물론 일반등산도 횟수를 줄이고… 그래도 불안하면 아예 자전거 타기나 수영으로 운동을 바꿔야 하지 않을까?'

허천수는 몇 년 전 수인암장에서 처음 암벽을 배울 때 암벽등반을 할까 말까 크게 망설였는데 그날 이후 오늘이 가장 마음이 무겁고 암벽등반을 더 이상 해야 하나 말아야 하나 깊은 고민에 빠져들었다.

며칠을 생각한 끝에 허천수는 이제 암벽등반은 그만해야겠다고 마음을 정했다. 산전수전… 산이란 산은 다 경험했으니 더 이상 욕심내지 않고 힘 드는 바위 타기는 물론, 시간에 쫓기는 지방산행이나 단체산행도 자제해야겠다고 생각한 것이다.

　그러나 수십 년간 해 오던 산행을 하루아침에 완전히 그만둘 수는 없어 가볍게 단독산행으로 이어 갔다. 나 홀로 단독산행은 시간과 장소에 쫓기지 않아 좋다. 가는 곳마다 지난날 함께한 친구들과의 사연이 새겨져 있고 추억으로 되살아나서 그립고 아쉬운 마음 금할 수가 없지만, 한편으로는 여유 있게 큰 카메라를 목에 걸고 다니면서 풍경사진을 찍는 즐거움도 있다. 한운야학(閑雲野鶴)! 유유자적(悠悠自適)! 참선 수행하듯이 산길을 걸으며 깊은 사색에 잠기는 것도 새로운 생활의 일부가 된 지 1년이 넘었다.

15. 산은 항상 그 자리에…

"낙석! 낙석!"

허천수가 인수봉을 힘들게 오르는데 누군가가 위에서 큰 소리를 지른다. 쳐다보는 순간 피할 새도 없이 큰 돌이 굴러와서 덮쳤다.

'이제는 죽었구나!'

피가 사방으로 튀고 허천수는 정신을 잃었다.

바위꾼들이 제일 겁내는 것이 낙석이다. 추락도 겁나지만 낙석은 더욱 무섭다. 추락은 주의를 하고 노력을 하면 다소 피해갈 수 있지만, 낙석은 자신의 노력으로 막을 수 없다. 거의 운명적이다. 낙석은 멀쩡한 날에 자연적으로 생기기도 하지만 등반 중 장비를 떨어트리거나 자일에 걸려서 생기는 등 사람의 행동으로 발생하는 경우도 많다.

오줌이 마렵다. 어딘지 모르게 돌아다니다가 허름한 헛간에 있는 화장실을 간신히 발견하여 들어가 보니 아래위, 전후좌우 벽이 모두 똥으로 되어 있고 너무 더러워서 일을 볼 수가 없다. 냄새가 고약하다. 오줌통이 터질 것같이 급한데 마땅한 화장실이 없어 큰일이다.

허천수는 눈을 떴다.

꿈인지 생시인지 머리를 좌우로 흔들어 정신을 차려 보니 다행히 죽지는 않았고 오줌만 마렵다.

밤새 얼마나 몸부림을 쳤는지 이불이 흐트러져 있고 한쪽 다리가 침대 밖으로 나와 있다.

'원 이런! 꿈이었기에 망정이지… 오늘 무슨 일이 있을지 모르겠네. 별일이야 없겠지만 조심해야지…'

종일 께름칙했는데 아무 일 없이 하루가 지나갔다.

악몽이 아니라 길몽이었던가?

"여보세요! 안녕하세요? 허천수 선생님이시지요?"

"그런데요. 누구세요?"

"형님! 저 K등산학교 동문회 임경식입니다. 그동안 잘 지내셨어요?"

"에? 아니, 임 회장이 어쩐 일로?"

정말 예상외의 전화였다.

K등산학교 인수봉 졸업 등반 후 C암장에서 딱 한 번 같이 등반을 하고는 별로 연락이 없던 임경식으로부터 전화가 온 것이다. 당시 2조 조장이던 임경식이 현재는 총동문회 회장이다.

"예, 깜짝 놀라셨죠? 그러실 겁니다. 하도 오랜만이라서… 그런데 형님, 금년에 팔순이 되시지요?"

K등산학교 동문회 암벽팀은 기별로 크고 작은 모임이 있으나 주요 행사는 총 동문회가 주관한다. 임경식 회장은 관례에 따라 허천수의 팔순 기념 인수봉 등반을 계획하고 있다고 하면서 어느 날이 좋겠느냐고 묻는다.

K등산학교 총동문회는 육순 또는 칠순이 되는 회원이 있는 해에는

인수봉에서 축하 기념 등반을 해 왔는데 올해는 동문회가 생긴 이래 처음으로 팔순 회원이 나왔으니 비록 함께 등반을 자주 하지는 않았어도 허천수는 K등산학교 출신이고 동문회원인 것은 틀림없으니 행사를 아닐 수 없다고 한다. 그동안 임경식은 동문 중에 일흔 살이 넘은 선배가 있다고 가는 곳마다 자랑을 하고 다녔는데 마침내 팔순 회원을 모시게 된 것이다.

허천수는 사양할 수 없어 K등산학교 동문회와의 인수봉 등반을 약속하였다.

어느새 무덥고 지루하던 여름이 가고 가을이 왔다.

오늘은 10월 9일 한글날. 인수봉을 오르는 날이다. 일생에 단 한 번, 팔순 기념! 그것도 인수봉 정상에서…

북한산이 불을 질러 놓은 듯이 여기저기 타들어 가고 있다.

벌써 북한산 단풍은 절정인가? 올해는 예년보다 철이 빠르다. 하얀 바위와 검푸른 소나무를 바탕에 깔고 빨간 단풍과 노란 단풍이 적당히 어울려 수를 놓은 것 같다. 파란 하늘이 배경을 장식하고 있어 더욱 아름답다.

단풍이라면 설악산을 빼놓을 수 없다.

허천수는 어느 산에서나 절정을 이룬 단풍을 보면 설악산이 금방 머릿속에 오버랩되어 나타난다.

설악산!

어쩌면 그렇게 하루도 틀리지 않고 꼭 10년 전 그날인가? 그날도 단풍이 좋은 한글날이었다. 흰구름산악회에서 활약할 때 금쪽같은 공휴일 시간을 얻어 평소에 쉽게 접할 수 없는 큰 산행을 계획했기 때문에 오늘과 꼭 같은 10월 9일이었던 것이다.

'한계령에서 시작하여 서북능선을 타고 중청산장에 도착하여, 무거운 배낭을 풀어 놓고 맨몸으로 대청봉에 갔다 왔지… 대청봉 정상에서 단체 사진을 찍고…'

1조에 5명씩 4개 조로 나누어 저녁밥을 지어 먹고 1박을 하고… 이튿날 단풍 절정인 공룡능선을 탔던 것이 어제같이 또렷하다.

1275봉 정상!

설악산 공룡능선을 타는 사람은 많지만 모두들 1275봉 안부(鞍部)를 통과할 뿐, 정상까지 가는 사람은 거의 없다. 허천수는 20여 년 전에 최성철과 한번, 그리고 10년 전에 흰구름산악회 향산마루 대장과 다시 한번, 운 좋게 1275봉 정상을 두 번이나 가 보았다.

'거기서 보는 설악산의 경치는 정말 일품이었어!'

누구나 쉽게 갈 수도 없고 거기 가려면 여러 가지 조건이 맞아야 했다.

무엇보다도 하루 10시간쯤 고된 산행을 할 수 있는 체력이 있어야 하고 그날의 몸 상태가 좋아야 하는 것은 기본이고, 시간적으로도 여유가 있어야 한다. 1275봉 안부를 그냥 통과하는 것보다 정상에 갔다 오는 것은 30분을 더 잡아야 하기 때문이다. 날씨도 맑고 단풍도 절정이어야 한다. 함께 이야기를 나누며 경치를 감상할 수 있는 친구도 있어야 한다. 이와 같은 여러 조건을 다 갖추기 위해서는 한마디로 하늘이 도와야 하는 것이다.

『   설악 공룡 1275봉

공룡능선 중간쯤에 뾰족 창(槍)이 하나 있다.
지옥문 들어서듯 사람 잡는 공룡능선

그것도 모자라 1275봉이라니!
넓은 하늘 문을 열고 창끝에 올라서면
천하 절경이 따로 없다. 여기가 내 집이다.

멀리 바깥에는 화채능선이
하늘을 찌르며 달리다가
대청 중청 소청으로 똬리를 틀며 내려오고
가까이는
좌청룡 금강굴, 우백호 천화대
내벽으로 감싸 안은 공룡 알자리
깊은 우물 속.
설악골이 가라 앉아 명상을 하고 있다.
몸 한번 담그면 헤어나기 어렵겠다.
창 끝 한 발 앞은 천인절벽.
가슴이 덜컹 내려앉는다.

어지럽게도
온 산이 단풍 바다에 빠져 허덕이는 날에는
발 디딜 데를 찾을 수가 없구나!
겨울을 준비하는 나무들
힘 빠지고 목이 말라 얼굴마저 빨개졌는데
속 모르는 산꾼들은 아름답다고
좋아하네!

기대와 흥분 속에서 향산마루 대장과 힘든 1275봉 산행을 한 후 허천수는 시 한 편을 건졌다.

'우리 사람들에게는 그렇게 아름답게 보이는 단풍도 알고 보면 나무가 겨울을 나기 위한 처절한 생의 몸부림이지… 날씨가 추워지고 수분을 빨아올릴 힘이 줄어드니 가지 끝 잎에서부터 수분 공급을 줄이게 되고 푸른색이 붉게 변한 거야… 우리는 그런 속사정을 모르고 겉만 보고 아름답다고 좋아했지 뭐야! … 단풍나무야, 미안해!'

허천수는 단풍을 아름답게만 보지 않고 그 내면에 숨어 있는 비극을 발견하고 마음이 아팠던 것이다.

북한산 단풍을 보면서 허천수가 설악산 단풍에 빠져 있는 동안에 일행은 유서 깊은 백운산장에 도착하였다.

K등산학교 동문회 20여 명이 잠시 쉬고 있다.

"허 선배님, 저는 오늘 아침, 지각하는 바람에 저 아래서 미처 인사드리지 못했습니다. 팔순 기념등반을 축하드립니다."

등산학교 여형재 교장이 여기서 만나 반갑게 인사를 한다. 그동안 이병천 교장이 퇴임하고 여형재 대표강사가 교장이 된 것이다.

"아, 교장 선생님, 오랜만에 등반을 함께 하는군요. 그동안 잘 지내셨어요?"

"예, 덕택에… 오늘은… 우리 등산학교 설립 이래 처음으로 팔순 기념등반을 하게 되어 매우 의미가 깊은 날입니다. 많은 등산학교 중에서도 졸업생이 팔순에 인수봉을 등반한 역사가 없습니다. 허 선배님이 최초이신데 우리 학교 출신이라는 것은 큰 자랑입니다."

등산학교 졸업생뿐만이 아니다. 칠순에도 인수봉을 등반하는 사람은 거의 없는데 팔순은 말할 것도 없다.

인수봉을 오르는 것은 모든 산꾼들의 자랑이면서 일반인들에게는 부러움의 대상이 되기에 충분하다.

"인수봉을 처음 오른 사람은 누구일까?"

늘 허천수의 빌레이를 봐주던 채식주가 갑자기 생각난 듯이 혼자 중얼거린다.

"글쎄? 우리가 그렇게 자주 와도 언제 누가 인수봉에 처음 올랐는지는 모르고 지냈는데… 누굴까요?"

옆에 앉은 옛날 동문회장 박대평도 몰라서 묻는다.

"그거… 인터넷에도 다 나와 있어요."

등산의 역사 강의를 하던 여형재 교장이 설명을 한다.

"《삼국사기》에 '백제를 건국한 온조가 부아악(인수봉)에 처음 올랐다'는 기록이 있다고 해요. 기록이야 있지만 과연 정상까지 올라갔을까요? 혼자서? 어떤 신을 신고? 어느 쪽으로? 어떤 도구나 장치로? 아무리 생각해도 불가능할 것 같은데… 《삼국사기》를 쓴 사람도 누구한테서 듣고 그냥 올려 논거 같기도 하지만… 그래도 믿어야지요.

현대에 와서 기록상으로는 1929년에 영국인 아처(Cliff Hugh Archer)가 처음으로 올랐다는데 구전으로는 그 이전에도 많은 사람들이 올랐다고 해요. 일본인 이이야마 다스오는 1926년에 아처와 임무(林茂, 일본 이름 하야시)가 먼저 올랐다고 하고, 옛날 백운산장지기 이해문은 1927년에 연세대 설립자인 언더우드(Horace Grant Underwood) 일행이 올랐다고 하면서 1924년 이전에도 이미 인수봉 정상에 누군가가 세워 놓은 돌탑이 있었다는 말도 했어요."

"그래요? 거 참, 처음 듣는 얘기네요. 인수봉은 워낙 신비한 곳이라

숨은 전설도 많고 에피소드도 많지요? '취나드길'은 미국 사람이 개척했다면서요?"

허천수는 더욱 궁금해한다.

"그럼요. 이본 취나드(Yvon Chouinard)라는 사람이 6·25 때 주한 미군으로 와서 근무하면서 인수봉에 암벽길을 냈는데, 취나드A와 취나드B, 두 길이 있어요. 잘 알다시피 취나드 A는 난이도가 5.10b로 상당히 어렵고 B는 5.8로 초보자도 갈 수 있어요.

취나드가 우리나라 클라이머 1세대인 선우중옥과 그의 친구 몇 명을 동원하여 길을 낸 것이 1963년 9월이라고 해요. 그 당시는 등반장비도 거의 없던 시절이라 쌍림동 대장간에서 직접 만든 장비를 이용했다는 말도 있어요. 그는 한국 근무를 마치고 본국으로 돌아가서 '취나드'라는 브랜드로 암벽장비를 생산하였는데 우리가 잘 아는 '블랙다이아몬드'의 전신이지요. 그 후 유명한 아웃도어회사인 '파타고니아'를 설립하여 세계적인 메이커로 키웠다고 하지요."

여형재 교장이 자세히 설명해 주었다.

짧은 기간 한국에 근무한 미군 사병이 인수봉에 흔적을 남긴 것이다. '취나드'는 인수봉이 없어질 때까지 이름이 남아 있을 것이다.

산은 항상 그 자리에 있는데 오랜 세월 수많은 사람이 바람처럼 왔다가고 사람마다 있는 듯 없는 듯 발자국을 남긴다. 허천수도…

"멍! 멍!"

언제 왔는지 산장에서 기르는 흰둥이 개 2마리가 발아래에서 꼬리를 흔들고 있다. 이 녀석들은 아기 때부터 허천수와 자주 만나 서로 친한 사이이다.

"얘들아, 잘 있었어? 나 인수봉 갔다올께."

일행은 일반 등산로를 벗어나서 인수봉 산꾼들만 아는 산장뒷길로 들어섰다.

'비둘기 길' 출발점.

멀리 사기막골에서 보면 백운대와 인수봉 사이에 송곳니같이 날카로운 숨은벽 정상이 끼어 있고 거기서 동쪽 V자로 파인 안부가 비둘기 길 출발점이다.

인수봉의 수많은 바윗길 중에서도 정상에 오르는데 가장 가까운 루터가 '비둘기 길'이다. 경사가 심하고 고도감이 있어 아찔하면서도 슬랩과 크랙과 인공등반을 골고루 맛볼 수 있어 인기가 높다. 뿐만 아니라 백운대에서 정면으로 가장 가깝게 바라볼 수 있기 때문에 일반등산객들이 쉽게 관람하는 암벽 공연장이기도 하다.

오늘은 인원이 많으니 3팀으로 나누어 한 팀은 '비둘기 길'로 오르고 다른 한 팀은 조금 아래로 내려가서 '인수C 길'로 오른다. '고독의 길'로 오르는 다른 한 팀은 여기까지 오지 않고 저 아래 인수산장에서 갈라져 반대쪽으로 가서 오른다.

허천수는 하네스에 각종 장비를 걸고 암벽화로 갈아 신고 헬멧을 썼다.

"출발!"

'비둘기 길' 첫발은 바로 수직 바위를 딛고 올라야 한다. 이 길에 처음 온 사람은 시작하자마자 어려운 곳을 만나게 되니 충격을 받는다. 난이도가 높지 않은 길이라고 알고 왔는데 시작부터 만만치 않고 앞으로 얼마나 더 어려운 곳을 만날지 알 수 없으니 겁을 먹게 된다. 허천수는 여러 번 와서 잘 알기 때문에 유연하게 오른다. 최대한 왼쪽으로 나가서 두 손을 높이 바위를 잡고 용수철같이 몸을 솟구치면 오를 수 있다. 손 홀드를 잘 찾아야 한다. 위에서 채식주가 빌레이를 봐주니 더욱 믿음직스러웠다.

　1조 조장을 하던 채식주는 K등산학교를 졸업한 후 C암장에서 연습등반을 같이 한 적이 있고 몇 달 전에는 도봉산 연기봉 '배추흰나비의 추억길'을 같이 가기도 했다.

　허천수는 1피치 확보점에서 후등자 빌레이를 본 후 2피치로 오르기 시작한다.

　2피치는 얇은 종잇장을 붙여 놓은 듯한 바윗길이다. 종이를 뜯는 것 같이 두 발로 밀고 두 손으로 바위 날을 잡아당기면서 조금씩 왼쪽으로 오른다. 경사가 급한 전형적인 레이 백(Lay Back) 구간이다. 중간에서 쉴 수도 없고 자세를 바꿀 수도 없이 급경사 10여m를 올라야 하므로 팔 힘을 있는 대로 다 동원해야 한다.

　2피치 종료점에서 한숨 돌리고 앞산 백운대와 파랑새봉 능선을 바라보니 오색 단풍이 형형색색으로 잘 배치되어 있고 눈뜨기가 한결 부드럽다.

　허천수는 인수봉을 처음 오른 이듬해에 쓴 자작시를 속으로 읊어 본다.

『　　　　　　암벽등반

인수봉 담벼락에 새까만 개미떼들
땀 뻘뻘 흘리면서 빈 하늘을 쳐다본다.
정상에 무엇이 있나? 꿀이라도 있더냐?

시커먼 바위틈에 살점이 박혀 있다.
바위를 비비면서 안간힘을 쓰고 있네.
힘내라, 조금 후에는 매미소리 듣겠다.　　　』

후등자 배순식이 안정된 자세로 레이 백 구간을 올라온다.

학생장이었던 배순식은 K등산학교 정규반을 졸업한 후, 같은 해에 거벽과 빙벽 트레이닝을 하고 이듬해에 요세미티 조디악 루터까지 섭렵하여 단기간에 뛰어난 클라이머가 되었다.

2피치 종료점에 채식주, 허천수, 배순식 세 사람이 확보를 하고 나란히 서 있다.

"형님, 오늘같이 좋은 날 인수봉 중턱에서 아름다운 단풍을 구경하면서 팔순 기념 등반을 하는 형님은 정말 복 받은 분이십니다. 다시 한번 축하드립니다!"

배순식이 진심으로 축복을 해 주었다.

"고맙네! 배 학장 같은 요세미티를 등반한 최고의 클라이머가 축복을 해 주니 더없는 영광일세!"

화답하는 허천수는 매우 흐뭇하였다.

3피치는 수직 크랙이다. 별 어려움 없이 통과 하고 4피치를 오를 준비를 하였다.

4피치는 인공 A0구간이다. 오버행 아래 크랙을 오른쪽으로 트래버스하고 같은 방향으로 돌면서 위로 올라서면 다음 벽면에 볼트가 촘촘히 박힌 인공등반 구간이 나온다. 인공등반 구간은 이쪽에서 안 보인다.

허천수가 인공등반 구간 첫 볼트에 진입하였다.

트래버스 구간 끝에서 한 발을 올려 딛고 오른손을 최대한 뻗어, 첫 번째 볼트에 걸려 있는 퀵드로의 위쪽 카라비너에 자기확보줄을 걸어 확보를 한 다음, 확보줄 길이를 짧게 당겨 몸을 한 단계 올려놓는다. 자세가 안정되면 퀵드로의 아래쪽 카라비너를 열고 로프(몸자)의 8자매듭을 통과시킨다. 이제 두 번째 볼트로 건너갈 차례이다. 오른손을 뻗어 두 번째 카라비너를 잡고 한 칸을 이동한다. 왼손으로 자기확보줄을 풀어 두 번째 퀵드로에 확보한다. 잠시 오른팔에 온몸의 무게를 실어야 하기 때문에 팔 힘이 빠지면 추락이다. 자기확보줄을 재빨리 풀고 재빨리 걸어야 한다. 로프의 8자매듭을 두 번째 퀵드로에 통과시킨다. 세 번째, 네 번째,… 허천수는 마지막 퀵드로를 통과한 후 자기확보줄을 풀었다.

"앗!"

마지막으로 자기확보줄을 푸는 순간 허천수는 추락해서 빌레이를 보는 채식주를 덮쳤다. 허천수와 채식주가 한 덩어리가 되어 쓰러졌다. 다행히 약간의 공간이 있어서 수십m 아래로 떨어지는 것은 면했지만 두 사람은 영문도 모른 채 크게 놀랐다. 일어서서 정신을 차린 후에야 원인을 알았다.

인공구간은 마지막 볼트를 통과해도 바로 피치 종료점이 아니다. 확보를 푼 다음 한길쯤 밑으로 내려서야 한다. 거기서 채식주가 빌레이를 보고 있다가 조금 전과 같이 무심코 로프를 당기니 확보를 풀은 허천수가 그대로 추락하여 자기 위를 덮친 것이다. 채식주는 자기 실수를 알고 매우 미안해하였다. 여기서 멈추지 않았더라면 허천수는 절벽 아래로 떨어지는데 물론 끝까지 떨어지는 것은 아니다. 확보 링에 고정시켜 놓은 채식주의 그리그리(빌레이 장비)가 즉시 작동하여 허천수의 추락을 제동시켜주었을 것이다.

경험이 많은 노련한 사람도 순간적으로 실수를 하는 것은 어쩔 수 없다. 등반자나 빌레이어나 할 것 없이 평소에는 잘하다가도 어느 순간, 해야 할 동작을 깜빡 잊어버리거나 안 해야 하는 동작을 하는 경우가 있다. 채식주는 안 해야 할 동작을 해버린 것이다. 정말 암벽등반의 위험은 바로 이런데 있는 것이다. 두 번 세 번 확인하고 끝까지 주의를 해야 한다.

"허 선배님, 정말 죄송합니다. 너무 놀라셨죠? 저도 놀랐습니다. 허 선배님이 제 머리 위에 떨어졌으니… 처음에는 허 선배님이 실수하신 거라 생각했지요.…"

"그래, 노련한 식주도 실수할 때가 있으니 나 같은 노틀은 더욱 조심해야겠어…"

"예, 이제 잠시 쉬었다가 5피치로 바로 올라가세요. 제가 실수한 벌로 허 선배님 대신 다음 사람 빌레이를 봐줄 테니 허 선배님은 그냥 올라가시면 되겠습니다."

"그럴까? 고맙네. 나도 잠시 놀라긴 했지만 괜찮은데…"

순서를 바꾸어 허천수가 먼저 올라갔다.

5피치는 직상 크랙이다.

수직으로 뻗은 크랙이 꽤나 어렵게 보이지만 손발을 넣어 잡고 디딜 만한 공간이 좋아 잘 통과하였다.

5피치 종료점은 비둘기길 종점이면서 인수봉 하강 시작점이다. 한쪽에서는 올라오고 옆줄에서는 하강한다. 어느 길로 올라왔건 하강할 때에는 대부분 이곳에서 하강한다. 60m 로프로 단 1회, 짧은 시간에 하강할 수 있기 때문이다. P톤이 여러 개 박혀 있고 체인이 잘 설치되어 있어 여러 팀이 충돌하지 않고 질서 있게 움직일 수 있다.

"수고하셨습니다."

임경식이 위에서 기다리고 있다. 오늘의 주인공인 허천수가 완등하는 것을 보기 위해서다. 그는 '비둘기 길' 선등을 하면서 전체 행사를 주관한다. 허천수와 상의하여 오늘의 등반 날짜를 잡은 사람도 임경식이다.

"아, 회장님. 먼저 올라가지 않고…"

"아니요. 천수 형님 완등하시는 것 보고 올라가야지요."

여기서부터 정상까지는 확보 없이 걸어서 올라가는 바윗길이다. 조금 올라가서 체인을 잡고 옆으로 이동해서 돌면 수십 명이 앉을 수 있는 넓은 장소가 나온다. 인수봉 정상부이면서 행사장소로 적당한 곳이다. 거기서 조금 더 올라가면 바위꾼들이 좋아하는 정상바위 '고인돌'이 있다. 인수봉에 처음 온 사람들은 의례 고인돌 위에까지 올라가서 인수봉 정상에 오른 기분을 더욱 만끽한다.

허천수의 '비둘기 길' 팀은 '인수C' 팀보다 먼저 정상에 도착하였다. 사방 경치를 감상하고 각자 좋아하는 장면을 카메라에 담으며 여유를 즐기고 있다.

맞은편 백운대에는 많은 사람들이 개미 행렬같이 줄지어 올라가고 정상에는 보일 듯 말 듯 개미들 사이에서 태극기가 펄럭인다.

고개를 왼쪽으로 돌려 백운대를 내려오면 멀리 푸르스름한 문수봉과 보현봉이 하늘을 찌르고 그 하늘 금을 찢고 코앞에 삼지창같이 거대한 만경대가 우뚝 솟아 있다. 만경대는 붉은 단풍과 푸른 소나무가 반반으로 섞인 치마를 두르고 한껏 산악미를 자랑한다.

몸을 왼쪽으로 더 돌리면 푹신한 담요를 깔아 놓은 듯한 산비탈이 우이동으로 완만하게 미끄러져 내려가고, 바다같이 넓은 서울시가지가 눈 닿는 데까지 펼쳐져 있다.

더 왼쪽으로 동쪽을 보면 '고독의 길'이 낮은 잡목들 사이에 묻혀 있고 그 너머로 도봉산 전체가 그림같이 한눈에 들어온다.

북쪽에는 '인수C'로 연결되는 바위 비탈이 무섭게 내려가다가 숨은벽 능선과 마주치고, 멀리 사기막골과 노고산도 보인다.

단풍은 절정인데 바위는 사시사철 변함이 없다.

허천수는 인수봉에 올 때마다 먼저 정상바위를 한 바퀴 돌면서 사진을 찍고 다시 천천히 한 바퀴 돌면서 경치를 감상하는 습관이 있다.

허천수와 임경식이 나란히 정상바위 위에 올라섰다. 팔순 기념사진을 얻기 위해서다. 고인돌 위에서 하늘로 뛰어오르는 사진! 일생에 단 한 번! 의미가 있을 것 같았다.

서로 교대로 한 사람이 뛰고 한사람이 사진을 찍어 주었다. 그 중 허천수가 뛰는 사진은 흠잡을 데 없는 걸작이다. 두 팔과 두 다리를 완전히 뻗고 허공으로 뛰어오른 모습이다. 허천수가 뛰기도 잘했지만 임경식의 순간 포착은 거의 완벽에 가까웠다. 앞으로도 영원히 이런 사진은 찍을 수 없을 것 같다.

"자 이제 모두 저 아래 행사장으로 갑시다."

'인수C'와 '고독의 길' 쪽에서 오는 회원들이 모두 정상에 도착하는 것을 확인하고 임경식이 행사를 서두른다.

코스가 제일 긴 '고독의 길' 쪽 회원들은 처음 도착한 '비둘기 길' 쪽 보다 거의 30분이나 늦게 도착하였다.

『   허천수 형님의 팔순을 축하드립니다.

－K등산학교 동문회 기념등반   20xx년 10월 9일   』

정상바위 아래 행사장에 플래카드가 높이 걸려 있다.

회원들은 배낭을 가지런히 2줄로 정리하여 놓고 그 뒤로 20여 명이 3줄로 앉아 있다. 조금 내려와서 배낭 앞 중앙에 허천수가 앉고 그 앞에 달덩이같이 커다란 케이크가 놓여 있다. 초콜릿으로 '팔순 등반'이라고 쓰여 있다.

제일 아래 평평한 곳에서 언변이 좋은 채식주가 사회를 본다.

"여러분 안녕하십니까? 오늘 허천수 선배님의 팔순을 기념하기 위하여 모인 인수봉 행사 사회를 맡은 채식주입니다. 모두들 오시느라고 수고 많았습니다."

옆에 서 있는 임경식의 허리에서 캠(Cam: 바위틈에 끼우는 지지봉)을 하나 뽑아서 마이크처럼 입에 대고 말한다. 진짜 마이크 같다.

채식주는 자기의 생일을 맞은 양 싱글벙글한다.

"우리 동문회에서 팔순 기념으로 인수봉 등반을 하는 것은 인수봉이 생긴 이래 처음입니다. 올해 팔순을 맞이하신 허천수 선배님의 건강과 인수봉 등정을 축하드립니다. 먼저 앞에 있는 케이크에 촛불을 밝히고 선배님의 소감을 한 말씀 들어 보겠습니다. 선배님, 이리 나오시지요!"

촛불을 켤 순서인데 양초는 없다. 성냥도 없다. 그냥 몸짓으로 촛불을 켜는 시늉만 하였다.

"허 선배님, 팔순에 인수봉을 오르리라고 생각해 보신 적 있습니까?"

"없어요,"

"야! 대단하십니다. 오늘 대박입니다. 소감 한번…"

마이크(?)를 넘겨준다.

"에~, 여러분 반갑습니다. 이렇게 많이 와 주신 것… 감사합니다. 실은 20여 년 전… 내 나이 쉰여덟 살 때 천성산에 올라간 적이 있어요. 부산 근처에 있는 … 그때만 해도 한참 나이인데 나도 어렵게 오른 산에 나이 들어 보이는 어른이 올라와 있는 걸 보았어요. 실례지만 몇 살이냐고 물었지요. 일흔여덟 살이라고 해요. 나보다 스무 살이나 많은 … 깜짝 놀랐어요. 얼굴이 훤하고, 이제 겨우 70도 안 되었을 듯한데 80이 낼모레라니…
'나도 저 나이에 이런 산에 올 수 있을까?' 그렇게 생각했지요. 그런데 오
늘 내가 이 인수봉에서 팔순 잔치를 하게 되었으니 꿈만 같아요.… 하느
님과 부처님과 천지신명께 감사, 감사드립니다."

"마이크 소리 좀 크게 하세요! 안 들려요."

"하하하하"

누군가가 작은 소리로 하는데 모두들 크게 웃는다. 허천수는 빙긋이
웃으면서 배에까지 내려와 있는 캠을 다시 올려 입 가까이 대고 말을 이
어 갔다.

"여러분도 산에 부지런히 다니세요. 오늘 여기 인수봉에 오신 여러분
은 80, 90까지 산행을 하고 암벽도 할 수 있을 것입니다. 이렇게 좋은
날 여기 오지 않고 저 아래 집에서 뒹굴면서… 테레비나 보고 있는 사람
들은 70만 돼도 산에 못 댕겨요. 여러분은 100% 다 올 수 있습니다. 오
늘 이 자리에서 인수봉의 기(氣)를 흠뻑 받고 가세요! … 감사합니다."

짝! 짝! 짝! 짝!

박수가 터졌다. 모두들 자기가 인수봉의 기를 받은 것처럼 생각하고
기분이 좋았다.

허천수는 채식주에게 마이크를 넘겨주고 케이크 뒤 제자리에 가서 앉
았다.

"다음은 임경식 회장님이 우리 모두를 대표해서 허천수 선배님에게
팔순 축하의 절을 올리겠습니다."

임경식이 앞으로 나와서 정중하게 큰절을 올리고 기념패를 전달하
였다.

『   K등산학교

기 념 패

허천수(정규반 XX기)

소나무 숲이 좋아 화가가 되고

시원한 바람이 좋아 시인이 되고

하고 싶은 얘기가 많아 소설가도 되고,

산이 좋아 길을 따라 걷다보니 어느새 산꾼이 되신 허천수님

팔순을 맞이하여 더욱 건강하시고, 시인으로 화가로

그리고 소설가로 영원히 우리 곁에서 좋아하는 등반 함께

오래 하셨으면 좋겠습니다.

20xx. 10. 9.

인수봉 정상에서

K등산학교 총동문회장 임경식   』

허천수는 기념패를 높이 들고 좌우로 돌려 회원들에게 보여 주면서 기뻐한다. 이어서 허천수와 임경식이 케이크를 잘라 회원들에게 한쪽씩 나누어 주고 바로 하산준비에 들어갔다.

총무와 집행부 임원들은 누가 말하지 않아도 스스로 청소를 하고 뒷정리를 하는데 손발이 척척 맞아 시간은 오래 걸리지 않았다.

저 아래 '비둘기 길' 5피치 종료점에서 대장들이 P톤에 하강로프를 설치하고 있다. A, B 2곳으로 나누어 하강시키는데 A 하강지점에는 임경

식이 맡고 B지점 하강은 박대평이 맡아서 대원들이 안전하게 하강하도록 도와준다. 대원들은 한 줄로 하강지점에 내려와서 어느 쪽으로든 먼저 온 순서대로 하강한다.

허천수의 차례가 왔다. B지점이다.

늘 하던 대로 로프를 튜브 하강기에 장착하고 프루지크 매듭까지 설치하였다. 자기확보줄을 풀기 전에 하강 로프를 당겨 짧게 한 다음 체중을 로프에 실어 보았다. 제동 손을 놓으니 프루지크 매듭이 팽팽해지면서 제동이 된다. '하강 안전'을 확인한 셈이다. 이제 자기확보줄을 풀고 하강하면 되겠다. 옆에서 봐주는 박대평이 아무 말 없이 고개를 끄덕인다. 하강 준비가 완전하다고 생각한 모양이다. 만에 하나 잘못이 있으면 하강 첫 동작으로 몸을 뒤로 젖히는 순간 60m를 추락하여 이 세상과는 하직을 하게 된다.

"하강?"

"하강!"

자기확보줄을 풀었다.

허천수는 몸을 뒤로 젖혔다.

(끝)

인수봉

초판 1쇄   2022년 5월 20일

지은이   이봉수
발행인   김재홍
디자인   현유주
마케팅   이연실

발행처   도서출판지식공감
브랜드   문학공감
등록번호   제2019-000164호
주소   서울특별시 영등포구 경인로82길 3-4 센터플러스 1117호 (문래동1가)
전화   02-3141-2700
팩스   02-322-3089
홈페이지   www.bookdaum.com

가격   30,000원
ISBN   979-11-5622-688-8 03810

문학공감은 도서출판지식공감의 인문교양 단행본 브랜드입니다.